Sascha Reh

BIOTOPIA

Roman

Schöffling & Co.

Erste Auflage 2024

Einbandgestaltung: FAVORITBUERO, München
Einbandmotive: © Nikolay_E/Shutterstock.com;
© pixssa/Shutterstock.com
Satz: Fotosatz Amann, Memmingen
Druck & Bindung: Pustet, Regensburg
ISBN 978-3-89561-139-1
www.schoeffling.de

Wir werden Unsterblichkeit erreichen
um den Preis des Lebens.

Byung-Chul Han

Erster Teil: Slave City

1
Das Essen

Natürlich hatte Malu von der Störung gehört, immerhin war sie der Grund, weswegen die letzte Lieferung der Farm ausgeblieben war und sie das geplante Abendessen eine Nummer kleiner ausfallen lassen musste. Absagen kam nicht infrage, es war schließlich ihr Freitag; der Wein war kalt gestellt, und Idi hatte aus den Lebensmitteln, die noch im Schrank waren, ein paar Kanapees gezaubert.

Sie hatte vorgehabt, Watsons Newsticker den ganzen Abend ausgeschaltet zu lassen, doch ihr wurde schnell klar, dass das angesichts der Ereignisse unrealistisch war. Nach der Rauchsäule, die sie bei Sonnenuntergang am Himmel gesehen hatte, war es erleichternd gewesen zu hören, dass die Ursache lediglich ein technischer Zwischenfall in einer der Vertikalfarmen gewesen sein sollte, der umgehend behoben werde. Aber sie wusste, dass die Sache von einem anderen Benutzerprofil aus ganz anders klingen konnte.

»Ich habe gehört, es kommen jetzt Leute raus«, sagte Vanessa. Malu bemerkte, wie Niklas angesichts ihrer Sensationslust unruhig auf seinem Barhocker nach vorn rutschte und sein halbvolles Glas abermals füllte.

Vanessa sprach unbeirrt weiter. »Watson!« Das akustische Signal zeigte an, dass er ihre Stimme erkannt und ihren Account freigeschaltet hatte.

»Ich weiß nicht, ob Malu das recht ist«, versuchte Niklas

leise einzuwenden, so als würde Malu es nicht mitbekommen, wenn er nur die Stimme genug senkte.

»Aber sie muss das doch auch wissen«, beharrte Vanessa und wies Watson an, die neuesten Meldungen zusammenzustellen. »Gerade sie!«

Malu nahm die Servierteller aus dem Kühlschrank und tat so, als würden die beiden sich nicht in ihrer Anwesenheit über sie unterhalten. Eine Möwe kreischte. Sie hatte die Leinwände des Landschaftssimulators heruntergelassen und Cornwall eingestellt, mit gleichbleibender Abendröte und tosender Brandung jenseits der schroffen Klippen – strömungsmechanisch total übertrieben, aber eindrucksvoll.

Watson öffnete einen Bildrahmen zwischen den Wolken. Vor den Toren des Tempelhofer Feldes hatten Freiwillige ein improvisiertes Erstversorgungszelt errichtet, mit Decken und Thermoskannen und einem Topf Suppe. Die Temperatur war in den letzten Nächten bereits unter null gefallen. Die Bilder zeigten bangende und in Solidarität geeinte Gesichter; die anrührende Musik, die Watson unterlegte, ließ keinen Zweifel daran, dass denjenigen, die Biotopia verlassen wollten, ein warmer Empfang bereitet würde.

»Lasst uns essen«, sagte Malu. »Auch wenn es leider kein frisches Gemüse gibt. Aber Idi hat ein paar Dips gemacht.«

»Wieder dieses köstliche Hummus?«

»Ja, und irgendwas aus Linsen und Bohnen, das aussieht wie …« Malu stellte die Schale auf den Tresen und nahm das Wachstuch herunter. Die Masse duftete nach Thymian und Zitrone, war aber von einer Farbe und Konsistenz, die sie von einer näheren Beschreibung absehen ließen.

Vanessa konnte es nicht lassen. »Watson, kannst du ein paar Bilder von drinnen zeigen? Drohnenaufnahmen oder so was?«

»Es sind leider keine Drohnenaufnahmen verfügbar«, sagte Watson. Vanessa war enttäuscht und drängte Niklas, sich seinerseits einzuloggen. Malu ahnte, dass auch Niklas keine Freigabe für Drohnenbilder hatte. Sie alle verfügten über solide Rücklagen aus ihren früheren Beschäftigungen und verdienten sich hier und dort sogar ein kleines Zubrot – Vanessa gab Geigenstunden, Niklas Kurse in fraktalem Holzschnitt –, doch die Auswahl an medialen Informationen, zu denen sie Zugang hatten, war beschränkt.

Niklas wehrte ab. »Ich will jetzt keine Nachrichten. Wir wollen Wein trinken und Kanapees essen!«

»Du trinkst doch schon. Willst du nicht wissen, was da auf uns zukommt?«

»Wenn du mich so fragst … nein.«

Schließlich gab er doch nach. Gemäß seiner Präferenzen präsentierte Watson die Explosion, die der Rauchsäule vorausgegangen war, aufgezeichnet mit wackligen Bildern von Anwohnern, die er mit einem selbstgenerierten Kommentar versah, angelehnt an den nüchternen Sprachgestus eines Nachrichtensprechers: Einsatzkräfte der Sicherheitsfirma Konterbauer zögen sich vor den Zufahrten zusammen, Drohnen platzierten medizinische Ausrüstung im Innenhof des ehemaligen Abfertigungsgebäudes. Ein verletzter Sicherheitsmann mit einem blutigen Verband um den Kopf wurde gezeigt. »Beobachterinnen befürchten, dass es auf dem Gelände von Biotopia unter spirituellen Anhängern des geistigen Führers Ambrosius van Aa zu einem Massenselbstmord kommen könnte wie zuletzt in …«

»Genug, Watson!« Niklas schrie beinahe, er wirkte geschockt. »Malu, es tut mir leid, ich wusste, dass das eine ganz beschissene … Das muss ja jetzt schrecklich für dich sein.«

Malu stellte Teller und Besteck auf dem Tresen ab. Sie war ganz ruhig. Statt zu antworten, rief sie nun selber Watson auf. Das akustische Signal ertönte. »Watson, was muss ich über Biotopia wissen, Stand jetzt?«

Watsons Bericht – nüchtern und sachlich, wie sie es am liebsten hatte – beschränkte sich auf die Stellungnahmen der drei für Biotopia verantwortlichen Parteien: der Betreiberfirma Sulaco, des Sicherheitsdienstes Konterbauer sowie des Berliner Senats für Wirtschaft und Soziales, der die Aufsicht über Biotopia hatte. Ihre jeweiligen Kommentare waren kurz und wolkig und nichtssagend. Man beschränkte sich auf die Definitionsfrage, ob es sich um eine technische Betriebsstörung oder einen Störfall handle, was hinsichtlich der Haftungsfrage vielleicht bedeutsam, aber auch ziemlich langweilig klang.

»Danke, Watson. Ich denke, das reicht.« Watson gab dem südenglischen Abend wieder seinen Himmel zurück. Malu wandte sich an ihre beiden Gäste.

»So viel zu Watsons Dreifaltigkeit. Immerhin wissen wir jetzt, dass wir nichts wissen.« Sie zwang sich zu einem Lächeln und hob ihr Glas. »Darauf trinke ich.«

»Ich bewundere, dass du so ruhig bleiben kannst, Malu. Wirklich.«

»Ist ja gut jetzt, Vanessa«, sagte Niklas.

»Ich glaube nicht an diesen Slave-City-Mist. Und an einen Bombenanschlag von Fanatikern glaube ich auch nicht. Wie schmeckt euch der Wein?«

Alle tranken pflichtschuldig bis bereitwillig.

»Diese Frau vom Senat«, sagte Vanessa. »Sander. Warst du nicht mit der auf der Uni?«

»Ja, Elena. Die habe ich ewig nicht mehr gesehen.«

Vanessa schien die Sache keine Ruhe zu lassen. »Die weiß doch bestimmt, was da vor sich geht. Willst du die nicht mal …«

»Warum kannst du nicht endlich Ruhe geben damit«, sagte Niklas.

»Ihr könnt von Glück reden, dass ihr nicht mehr zusammen seid«, sagte Malu.

»Wo ist eigentlich Konrad?« Niklas versuchte verzweifelt, das Gespräch in eine andere Richtung zu lenken. »Hat er noch diesen Haartick?«

»Darüber möchte ich lieber nicht reden.« Malus Sohn rasierte sich seit ein paar Monaten sämtliche Haare inklusive der Augenbrauen. Er sah aus wie ein Alien, war aber nicht von der Überzeugung abzubringen, dass er damit einen Trend ins Leben rief, dem in Kürze alle hinterherlaufen würden. Er war seit drei Tagen volljährig. Schon an seinem Geburtstag hatte er versucht, im Kaleidoskop eingelassen zu werden, dem angesagtesten Club der Stadt, dem Club mit der härtesten Tür. Er war abgewiesen worden. Trotzdem war er die ganze Nacht weggeblieben und am Morgen zugedröhnt nach Hause gekommen. Den ganzen nächsten Tag war er in seinem Zimmer geblieben und hatte geschlafen. Offenbar nahm er heute Abend Anlauf für einen weiteren Versuch.

Es blieben genügend andere Themen. Niklas erzählte von einer neuen Ausstellung im Gropiusbau, in der es keine Exponate gab. Gar keine.

»Genau genommen sind die Besucher die Exponate.«

Malu verstand es so, dass die Besucher sich gegenseitig betrachten und dabei kontemplative Erlebnisse haben sollten. Niklas erzählte ausgiebig von einer sehr eleganten Frau mit einem Kind, die beide in Zeichensprache miteinander kommunizierten. Außerdem sei da dieser Bodybuilder mit dem Muscleshirt aus Spitze gewesen. Und die offenbar bewusstlose Person in dem selbstfahrenden Rollstuhl. Niklas war begeistert vom »Minimalismus« des kuratorischen Ansatzes.

»Ich wurde auch rezipiert«, fügte er hinzu.

»Es hat wohl keinen Sinn zu fragen, welche Bedeutung du dir zuschreiben würdest?«, fragte Malu.

»Das Konzept ist von irgendeinem Kollektiv«, sagte Niklas.

Vanessa hatte kürzlich ihre erste Demissionsberatung gehabt. Sie war weniger eingeschüchtert als vielmehr beeindruckt von dem geräumigen, nobel eingerichteten Büro, in dem sie dazu überredet werden sollte, vorzeitig »den goldenen Löffel abzugeben«, wie sie es nannte.

»Den schwarzen Humor kannst du dir nur leisten, weil sie noch nicht ernst machen«, sagte Niklas.

»Ich wundere mich sowieso, dass da noch richtige Menschen sitzen«, sagte Malu. »Ist das eigentlich ein Ausbildungsberuf? Demissionsberaterin?«

»Es ist eine zertifizierte Weiterbildung«, sagte Vanessa ernst.

»Watson könnte das sicher genauso gut«, sagte Niklas.

»Es gibt extra Institute dafür«, sagte Vanessa.

»Kann sein«, sagte Malu und goss sich Wein nach, »aber sich von einem Computer, der nie gelebt hat, zum Sterben überreden zu lassen, ist infam.«

»Was den Tod angeht«, sagte Niklas, »schwätzen wir doch alle daher wie Männer von der Steißgeburt, egal ob Mensch oder Maschine.«

»Ist das ein originaler Satz von dir?«

»Und zweitens«, sagte Niklas, indem er Vanessa ignorierte, »was heißt überhaupt infam?«

Das weinselige Geplänkel konnte nicht darüber hinwegtäuschen, dass die schweren Themen so wenig verschwanden, wie die Sonne über Cornwall unterging. Als Malu die dritte Flasche öffnete, war sie der Brandung überdrüssig und bat Watson, einen menschenleeren Petersplatz zu generieren, lediglich beleuchtet von Tausenden Kerzen.

»Am Petersplatz gibt es elektrische Kandelaber«, sagte Watson.

»Ich mag lieber Kerzen.«

»Das ungleichmäßige Flackern so vieler Kerzen erfordert außergewöhnlich viel Rechenkapazität. Dein Konto wird mit drei zusätzlichen Kreditpunkten belastet.«

»Mir egal.«

Sie spürte bereits eine gewisse gedankliche Schwere, um nicht zu sagen den Vorgeschmack morgendlichen Kopfschmerzes, als Watson einen Anruf meldete. Es war kurz vor neun, nicht spät, aber doch eine Zeit, zu der sie niemals Anrufe erhielt.

»Es ist Elena Sander«, sagte Watson. Niklas und Vanessa drehten in perfekter Choreografie die Köpfe. Vanessa bedeutete ihr mit weit aufgerissenen Augen, das Gespräch sofort anzunehmen und sie mithören zu lassen.

Malu fühlte sich überrumpelt. »Watson, leg sie nach nebenan.«

Sie ging ins Schlafzimmer und schloss die Tür. Auf dem Bildschirm, der bis eben im dreiminütigen Wechsel Mondrians querformatige Werke gezeigt hatte, erschien Elena. Sie saß an einem offiziell aussehenden Arbeitsplatz und sah aus, als würde sie noch immer mindestens dreimal die Woche Sport machen. Irgendwas war mit ihrem Gesicht; vielleicht ein Filter, der die vergangenen Jahre verbarg und dabei ein wenig das Maß verloren hatte.

»Malu! Hier ist Elena. Erinnerst du dich? Eli? Von vor hundert Jahren?«

»Ja, verrückt: Wir haben gerade von dir gesprochen.«

»Ah, du hast Besuch. Ich störe bestimmt!«

»Ja … nein. Alles bestens.«

»Geht's dir gut?«

»Schon.«

»Freut mich sehr, wirklich! Vielen in unserem Alter geht's nicht gut.« Der Klang ihrer Stimme reichte, um Malu eine vertraute Wärme spüren zu lassen. Das war Elena, eine ältere Version zwar, aber dieser verschmitzte, selbstgewisse Zug um die Augen, wenn sie lächelte, war doch vollkommen unverändert, so als sei kaum Zeit vergangen, und als komme es darauf im übrigen auch gar nicht an.

»Ich mach's kurz. Kommt dir bestimmt komisch vor, wenn ich nach so langer Zeit direkt lospoltere. Aber vielleicht hast du davon gehört, was in Biotopia los ist.«

»Na ja. Ich habe gehört, *dass* etwas los ist. Aber ich weiß nicht, was.«

»Da geht's dir wie mir.«

»Wie denn das?«

Kurzes Schweigen. »Längere Geschichte.«

»Ich habe …«

»Ich weiß, ich weiß, du hast keine Zeit. Es tut mir echt leid, dass ich dich damit überfalle. Es ist nur so, Malu: ich brauche jemanden, um ein Audit zu machen. Noch heute.«

»Ein Audit? In Biotopia?« Malu spürte, wie sich ihr Puls beschleunigte. »Aber … ich bin seit fünfzehn Jahren raus aus dem …« Geschäft, wollte sie sagen. Genau aus diesem Grund war sie damals ausgestiegen: weil sie ihre Arbeit nicht als Geschäft betreiben wollte. Und daran hatte sich bis heute nichts geändert. Kein Grund also, wieder damit anzufangen.

»Dreizehn Jahre«, korrigierte Elena sie.

»Wieso denn ich, um Himmels willen?«

»Wir brauchen jemanden, der uns nicht zu nahe steht. Jemand mit einem gewissen Ruf, was die … professionelle Unabhängigkeit angeht.«

Malu räusperte sich und richtete den verrutschten Kragen ihrer Bluse. »Ich weiß nicht, ob du dich noch dran erinnerst, aber aus meinem letzten Job haben sie mich rausgekantet.«

»Ja. Deswegen wollen wir dich ja.« Elena ließ eine Pause eintreten. Malu sagte nichts. »Du warst ganz klar im Recht damals. Aber für das Ministerium warst du die Fliege im Honig. Eine richtige Korinthenkackerin.«

»Sehr schmeichelhaft.«

Es war nicht als Beleidigung gemeint gewesen. Elena sprach mit ihr wie mit einer Freundin; sie musste Malu nicht von ihrer Wertschätzung überzeugen. Aber es waren immerhin mehr als zwei Jahrzehnte vergangen, seit sie sich das letzte Mal gesehen hatten, nur unterbrochen durch kurze Geburtstagsgrüße und die gegenseitigen Beteuerungen, sich auf jeden Fall mal wieder zu treffen, sobald ein bisschen weniger los sei. Deswegen hielt Elena es jetzt offenbar für ratsam, lieber doch auf Nummer sicher zu gehen.

»Ich habe das nie gedacht. Aus meiner Sicht hast du einfach deinen Job gemacht.«

»Ich kann nicht.« Malu versuchte, es endgültig klingen zu lassen, bemerkte aber sofort, dass ihr das nicht ganz gelang. Nur eine kleine Unsicherheit, aber eine Lücke, in die Elena sofort hineinstieß.

»Warum nicht?«

Sie suchte nach einem überzeugenden Grund, fand aber nur einen Vorwand. »Ich habe getrunken.«

»Dann schlaf dich aus. Ich schicke dir morgen früh um sieben einen Kopter.«

An Schlaf war allerdings nicht zu denken. Nachdem sie die zudringlichen Fragen Vanessas abgewehrt und die beiden nach Hause geschickt hatte, um sie auf nächsten Freitag zu vertrösten – nicht ohne Vanessa schwören zu müssen, diesem »Wink des Schicksals« unbedingt zu folgen –, suchte sie mit Unterstützung des restlichen Weins verbissen nach einem Grund, Elenas Offerte doch noch abzusagen. Aber ihr Herz hämmerte wie verrückt bei dem Gedanken, exklusiven Zugang zu der Farm zu erhalten, nach all den Jahren, in denen sie diesen Gedanken als aussichtslos verdrängt hatte. Sie tigerte aufgeregt und ziellos von einem Zimmer ins andere, ohne sich auf irgendetwas fokussieren zu können.

Sie ließ sich von Watson verfügbares Material aus den letzten zwanzig Jahren Biotopia zusammenstellen, und noch um drei saß sie – der Wein war längst alle – mit halb geschlossenen Augen vor dem Bildschirm und sah sich altes Werbematerial von Sulaco an.

Sie erinnerte sich noch gut an das Erscheinen dieser Videos auf Instagram und YouTube. Sie waren Teil einer Imagekampagne nach den Coronajahren gewesen, denen schleichend die völlige Abschottung von Biotopia gefolgt war. Van Aa, zu dieser Zeit bereits weniger Start-up-Unternehmer als Lichtgestalt, war mit großem Tamtam in die Farm eingezogen, nachdem er jahrelang als Ökoprophet um die Welt gereist war, um für das Franchise – denn das war Biotopia – weitere Investoren anzufüttern und vergleichbare, wenn auch weitaus kleinere Ableger in Island und Indonesien zu gründen. Er war noch keine 25, charmant und blitzgescheit, ohne auch nur im Ansatz arrogant zu wirken. Es gab damals viele junge CEOs mehr oder weniger erfolgreicher Start-ups, für die Berlin die Hauptstadt Europas war, und sie alle beherrschten – mehr oder weniger – die Kunst der federnden Schritte und Sätze. Bei den meisten schimmerte früher oder später der Ehrgeiz durch, den sie gebraucht hatten, um so weit zu kommen, und von dort war es nur noch ein kleiner Schritt zu genau jener Karrieregeilheit, von der ihre betonte Lockerheit nur ablenken sollte. Bei van Aa war davon nichts zu spüren. Er sprach über Biotopia, das damals noch The Green Ark hieß, mit so unverstellt wirkender Begeisterung, dass man sich weder missioniert noch als Teil einer Werbemaschinerie fühlte. Und nun hatte er vor laufenden Kameras die Kameras hinter sich gelassen und wollte als Gleicher unter Gleichen leben, mit all den Entbehrungen, die er ein ums andere Mal als den wahren Fortschritt gepredigt hatte: Arbeit, Sesshaftigkeit und mediale Askese.

In den ersten Videos trugen die Produzenten noch blitzsaubere Overalls mit dem Sulaco-Emblem. Kopf, Mund und Nase wurden von einer Kapuze mit Atemschutz bedeckt.

Auf Malu hatte das schon damals einen eher entmenschlichenden Eindruck gemacht, auch wenn die Pandemie diesen Anblick hatte alltäglich werden lassen. Die klinisch wirkende Umgebung der vielgeschossigen Gewächshäuser stand in krassem Kontrast zur Ackerschollenrhetorik van Aas, und der Audiokommentar musste der sterilen Uniformierung nach Kräften positive Attribute zuschreiben, damit das gewünschte Bild erdiger Hingabe sich nicht im Assoziationsraum zwischen Hygiene und Effizienz auflöste. Natürlich half dabei die subtile Inszenierung von Gleichberechtigung und der Aufhebung sozialer Unterschiede. Der Text dazu war unprätentiös und aufrichtig, im Ton wie eine Naturdoku über kleine Polarfüchse, zugleich vertrauenerweckend wie subtil mahnend. »Aquaponische Vertikalfarmen der Firma Sulaco produzieren deutlich mehr und gesündere Nahrungsmittel als konventionelle Erzeuger – auf einem Bruchteil der Fläche, mit einem Bruchteil des benötigten Wassers, zu einem Bruchteil der Kosten.«

Man spürte, dass bei der Produktion der Filme Profis am Werk gewesen waren, Menschen, die vermarkten konnten, was eigentlich nicht zu vermarkten war: Strategen echter Gefühle.

»Angesichts der Endlichkeit fruchtbaren Ackerlandes, der Schwerfälligkeit traditioneller Landwirtschaft und den unbegrenzten Möglichkeiten des modernen Bioengineering erscheinen der Bauer und sein Trecker, der seine Scholle pflügt, heute wie Relikte aus längst vergangener Zeit.«

Auf dem Gelände von Biotopia standen 33 transparente bzw. halbtransparente Vertikalfarmen mit 20 bis 25 Stockwerken, die im Sommer mit natürlichem Licht, im Winter und nachts künstlich beleuchtet wurden. Bevor die Arbeiter die Farmen betreten durften, durchliefen sie eine Schleuse zur Dekontamination. Das war mit Überbelichtung und Lens-Flare-Effekten gefilmt wie eine rituelle Waschung und griff so durchaus van Aas Vorliebe für spirituelle Bezüge auf, wie sie sich auch schon bei früheren Projekten von ihm gezeigt hatte. Zum Begriffsfeld der Reinigung passte, dass die Atemluft wie auch das Wasser jeder Vertikalfarm innerhalb eines geschlossenen Systems zirkulierte. Aus feinen Düsen wurde es als Aerosol über den Pflanzen verteilt und perlte zum Boden hin ab, wo es durch Kieselsteine und Lehmsedimente gefiltert wurde. An keiner Stelle berührte dieses Wasser mehr die keimträchtige Außenwelt. Biotopia war eine Arkologie, eine hermetisch abgeschlossene Biosphäre.

Malu erinnerte sich, dass die Begriffe bio und natürlich in den ersten beiden Jahrzehnten des Milleniums beinahe allgegenwärtig gewesen waren, ein wichtiges, wenn nicht das wichtigste Verkaufsargument für ein Produkt. In jenen Videos aber, wenige Jahre später entstanden, kamen diese Begriffe überhaupt nicht mehr vor. Sie hätten auch nur die Frage aufgeworfen, was bio und natürlich in diesem Zusammenhang noch bedeuten sollte. Die Tomaten und Rondini, Avocados und Kiwanos, Zuckerschoten und Lupinen verbrachten ihre kurze, behütete, wachstumsoptimierte Entwicklung in aseptischer Sauberkeit. Ihre Genese war minutiös geplant vom Molekulardesign ihrer Saat bis zur Resorption ihrer Nährstoffe im menschlichen Darm. Ihr Wachstum war ein prädestinierter und gesteuerter Prozess, der nur einem einzigen Ziel entgegenwuchs, nämlich der fristgerechten Auslieferung.

3D-Animationen zeigten, wie die Luft gefiltert und temperiert, wie das Brauchwasser aus den Fischtanks tief unter dem Feld vom Ammoniak befreit, mit Nitrat angereichert und wieder zu den Farmen hinaufgepumpt wurde, wie der Computer den ph-Wert anglich, die Nährstoffe dosierte und das Gemisch schließlich durch das Steinwolle-Substrat leitete, in das die Pflanzen anstelle von Humus griffen, wenn sie nicht, wie Kräuter und Kresse, in gesättigtem Nebel hingen.

Die Wachstumsraten der Pflanzen waren enorm. Mit der Kundenanfrage wurde ohne Verzögerung die Produktion in Gang gesetzt, im Zeitraffer weniger Tage entstanden sie wie aus dem Nichts. Die Produzenten verteilten palettenweise neue Stecklinge, topften um, beschnitten und ernteten, sie verluden die reifen Tomaten oder Auberginen mit abgezählt erscheinenden Schritten in die Transportaufzüge und in die mehrstöckigen Elektrowagen, mit denen sie zu den Hangars gefahren wurden, wo Fahrradkuriere, Drohnen oder die Verbraucher selbst sie in Empfang nahmen. Drinnen wurde schon das Grün der Stängel und Blätter entsorgt und zur Vergärungsanlage transportiert, wurden die Armaturen gesäubert und Platz geschaffen für die bereits startbereite neue Saat: Ein nie stillstehender Kreislauf des Lebens, der sich unablässig erneuerte.

Die Präzision, mit der hier Aufzucht und Ernte all dessen besorgt wurde, was seit Jahren und Jahrzehnten ihr Frühstück und Abendessen gewesen war, sollte als leichthändig und opferfrei erscheinen. Doch in den ästhetisierten Aufnahmen dieser Videos spürte Malu eine eisige Erwartung auf den Pflanzen lasten – binnen Tagen reif und auslieferungsbereit zu sein. Und auch die Produzenten waren unablässig und bedingungslos ihrer Aufgabe verschrieben, ob bei der Produktion oder in den Versuchslaboren der Forschungsabteilung. Heerscharen von Bioingenieuren feilten daran, die guten Ideen der Natur zur Marktreife zu perfektionieren. Sie kultivierten Rinderstammzellen in Aminosäuren und erhielten bratfertige Burgerpattys, gewannen molekülidentisches Hühnereiweiß aus Hefeextrakten und bauten Shrimps aus den Erbinformationen der Rotalge nach, immer unterstützt von den neuesten Errungenschaften der digitalen Intelligenz.

Die PR-Profis lernten mit der Zeit, dass sie keine Identifikationserfolge erzielten, wenn sie ein Menschenballett zeigten, das nach den Regeln einer Maschine tanzte. In den späteren Videos gab es keinerlei sichtbare Server, Leitungen oder Schnittstellen mehr, weder Bildschirme noch Sprachassistenz, nicht einmal ein rotes Kameraauge. Stattdessen verwandelten die stilisierten Bilder die Technik in reinen Geist und erhoben ihren Gebrauch zum Kult.

Und als Malu jetzt dieses anthropogene Wunder betrachtete, fragte sie sich in einem letzten sich wellenförmig auftürmenden Gedanken, bevor sie voller Erschöpfung und Unbehagen das Bewusstsein verlor, ob wohl auch ihre Tochter Golda sich diesem oktroyierten Rhythmus hatte unterwerfen müssen.

2
Die Störung

Vom Sonnenaufgang war noch nichts zu sehen. Regenschlieren wehten träge über das Areal hinweg, auf dem fast unsichtbar die Vertikalfarmen von Biotopia in die Dunkelheit aufragten.

Wann immer Malu in den letzten zwanzig Jahren von einer Reise nach Berlin zurückgekehrt war, hatte sie die gläsernen Türme bereits aus der Ferne sehen können, gerade im Dunkeln, wenn der Magentaschimmer der Wachstumslampen umso besser zu erkennen war. Sogar in der gesamten langen Krisenzeit des Großen Einsatzes war dieses sich scheinbar selbst erzeugende Licht nie erloschen, und so lange es leuchtete, durfte Malu und jede andere solvente Person in der Stadt überzeugt sein, dass die Dinge so schlimm noch nicht stehen konnten. Doch nun waren all diese Lichter erloschen.

Watson hatte ihr davon abgeraten, eine Taxidrohne zu nehmen, da sie innerhalb der Anlage nicht würde landen können. Allerdings hätte ihr auch ein Wagen keinen Vorteil verschafft, wie sie von hier oben sehen konnte: Der Zugang Columbiadamm war durch Menschenmassen sowie Einsatzfahrzeuge des Sicherheitsdienstes unpassierbar geworden.

»Watson, wir landen vor dem ehemaligen Besuchereingang.«

Sofort parierte Watson mit einer Antwort, die klang wie die einzig mögliche. »Wir haben dafür leider keine Erlaubnis, Malu.«

»Da hat mir Elena aber etwas anderes gesagt.«

»Der Senat hat auf dem Gelände keine Befugnisse.«

Sie wusste, dass die Rechtslage verwickelt war. Der Senat hatte bei der Errichtung von Biotopia Mitte der Zehnerjahre zunächst die Rolle des Antreibers gespielt und sich dann aus der Verantwortung gezogen, indem er den Amerikanern die Farm als Sonderwirtschaftszone überließ. Lediglich der Sicherheitsdienst Konterbauer wahrte noch die Form behördlicher Aufsicht.

Aus welchem Grund protestierten diese Leute, die die Uniformierten offenbar nur mit Mühe zurückdrängen konnten? Malu vermutete weniger humanitäre Anteilnahme als vielmehr ein drohendes Versorgungsproblem. Biotopia hielt die Lieferverträge mit der Stadtverwaltung bereits seit achtundvierzig Stunden nicht mehr ein, und jede weitere Stunde kostete Vertrauen, das sich die Farm über zwanzig Jahre erarbeitet hatte. Es würde nicht über Nacht zurückkommen, wenn nicht alles sehr schnell wieder in normalen Bahnen lief.

Bei ihrem Gespräch mit Elena hatte Malu gespürt, wie die exzellenten Gründe für ihren Rückzug ins Private, die sie in jahrelanger Fleißarbeit immer resistenter gegen Widerspruch und Zweifel gemacht hatte, zu zerbröseln begannen wie billiger Mörtel – viel, viel schneller, als sie es für möglich gehalten hätte. Das unerwartete Gefühl, noch einmal gebraucht zu werden, hatte alle möglichen Glückshormone durch ihren Körper gepumpt, nur das gute Zeug. Leider vernebelte das gleichzeitig ihre Fähigkeit zu klarer Analyse.

Die war inzwischen zumindest so weit wieder intakt, dass Malu auf die Idee kam, sich die Landeerlaubnis direkt von Konterbauer zu holen. Watson stellte eine Verbindung her.

»Mein Name ist Marieluise Jacobson, ich soll im Auftrag

von Senatorin Elena Sander ein Audit bei Ihnen durchführen. Wo kann ich landen.«

Sie bemerkte, dass die Frage, die sie hatte stellen wollen, zu einer etwas übermotivierten Aufforderung geworden war, so als hätte sie nach einem verlängerten Sabbatical nun wieder das ultimative Kommando inne. Was allerdings in keiner einzigen Hinsicht zutraf.

»Hier ist nichts angemeldet. Der Kennung Ihrer Drohne nach sind Sie eine Privatperson. Sie werden hier auf keinen Fall landen, da kann ja jeder kommen.«

Der Columbiadamm war in beide Richtungen von dichtem Gewimmel bevölkert. Autos waren in der Menschenmenge stecken geblieben. Was aus zweihundert Metern Höhe noch ausgesehen hatte wie ein Protestzug, entpuppte sich bei genauerer Betrachtung als eine Art lebende Barrikade, als gälte es, Personen, die von dem umzäunten Gelände herkamen, am Durchgang stadteinwärts zu hindern. Es sah aus, als hätten die Protestierenden die ganze Nacht dort untergehakt verbracht. Auf den Großaufnahmen, die Watson anzeigte, konnte Malu vereinzelt Prügeleien ausmachen, allerdings war völlig unklar, wer sich prügelte und warum. Der Kleidung nach waren es Anwohner, solvente Bürger, die sich zum Teil mit Holzlatten oder Knüppeln bewaffnet hatten, als wollten sie jene zurückdrängen, die aus der Farm zu fliehen versuchten. So viel also zu Vanessas Willkommenskultur.

Allerdings war es unwahrscheinlich, dass überhaupt jemand herauskam. Zum einen war da der meterhohe beleuchtete und, wie Malu oft genug gehört hatte, mit allerhand Sensorik gesicherte Zaun. Zum anderen hatte Konterbauer sämtliche Zufahrten, die hinein- oder hinausführten, mit Wachleuten besetzt und abgeriegelt.

Malu fand die Annahme, es handle sich bei der Störung um einen großangelegten Fluchtversuch, wenig überzeugend.

Warum sollten die Produzenten Biotopia verlassen wollen? Wenn das der Fall wäre, dann hätte Golda es schon lange getan.

Malu bat Watson, eine Verbindung zu Elena herzustellen. Es war kurz nach acht Uhr früh.

»Die Senatorin ist leider nicht zu erreichen, Malu.«

»Watson, wir müssen da landen, es gibt keine andere Möglichkeit. Dort unten vor dem Besuchereingang ist Platz genug.«

»Wir haben keine Landeerlaubnis, Malu.«

»Gib mir das Steuer.«

»Ich muss dich darauf aufmerksam machen, dass bei manueller Steuerung der Versicherungsschutz dieser Drohne erlischt.«

»Danke, Watson. Gib mir das Steuer.«

Malu ergriff den Stick, den Watson nun freigab, und manövrierte die Drohne über die historische Abfertigungshalle des ehemaligen Tempelhofer Flughafens. Zu Beginn des 21. Jahrhunderts hatte sie ein- oder zweimal an Führungen teilgenommen. Später war hier jahrelang die Ausstellungs- und Markthalle von Biotopia Berlin untergebracht gewesen, wo die Erzeugnisse der Farm – frischer Salat und Gemüse, Fisch, später auch Fleischsubstitute und Arzneien – verkauft und nebenher neue Produzenten angeworben wurden. Welchem Zweck dieser Gebäudeteil jetzt diente, wusste Malu nicht. Biotopia war seit mehr als zehn Jahren von der Außenwelt abgeschottet, Informationen über die Vorgänge im Inneren gelangten nur in zweierlei Form an die Öffentlichkeit: Durch offizielles Werbematerial von Sulaco oder durch Gerüchte. Als zuverlässige Informationsquellen konnte man beides schwerlich bezeichnen.

Als sie die Flughöhe über dem vorgesehenen Landeplatz immer weiter verringerte, erfasste ein Lichtkegel die Drohne. Eine lautsprecherverstärkte Stimme wies sie darauf hin, dass das Gelände Sperrgebiet und die Landung strengstens verboten sei. Wie aus dem Nichts erschienen vier Uniformierte am Boden und gestikulierten, als versuchten sie einen Schwarm Hornissen zu verscheuchen.

»Man wird die Landung als Übergriff werten. Eine Sanktion als Folge ist sehr wahrscheinlich«, warnte Watson.

Malu ignorierte die Warnung. Die Drohne verlor immer mehr an Höhe, und die Uniformierten stoben, nun ihrerseits gleich einem Schwarm, auseinander. Malu zog am Stick, wodurch die Drohne wieder aufstieg, korrigierte die Steuerbewegung dann viel zu heftig in die entgegengesetzte Richtung und setzte das Fluggerät so hart auf, dass sie nur um ein Haar einem Schleudertrauma entkam. Irgendwo hatte es ein lautes Krachen gegeben, die Rotoren schalteten sich ab.

Schon riss einer der Wächter die Tür von außen auf und brachte seinen Taser in Anschlag. »Aussteigen!«

Malu blieb ruhig. »Erst wollen Sie mich verscheuchen, und jetzt können Sie es kaum erwarten, mich in Empfang zu nehmen«, sagte sie und stieg auf wackeligen Beinen aus dem Fluggerät.

Als die Männer sie sahen, wirkten sie geradezu verunsichert. Da stand eine in Jeans und Filzmantel gekleidete Frau in ihren fortgeschrittenen Fünfzigern, auf dem Kopf eine Lesebrille, die als Haarreif diente, freundlich und zugewandt und selbstredend schon ihr ganzes Leben lang unbewaffnet. Man hätte sie ebenso für eine Kunstlehrerin wie für eine Psychologin oder Entwicklungshelferin auf Vortragsreise halten können. In ihr eine Bedrohung zu sehen, fiel offenkundig selbst den übertölpelten Wachleuten schwer.

»Sie dürfen hier nicht landen!«, blaffte einer der vier trotzdem pflichtschuldig. Sein Gesicht wurde von einem Helm mit dunklem Visier verhüllt, aber seine junge Stimme klang für Malu nicht einschüchternd, sondern eher hilflos.

Der Nieselregen überzog Haut und Kleidung mit unangenehmer Feuchtigkeit, ein vager Brandgeruch sowie die undefinierbare Geräuschkulisse – unverständliches Skandieren gemischt mit einem dumpfen, ratternden Grollen – machte die Anwesenheit hier draußen ausgesprochen unwirtlich.

»Lassen Sie uns das doch drinnen bereden!«, sagte Malu einladend und ging Richtung Eingang, als sei sie hier zu Hause.

Die Tür der leeren Drohne schloss sich selbsttätig, die vier Rotoren setzten sich simultan wieder in Bewegung, und das Gerät erhob sich taumelnd wie ein benommenes Insekt zur nächsten Tour.

Die vier Uniformierten begleiteten Malu in misstrauischer Distanz zum Eingang. Einer sprach eine Statusmeldung in sein Funkgerät und erhielt umgehend Antwort, die Malu nicht verstand. Sie versuchte die Eingangstür zu öffnen, aber sie war verschlossen. Wie um ihre Forderung zu wiederholen, stemmte sie wartend und ein wenig forsch die Hände in die Hüften. Einen Moment lang geschah überhaupt nichts, die Szene wirkte wie eingefroren. Dann erklang der Türsummer.

Sie gelangten in eine kleine Empfangshalle. Die Wände waren von einem biolumiszierenden Pilz bedeckt, der ständig die Farben wechselte, von gelb über violett zu grün und wieder zurück. Durch die großen Panoramafenster waren die Schatten der lichtlosen Türme zu sehen. Auf dem beleuchteten ehemaligen Vorfeld waren zwei Zelte errichtet worden.

»Du musst Marieluise sein!«

Eine junge, androgyn wirkende Person mit weißgefärbten Haaren kam sicheren Schrittes auf Malu zu und streckte ihr die Hand zur Begrüßung hin. Sie trug eine dunkelblaue Uniform mit Stehkragen und Konterbauer-Logo, streng und doch auf eine taillierte Art feminin. Ihre Pupillen waren vom blaustichigen Silizium einer AR-Linse bedeckt, wenn nicht sogar die Hornhaut selbst implantiert war – eine Annahme, für die die geröteten Lider ein starkes Indiz zu liefern schienen. Sie hatte irgendwie abstrakte und vielleicht gerade deswegen spöttisch wirkende Gesichtszüge. Vor der flachen Brust hielt sie ein altertümliches Klemmbrett.

»Elena hat mich schon vorgewarnt, dass du kommst«, sagte sie mit verschlagenem Lächeln und unerwartet tiefer Stimme. »Oh, deine Hand fühlt sich aber nicht gut an. Hier, dein Backstageausweis.«

Etwas überrumpelt nahm Malu eine Chipkarte entgegen. »Haben Sie hier … das Kommando?«

»Ich? Oh, nein.« Sie nestelte mit gespielter Verlegenheit an ihrem Kragen. »Ich bin Jules.« Sie sagte das, als sei es eine geläufige Berufsbeschreibung.

»Und weiter?«

»Nichts weiter.« Sie tippte auf ihr Namensschild: »Jules« stand darauf, darunter befand sich ein blasser Fettfleck mit den Umrissen Neuseelands.

»Ich bin hier, um den Störfall zu untersuchen«, sagte Malu. In alle Richtungen eilten Uniformierte mit Kisten und Ausrüstungsteilen an ihnen vorüber. Sie stand im Weg. Als Jules nicht reagierte, sagte sie: »Oder die Störung.«

Aber Jules schien irgendwie mit den Gedanken woanders zu sein.

»Im Sinne der Störfallverordnung«, ergänzte Malu mit einem gewissen Nachdruck, um ihrem Auftrag noch mehr professionelle Substanz zu verleihen.

»Klar, logisch«, sagte Jules zerstreut. »Wo ist denn da eigentlich der Unterschied?«

Malu lächelte unverbindlich. In ihrer aktiven Zeit hatten die Verantwortlichen sie auf alle nur denkbaren Arten auf die Probe gestellt oder zu verunsichern versucht. Am besten blieb man sachlich. »Ein Störfall ist ernster als eine Störung.«

»Aber nicht so ernst wie ein ernster Störfall, richtig?« Jules grinste wie über ein besonders feinsinniges Aperçu.

Malu blieb sachlich. »Kann ich jetzt bitte mit den Verantwortlichen sprechen?«

»Na sicher, Marie – ich darf doch Marie sagen? –, aber erst mal gehen wir zwei beide zum Medizincheck.«

»Wie bitte?«

»Hinter der Tür da vorne. Ich begleite dich ein Stückchen.«

»Warum? Ich bin nicht krank.«

»Du wirst nur kurz durchgecheckt. Das ist Standard, du musst dich nicht ausziehen oder so was. Keine Sorge!« Sie lächelte mit leiser Herablassung, so als läse sie eine diesbezügliche, übertrieben verklemmte Sorge in Malus Gesicht. »Wenn du dort fertig bist, haben wir noch ein bisschen formellen Kram vor uns. Danach führe ich dich rum und erzähle dir, was wir wissen.«

Malu erhaschte einen kurzen Blick auf das Papierdisplay, das auf Jules' Klemmbrett eingespannt war. Darauf befanden sich nichts als Kritzeleien, Krakel, aus untätigem Warten geborene Striche und Kreise. Als Jules ihren Blick bemerkte, lächelte sie ein wenig verlegen und löschte die Kritzeleien mit einem Fingertipp. »Kann ich sonst noch etwas für dich tun, Marie?«

Sie überlegte, ob sie Jules den enervierenden Gebrauch ihres halben Vornamens ausreden sollte, vergaß es aber gleich wieder. »Wann kann ich in die Anlage?«

Jules' Gesicht nahm einen bekümmerten Ausdruck an, der zwar falsch, aber dennoch vollendet wohlerzogen wirkte. »In die Anlage? Ja, also … hat Elena dir denn nichts gesagt?«

Malu verschränkte als Antwort nun ihrerseits die Arme vor der Brust.

»Die gesamte Anlage ist im Moment Sperrgebiet«, sagte Jules.

»Und das heißt?«

»Gesperrt. Für den Zutritt von Unbefugten. Zu denen, soweit ich das in meinen Unterlagen sehen kann« – sie deutete einen Blick auf ihr leeres Klemmbrett an – »leider auch du gehörst. Generell alle Privatpersonen.«

»Das kann ich mir nicht vorstellen. Der Senat hat euch über mein Kommen informiert. Konterbauer untersteht dem Senat. Das ist eine offizielle Weisung.«

»Sorry, das ist ja bestimmt alles korrekt und richtig und so weiter, aber die Frau Senatorin sollte sich bei Gelegenheit vielleicht noch mal das Sicherheitskonzept von Konterbauer durchlesen, vor dem Hintergrund, dass hier gerade Holland in Not ist und so.«

Malu wechselte wohl oder übel schon jetzt in den Erbsenzählmodus, für den sie offenbar so bekannt war, dass eine Senatorin sie dafür extra aus dem vorzeitigen Ruhestand geholt hatte. »Von wem genau kommt diese Anweisung?«

»Ich kann dir das im Moment leider nicht weiter aufdröseln, Marie.«

»Aufdröseln? Ich möchte wissen, wer das angeordnet hat. Kann ich mit dieser Person sprechen?«

»Jetzt erst mal Medizincheck, ja? Und lass die auch mal einen Blick auf deine Hände werfen!«

Das Medicamp war eine kleine Arztpraxis, die in die ehemaligen Büroräume des Flughafenpersonals eingebaut worden war, und diente offensichtlich nur der Erstversorgung des Konterbauer-Personals. Ob es momentan auch dazu genutzt wurde, Produzenten aus der Farm zu behandeln, war schwer zu sagen; es sah aber nicht danach aus, schließlich standen vor den Hangars die großen Zelte. Doch auch dort herrschte wenig Betrieb, außer einigen Sicherheitsleuten und medizinischem Personal war niemand zu sehen. Obwohl der Morgen inzwischen dämmerte, waren die Strahler noch eingeschaltet und tauchten alles in ein unnatürliches Licht, das die weißen Einwegoveralls des Personals geisterhaft gleißen ließ.

Eine junge Ärztin trat Malu in den Weg. Während sie sich Latexhandschuhe überzog, führt sie Malu in einen Behandlungsraum mit Dekontaminationskabine, Umkleide, Display und Liege.

»Du bist die vom Senat?«, fragte sie über die Schulter. Ihr Ausweis baumelte lässig aus ihrer Hosentasche. »Ramona« stand darauf.

»So ungefähr«, sagte Malu.

»Wir müssen deine medizinischen Daten checken. Hast du dich schon eingeloggt?«

Eine zweite Frau betrat den Raum. Sie wirkte kräftig und blieb wie unentschlossen beim Durchgang stehen. Es sah aus, als hätte sie gar nicht die Absicht, hereinzukommen. Wollte sie Malu vielmehr am Hinausgehen hindern?

»Watson braucht deinen Login«, sagte Ramona und deutete auf den Fingerabdruck-Scanner.

»Wozu braucht Ihr meine Gesundheitsdaten?«

Ramona wechselte einen Blick mit der Frau bei der Tür. »Das ist nur zur Vorsicht. Watson gleicht ein paar Unverträglichkeiten ab. Nichts Weltbewegendes.«

»Unverträglichkeiten? Wogegen?«

»Bestimmte chemische Verbindungen.« Ramona vermied es, Malu direkt anzusehen. Stattdessen kramte sie eine kleine Ampulle aus einem Kühlbehälter und zog eine Spritze zur Hälfte mit Serum auf.

»Wenn Sie mir nicht sagen, wozu meine Daten gebraucht werden, gebe ich sie Ihnen nicht. Das ist doch wohl ganz logisch.«

Ramona lächelte nachsichtig. Sie ging – noch immer mit der Spritze in der Hand – zu einem Bildschirm und verlas aufreizend monoton eine lange Reihe chemischer Abkürzungen für Molekülverbindungen, bis Malu sie unterbrach.

»Was soll das? Es ist doch wohl klar, was ich gemeint habe.«

Die Frau bei der Tür sah Malu ausdruckslos an und begann, ihre Ärmel hochzukrempeln.

Ramona sagte: »In der Anlage wird mit allergenen Substanzen gearbeitet. Wir wollen das nur mal schnell abgleichen.«

»Ich verstehe immer bloß abgleichen. Was für Substanzen sind das? Wird da drinnen mit Kampfstoffen experimentiert?«

»Ich bitte dich, Malu: Kampfstoffe!« Dabei kam sie mit erhobener Spritze auf sie zu.

»Was ist das für eine Spritze?«

Sie ging an Malu vorbei; statt ihrer bekam die Frau bei der Tür eine Injektion. Sie bedankte sich freundlich und ging weg. Ramona kehrte an das Display zurück und entsorgte die Spritze in einen kleinen Desinfektionsbehälter.

»Entspann dich, Malu. Dieser Check ist obligatorisch, und deine Aufregung darüber ist … na ja.«

Malu sah sie prüfend an. Schließlich legte sie einen Finger auf den Sensor und erteilte die Freigabe.

»Soll ich mir das mal ansehen?«, fragte Ramona mit Blick auf ihre Hände.

»Nicht nötig.«

»Es gibt mittlerweile wirksame Therapien gegen … ist das Arthrose?«

Malu sah sie einen Moment lang ruhig an und deutete dann mit einem Kopfnicken nach draußen, dorthin, wo die Türme ihr dunkles Geheimnis über den Tagesanbruch zu retten versuchten. »Was ist da drinnen passiert?«

Ramona lächelte. »Das willst du sicher lieber selbst herausfinden.«

Malu imitierte ihr Lächeln in einer plötzlichen Aufwallung von Ärger. »Was ist eigentlich aus dem guten alten *Sie* geworden?«

Ramona streifte mit einem schnappenden Geräusch ihre Latexhandschuhe ab. »Ich denke, wir sind hier fertig.«

Sie hatte Malu kein einziges Mal angefasst.

3
Das Feld

Das Areal der Hightech-Farm *Biotopia*, das zwischen den Berliner Ortsteilen Schöneberg und Tempelhof im Südwesten sowie Kreuzberg und Neukölln im Nordosten lag, hatte eine bewegte Geschichte. Schon im 18. Jahrhundert war es von Schöneberger Bauern als Ackerfläche genutzt worden. 1828 kaufte das preußische Militär das Große Feld, wie der Volksmund es nannte, für Geländeübungen, doch die Berlinerinnen und Berliner nutzten es in ihrer Unverbesserlichkeit weiterhin zu Naherholung und Sport.

Im ersten Viertel des 20. Jahrhunderts entwickelte sich die kommerzielle Luftfahrt rasant und prägte den Charakter des Feldes. Bis 1927 widmeten die Firmen Junkers und Aero Lloyd das Gelände schrittweise zu einem Flughafen um – als weltweit erster verfügte Tempelhof sogar über eine eigene U-Bahn-Station. Der zunehmende Luftverkehr erschöpfte schnell die Kapazitäten des Flugfeldes, sodass es in den 2030er-Jahren auf 400 Quadratmeter vergrößert und um ein monumentales, von Ernst Sagebiel entworfenes Abfertigungsterminal erweitert wurde. Bei seiner Eröffnung galt es als größtes Gebäude der Welt.

Nach dem Machtantritt der NSDAP beherbergte das Gelände eines der ersten Konzentrationslager des Regimes und wurde nach Beginn des Zweiten Weltkrieges von der nazideutschen Rüstungsindustrie zur Herstellung und Wartung des berüchtigten Sturzkampfbombers Ju 87, genannt »Stuka«, benutzt. Tausende Zwangsarbeiterinnen und -arbeiter aus ganz Europa wurden hierher verschleppt, viele kamen aufgrund der menschenunwürdigen Arbeitsbedingungen ums Leben. Der technische Fortschritt machte aus dem Feld eine tödliche Falle.

Welthistorische Aufmerksamkeit erlangte der Flughafen nach dem Ende des Krieges während der Berlin-Blockade, mit der die Sowjetunion von Juni 1948 bis Mai 1949 – fast ein Jahr lang – die westdeutsche Exklave von jeglicher Versorgung abschneiden wollte. Über die Luftbrücke landeten die sogenannten Rosinenbomber der Amerikaner teilweise im 90-Sekunden-Takt und sicherten so die Versorgung West-Berlins, was dann jene Nachkriegs-Weltordnung einläuten sollte, in der auch Malu aufgewachsen war.

Nach dem Bau des Flughafens Tegel wurde der Flugbetrieb in Tempelhof zunächst heruntergefahren und 2008 – dem Jahr, in dem Malus Berufsleben begann – endgültig eingestellt. Als im Mai 2010 der Erholungspark »Tempelhofer Freiheit« eröffnete, hatte Malu gerade ihr Büro im Bergmannkiez ganz in der Nähe der Terminals bezogen. Es war ein ehemaliges Ladenlokal von der Sorte, wie sie in dieser Zeit als Workspaces in Mode waren und die von außen ein wenig aussahen wie eine Bühne, auf der inspirierte junge Menschen ihre beginnende Karriere in Szene setzten. Immer, wenn es ihre Zeit zuließ, ging sie auf dem Feld joggen, gegen den Uhrzeigersinn, vorbei an den Hangars und dem Tower, entlang der Stadtautobahn auf der westlichen Seite, vorbei an dem kleinen rot-weiß karierten Kiosk, den selbstgezimmerten Gemüsebeeten des Gemeinschaftsgartens »Allmende Kontor«, entlang der Friedhofsmauer zum Biergarten und von dort am Baseballfeld wieder zum Ausgangspunkt. Die äußere Runde war fast sieben Kilometer lang, und Malu schaffte sie stets in einer Zeit unter 30 Minuten. Im Sommer, wenn sie und ihre Kolleginnen früh mit der

Arbeit fertig waren oder, wie meistens, die Arbeit ohnehin mit nach Hause nehmen mussten, fuhren sie gemeinsam mit ihren Rädern über eine der beiden Landebahnen Richtung Süden, setzten sich auf eine der Wiesen unterhalb der Neuköllner Promenade und palaverten in der langsam sinkenden Sonne über steigende Mieten und Menschenrechte in China, bevor Malu Golda vom Karatetraining abholte, oder von der Gitarrenstunde oder wo sie den Nachmittag sonst verbracht hatte: Malus Tochter war mit zehn, elf Jahren schon fast so beschäftigt gewesen wie ihre Mutter.

Die Tempelhofer Freiheit war in diesen Jahren eine Oase unschuldiger Leere inmitten des kaputtgehypten Molochs Berlin. Es gab keinen See, keinen Springbrunnen und sehr wenig Schatten. Das Feld war eine Mischung aus Grasland und Parkplatz, sein auffälligstes Merkmal die Abwesenheit von fast allem. Doch wann immer Malu es betrat, ob früh am Morgen, wenn noch die Stadtreinigung die überfüllten Container vom Vorabend leerte, oder am späten Nachmittag, wenn auf den Grillwiesen vollbepackte Großfamilien mit Kind und Kegel und ganzen Sitzgarnituren in Stellung gingen, dann ergriff sie das Gefühl, ein zugleich privates wie öffentliches Refugium aufgeschlossen zu haben, einen Ort zwischen Civitas und Naturzustand, wo man all das sein konnte, was man noch nicht war und vielleicht auch nie werden würde. Gleichzeitig hatte Malu ihr Ziel fest im Blick, wenn sie sich klarmachte, dass das Leben, das sie sich erträumte, nicht irgendwo jenseits des Sonnenuntergangs lag, sondern in ihrem Büro, auf das die beiden Landebahnen zuzulaufen schienen.

Sie hatte fast das gesamte letzte Jahrzehnt an der Uni verbracht – erst als Studentin, die ihren Abschluss in Rekordzeit schaffte, dann als wissenschaftliche Mitarbeiterin und schließlich als Doktorandin. Als ihre Konzepte zu Qualitätsmanagement und Sicherheitsauditing für Zulieferfirmen im außereuropäischen Ausland endlich auf Interesse stießen, schaffte Damian es, Tag und Nacht in der Requisite zu sein und Malu dennoch das Gefühl zu geben, er kümmere sich im Alleingang um Goldas Erziehung. Sie führten ein Leben zwischen unvereinbaren Polen und schafften es sogar nach Goldas Geburt erstaunlich lange, das offensichtliche Ablaufdatum ihrer Beziehung zu ignorieren. Weder Damian noch sie war wirklich bereit gewesen für ein Leben zu dritt – aber wie sich gezeigt hatte, war Damian es noch weitaus weniger gewesen als sie. Was dazu führte, dass Golda, wenn sie nicht beim Probetraining eines Schwimmvereins oder in der Zeichen-AG ihrer Schule war, entweder mit ihren Hausaufgaben oder einem Buch neben Malu in ihrem Büro oder ohne beides in Damians Werkstatt saß, wo sie ihm fasziniert, aber unbeteiligt dabei zusah, wie er Kulissenteile schliff oder Replikate von mythischen Schwertern anfertigte.

Golda schien sich gern alleine zu beschäftigen, und auch wenn sie zu allen offen und freundlich war und Freundschaften hatte, war sie doch auch oft in sich gekehrt und sogar grüblerisch. Sie schien sich für alle Arten von Vorgängen – technischer, aber auch zwischenmenschlicher Art – mehr zu interessieren als für die Menschen selbst. Sie war durchaus empathisch, aber Malu hatte nie erlebt, dass sie mal besonders viel von jemandem gesprochen oder sogar geschwärmt hatte. Wenn sie jetzt darüber nachdachte, fragte sie sich sogar, was sie überhaupt vom Innenleben ihrer Tochter wusste.

Jedenfalls vergingen so die Jahre. Genau wie Malu war auch die Stadt hauptsächlich mit sich selbst beschäftigt. In rasender Geschwindigkeit veränderte sich das Leben in Berlin von Grund auf: Kreuzberg wurde von russischen Oligarchen und reichen Schweden aufgekauft, in Neukölln die Verkehrssprache von Türkisch auf Englisch umgestellt, und in Friedrichshain zeichneten die Anwohner Petitionen für ein Verbot von Rollkoffern. Berlin war lange ein belächeltes Start-up gewesen, und als die Marke endlich Geld einbrachte, war sie nicht mehr wiederzuerkennen. Scheinbar war es nur eine Frage der Zeit, bis die Heuschrecken auch über das Tempelhofer Feld herfallen würden.

Doch es kam anders. Nachdem noch ein Jahr zuvor ein Volksentscheid, an dem Malus Büro sich geschlossen beteiligt hatte, zum bejubelten Stopp aller öffentlichen oder privaten Bebauungspläne geführt hatte, machte der Senat zu Beginn der sogenannten Flüchtlingskrise 2015 eine Kehrtwende, indem er Pläne vorantrieb, auf dem Tempelhofer Feld ein Willkommenszentrum für Asylsuchende zu errichten. Man begründete das damals mit »administrativem Notstand«. Gegner des Vorhabens sprachen, je nach Gesinnung, entweder von einem Frontalangriff auf »die Demokratie« oder »das deutsche Volk«.

Etwa zur gleichen Zeit – niemand konnte sagen, in welcher kausalen Reihenfolge – reichte ein in Indonesien aufgewachsener niederländischer Umweltaktivist und Unternehmer mit dem unrealistischen Namen Ambrosius van Aa beim Berliner Senat das Konzept zu einem Urban-Gardening-Projekt ein, für das er lange Zeit weder einen Standort noch eine Finanzierungsmöglichkeit gefunden hatte: Die Green Ark, wie er das Projekt zunächst nannte, war eine aus aquaponischen Vertikalfarmen bestehende selbstverwaltete und selbstversorgende Anlage zur Herstellung von biologischen Nahrungsmitteln. Sie sollte das gesamte Areal des Tempelhofer Feldes bedecken, das mit seinen knapp 400 Hektar immerhin fast doppelt so groß war wie das Fürstentum Monaco.

Van Aa war Mitte zwanzig und wurde besonders von der Speerspitze des Berliner Bio-Klientels hymnisch verehrt, seit er 2013 als Student der Luft- und Raumfahrttechnik in Delft mithilfe einer Crowdfunding-Kampagne sein Projekt »The Ocean Cleansing« auf den Weg und in die

Weltmeere gebracht hatte: Riesige schwimmende Reinigungsanlagen, die völlig selbsttätig Plastikmüll aus dem Wasser filterten und ihn einem Recyclingsystem zuführten. Van Aa trat auf TED-Konferenzen und Tech-Messen als barfüßiger Zausel von nebenan auf, aber mit so viel Charisma und messianischer Überzeugungskraft, dass er für The Ocean Cleansing ebenso wie für die Green Ark den Tech-Investor Sulaco aus dem legendären Valley an Land ziehen konnte.

Mit seinem Nimbus als designierter Weltenretter sowie dem Argument, dass die Flüchtlingskrise nur eine von vielen künftigen Herausforderungen für Deutschland und Europa sei und mit epochalen sozioökonomischen Umbrüchen einhergehe, legte van Aa dem Senat ein richtungsweisendes Konzept vor. Darin fanden sowohl die historische Bedeutung des Geländes als auch die großen praktischen Anforderungen an ein Willkommens- und Integrationszentrum Berücksichtigung: Kein innerstädtisches Flüchtlingsghetto sollte entstehen, sondern ein Ort zum Leben und Arbeiten in einer interkulturellen Gemeinschaft und im Einklang mit den Erfordernissen nachhaltiger und ressourcenschonender Nahrungsmittelerzeugung. Die vertikalen Farmen der Green Ark würden nicht nur Wasser-, Energie- und Transportkosten der dort hergestellten Lebensmittel radikal senken, sondern auch Verpackungsmüll reduzieren und gleichzeitig den hart umkämpften Wohnungs- und Arbeitsmarkt Berlins entlasten.

Van Aas integrativer Ansatz stieß sowohl beim Senat als auch in der Öffentlichkeit auf größtenteils begeisterten Zuspruch, zumal diejenigen, die den Verlust ihrer innig geliebten »Tempelhofer Freiheit« beklagten, zufälligerweise dieselben waren, die in van Aa den Heilsbringer des 21. Jahrhunderts sahen. So gesehen gab es nur Gewinner.

Gleichwohl hagelte es von Beginn an auch massive Kritik an der gesetzwidrigen Umnutzung einer öffentlichen Liegenschaft. Gruppen verschiedenster Provenienz protestierten vehement gegen den Zuschlag des Geländes an Sulaco und versuchten immer wieder, die Bauarbeiten zu sabotieren. Der Protest richtete sich gegen das Ignorieren des Volksentscheids, gegen den Zuzug Asylsuchender, gegen den Verlust von Entfaltungsmöglichkeiten und städtischer Identität, aber auch gegen die Zerstörung der Artenvielfalt – immerhin hatten sich auf dem Feld bedrohte Pflanzenarten und Brutvögel wie Feldlerche, Steinschmätzer und Neuntöter angesiedelt.

Auch Malu hatte dem Bau erst skeptisch gegenübergestanden, dann aber gemerkt, dass er irgendwie zu ihrem wachsenden Gefühl passte, dass die Jugend für sie endgültig vorbei war. Denn auch ihr Leben befand sich nicht nur im Auf-, sondern bereits im Umbau. Sie hatte geerbtes und geliehenes Geld in eine schicke Eigentumswohnung auf Stralau investiert, in die sie mit der inzwischen pubertierenden Golda und Damian einzuziehen im Begriff war, obwohl der sich aus prinzipiellen und, wie sich zeigen sollte, unüberwindlichen Gründen dagegen wehrte. Sie spürte, dass die Dinge, die ihr schon jetzt so unendlich kompliziert vorkamen, ihr Widrigkeitspotenzial noch lange nicht voll entfaltet hatten.

Aber im Gegensatz zum Protest der Linksautonomen – nicht zu vergessen dem der Investoren – war der ihre lahm und handzahm gewesen und verdankte sich im Grunde nur einer formalen Empörung darüber, dass der Senat einen demokratischen Volksentscheid einfach im Handstreich übergangen hatte. Van Aas Vision bewunderte sie insgeheim. So einzigartig das Feld auch war: van Aa hatte die richtige Idee zur richtigen Zeit gehabt, und ihr schien es wie seine Bestimmung, dass das Feld sich diesem unbezweifelbar guten Zweck nun zu unterwerfen hatte. An dieses Gefühl erinnerte sie sich noch, als sie Golda längst an Biotopia verloren hatte: eine Art verquerer Stolz, so als hätte sie ein großes persönliches Opfer für eine noch weitaus größere gute Sache erbracht.

Die Baustelle freilich war jahrelang eine klaffende Wunde im ohnehin entstellten Gesicht der Stadt, schlimmer als der Potsdamer Platz nach der Wende: die Wiesen umgepflügt und planiert, der Asphalt aufgerissen, das gesamte Areal wie zerbombt – eine trostlose Marslandschaft bis zum Horizont, auf der die Bagger scheinbar ziellos Gräben zogen und die Betonmischer kubikkilometerweise Fundamente in den Untergrund pumpten, als hätten die Maschinen das ganze Leben übernommen.

Dass der Bau der Farm langsamer voranschritt als geplant, lag indes nicht nur an der notorischen Wurstigkeit der Berliner Behörden, sondern an van Aas Perfektionismus. Seine gigantische Pflanzenfabrik sollte auf dem letzten Stand der technischen Möglichkeiten sein, und da sich die Möglichkeiten in diesen Jahren beinahe stündlich weiterentwickelten, mussten auch die Baupläne ständig angepasst werden. In der entstehenden Kompetenzverwirrung schaffte Sulaco Fakten: Mit dem Energiekonzept des Wärmetauschs, der Solarzellen und der Biogaserzeugung stellte das Unternehmen schon früh sicher, dass die Farm energieunabhängig sein würde – womit die spätere Abschottung bereits vorprogrammiert war.

Malus Sentimentalität über den Verlust eines Stücks ihrer Geschichte wich ziemlich schnell ihrer moralischen Überzeugung, dass ihr ehemaliger Fitnessparcours einer bedeutenden Mission geopfert wurde – für Menschen, die ihre Heimat an den Bombenkrieg verloren hatten. In naher Zukunft würde dort, wo sie mit ihren Freundinnen Club-Mate getrunken und ihre profunden Einschätzungen zur Weltpolitik geteilt hatte, etwas wirklich Sinnvolles entstehen, gleichermaßen Ort der Teilhabe wie auch Manifestation einer neuen Weltmentalität, die in jedem einzelnen Aspekt des Lebens das große Ganze verbessern wollte.

Bei der Einweihung der Farm Anfang 2019 hatte sich gegenüber der Manifestation dieses Willens eine wohlwollende Akzeptanz durchgesetzt, die Biotopia zum weltberühmten Franchise machen sollte.

Aus ökonomischer Sicht war für Malu (und ohne Zweifel auch für die Investoren) klar, dass die Anlage ohne massive Subventionen nicht dauerhaft würde betrieben werden können, zumindest noch nicht zu Beginn, da die Gewinnmargen für Alltagslebensmittel wie Kräuter, Gemüse und Salat selbst im Biosegment kaum kostendeckend waren; angesichts der horrenden Bau- und Betriebskosten einer solchen Anlage würden sie ruinös ausfallen. Biotopia war also darauf angewiesen, dass der Senat die Unternehmung großzügig bezuschusste und die Arbeitskräfte aus Freiwilligen rekrutiert werden konnten. Für die Erfordernisse des Launches war die historische Situation in Berlin ein Glücksfall: verfügbares Bauland im Zentrum einer europäischen Metropole und eine schier unüberschaubare Anzahl Heimatvertriebener, die außer Sicherheit und einem Dach über dem Kopf zunächst keinerlei Ansprüche stellten.

Sulaco wusste, dass die Firma anfangs Geld verlieren würde, dafür aber Pionier eines einzigartigen weltgeschichtlichen Experiments und Innovator einer neuen Art menschlichen Wirtschaftens werden würde. Die späteren Standorte in Reykjavík, Nusantara und Neom bewiesen, dass der Erfolg durchaus wiederholbar war.

Auch für Malu fügten sich die Dinge. Aus einem Memorandum ihrer Firma zur Arbeitssicherheit im Niedriglohnsektor entwickelte sich die Zusammenarbeit mit der NGO Worth It Worldwide, die Standards der Arbeitssicherheit in Sweatshops definierte und umsetzte. Nachdem die rot-rot-grüne Regierung alle Berliner Unternehmen auf Einhaltung der Standards verpflichtet hatte, saß Malu quasi über Nacht mit den Großen am Tisch, denn sie hatte die Prüfroutinen für die Audits entwickelt.

Arbeiterinnen in Sweatshops waren nicht für ihre bereitwillige Kooperation mit Inspektorinnen bekannt – immerhin wurden sie von ihren Vorarbeitern strengstens beobachtet und hart bestraft, wenn sie zu leutselig über ihre Arbeitsbedingungen plauderten. Gleichzeitig waren alle, inklusive der Vorarbeiter, auf ihre Arbeit angewiesen, denn sie ernährte ihre Familien bis in die Elterngeneration.

Malus Idee, die nicht unumstritten war, beruhte auf Täuschung. Die Auditorinnen ließen sich einen Arbeitsplatz zuteilen und absolvierten einige Tage lang reguläre Schichten. Natürlich erlebten sie keine Normalbedingungen: Arbeitszeitbeschränkungen, Mindestalter der Arbeiter und Pausen wurden penibel eingehalten, solange sie anwesend waren, sodass sie am Ende einen hohen Score vergaben. Aber der Arbeitseinsatz hatte in Wirklichkeit auch nur dazu gedient, ungestört versteckte Kameras zu installieren.

»Das soll wohl ein Witz sein«, hatte ein Referent des Ministeriums Malu am Tag ihres Pitches gesagt, und alle Anwesenden hatten sich auf ihren Konferenzsesseln schon halb zur Mittagspause erhoben.

»Keineswegs«, hatte Malu geantwortet. Sie war ganz ruhig gewesen, weil sie wusste, dass ihr Konzept juristisch wasserdicht war. »Der avancierte Datenschutz der EU existiert weder in Bangladesch noch in Myanmar oder Vietnam. Wenn sie sich weiter auf die lauwarmen Beteuerungen und dreisten Lügen der Herren Vorstände verlassen wollen, dann müssen Sie sich mit meiner List nicht die Hände schmutzig machen. Aber wenn Sie wie ich die Nase voll davon haben, dass diese Abzocker sämtliche Rechte ihrer Arbeiterinnen missachten, dann werden Sie sowohl den Schergen wie auch den Drahtziehern auf einen Streich das Handwerk legen können.«

Ihre Laufbahn als aktive Auditorin bedeutete ihr viel: Es entsprach einfach ihrem Naturell, sich gegen bornierte Autoritäten durchzusetzen, Menschen ohne Lobby zu unterstützen und nicht zuletzt – zu reisen. Aber 2021 endete diese Laufbahn für sie aus zwei Gründen. Der erste war erfreulich: Sie stieg zur Projektleiterin von Worth it Worldwide auf, das im gleichen Zuge dem Bundesministerium für wirtschaftliche Zusammenarbeit und Entwicklung angegliedert wurde. Der zweite war Konrads Geburt. Doch statt zwei oder drei Monate in Elternzeit zu verbringen und dann mit zunächst halber Stundenzahl, mehr Kompetenzen und viel größerem Budget durchzustarten, saß sie zu Hause im Lockdown fest und fürchtete um das Leben ihres Kindes. Ihre Schwangerschaft mit Konrad war beinahe schwerelos verlaufen, immer an der Grenze eines unerklärlichen euphorischen Stimmungshochs. Aber unter der Geburt war Konrads Sauerstoffversorgung plötzlich abgefallen. Für ein paar Minuten mussten Alex, mit dem sie nach der Trennung von Damian zusammengekommen war, und sie um das Leben ihres Sohnes bangen. Seine ersten Tage auf dieser Welt verbrachte er in künstlicher Unterkühlung, wodurch sein Stoffwechsel so verlangsamt wurde, dass er kaum ein Lebenszeichen von sich zu geben fähig war. Sie brauchte Monate, um sich von dem Schock zu erholen, und obwohl Konrad sich normal zu entwickeln schien, richtete Malus ängstliche Aufmerksamkeit sich auf jedes Detail seines Verhaltens, das auf eine schwere Hirnschädigung hätte hindeuten können. Bis heute pendelte Konrads Verhalten zwischen unauffälligem Phlegma und Hyperaktivität, und es war und blieb quälend, nicht zu wissen, was davon ein unumkehrbarer Geburtsfehler war und was nicht.

Auch nach dem Ende der Pandemie blieb sie mehr oder weniger freiwillig im heimischen Innendienst, bis 2023 das von ihr entwickelte Audit Teil eines Bundesgesetzes mit dem erzdeutschen Namen Lieferkettensorgfaltspflichtengesetz wurde und Malu nach einer unerwarteten Beförderung zur Referentin plötzlich an der Schwelle einer Ministerialkarriere stand, als deren prädisponierter Schlusspunkt eigentlich nur der Posten der Staatssekretärin infrage kam. Sie war am Höhepunkt ihrer beruflichen Laufbahn angekommen, zweifache Mutter, Eigentümerin einer Immobilieneinheit und frisch von ihrem ersten Mann geschieden. Doch dann entdeckte sie, dass die Prüfberichte, mit denen Malus Mitarbeiterinnen von den Audits zurückkehrten und die ausgedruckt ganze Regalmeter gefüllt hätten, routinemäßig in dem Augenblick vergessen wurden, in dem die Staatssekretärin sie auf ihrer Festplatte abgespeichert hatte. Niemand interessierte sich jemals wieder für sie, nicht einmal Assistenten oder Praktikanten. Und selbst die Unternehmen, deren Regelverletzungen darin minutiös aufgeführt waren, würdigten sie keines Blickes. Sie brauchten sich nicht die Mühe zu machen, die Vorwürfe im Einzelnen zu prüfen, um dann ihre Juristinnen auszuschicken, sie zu widerlegen. Denn für sie ging es in diesem Spiel gar nicht darum, ein positives Image aufrecht zu erhalten. Stattdessen kauften sie sich mit ihrer Strafzahlung einfach die Erlaubnis, ihre Praktiken bis zum nächsten Audit fortzusetzen. Das Ministerium spielte dieses Spiel nicht nur mit, sondern holte sich mit dem Geld das zurück, was es durch die Abwanderung der Zulieferer in Niedriglohnländer verloren hatte. Aus Malus Herzensprojekt war hinter ihrem Rücken ein Nullsummenspiel geworden. Seitens des Ministeriums hatte es dann nur noch einer kurzen, ganz gewöhnlichen Bürointrige bedurft, um Malu, kraft ihrer plötzlichen Erleuchtung untragbar geworden, aus dem Dienst zu entfernen.

In der Folge hatte sie mehr als ein Jahrzehnt lang Gelegenheit, den Gemeinplatz »wieder mehr Zeit mit der Familie verbringen« mit Leben zu füllen. Nachdem Alex und sie zunächst ein gutes Team abgegeben hatten, beendeten die Umstände ihres unfreiwilligen Rücktritts neben ihrer Karriere auch diese Beziehung. Sie gab Onlinekurse für Selbstständige, bis Watson auch das übernahm, schulte auf Vipassana-Meditation und Yoga um, engagierte sich in den Elternbeiräten von Konrads diversen Bildungsinstitutionen und versuchte jeden Tag, keine überbehütende Mutter zu sein. Leicht war das nicht, doch sie vermied das Attribut »schwierig«, wo es nur ging, zumal sie es im Umfeld von Konrads Erzieherinnen und Sozialarbeitern oft genug hörte. Sie akzeptierte, dass er ein besonderes Kind war, selbst dann, wenn es gerade keine Schwierigkeiten gab. Sie hatte keinen Grund, enttäuscht zu sein, weil sie niemals den Fehler begangen hatte, sich ein Bild von ihren Kindern zu machen.

Ihre Beziehung zu Konrad wurde von den verschiedenen Berichten und Gutachten als wahlweise symbiotisch oder Münchhausen-by-proxy eingeschätzt. Da Malu aber in einer Zeit lebte, die jegliche Art von Zuschreibungen als bevormundend und chauvinistisch ablehnte, nahm auch sie sich diese Freiheit. Ihr einziger Glaube bestand darin, dass man sein Kind lieben musste, erst recht und besonders dann, wenn niemand sonst es tat.

4
Der Fall

Beim Verlassen der Krankenstation passierte Malu einen nicht ganz geschlossenen Vorhang und warf einen vorsichtigen Blick hindurch. Abrupt blieb sie stehen. Ein Elektrokardiogramm piepte charakteristische, gleichmäßige Herztöne in einen kleinen abgedunkelten Raum hinein. Kalt hallten sie zwischen den gekachelten Wänden wider und verloren sich in der Erwartung des nächsten.

Im Bett des kleinen Einzelzimmers lag ein schwer verletzter Mann, dessen Gesicht von blau bis grüngelb verfärbten Prellungen grotesk aufgequollen war. Ein Arm lag in Gips, der Rest des Körpers war von einer Decke verhüllt. Malu warf einen schnellen Blick hinter sich. Der Flur war leer; sie ging hinein.

Der Mann war bei Bewusstsein. Seine Augen folgten ihrer Bewegung, doch er machte keine Anstalten, irgendwie zu reagieren.

»Ich bin im Auftrag des Senats hier«, sagte sie leise. »Was ist mit Ihnen passiert?«

Der Mann sah sie lange und durchdringend an, als gehe er mit sich in Zwiesprache, ob er sich der fremden Frau anvertrauen dürfe oder nicht.

Malu streckte eine Hand nach der Decke aus. »Darf ich?« Sie zögerte einen Moment, und als der Mann sich nicht regte, ja nicht einmal versuchte, eine Antwort zu geben, hob Malu die Decke einige Zentimeter an – und zuckte zurück.

Sie hatte damit gerechnet, ein Krankenhemd mit weiteren sich darunter abzeichnenden Verbänden zu sehen, Verletzungen einer Prügelei, aus der sie irgendwelche Anhaltspunkte gewinnen könnte, etwa auf die verwendeten Schlagwerkzeuge und damit die Täter. Sie fand auch einen Anhaltspunkt, allerdings einen, mit dem sie nicht gerechnet hatte: Der linke Arm des Mannes war vom Bizeps abwärts amputiert.

Sie senkte die Decke so vorsichtig, wie sie sie gehoben hatte. »Wie ist das passiert?«

Der Mann sah sie nur an, flehentlich, wie Malu glaubte, und sagte schließlich: »Water«. Auf dem Nachttisch stand ein halb gefülltes Glas bereit, und da sie den Hebemechanismus des Bettes nicht finden konnte, versuchte sie, den Nacken des Mannes zu stützen, damit er leichter aus dem Glas trinken könne, das sie ihm hinhielt. Dadurch erst bemerkte sie den Verband an seinem Hals. Bei der Berührung seines Nackens zuckte er vor Schmerz zusammen wie von einer Verletzung, die er an dieser Stelle hatte.

»Was tun Sie hier?« Das war Ramonas Stimme.

»Wie ist das passiert?«, fragte Malu, ohne sich umzudrehen oder auch nur den Blick von dem Mann zu wenden. Wasser, von ihr verschüttet, durchtränkte die Decke. Mit dem letzten Rest benetzte Malu seine Lippen, und als der Mann die Tropfen mit sichtbarer Dankbarkeit aufgeleckt hatte, bewegte er die Lippen, um etwas zu sagen.

»He, ich habe dich etwas gefragt!«, insistierte Ramona hinter ihr mit einer Aggressivität, die Malu zwar überraschte, aber nicht einschüchterte.

»Noch mal«, flüsterte sie dem Mann zu und beugte sich tiefer zu ihm herunter. Seine Lippen waren aufgeplatzt, Schneide- und Eckzahn oben fehlten, abgestandener Atem drang aus seinem Mund. Ramona legte ihr von hinten die – jetzt unbehandschuhte – Hand auf die Schulter.

»Switch … off«, flüsterte der Mann.

Was meinte er? Ausschalten? Was sollte sie ausschalten?

»Raus jetzt!«, befahl Ramona.

Endlich drehte Malu sich um und schüttelte zugleich unwirsch die Hand ab. »Was ist mit dem Mann passiert?«

»Er hat sich verletzt«, sagte Ramona abweisend. »Du musst gehen.«

Malu blieb hartnäckig. »Ist das einer der Produzenten?«

Doch sie bekam keine Antwort. Ramona wies ihr den Weg zur Tür, wobei sie sie nicht berührte, allerdings ihre Hand bereithielt, um mit festem Griff zuzupacken, falls dies nötig werden sollte.

»Dann können wir ja loslegen, nicht wahr, Malu? Alles in Ordnung mit dir?«

Jules hatte vor dem Eingang der Krankenstation anscheinend die ganze Zeit über auf Malu gewartet, versuchte es nun aber so aussehen zu lassen, als sei sie ganz zufällig hier vorbeigekommen.

»Da drin«, sagte Malu. »Da ist ... ein Insasse. Er ist verwundet.«

»Es gibt keine Insassen«, sagte Jules. »Keiner ist hier gefangen. Die korrekte Bezeichnung lautet Produzenten.«

Malu wusste, dass dies die Sprachregelung Sulacos war, die in den Werbevideos verwendet wurde. Erst jetzt fragte sie sich, was sie davon halten sollte, dass ausgerechnet Jules, die das Vorgehen Sulacos im Auftrag des Senats kritisch kontrollieren sollte, auf diese Bezeichnung insistierte – noch dazu angesichts einer so ernsten Verletzung? Und mehr noch: auch sie gebrauchte diese Bezeichnung ganz selbstverständlich, obwohl sie doch hier war, um zu überprüfen, ob es überhaupt die richtige war.

»Was den Mann angeht«, fuhr Jules fort, »da kannst du ganz beruhigt sein. Er wird bestens versorgt. Deswegen haben wir ihn extra hereingeholt.«

»Ich würde gern wissen, was mit ihm passiert ist.«

»Natürlich.« Jules nickte, eine demutsvolle und geduldige, vor allem aber herablassende Geste, weil ihr keinerlei weitere Erklärung folgte.

Malu trat einen Schritt näher an Jules heran. Sie roch Veilchenöl und eine Note, die sie an Amber erinnerte, warm und süß, geradezu wollüstig. Ekel stieg in ihr auf. Unwillkürlich musste sie an Golda denken. Hatte sie sich heraushalten können? War sie unverletzt?

»Waren das eure Leute?«, fragte Malu.

»Aber was denkst du dir denn?« Jules wirkte empört, aber auf eine gespielte Weise. »Wir haben doch normalerweise gar keinen Zutritt zu der Anlage.«

»Ich frage mich, wie so etwas passieren kann!«

»Ich weiß nicht, Marie. Du fängst ja gerade erst an mit deiner Untersuchung.«

»Ich bin hier für ein Audit. Keine Untersuchung.«

»Vielleicht war es ja ein Streit? Unter Produzenten?«

»Ein Streit, der mit einer Amputation geendet hat«, präzisierte Malu. »Wenn ihr nicht in die Anlage dürft – wie habt ihr ihn dann gefunden?«

»Na ja … durch die Kameras, nicht?« Jules tat so, als sei das alles hinlänglich bekannt, dabei war nichts, rein gar nichts darüber bekannt. Und welche Rolle Konterbauer dabei spielte, wurde Malu von Minute zu Minute unklarer.

»Wo sind die installiert?«

Jules machte eine unbestimmte und gleichzeitig allumfassende Geste. »Na … überall.«

»In der ganzen Anlage?«

Sie schnalzte ungeduldig mit der Zunge und schüttelte leicht den Kopf. »Da nun gerade nicht.«

Malus Reaktion – sie legte den Kopf schief und verengte den Blick – sollte Jules signalisieren, dass ihre Geduld langsam erschöpft war.

Jules lächelte verkniffen, so als sei sie daran gewöhnt, derartige Reaktionen hervorzurufen. »Schau, es gibt da, was die Kameras angeht, gewisse Beschränkungen … rechtlich gesehen. Das ist ein bisschen kompliziert. Konterbauer darf in der Anlage keine Kameras aufstellen, Datenschutz und so. Sulaco war sogar der Ansicht, überhaupt keinen Sicherheitsdienst zu benötigen. Aber der Senat war anderer Meinung. Als Kompromiss wurden Kameras am Rand aufgestellt. Um die Zäune zu observieren. Konterbauer darf das Gelände nur bei groben Sicherheitsverstößen betreten.«

Jules hatte die Hände vor dem Schoß gefaltet und nickte zu ihren Worten, wodurch ihre Erklärung wirkte, als würde sie sich selbst verifizieren. Dann fuhr sie lebhafter fort: »Aber wie sollen wir Verstöße bemerken, wenn wir kaum etwas sehen? Das ist ein bisschen so wie mit dem störrischen Kind, das man waschen soll, das aber auf keinen Fall nass gemacht werden will. Hast du Kinder?«

Malu zuckte unmerklich zusammen angesichts der völlig unpassenden Frage. »Was ist mit den In … den Produzenten?«

»Was soll mit ihnen sein? Sie mögen uns nicht. Kannst du dir vorstellen, wie belastend das ist, unter solchen Bedingungen zu arbeiten, Marie?«

»Unter welchen Bedingungen arbeiten sie denn?«

Jules winkte ab. »Ich rede doch nicht von den Produzenten! *Uns* meine ich, du dummes Ding!« Und dann, in der peinlich berührten Erkenntnis, zu weit gegangen zu sein, fügte sie schnell hinzu: »Es ist schlimm, wenn die Menschen, die du beschützen sollst, dich gar nicht wollen. Wenn sie in dir vielleicht sogar einen Feind sehen.«

Malu gab einen Laut von sich, den sie kaum selbst einordnen konnte, Ungeduld gemischt mit Ärger, aber auch einer eigentümlichen Zustimmung. Sie war empört über die respektlose Bezeichnung, die Jules nicht einmal abwertend, sondern in plump vertraulichem Ton vorgebracht hatte. *Du dummes Ding*: das sagten matronenhafte Südstaatenfrauen in Schwarzweißfilmen aus dem letzten Jahrtausend zu ihren flatterhaften Töchtern, die leichtfertig trinkfeste Schürzenjäger ehelichen wollten – eine unsägliche Entgleisung von Jules, dieser Unperson ohne Nachnamen, diesem nutzlosen Faktotum ohne Dienstrang und Kompetenz, das man ihr womöglich in perfidester Absicht zur Desinformation vorgesetzt hatte. Malu würde sich gleich an diesem Nachmittag noch über sie beschweren müssen – wenn dies denn im Moment ihre Hauptsorge gewesen wäre.

Denn mehr noch als die respektlose Anrede traf sie die Erkenntnis, dass sie tatsächlich wusste, wie belastend es war, wenn die Hilfe, die man anbot, ausgeschlagen wurde – belastend für beide Seiten. Malu hatte in Rumänien, in Kambodscha, in Myanmar erlebt, dass die Menschen, deren Lebensumstände sie zu verbessern gekommen war, den Zeitpunkt herbeisehnten, an dem sie endlich verschwinden und sie, die Ausgebeuteten, wieder ihrer Fron überlassen würde. Denn natürlich hätten sie Malus Fragen gern mit der Wahrheit beantwortet, wer könnte ermessen, wie groß ihr Wunsch danach war! Doch diese Wahrheit hätte sie ihre Arbeit und ihren Lohn gekostet. Also mussten sie sie verschweigen, und nicht nur verschweigen, sondern tief in sich begraben, wissend, dass sie einem besseren Leben vielleicht nie wieder so nahe kommen würden wie in diesem Moment.

Malu kontrollierte ihren Atem und ihre Stimme. »Noch einmal. Es gibt also Kameras. Was ist darauf zu sehen?«

Jules schüttelte die Fransen eines nicht existenten Ponys aus der Stirn. »Nichts, außer dass im Moment einfach ein großes Durcheinander herrscht. Okay?« Sie sah Malu zuversichtlich an, als könne sie aufgrund langer Freundschaft auf das grenzenlose Wohlwollen und Vertrauen der Älteren zählen.

Und Malu erwiderte, mit wahrlich bemerkenswertem Langmut: »Nein, Jules, das ist nicht okay. Es ist doch wohl völlig klar, dass ich nicht hier bin, um mich mit solchen Worthülsen abspeisen zu lassen.«

Jules rollte theatralisch die Augen. »Meine Güte, Marie, dein Misstrauen ist wirklich total anstrengend! Es geht halt nichts weiter da drinnen. Zufrieden?«

»Was heißt das: es geht nichts weiter? Haben alle zu arbeiten aufgehört? Was machen sie stattdessen? Pause?«

»Pah!«, platzte Jules heraus, und wieder wurde Malu das Gefühl nicht los, dass ihre Reaktion durchaus kalkuliert war. Konnte ein Mensch gleichzeitig berechnend und dermaßen täppisch sein?

»Diese Leute machen keine Pause. Glaub mir, Pause ist für die eine Bestrafung. Nein, es brach Chaos aus. Völliges Chaos, soweit das zu sehen war. Alle liefen wild durcheinander. Wie Enten.«

»Enten?«

»Ja. Oder … Gänse.«

Malu schloss die Augen für einige Sekunden. Als sie sie wieder öffnete, sagte sie: »Jules, ich sage das jetzt in aller Deutlichkeit. Ich möchte sofort mit einer Person sprechen, die hier verantwortlich ist. Danke für deine Kooperation.«

Jules machte ein verdutztes Gesicht, so als hätte Malu etwas völlig Abwegiges verlangt. »Warum denn?«

»Warum? Weil du deiner Aufgabe nicht gewachsen bist, Jules. Deswegen.«

»Es betrübt mich wirklich, dass du das glaubst.«

»Du wirst darüber hinwegkommen. Ich möchte, dass du mich jetzt sofort zu dem Raum führst, in dem die Kamerabilder ausgewertet werden. Ich will sie sehen. Jetzt sofort. Oder ich bin in einer Stunde beim Senat, um zu verlangen, dass man dich zu den Fensterputzern versetzt!«

Als sie den ehemaligen Abfertigungsbereich passierten, sah Malu abermals aus dem Panoramafenster. Die Sonne war noch immer nicht zu sehen, aber es war zu erkennen, dass der Tag widerwillig zu beginnen erwog. Die Flammen waren längst erloschen, doch das betroffene Gebäude war teilweise eingestürzt, sodass die Pflanzen zwischen den noch rauchenden Trümmern und Glashaufen hervorragten. Im aufkommenden Licht konnte Malu jetzt außerdem Menschentrauben auf den Straßen und Wegen erkennen, wenn auch aus der Entfernung nur undeutlich. Einige wenige waren auf Fahrrädern unterwegs, manche rannten. Die dunkel Gekleideten waren vermutlich Sicherheitsleute von Konterbauer. Malu vermochte keinerlei Hauptrichtung auszumachen, in die ihre Bewegungen liefen; sie gingen einfach in unterschiedlichen Geschwindigkeiten und Zusammenballungen durch die Straßen, wie Menschen in einer normalen Stadt das tun würden. Aber bei aller Vagheit war eines deutlich spürbar: dass es keine normale Stadt war.

Jules führte sie zu einem unscheinbaren Raum, an dem noch ein uraltes, in Fraktur beschriebenes Schild hing: ZOLL. Jules klopfte und trat ohne zu zögern ein. In dem fensterlosen Raum waren dicht an dicht alte Bildschirme an der Wand angebracht – nicht die filigranen, hauchdünnen Modelle der jüngsten Generation, sondern klobige Flatscreens mit Plastikgehäusen, wie sie vor zwanzig Jahren schon kaum noch benutzt wurden.

Zwei Personen saßen vor den Bildschirmen, ein Mann und eine Frau, beide uniformiert. Der Raum enthielt nichts außer dem Zweckmäßigen, alle Aufmerksamkeit musste sich unweigerlich auf die Monitorwand richten.

Die Kameras deckten hauptsächlich die Zäune und den unmittelbaren Grenzbereich ab. Vom Inneren der Anlage war nur dort etwas zu sehen, wo die Kameras eher zufällig in eine der Straßenfluchten hineinfilmten. Wenn es eine größere Bewegung der Produzenten gäbe, so hätten sie sich hier dicht an dicht drängeln müssen, um über den Zaun zu gelangen. Aber an den Zäunen war niemand zu sehen. Auf den Straßen konnte Malu zwar durchaus Menschen erkennen, aber auch die wirkten nicht, als wollten sie fliehen. Im Gegenteil.

»Was tun die da?«

Die Technikerin trug eine Dienstmütze mit Konterbauer-Logo, mit der sie ein wenig aussah wie ein imperialer Lakai des Todessterns. Sie sah Malu und dann Jules an.

»Das ist Marie«, beantwortete Jules die ungestellte Frage. »Sie wird sich heute ein wenig hier umsehen.«

Malu ignorierte diese Einführung, die eher so klang, als sei sie die neue Praktikantin. Nichts, was Jules sagte, lohnte einen Kommentar.

Die Produzenten sahen aus, als machten sie große Pause. Einige saßen mit dem Rücken an Gebäudewänden, andere standen einfach bewegungslos mitten auf der Straße wie paralysiert. Dann wieder gab es Fahrradfahrende, die gemächlich durchs Bild fuhren, oder welche, die ihre Handwagen mitten auf der Straße abgestellt hatten, während sie bewegungslos verharrten, als warteten sie darauf, dass eine Ampel umsprang. Aber Malu sah keine Ampeln, und soweit sie wusste, gab es auch keine. Keine Spur jener fiebrig-zielstrebigen Betriebsamkeit, die sie erwartet hatte. Alles in allem gewann sie beim Betrachten der Bilder den Eindruck, dass sie nichts anderes als einen außerordentlich langweiligen Feierabend betrachtete.

Nur gab es in Biotopia keinen Feierabend. Wie jeder wusste, wurde hier rund um die Uhr gearbeitet, auch an Sonn- und Feiertagen, und Betriebsferien gab es auch nicht.

Malu sah an der Wand eine leicht gelbstichige, sich an den Rändern wellende Karte, auf der das Gelände des ehemaligen Flugfeldes mitsamt einem großen Teil der Bebauung zu sehen war – nicht auf dem aktuellen Stand, doch die Technikerin versicherte, dass die Umbauten der letzten Jahre keine wesentlichen Veränderungen mehr gebracht hätten.

»An welchen Stellen gibt es Zugänge?«, fragte Malu. Die Technikerin zeigte auf das historische Hauptgebäude mit seinen ehemaligen Eingängen, die jetzt allerdings gesperrt waren, und auf verschiedene Nebeneingänge, die meist in die tiefer gelegenen Innenhöfe führten. Diese waren verbunden mit den ehemaligen Hangars des Flughafens, in denen, wie sie aus den Imagefilmen von Sulaco wusste, die Produkte für den Transport vorbereitet wurden. Ausgeliefert wurde der Großteil mithilfe von Drohnen, die von den Hangars aus starteten und auch wieder dort landeten.

Malu ließ sich den entsprechenden Abschnitt auf den Bildschirmen zeigen und konnte nun zum ersten Mal in Worte fassen, was sie schon die ganze Zeit über kurz vor der Wahrnehmungsgrenze gespürt hatte: Der Drohnenverkehr war vollkommen zum Erliegen gekommen. Selbst an den Hangars herrschte kein Betrieb. Anders als auf den Straßen hatte die liegen gelassene Arbeit hier jedoch großes Chaos verursacht. Die Elektrofahrzeuge, die nicht nur an die früheren mehrgliedrigen Gepäckwagen erinnerten, sondern tatsächlich aus alten Beständen stammten, waren verlassen; auf ihnen stapelten sich ganze Ernten von Zucchini, Auberginen oder Tomaten, und auch hier taten die Arbeiter nichts, um sich ihrer anzunehmen, sondern hingen an ihrem jeweiligen Standpunkt fest wie Spielfiguren in einem abgestürzten Game, teilnahmslos und buchstäblich wie abgeschaltet. Nirgendwo konnte Malu einen Versuch erkennen, die Zugänge zu durchbrechen und nach draußen zu gelangen. Einen Grund, Hals über Kopf zu fliehen, konnte sie allerdings ebenso wenig ausmachen. Zwar erfüllte Malu dieser Gedanke mit Erleichterung, aber dennoch blieb das Benehmen der Produzenten unerklärlich.

Am westlichen und nordwestlichen Rand der Anlage sah Malu die Behausungen der Produzenten – verschlungene Siedlungen aus alten, notdürftig mit Türen und kleinen Fenstern versehenen Schiffscontainern, die aneinandergereiht und bis auf schwindelerregende Höhe gestapelt waren. Selbstgebaute und oftmals geflickt anmutende Holztreppen wanden sich an den Außenseiten der Bauten hoch.

In der Vergangenheit waren hin und wieder Kommentare kritischer Zeitgenossen laut geworden, die die Lebensbedingungen in der Anlage skandalisierten. Doch die Bilder, die im Netz auftauchten – meist während unerlaubter Drohnenüberflüge aufgenommen –, vermochten die pflichtschuldig aufkeimende Empörung nie lange zu nähren. Ja, die Behausungen waren karg, aber etwas anderes hatten van Aa und Sulaco selbst in den eigenen Verlautbarungen nie behauptet. Die Menschen mit den abgenutzten farbigen Overalls waren nicht auf der Farm, weil sie Luxus, sondern weil sie Arbeit und Zusammenhalt suchten, aus denen wiederum Sinn erwuchs oder erwachsen sollte.

Van Aa selbst hatte dazu 2028 anlässlich seines überraschenden Entschlusses, fest in die Berliner Farm einzuziehen, bei einem seiner letzten öffentlichen Interviews programmatisch erklärt: »Die Erde hat Fieber. Schuld daran sind extensive Landwirtschaft, die motorisierte Mobilität und das maßlose Herstellen überflüssiger Dinge. Wir dagegen kappen die Spitze der Bedürfnispyramide und gewinnen dadurch Anbaufläche.«

Durch Äußerungen wie diese und die klandestine Informationspolitik Sulacos hatte sich Biotopia den Ruf einer Art Sekte erworben, die dem Materialismus abgeschworen hatte und das einfache Leben mit einer gemeinnützigen, Größe im Kleinsten findenden Aufgabe erfahren wollte.

In den vereinzelt durchgestochenen Aufnahmen aus dem Inneren sah man denn auch selten mehr als arbeitende

Menschen, die den verschiedensten Aufgaben nachgingen, die wässerten, ernteten, transportierten, ganz zu schweigen von den Tätigkeiten, die mit den Jahren neu hinzugekommen waren, wie etwa die Weiterverarbeitung der Lebensmittel zu Pasten, Aufstrichen und Gerichten, außerdem Softwarediensten, Arzneimittelherstellung sowie der kommunalen Logistik einer kleinen Stadt, deren genaue Einwohnerzahl gleichwohl unbekannt war.

Von außen betrachtet war dieses Leben gleichförmig und unspektakulär: Entweder gingen die Menschen zur Arbeit, oder sie waren bei der Arbeit, oder sie kamen von der Arbeit nach Hause. Mochte das Zuhause der Produzenten auch beengt und überbelegt sein und im Schichtbetrieb genutzt werden, sodass die Betten ebenso wie die Farmen niemals unbesetzt blieben, und mochte es auch befremden, dass man sie niemals etwas anderes tun sah, als wie Ameisen in ihre Nester hinein- und wieder herauszuströmen, bisweilen Setzlinge oder Werkzeuge auf Handwagen durch die Gegend zu fahren oder größere Chargen zu kommissionieren … mochte man sie nie stehen bleiben und schwatzen, nie vergnügt, nie spielen oder flirten sehen – wer konnte schon wissen, was sie fühlten und hinter jenen Wänden taten, hinter die keine Kamera je Einblick erhielt? Vielleicht sangen sie bei der Arbeit, vielleicht scherzten sie miteinander, vielleicht genossen sie im Stillen die freie Liebe.

Jedenfalls war es eine Tatsache, dass nie irgendwelche Anzeichen von Arbeitszwang zu erkennen waren, so sehr man ihn auch herbeizureden versuchte. Nie wurden in der Farm Aufseher oder Wärter gesehen, die die Produzenten antrieben, und auch wenn Konterbauer den Verdacht, genau dies zu tun, niemals ganz abschütteln konnte, so waren sie noch nie dabei erwischt worden. Die wenigen Leaks über Biotopia bezeugten, dass die Menschen darin von allein arbeiteten, ohne äußeren Antrieb und Zwang, mit einer Zielstrebigkeit und Effizienz, die man nur bewundern konnte. Und nach einer Weile wurde man es müde, nach dem verborgenen und möglicherweise schrecklichen Geheimnis zu suchen, das die Produzenten vermeintlich gegen ihren Willen dort festhielt.

Einige radikale Kritikerinnen warfen dem solventen Bürgertum immer wieder vor, gleichgültig zu sein gegenüber dem mutmaßlichen Elend, dem sie ihre Sattheit zu verdanken hatten – aber diese geifernden Reden fanden in der Öffentlichkeit wenig Widerhall und vermochten die saumselige Selbstzufriedenheit der Masse nicht zu erschüttern.

Auch Malu hatte sich, je länger sie Golda in der Farm wusste, ein immer harmonischeres Bild von Biotopia gemacht. Es lebte sich so viel leichter mit dem Glauben, das eigene Kind sei in Sicherheit, ohne sich diese Sicherheit gegen alle Indizien immer wieder einreden zu müssen. War es denn wirklich so abwegig, dass die Produzenten einfach zufrieden mit dem waren, was das Leben ihnen beschied – zufrieden damit, Produzenten zu sein?

»Wann genau hat der Drohnenverkehr zum ersten Mal aufgehört?«, fragte Malu.

Wiederum nach einem kurzen Blick zu Jules, die mit einem resignierten Kopfnicken ihr Einverständnis gab, suchte und fand die Technikerin den fraglichen Zeitpunkt etwa vierzig Stunden zuvor. Auf den Monitoren war zu sehen, wie Drohnen unmittelbar nach dem Start wieder zu Boden stürzten oder umgekehrt solche, die im Landeanflug waren, am Außengebäude zerschellten. Zeitgleich erlosch die Beleuchtung der Glastürme.

»Wodurch wurde das ausgelöst?« Malus Blick wechselte von den beiden Technikern zu Jules und wieder zurück.

»Wir wissen es nicht«, sagte Jules.

»Es muss doch irgendeinen Auslöser dafür gegeben haben!«

»Ein Steuerungsausfall«, sagte der Techniker. Jules drängte sich mit strafendem Blick zwischen ihn und Malu. »Wir können da nur Mutmaßungen anstellen, Malu. Spekulationen. Und dafür bist du ja wohl nicht hier, oder? Um dir unsere Spekulationen anzuhören?«

Malu beachtete sie nicht. *Switch off*, dachte sie. Was konnte der Verletzte damit gemeint haben?

»Von wo aus werden die Drohnen gesteuert?«, fragte Malu.

»Aus der Arche«, sagte der Techniker, der von Jules' Abneigung gegen seine Auskünfte nichts mitbekommen hatte oder wollte. »So nennen sie das.« Er tippte auf das dunkle Gebäude im nordöstlichen Teil des Geländes, das wie ein Büroturm aussah. Es stand ein gutes Stück weit weg von der Umzäunung, aber so in der Flucht einer Biegung gelegen, dass der Eingangsbereich gerade noch von einem Kamerabild erfasst wurde.

»Ich möchte sehen, was zwanzig Minuten vor diesem Steuerungsausfall da los war«, sagte Malu, und der Techniker, geradezu dankbar für Malus kurzweilige Sonderaufgaben, stellte mit dem überschwänglichen Ausruf »Simsalabim!« die gewünschte Ansicht her.

Außer dem normalen Lieferverkehr auf der Straße war nichts zu sehen. Eine Minute verging, zwei Minuten.

»Ich kann mir wirklich nichts Langweiligeres vorstellen als das«, nörgelte Jules. Malu ließ sich nicht beirren und sah weiter gespannt auf den Bildschirm. Als Jules erneut zu reden ansetzte, vermutlich mit dem Versuch, die Vorstellung zu beenden, bemerkte Malu, wie eine Gruppe von Produzenten in das Gebäude ging.

»Scht!«

Sie trugen, anders als die anderen Passanten, Taschen bei sich.

»Geht das größer?«

Der Techniker gab den Befehl an die Sprachsteuerung weiter, worauf der Bildschirm eine viel nähere und dabei nur unwesentlich unschärfere Einstellung zeigte. Wieder geschah einige Minuten nichts. Malu befürchtete bereits, mit ihrem investigativen Vorstoß nur Zeit zu verschwenden, da sah sie etwas Bemerkenswertes: Wie auf ein geheimes Zeichen hin hielten die Passanten auf ihren verschiedenen Wegen inne und wandten sich nach kurzem Zögern fast gleichzeitig dem Gebäude zu. Sieben, acht von ihnen gingen nacheinander hinein, und weitere folgten in großer Zahl, fast so, als wollten sie die »Arche« geordnet stürmen.

»Gibt es da drinnen Kameras?«, fragte Malu, aber das Kopfschütteln des Technikers beendete ihre Hoffnung.

»Können Sie es schneller laufen lassen?«

Der Techniker ließ das Bild in achtfacher Geschwindigkeit weiterlaufen, bis die erste Person nach etwas zehn Minuten wieder im Eingang erschien und hinaus auf die Straße trat, besser gesagt: stürzte. Von da an geschah alles in großer Hektik. Eine zweite und eine dritte Person folgte ihr, bald strömten fluchtartig die Produzenten, die zuvor in das Gebäude gegangen waren, wieder auf die Straße, Männer und Frauen, immer mehr kamen heraus. Offenbar waren es zwei unterschiedliche, sogar verfeindete Gruppen, denn es entbrannte eine Jagd, und obwohl äußerlich nicht zu unterscheiden, begannen sie zu kämpfen. Manche hielten Gegenstände in den Händen, es war nicht zu erkennen, ob es sich um Waffen handelte. Malu glaubte, etwas wie einen Hammer zu sehen, mit dem einem schon zu Boden Gestürzten auf den Kopf geschlagen wurde. Mehrere Angreifer hielten ihn fest, und dann sah Malu etwas, das ihr das Blut in den Adern gefrieren ließ: Der Kopf des Gestürzten wurde gewaltsam zur Seite gedreht, und einer der Angreifer stach mit einem spitzen Gegenstand – einem Messer oder Schraubenzieher – tief in seinen Nacken.

»Stopp!«, rief Jules. »Ausmachen! Das ist ja widerwärtig!«

Sofort gehorchte der Techniker, das Bild erstarrte.

»Was soll das?«, fragte Malu ungläubig. »Ich will sehen, was weiter geschieht.«

»Bedaure, Malu, aber ich will das ganz und gar nicht sehen. Ich finde das ganz brutal und schlimm!«

»Du kannst ja rausgehen«, sagte Malu schroff. »Ich will wissen, was passiert ist.«

»Du hast doch gesehen, was passiert ist. Es gab eine Prügelei. Wir werden die Beteiligten zur Verantwortung ziehen. Vielen Dank für deine Hilfe, Malu, du hast uns einen großen …«

»Schluss damit!« Sofort verstummte Jules. Die Techniker sahen benommen zu Malu auf wie die verschüchterten Zeugen einer Palastrevolte. Es kam nur selten vor, dass Malu einen solchen Ton anschlug, aber ihre Umgangsformen litten beträchtlich unter Jules' fortgesetzten Versuchen, sie zu sabotieren.

»Seit ich hier bin, wirfst du mir Knüppel zwischen die Beine«, schnauzte sie Jules an. »Mit dieser unfassbar nervtötenden Mischung aus Inkompetenz und Dreistigkeit! Ich weiß nicht, wer dich hier eingesetzt hat und zu welchem Zweck, aber ich lasse mir von so einer … *Witzfigur* nicht länger in meine Arbeit pfuschen. Unmittelbar nach dieser Prügelei, wie du das nennst, ist die Energieversorgung und die gesamte Produktion zusammengebrochen. Das ist ganz offensichtlich ein gezielter Aufstand mit dem Ziel, die Infastruktur zu schädigen oder sogar zu zerstören.«

Daraus ergab sich die Frage, wer ein Interesse daran haben konnte, entweder Sulaco als Big Player unter Druck zu setzen oder die Menschen in der Farm vom Produktionsdruck zu befreien. Das waren zwei mögliche, aber sehr unterschiedliche Richtungen. Beide sahen weder nach einer spirituellen Dimension noch nach Selbstmord aus. Vielmehr stellte sich die Frage, wer hier wofür kämpfte und dabei in Kauf nahm, dass Menschen zu Schaden kamen?

Sie ermahnte sich, keinerlei Mutmaßungen zu äußern, denn Jules und diese Techniker waren nicht in ihrem Team. Sie hatte kein Team. »Ich verlange auf der Stelle …«

Sie hielt inne. Was verlangte sie? Sie musste davon ausgehen, dass es noch mehr Verletzte gab, vielleicht Tote. Hektisch dachte sie nach. Ein Aufstand mit einer unbekannten Zahl von Opfern. Wie sollte sie das … Sie versuchte, ruhig zu bleiben und sich an ihr vertrautes Prozedere zu halten. Aber was war ihr vertrautes Prozedere im Fall eines gewaltsamen Aufstandes mit Schwerverletzten und Toten?

»Ich brauche eine Aufstellung aller Produzenten. Überhaupt aller Leute, die da drin sind!« Das wirkte hoffentlich tatkräftig und zielstrebig, auch wenn es Malu hauptsächlich Zeit zum Nachdenken bringen sollte. »Außerdem müssen wir die Polizei verständigen.«

Jules verschluckte sich und hustete heftig. »Woho, jetzt aber mal ganz langsam, Malu!«

»MUTTER hat sie«, sagte die Technikerin. »Die Liste.«

»Welche Mutter?«

»Der Computer«, sagte der Techniker. »Sie nennen ihn MUTTER.«

»Es ist doch vollkommen egal, wie er genannt wird«, mischte Jules sich ein. »Was soll denn jetzt dieser technische Exkurs?«

»Habt ihr ihn ausgelesen?«

Die Technikerin sah hilfesuchend Jules an. Die sagte: »Ich bin nicht damit einverstanden, dass …«

»Scht!«, machte Malu energisch in ihre Richtung.

»Das geht nicht«, sagte die Technikerin. »Es gibt keine Schnittstellen. Keine Monitore, keine Tastaturen, keine Sprachsteuerung. Nichts. Wir können mit MUTTER nicht kommunizieren.«

»Das ist unmöglich«, sagte Malu.

»Wie du meinst«, sagte Jules, die von Malus Tirade offensichtlich noch eingeschüchtert war. Eingeschüchtert und beleidigt.

»Wie kommunizieren dann die Produzenten mit dem Computer?«, fragte Malu. »Und umgekehrt?«

»Das weiß niemand«, sagte Jules. »Aber um noch mal auf die Sache mit der Polizei zu sprechen zu kommen, Malu: Das kannst du wirklich vergessen. Biotopia ist Sonderverwaltungszone, schon vergessen? Sulaco ist ein US-Unternehmen, alles innerhalb des Zauns gehört quasi zu einem anderen Staat, da hast du ruckzuck eine diplomatische Krise am Hals. Was glaubst du denn, warum wir uns so zurückhalten müssen? Ganz davon abgesehen wird die Polizei gar nicht erst hier aufkreuzen. Die kennen ihre Befugnisse ja selber. Besser als du, wie es aussieht!«

»Dann will ich noch mal mit dem Verletzten sprechen«, verlangte Malu.

»Das ist leider nicht möglich. Er muss sich ausruhen. Du kannst hier nicht einfach tun und lassen, was du willst, als wärst du die Bestimmerin.«

Wieder so eine Aussage, auf die Malu erst mal nichts zu antworten wusste. »Ich …«

»Nein, Marieluise!« Jules nun mit aufgesetzter Entrüstung. »Du musst mal verstehen, dass andere Menschen auch Gefühle haben!«

Malu war kampflustig und bereit, die Sache mit Jules auszudiskutieren, hier und jetzt. Aber der vernünftige Anteil ihrer Persönlichkeit, der glücklicherweise sehr einflussreich war, wusste, dass alles Diskutieren zu nichts führen würde, und zwar, weil es hier nicht um Jules ging. Jules war eine Nebelkerze.

Auf wen vernebelte sie den Blick?

5
Der Senat

Ein Uniformierter brachte sie zum Außentor. Durch das Gitter konnte Malu sehen, dass dort noch immer eine große Menschenmenge ausharrte, die aus der Nähe weitaus weniger gleichförmig wirkte als aus der Luft. Schon allein an der Kleidung war zu erkennen, dass die Menschen aus den unterschiedlichsten Motiven hier waren. Viele von ihnen schienen aus dem nahe gelegenen Bergmannkiez oder aus Schöneberg hergekommen zu sein, ordentlich gekleidete Leute mit Eigentumswohnungen, die leere Leinentaschen, Beutel oder Rucksäcke bei sich trugen, wohl in der Erwartung, sich nach der Beseitigung der Störung gleich wieder im Biotopia-Supermarkt mit dem Nötigsten zu versorgen. Anderen war ihre Insolvenz schon von Weitem anzusehen; auch sie warteten, wenn auch vielleicht mehr auf eine Gelegenheit, in die Farm hineinzukommen.

Als sich das Tor öffnete, kam Bewegung in die Menge. Offenbar hielt man Malu für eine Offizielle, und das Tor hatte sich noch nicht ganz geöffnet, da versperrte Malu eine Menschentraube schon vollständig den Weg. In ihren Gesichtern las sie entweder Sorge und Erschöpfung – die Betuchteren waren ausnahmslos jenseits der 60 und harrten hier zum Teil schon seit dem frühesten Morgen aus – oder Wut und Empörung. Verschiedenste Fragen prasselten gleichzeitig auf Malu ein, die sie nur dem ungefähren Sinn nach auseinanderhalten konnte; hauptsächlich ging es um die Frage, wann die Farm wieder den Betrieb aufnahm. Eine Frau in vorderster Reihe fiel Malu allerdings vor allem dadurch auf, dass sie sie ganz still ansah. Auch sie wirkte nicht mehr jung, allerdings eher frühzeitig gealtert. Sie trug ein Pappschild mit dem Porträt eines Mannes bei sich. Jetzt bemerkte Malu, dass sie eine Reihe von Kindern und Halbwüchsigen bei sich hatte. Als sie einen Schritt auf Malu zutrat, drängten sich zwei Uniformierte in schwarzer Kampfmontur und Vollvisierhelmen von hinten an ihr vorbei und begannen ohne zu zögern, mit Schlagstöcken auf die Frau einzuprügeln. Weder die Kinder noch die unbeteiligt Umherstehenden wurden von den Schlägen verschont. Die Uniformierten schlugen zielstrebig auf die Köpfe ein, und zwar mit ungeheurer Kraft und Schnelligkeit, die gleichzeitig mühelos und unbeteiligt wirkten. Drei Beamte der Stadtpolizei drängten sich heran. Sie trugen uneinheitliche und schlecht sitzende Dienstkleidung, die auf dem Stand von Anfang der 2030er-Jahre sein mochte, und waren vollkommen unbewaffnet.

»Halt! Aufhören!«, rief einer von ihnen in Richtung der prügelnden Konterbauer-Leute. Der größere ließ von der Familie ab, stürmte auf die Streifenbeamten zu und deckte auch sie mit Schlägen ein, worauf sie sich unverzüglich wieder zurückzogen.

Diese kurze Ablenkung nutzend tauchte ein junger Mann in abgerissener Kleidung aus den Tiefen des Menschenpulks auf und versuchte, sich an dem verbliebenen Uniformierten vorbeizudrängeln. Tatsächlich gelangte er durch das Tor und auf das Gelände der Farm. Hier allerdings, im Rückraum des Eingangsbereichs, wartete eine weitere Absperrung mit weiteren Wachposten. Nach einem einmaligen Ruf, den der Weiterstürmende ignorierte, streckte ihn ein Schuss nieder. Der Mann blieb still am Boden liegen und wurde sofort von zwei weiteren Wachleuten weggeschleift.

Jemand packte Malu von hinten und zog sie durch das sich bereits wieder schließende Tor auf das Gelände zurück. Die Menschen drängten sich nun gegenseitig in einem Halbkreis zurück, eine Panik drohte auszubrechen, unter der die Familie mit den Kindern längst verschwunden war.

Malu konnte das Gelände letztlich nur in einer Drohne verlassen. Elena hatte darauf bestanden, dass sie ihr persönlich Bericht erstattete. Allerdings war sie nicht in ihrem Büro in Mitte; es war Samstag, und das Wochenende verbrachte sie mit ihrer Familie im Havelland, was Malu angesichts der Unruhe in ihrem Zuständigkeitsbereich zwar nicht ganz passend vorkam, aber gut.

Zu einem persönlichen Dienstgespräch gab es vor allem deswegen keine Alternative, weil die Kommunikationswege seit ein paar Tagen wieder verstärkt von Trumpets kompromittiert wurden. Diese Cyberattacken gingen auf den früheren Präsidenten Donald Trump zurück, der seine neurosynaptische Architektur kurz vor seinem Tod mithilfe des Start-ups Everlife hatte digitalisieren lassen. Die Technologie hatte damals allerdings noch in den Kinderschuhen gesteckt, und so war dabei für den umstrittenen Politiker nicht mehr als neuroelektrischer Wahnsinn herausgesprungen. Durch ein technisches Versagen, das nie ganz aufgeklärt werden konnte, infizierten Teile seiner schadhaften Software Watson und generierten unvorhersehbare Störungen im internationalen Datentraffic, die immer wieder zum Zusammenbruch der Energieversorgung, des ohnehin stark limitierten transatlantischen Flugverkehrs und der Telekommunikation führten.

Als sich Watson nach ein paar selbstgeschriebenen Updates endlich gegen diese Malware immunisiert hatte, trat eine mysteriöse Hackerguerilla namens »Trumpets« auf den Plan, die mithilfe von Deepfake-Avataren die audiovisuelle Kommunikation kaperten. Aussehen und Stimme der Gesprächspartner wurden dabei perfekt imitiert. Mittlerweile war vereinzelt auch die private Kommunikation betroffen, sodass es passieren konnte, dass man mit einer guten Freundin plötzlich ernsthaft über die Frage stritt, warum die Erde, obwohl sie von innen hohl war, nicht in sich zusammenfiel. Malu hatte das bereits ein paarmal erlebt und die Verbindung sofort beendet, um allerdings hinterher herauszufinden, dass gar keine Attacken stattgefunden, sie das Gespräch also ohne guten Grund abgebrochen hatte.

Diese heimtückische Bedrohung lag nun über allen technisch vermittelten Gesprächen, und noch gespenstischer wurde es dadurch, dass niemand wusste, welche Absicht diese Angriffe überhaupt verfolgten.

Obwohl sie siebzehn Minuten untätiger Flugzeit vor sich hatte, freute sie sich also nicht darüber, dass Watson einen Anruf Idis meldete. Sie spürte, dass das nichts Gutes bedeuten konnte. »Alles in Ordnung bei euch, Idi?«

Idis Miene war wie immer verschlossen, keine Regung war ihr zu entnehmen. »Konrad schläft.«

»Wann ist er zurückgekommen?«, fragte sie mit halbem Interesse, während sie Schöneberg in Richtung Friedenau überflog. Sie war nicht in Plauderlaune, zumal sie sich wenigstens notdürftig auf das Treffen mit Elena vorbereiten wollte.

»Es war, nachdem du gegangen bist«, sagte Idi. Er klang, soweit das bei ihm überhaupt zu beurteilen war, bedrückt. »Er hat diese Mädchen mitgebracht.« Nichts an diesem Satz ließ Malu vermuten, dass Idis Anruf noch unerfreulicher war als jemals ein Anruf von ihm zuvor.

»Ah. Sind sie noch da?« Weil sie wusste, dass Idi derartige Freilebigkeit missbilligte, bemühte sie sich um einen unaufgeregten Tonfall. Sie hatten das oft diskutiert. »Er ist alt genug, Idi. Es ist allein seine Sache.«

»Ich habe ihnen ein Taxi gerufen«, sagte er, ohne darauf einzugehen. Irgendetwas an seiner Stimme war anders als sonst.

»Du hast ein Taxi gerufen«, wiederholte sie tonlos. Das allein musste nichts bedeuten, aber der Pause nach zu urteilen bedeutete es sehr wohl etwas: Sie hatte schon lange einen sechsten Sinn dafür entwickelt, wenn es um einen von Konrads Zwischenfällen ging. »Was ist passiert, Idi? Mach es nicht so spannend.«

»Eine von ihnen hat geblutet.« Idi sah geradezu prüfend in die Kamera. Sein gepflegter weißer Bart und die ledrige Haut verliehen ihm ein wettergegerbtes Aussehen, was einer gewissen Ironie nicht entbehrte angesichts der Tatsache, dass er sich nicht besonders oft draußen aufhielt und auch dann nur auf der Halbinsel.

Sie spürte ein Kribbeln in ihren Händen, wie Stecknadeln. Auch dieses Gefühl kannte sie. Was war es diesmal? »Idi, ich habe überhaupt keine Zeit für so was. Was ist passiert? Ist was mit den Mädchen? Gab es einen Unfall?«

»Ich weiß nicht.« Idi räusperte sich. »Ein Unfall, ich weiß nicht. Sie hat geweint. Sie kam aus Konrads Zimmer. Wollte zur Haustür.« Er zeichnete hinter sich den Weg nach, den sie genommen hatte. »Konrad war hinter ihr. Du bleibst hier, hat er gesagt. Es war laut, ich bin aufgewacht. Das andere Mädchen kam auch. Es gab viel Schreien.«

»Schreien«, wiederholte Malu.

»Konrad war sehr … laut.«

Sie sammelte sich, nur einen kurzen Augenblick. »Hat er sie geschlagen?«

»Ich weiß nicht.«

»Aber du glaubst es, oder? Deswegen hast du mich doch angerufen?«

Sie konnte spüren, wie unwohl Idi sich fühlte. Er wollte mit den persönlichen Schwierigkeiten von Malus Sohn nichts zu tun haben. Aber wer wollte das schon?

»Ich war nicht dabei. Er war … böse.«

Sie öffnete und schloss die Hände, spürte jeden Finger

einzeln, den unterschiedlichen Schmerz jedes ihrer kranken Gelenke, jeder individuell und für sich allein schon peinigend genug. »Was ist dann passiert?«

»Ich habe ihn beruhigt. Er war sehr aufgeregt. Er hat richtig laut geschrien und geschimpft. Er war sehr böse und ist hinter den Mädchen hergelaufen.«

»Das habe ich verstanden, Idi. Ich meine, was ist mit den Mädchen?«

»Ich habe gesagt, sie sollen ihre Sachen aus dem Zimmer holen. Ich habe für Konrad Tee gekocht, und ich habe das Mädchen losgemacht.«

Ihr Inneres schien zwei Zentimeter abzusacken und zusammengestaucht zu werden. Magen und Ohren wurden heiß, ihre Atmung ging flach – eine ganze Reihe bekannter Alarmsignale zur gleichen Zeit. Es war Teil sowohl ihrer déformation professionnelle als auch der Meditationspraxis, dass sie alles sofort registrieren und benennen konnte: beschleunigter Puls, Ohrensausen, Schweißentwicklung an Händen und Achseln. Spräche sie jetzt, würde ihre Stimme zittern. Allerdings hatte sie gelernt, das zu beherrschen. »Losgemacht? War sie gefesselt?«

»Sie hatte dieses Plastik. An den Händen.«

»Kabelbinder? Oh, nein. Sie war mit einem Kabelbinder gefesselt?«

»Ja. Und ...«

»Was noch? Das darf doch alles nicht wahr sein. Idi!« Sie wand sich geradezu hilflos auf ihrem Sitz, wollte aufstehen, unter ihr begann der dunkle Grunewald.

»Ich meine nur«, sagte Idi, als sei in Wirklichkeit alles gar nicht so schlimm. Er beugte sich leicht vor und senkte seine Stimme, als dürfe, was er jetzt sagte, nicht an fremde Ohren dringen. »Sie hatte keine Sachen an.«

»Sie war nackt? Nackt und gefesselt?« Ihre Stimme klang nur so ähnlich wie ihre eigene. »Wo hat sie geblutet?«

»An den Beinen war Blut.« Idi machte eine zaghafte Geste unterhalb des Bildausschnitts.

»Wo an den Beinen? Hast du eine Verletzung gesehen?«

»Nur Blut. Oben an den Beinen. Ganz … oben.«

Malu begriff, was er aus Verlegenheit verschwieg. Sie wurde still. An seiner Schilderung hatte sie nicht den geringsten Zweifel. Sie konnte alles, was er ihr erzählte, geradezu gestochen scharf vor sich sehen. Nur kurz dachte sie darüber nach, ob die gesamte Nachricht nicht gefälscht sein könnte, aber die Hoffnung darauf lohnte nicht. Das alles war viel zu spezifisch. Sie kannte Idi, und sie kannte Konrad. Idi war unbedingt vertrauenswürdig, Konrad war es leider nicht.

»Ich habe Konrad geschlagen«, sagte Idi, leise und schuldbewusst.

Malu begriff das Ausmaß der Eskalation; so etwas war noch nie vorgekommen. Idi war ein sanfter und friedfertiger Mensch, er war in den rund zwanzig Jahren, die er bei ihr lebte, kein einziges Mal handgreiflich geworden, nicht einmal laut, weder ihr noch Konrad gegenüber.

Sie überlegte, was zu tun war. Sie musste mit Konrad reden. Vielleicht würde er nicht mehr in ihrer Wohnung bleiben können. Ihr Sohn war seit drei Tagen kein Kind mehr.

Elena empfing Malu im Garten. Malerisch wand sich ein Weg vom Haus zum Ufer und ging in einen Bootssteg über. Flüchtiger Nebel kroch über das Wasser. Auf der Veranda stand ein Haushaltsroboter aus der Cyberdyne-Reihe, der aussah, als wäre er monatelang nicht benutzt worden.

Elena trug einen Ohrstecker, sie telefonierte. Es sah nicht nach Freizeit aus, wie überhaupt ihre gesamte Aufmachung offiziellen Ansprüchen genügte. Ihr Gesicht wirkte älter als gestern am Bildschirm, nicht nur wegen des fehlenden Filters, sondern weil zu den schlaflosen Nächten davor wohl die letzte noch dazugekommen war.

In der großen Wohnküche, die mit dem Wintergarten verbunden war, räumte ein braungebrannter, muskulöser Mann mit blondierten Haarspitzen, deutlich jünger als Elena, gerade den Frühstückstisch ab, wo man offenbar bis eben gebruncht hatte. Der Schusswaffe in seinem Holster zufolge war er Personenschützer und nicht erst seit gestern hier. Elenas Sohn Louis, aus dem ein junger Mann mit athletischer Figur geworden war, seit Malu ihn das letzte Mal vor einigen Jahren gesehen hatte, ließ sich im Bildhintergrund von seiner Freundin als Akt in Öl verewigen, engagiert angeleitet von Elenas Partnerin Sondra, die so dicht hinter der jungen Frau stand, dass sie ihr den Pinsel hätte führen können. Malu fühlte sich wie im falschen Film. Auf einem großen Bildschirm im Wohnzimmer lief ein stummgeschalteter Newsfeed, natürlich ging es um Biotopia.

»Sie ist gerade gekommen, ich rufe zurück«, beschloss Elena ihr Telefonat und sagte zu Malu: »Ludmilla von der Inneren. Ich bin so gespannt, was du zu erzählen hast.«

Sie zogen sich in Elenas Arbeitszimmer zurück, wohin Elena Yves, wie sie ihren Sicherheitsmann Schrägstrich Tischabräumer nannte, den Kaffee servieren ließ.

»Könntest du die Milch bitte erwärmen, Yves?«

Er zwinkerte zum Zeichen, dass er ihr diesen und auch jeden anderen Wunsch gern erfüllte, und nicht zum ersten Mal.

»Er heißt wahrscheinlich gar nicht Yves«, sagte Elena, als er gegangen war, »aber er hat so was Yves-artiges, findest du nicht auch?«

Malu wusste nicht, was sie an Yves wie finden sollte. »Wie heißt er in Wirklichkeit?«

»Das sagen die uns nie.«

»Ist das nicht etwas übertrieben?«, fragte Malu, obgleich sie eigentlich »frivol« hatte sagen wollen. »Ich meine: ein Personenschützer?«

»Wir sind hier am Stadtrand«, sagte Elena. »Über den Fluss fangen die Gebiete an. Bezahlt alles der Senat.« Sie wirkte zugleich abwesend und neugierig und sah Malu nun durchdringend an. »Was hast du mir zu berichten?«

Als Malu ihre ungeduldige Erwartung bahnbrechender Neuigkeiten zu enttäuschen begann, konnte sie beobachten, wie Elenas Miene, je länger sie erzählte, einen bestürzten Ausdruck annahm.

»Dieses Miststück«, entfuhr es ihr. Malus fragender Gesichtsausdruck reichte, um Elena zu weiterer Erklärung zu bringen. »RVK.«

»Das ist die Vorstandschefin von Konterbauer, oder? Regina irgendwas?«

»Voight-Kampff. Sie hat mir zugesichert, dass du alle Informationen und überall Zutritt bekommst. Was mach ich denn jetzt? Dieses intrigante Weibsstück!«

Malu hatte sich schon denken können, dass Elena ziemlich unter Druck stand, weil nicht nur die Bürgerinnen und Bürger, sondern vor allem ihre eigenen Leute aus der Stadtentwicklung, der Wirtschaft und dem Inneren wissen wollten, was los war und wann die Krise überstanden sein würde, egal um was es sich handelte. Der Senat stand im Ruf, seine Arbeitsnachweise im Großen und Ganzen für sich zu behalten, da erwartete man zumindest ein zupackendes Krisenmanagement.

»Vielleicht bringe ich da etwas durcheinander«, sagte Malu vorsichtig, »aber arbeitet sie nicht für dich?«

Elena sah sie ärgerlich an; offenbar hatte sie nicht ganz den richtigen Ton getroffen, oder umgekehrt den Nagel auf den Kopf.

»Die Sache ist wirklich verfahren«, sagte Elena. »Kannst du mir wenigstens irgendwas sagen?«

»Es gab wohl eine Auseinandersetzung«, sagte Malu, obwohl sie gern noch gewartet hätte, bis sie das Gesehene richtig eingeordnet hatte. »Ein paar Produzenten sind in die Arche eingedrungen, das ist …«

Elena nickte zum Zeichen, dass sie wusste, welches Gebäude gemeint war.

»Kurz darauf ist die Energieversorgung ausgefallen. Als sie wieder herauskamen, ist eine Schlägerei ausgebrochen. Ziemlich brutal. Allerdings konnte ich die Parteien nicht auseinanderhalten.«

Elena starrte nachdenklich vor sich hin. »Was noch?«

»Mehr war nicht zu erkennen.«

Elena starrte noch immer vor sich hin, schwer zu sagen, ob ihr Malus Neuigkeiten irgendwie halfen oder nicht.

»Kann das ein Aufstand gewesen sein?«

Elena fuhr hoch. »Wer hat das gesagt?«

»Niemand.«

»Hast du mit irgendwem darüber gesprochen?«

»Nein. Mit wem …?«

»Dabei bleibt es auch!«

Der Kommandoton war neu und gefiel Malu nicht. Sie hatte nicht erwartet, dass ihre Studienfreundin die Vorgesetzte raushängen lassen würde, auch wenn es lange her war, dass sie nach der Vorlesung bei Sahara gemeinsam Falafel gegessen hatten.

»Vielleicht bin ich nicht die Richtige für den Job«, sagte Malu kühl.

Elenas Miene glättete sich, als würde ein Kissen aufgeschüttelt. Sie strich Malu über den Arm und lächelte. »Du bist genau die, die ich brauche. Alle bei uns wissen, dass du dir nicht reinreden lässt. Das ist schon alles gut so. Wir müssen nur jeden Schritt genau überdenken.«

Malu sagte nichts. Von unten kam ein schrilles Lachen. Das ganze Haus kam Malu nicht vor wie eine Wochenend-, sondern eher wie eine ständige Residenz. Sie verstand genug von Politik, um zu wissen, dass sich Elena eigentlich persönlich in der Farm zeigen müsste, engagiert und tatkräftig, wie sich Politiker eben am liebsten zeigen. Warum tat sie es nicht, sondern schickte sie vor?

»Was sagt denn Sulaco?«, fragte Malu nicht ganz ins Blaue.

Elena knibbelte nachdenklich an ihrem Fingernagel herum. »Die blocken ab. Laut ihren Daten gibt es keine Betriebsstörung. Nicht mal Anomalien.«

»Wie kann das sein?«

»Wie das sein kann? Sie lügen, ganz einfach!«

Elena ließ sich also belügen und ignorieren, ohne dass das eine Konsequenz hatte.

»Solange die Flugzeuge nicht fliegen, können sie niemanden schicken. Vielleicht ist das auch gut so. Sie würden ohnehin bloß vertuschen, dass sie einfach alles haben laufen lassen.«

»Was haben sie laufen lassen?«

Elena runzelte die Stirn und rieb sich überfordert die Stirn. »Hm?«

Malu hatte sie noch nie in diesem Zustand gesehen, fahrig und zerstreut, das Resultat von Schlaflosigkeit und zu viel Koffein. »Sie lassen alles laufen, hast du gesagt. Du scheinst mehr zu wissen als ich.«

»Nein, das war ...« Elena schüttelte nachdrücklich den Kopf. »Ich meinte nur, dass sie sich nicht kümmern, solange sie den Profit einstreichen können.«

Malu dachte nach. Wenn Sulaco nicht erreichbar war, blieb immer noch Konterbauer.

»Warum arrangieren wir nicht ein Treffen mit Voight-Kampff?«

Elena lachte ironisch. »Du scheinst sie noch nicht zu kennen.«

»Na ja, was man halt so von ihr kennt.«

Regina Voight-Kampff hatte Konterbauer mit 24 von ihrem Vater übernommen, der nach einem schweren Bergunfall vorzeitig die Führung abgeben musste. Alois Voight hatte das Unternehmen seinerseits in den 1970er-Jahren von einem Matthias Konterbauer übernommen, damals noch als Hausmeisterei mit nicht mehr als einem Dutzend Angestellten. RVK hatte die Firma weiter auf modernes Facility-Management ausgerichtet und brachte es beim Objektschutz zur Marktführerin, weil sie frühzeitig in elektronische Überwachungs- und Steuersysteme investiert hatte und so zur Vorreiterin bei der Implementierung intelligenter Computer- und Robotertechnik im Sicherheitsmanagement geworden war. Sie war alles andere als eine öffentliche Person, hatte aber einen öffentlichen Ruf zu verteidigen – nicht nur als machtbewusste Geschäftsfrau und eisenharte Verhandlerin, sondern auch als helfende Hand des Senats, der seine Ordnungsgewalt kaum noch aus eigener Kraft ausüben konnte und sich in letzter Zeit immer öfter vom exzellent ausgerüsteten Wachdienst Konterbauers unter die Arme greifen ließ.

»Ist Konterbauer dafür verantwortlich, dass die Produzenten drinnen bleiben?«

Elena sah Malu misstrauisch an. »Wie meinst du das?«

Malu zögerte, ihre Frage zu konkretisieren.

»Haben sie den Auftrag, die Produzenten an der Flucht zu hindern?«

»Gott, nein«, stieß Elena hervor und lachte nervös. »Wie kommst du denn darauf?« Ohne die Antwort abzuwarten fuhr sie fort: »Im Augenblick gilt mein Hauptaugenmerk wirklich allein den Menschen in Biotopia!«

Malu wusste darauf nichts zu sagen; eine etwas verlegene Stille trat ein, so offensichtlich unangebracht war Elenas Phrase gewesen. Malu schob es auf ihre Erschöpfung oder den Stress; gleichzeitig wünschte sie sich, dass Elena wenigstens zu ihr aufrichtig war.

»Du machst dir sicher Sorgen um Golda«, sagte Elena,

wie um die Gedanken zu unterbinden, die das Schweigen unweigerlich aufkommen ließ. »Das kann ich verstehen.«

Malu war irritiert angesichts dieses abrupten Tonlagenwechsels. Mit einer Politikerin wollte sie nicht über ihre Tochter sprechen.

»Wie lange habt ihr euch nicht mehr gesehen?«, fragte Elena, wie um Malu zu überzeugen, dass das Thema ihr wirklich am Herzen lag.

Aber Malu blieb still. Sie versuchte, sich Goldas Gesicht zu vergegenwärtigen, als könnte sie an dessen Deutlichkeit die vergangene Zeit ermessen. »Seit der Pandemie«, sagte sie schließlich.

Als die sogenannten Hygienemaßnahmen in Kraft getreten waren, war Golda bereits in der Farm und nur noch selten zu Hause gewesen. Im Sommer 2022, als die Kontaktregeln gelockert wurden, wurden im ehemaligen Terminal zaghaft die Markthallen wieder geöffnet, die sehr beliebt gewesen waren und Biotopia in den Anfangsjahren den Anschein von Transparenz und Volksnähe verliehen hatten. Hier hatte Malu ihre Tochter mehr zufällig als verabredet treffen können, nachdem sie über ihr Mobiltelefon immer schwerer zu erreichen gewesen war.

»Es muss schwer gewesen sein. Dass sie diesen Schritt gemacht hat, meine ich.«

Malu nickte. »Allerdings wusste ich damals noch nicht, dass es für immer sein würde.«

»Was genau hat sie eigentlich gemacht, als du sie zum letzten Mal gesehen hast?«

»Na ja – beim Aufbau geholfen.« Malu meinte das so allgemein, wie es klang, denn sie wusste, dass Golda sich in allen Bereichen engagiert hatte, bei der Betreuung der Geflüchteten genauso wie bei den handwerklichen Bauarbeiten und später beim Marketing. Sie versuchte, sich konkret an diese Zeit zu erinnern, schaffte es aber nicht einmal, sich Goldas Gesicht deutlich vor Augen zu führen. Stattdessen tauchten unverbundene Einzelheiten aus dem Nebel auf: ihre Ohrringe in Regenbogenfarben, das Profilbild ihrer Instagram-Stories, ihr Räuspern, wenn sie einer Einschätzung ihrer Mutter widersprach.

»Aber erinnerst du dich an irgendwas Konkretes?«, hakte Elena nach.

Malu bekam ihre Erinnerungen nicht in den Griff. Es fühlte sich an, als wäre Golda einer inneren Berufung als Kriegsberichterstatterin gefolgt und seit nunmehr fast zwanzig Jahren in einem fernen Land verschollen. Malu hatte gelernt, die Leerstellen mit fabrizierten Gewissheiten zu füllen – etwa, indem sie sich zuredete, dass es das größte Privileg eines Menschen war, eine eigene Entscheidung über seine Zukunft zu treffen. Alle Kinder taten das irgendwann, oder zumindest die glücklichen. Golda lebte nicht mehr bei Malu, sondern an einem anderen Ort, doch das bedeutete nicht, dass sie nicht glücklich war. Und war es nicht das Allerwichtigste, die eigenen Kinder glücklich zu wissen, ganz gleich, wie es einem selbst dabei ging?

»Ich meine, du musst doch wissen …«, begann Elena und brach ratlos ab.

Eine Art Schuldgefühl überkam Malu, so als sei sie bei der Verwaltung ihrer Sehnsucht allzu rational vorgegangen. »Was muss ich wissen?«

»Erschien sie dir irgendwie … du weißt schon: radikal?«

»Was versuchst du mich zu fragen, Elena?«

»Ich will bloß wissen, ob du es für möglich hältst, dass sie … irgendwas damit zu tun hat?«

Malu kämpfte ihre Empörung darüber nieder, dass Elena keinen Strohhalm unversucht ließ, um irgendwie ihre vergangenen Kontrollversäumnisse wettzumachen und eine noch so fadenscheinige Erklärung zu fassen zu kriegen.

»Womit zu tun?«, fragte sie absichtlich begriffsstutzig.

»Na –« Elena machte eine Geste, die auf Biotopia verwies und sich zugleich ratlos dafür entschuldigte.

»Unser Kontakt ist nicht abgerissen«, sagte Malu, »weil wir verschiedene Ansichten darüber gehabt hätten. Weil sie idealistisch und naiv war und ich nicht.«

»Sondern?«

Malu versuchte, aus dem Durcheinander ihrer Gefühle irgendeine kohärente Erklärung zu destillieren. »Sie ging in ihrer Aufgabe auf. Was immer das war. Ich denke, sie war einfach überzeugt und hat dort das gefunden, was sie nirgendwo sonst finden konnte. Sie wollte dort sein, nirgendwo sonst.«

Das war das Beste, das sie Elena zur Antwort geben konnte, auch wenn sie klang wie eine Mutter, die ihre Tochter an das Regime einer Sekte verloren hatte.

6
Der Partner

Stralau war eine langgestreckte, knapp einen Quadratkilometer große Halbinsel in der Rummelsburger Bucht, zwischen Treptow und Friedrichshain gelegen. Im frühen 20. Jahrhundert industriell geprägt, war die Landzunge bei Berlins Bewerbung zu den Sommerspielen 2000 als Olympisches Dorf vorgesehen gewesen. Die Vergabe ging an Sydney, aber das Quartier wurde dennoch von Grund auf umgestaltet. Neben aufwändigen Sanierungen wie der der alten Glasfabrik, in der Malu wohnte, entstanden moderne Townhouses und freistehende Mehrfamilienhäuser mit Eigentumswohnungen und Tiefgaragen.

Malu hatte sich einer Baugruppe angeschlossen, lange bevor man mit der Sanierung begonnen hatte, und erhielt schließlich eine lichtdurchflutete Terrassenwohnung im aufgemauerten Dachgeschoss der Glashütte. Eigentlich hatte sie mit einem Appartement im darunterliegenden historischen Teil geliebäugelt, wo die Trägerkonstruktion und das Sichtmauerwerk des alten Industriebaus in die Innenraumgestaltung einbezogen worden waren. In diesen zugleich rohen wie noblen, das Alte mit dem Neuen verbindenden Wänden würde sie, so hatte sie sich vorgestellt, ein ebenso stilvolles wie erlebnisreiches Leben führen.

Während des Großen Einsatzes, dem ein drastischer Anstieg der Kriminalität vorausgegangen war, wurde der Zugang zur Halbinsel, wie in vielen exklusiven Wohnlagen Berlins, auf die gemeldeten knapp 3 000 Einwohner beschränkt und durch ein überwachtes Tor an der Landverbindung gesichert. Nach verschiedenen Einbrüchen, bei denen die Kriminellen von der ungeschützten Wasserseite her eingedrungen waren, sorgten solarbetriebene Aufklärungsdrohnen – dieselben, die auch für den Einwanderungsschutz über dem Mittelmeer patrouillierten – für eine lückenlose Überwachung der Halbinsel. Alle Bewohner trugen ein Mobilgerät oder einen implantierten Chip, der sie identifizierte. Malu hatte sich gegen das Implantat entschieden, weil sie ihr Tracker-Armband manchmal Idi überlassen wollte, damit er sich auf der Insel unbehelligt und frei bewegen konnte. Auf diese Weise war er vor der Einwanderungsbehörde halbwegs geschützt und konnte am sozialen Leben teilnehmen, ebenso wie die anderen unautorisierten Personen auf der Halbinsel: Viele der Nachbarinnen beherbergten seit langer Zeit geflüchtete Menschen, die sich hier über die Jahre zu einer eigenen Community zusammengefunden hatten. Um sie Watsons Zugriff zu entziehen, wurde mit den Jahren immer mehr Tarn- und Täuschungsaufwand nötig: Die technischen Lösungen bildeten eine eigene Industrie und reichten von implantierten Störimpulsgebern und virtueller Camouflage bis hin zu aufwändig gefälschten Identitätsdaten.

Als Malus Taxi auf dem Sammellandeplatz der Wohnanlage aufsetzte, zeigte sich endlich die Sonne am Himmel. Sie schloss die Augen, reckte das Gesicht nach oben und versuchte, so viel davon zu absorbieren wie möglich. Sie atmete ruhig ein und aus, versuchte dem Weg der Energie durch ihren Körper zu folgen und dabei nichts zu denken. Sie sehnte sich nach etwas Zeit für sich auf ihrer Yogamatte und dem beruhigenden Klang der Qigongkugeln, mit denen sie ihre Hände beweglich zu halten hoffte und sich einzureden versuchte, die Schmerzen dabei gingen mit einem Heilungsprozess einher. Später würde sie sich in die Stille der Meditation versenken, länger diesmal, ihren Atem betrachten und alle Gedanken vorüberziehen lassen, die sie aufwühlten.

Der Kopter erhob sich und schwebte seinem nächsten Passagier entgegen.

»Malu, Alex hat eben geklingelt. Soll ich das Tor öffnen?«

Tatsächlich stand Alex auf der anderen Seite des massiven Gittertors und konnte nicht eintreten, obwohl der Türöffner konstant summte.

»Das versteht man in eurem Gehege unter Gastfreundschaft«, sagte er zur Begrüßung. Es sollte wie ein harmloser Witz klingen, aber Malu hörte wie stets seinen latent beleidigten Unterton heraus.

»Der Türmechanismus ist defekt, Malu. Soll ich den Hausmeister benachrichtigen?«

»Tu das«, sagte Malu, öffnete manuell und ließ Alex ein. »Wie schön, dass du gleich gekommen bist.« Sie bemühte sich, möglichst dankbar zu klingen, und das war sie auch.

Alex sah aus, als wäre er den Weg von Kreuzberg zu Fuß gekommen. Seine Haare lagen ihm verwirbelt und feucht vom Schweiß um den Kopf, die Anstrengung stand ihm ins Gesicht geschrieben. Natürlich versuchte er, sie zu überspielen.

»Hör zu, ich sag es dir jetzt, weil du es sowieso hören wirst … Idi hat ihn wohl geschlagen. Er sagt, es ging nicht anders.«

Alex blieb stehen. »Es ging nicht anders? Und wo warst du?«

Sie überhörte den Vorwurf und berichtete ihm in knappen Worten von ihrem Auftrag.

»Wusste gar nicht, dass du wieder arbeitest.«

»Ich auch nicht.« Zugegeben, das war eine merkwürdige Antwort. Sie hätte auch entgegnen können, dass es ihre Sache sei oder dass sie die ganze Zeit gearbeitet hatte, all die

Jahre, immer. Er hätte darauf dann gesagt, dass das wohl Teil des Problems gewesen sei. In einer anderen Situation hätten sie einen Streit darüber geführt, jetzt nicht.

Alex lenkte sofort ein. »Du hast dein eigenes Leben. Nur sollte dein Hausdiener seinen Frust darüber nicht an Konrad auslassen.« Alex' Ton war sachlich, sodass man die Unterstellung, den Vorwurf, wie auch immer man es nennen wollte, nicht gleich mitbekam.

Sie erkannte den Anzug wieder, den er trug, englischer Tweed, sehr altmodisch, aber hochwertig, darunter ein dicht gewebtes weißes Hemd mit Weste. Die konservative Würde, die Alex damit vor sich hertrug, konnte beinahe darüber hinwegtäuschen, dass die Aufschläge speckig waren und das gesamte Ensemble abgetragen wirkte.

»Weder ist er mein Hausdiener, noch hat er Frust über irgendwas.«

»Warten wir ab, was Konrad dazu sagt.«

»Der Auftrag kam völlig überraschend«, sagte sie, als sie drinnen bei einem späten Frühstück saßen – nicht zur Rechtfertigung, sondern weil es ja stimmte. »Aus irgendwelchen Gründen ist Elena der Ansicht, dass ich das erst mal alleine machen soll.«

»Ohne dich geht's halt nicht, hm?« Er sagte das, als hebe Malu ständig ihre Unersetzlichkeit hervor. Sie ignorierte die Spitze. Es konnte gut sein, dass letztlich ihre Arbeit der Grund für ihre Trennung gewesen war, wer wollte das jetzt noch entscheiden. Es spielte auch keine Rolle mehr.

Alex hatte schon damals in einer Dauerkrise gesteckt, die mal ästhetisch und mal finanziell gelagert war, im Kern aber immer die sägende Frage nach der eigenen Relevanz in sich trug. Ihr Rauswurf hätte gleichermaßen eine Chance für ihre Beziehung und für ihn als Autor sein können: Sein Enthüllungsbuch über ihren bigotten Arbeitgeber war schon so gut wie geschrieben gewesen. Aber dann hatte sich Malu schließlich doch entschieden, stattdessen das Schweigegeld zu nehmen. In seiner Verzweiflung – und das Wort war nicht zu groß gewählt – hatte Alex sich auf das Verfertigen von Biografien reicher Unternehmer (oder deren Erben) verlegt, für die zur Adelung ihrer Lebensleistung nur »echtes Handwerk« infrage kam. Handwerk war es, aber »Schreiben« mochte Alex zu diesem Akt der Kapitulation nicht mehr sagen.

Sonst gab es in dieser Hinsicht nichts mehr für ihn zu tun: Die Massenmedien – Literatur, Musik, alle audiovisuellen Inhalte – waren in einem sich immer stärker beschleunigenden Sog unter Watsons Kontrolle geraten, der sie nicht nur kuratierte, sondern in immer größeren Ausmaß auch selbst erzeugte. Ausgenommen waren davon nur lokale Nischenprogramme auf Spendenbasis: analoge Symphoniekonzerte, Theater und Kleinkunst, auf die die Menschen nicht verzichten wollten, die aber über eine eng begrenzte lokale Bekanntheit nicht hinauskamen. Alex' Abstieg war eine große narzisstische Kränkung für ihn gewesen, zumal er mit einer Frau zusammenlebte, deren beruflicher Erfolg bis zu diesem Zeitpunkt kaum steiler hätte vorangehen können, einer Frau, die morgens um sieben Uhr das Haus verließ und manchmal erst gegen Mitternacht wiederkam. Zu sehen, wie Malu zunächst kritisiert, dann stückchenweise aus der Verantwortung genommen und schließlich rücksichtslos herausgekantet wurde, musste ihn, so hatte Malu es sich vorgestellt, in widersprüchliche Gefühle zwischen Genugtuung, Hoffnung und wütende Empathie gestürzt haben. Natürlich hatte er mit ihr gelitten, daran hatte sie keinen Zweifel. Sie war die Frau gewesen, die er liebte, und sie wusste, dass er sie damals glücklich sehen wollte. Auf der anderen Seite hatte er die Möglichkeit erkannt, nun als die Familie zusammenzuleben, die er sich immer gewünscht hatte.

Jahrelang war sie einbezogen gewesen in internationale Politik, wurde an Gesetzesentwürfen beteiligt, ihre Expertise war bei Behörden, Arbeitgebern und Lobbyisten gefragt. Als sie sich gegen ihre Vorgesetzten auflehnte, war er wohl seinem Selbstentwurf als heimlicher Stratege und Dissident so nahe gekommen wie noch nie zuvor in seinem Leben. Abends am Küchentisch, wenn Konrad bereits schlief, mit Rotwein und rauchenden Köpfen, waren sie ein fantastisch harmonierendes Team gewesen, Revolutionäre im Exil, die den Kampf gegen die Machtmaschine aufgenommen hatten. Sogar ihr Sex war nie besser gewesen.

Dass Alex ihr nun gestand, unter den Demonstrierenden vor den Toren der Farm gewesen zu sein, schockierte sie.

»Du? Mit diesem Pöbel?«

»Ich habe kein Schild durch die Gegend getragen und auch keine Parolen gebrüllt«, sagte Alex leicht versnobt und schlug ein Bein über das andere. »Ich habe mich bloß aus erster Hand informiert.«

Sie wusste, dass er schon seit einer ganzen Weile für eine spendenfinanzierte Organisation namens »Männerzentrum Berlin« arbeitete. Soweit sie verstanden hatte, stellte dieser Verein Männern mit privaten und beruflichen Problemen einen Rechtsbeistand zur Verfügung. Sie sahen Männer überproportional häufig vom Verlust ihres Arbeitsplatzes betroffen, was Malu für unplausibel hielt angesichts der Tatsache, dass Watson nachweislich vor keiner einzigen Berufsgruppe Halt machte. Unbestreitbar war allerdings, dass Männer öfter als Frauen wegen Fehlverhaltens sanktioniert wurden, sich öfter mit prekärem Tageslohn in den Baukolonnen verdingen mussten und im Durchschnitt zwanzig Prozent niedrigere Versicherungsscores hatten als Frauen. Im Ergebnis waren sie wohl etwas stärker von sozialem Abstieg betroffen. All die Fähigkeiten, die ihnen zu ihrer früheren Dominanz verholfen hatten – Entscheidungsstärke, technisches Interesse, Aggressivität –, seien nicht mehr gefragt und würden sogar kriminalisiert, und auch ihr Anteil bei der Demission – also die Inanspruchnahme der Prämie für vorzeitiges Ableben – lag mit 74 Prozent signifikant höher als bei den Frauen.

Was das alles mit Biotopia zu tun haben sollte, war ihr schleierhaft.

»Und was hast du herausgefunden?«, fragte sie mit, mag sein, einem Hauch Süffisanz.

»Eine Menge.«

Sein Versuch, mit ihr in Konkurrenz zu treten, wirkte auf sie lächerlich. Trotzdem ärgerte er sie. »Ach ja?«

»Die Leute sind überzeugt, dass sie überrannt werden. Wenn nicht jetzt, dann später.«

»Überrannt?«

»Deine Skepsis wundert mich. Als wüsstest du nicht, was da drinnen abgeht.«

»Ach, du bist jetzt plötzlich der Experte für Biotopia?«

»Du glaubst wirklich, man schickt dich da rein, damit du die Wahrheit herausfindest, oder?«

»Wir wollten über Konrad reden«, sagte Malu vernünftig.

»Nein, wir wollten *mit* Konrad reden. Zumindest will ich das. Und Konrad schläft noch.«

»Soll ich ihn wecken?« Idi meldete sich aus der Küchenecke, wo er ihre Teller in die Spülmaschine geräumt hatte.

»Wieso solltest du ihn wecken?«, fragte Alex mit gespieltem Interesse zurück, was unzweifelhaft als Herabwürdigung gemeint war.

Idi klappte die Tür der Spülmaschine leise zu und erwiderte Alex' herausfordernden Blick, ohne etwas zu sagen.

»Das ist das Problem«, sagte Alex, indem er sich zu Malu neigte, dabei aber weiter Idi ansah. »Irgendwann glauben sie, mitreden zu dürfen. Weil sie denken, sie gehören zur Familie.«

Er sah Malu an und lächelte, wie um seine Provokation noch zu unterstreichen.

»Ich finde, du solltest nicht so tun, als wäre Idi …«

»Danke, Malu«, fiel Idi ihr ins Wort.

»Aber sie gehören nicht zur Familie, und wenn sie sich dann einmischen, kann das schnell übergriffig werden. Und dann wundern sie sich, wenn sie rausfliegen.«

»Alex, das reicht jetzt«, sagte Malu.

Er lächelte und hob beide Hände wie zur Beteuerung seiner guten Absichten vor die Brust. »Ich will nur die Situation in der Domäne veranschaulichen. Siehst du, wenn Menschen wie Idi ihre Unterkunft verlieren, stehen sie ohne Papiere und Versicherungsstatus auf der Straße. Und was sollen sie dann tun? Werden sie aufgegriffen, schiebt man sie sofort nach Sierra Leone ab, wo sie schon im Aufnahmelager an Tuberkulose oder der Ruhr verrecken. Also bewerben sie sich für Biotopia. Aber das tun auch unsere eigenen Leute.«

»Ich weiß nicht, was das jetzt soll, Alex. Übst du? Ist das eine Probe für irgendeine Vereinsrede?«

»Ich halte keine Vereinsreden«, sagte Alex und wischte sich pikiert einen unsichtbaren Krümel vom Revers. »Ich sage nur, dass Biotopia ein Sammelbecken für die Perspektivlosen ist. Die Ausgestoßenen. Aber du willst glauben, dass da Idealisten wohnen, die seltene Blumen züchten und abends gemeinsam am Lagerfeuer singen.«

»Noch mal, ich wollte über Konrad …«

»Aber ich rede ja von Konrad! Wir sollten uns sehr genau überlegen, wie wir mit Konrads Situation umgehen!«

Malu sah irritiert von Alex zu Idi und zurück. »Mit *seiner* Situation?«

Er seufzte, als mache Malus Begriffsstutzigkeit ihm schwer zu schaffen. »Egal, was passiert ist, wir brauchen eine gute Verteidigungsstrategie für ihn. Denn wenn wir keine haben, wird er letztlich dort landen.«

»Moment mal. Egal, was passiert ist?« Malu wusste nicht, was sie sagen sollte. »Idi hat doch erzählt, was passiert ist! Idi, willst du vielleicht noch mal …«

Aber Alex schüttelte den Kopf. »Wir brauchen etwas Besseres als das, was Idi uns erzählt.«

»Alex, ich … Wie wäre es denn erst mal mit ein bisschen Mitgefühl für die Opfer?«

»Selbstverständlich. Aber wer ist hier das Opfer?«

»Sag mal … was ist denn in dich gefahren? Du hast es doch gehört … die Fesseln … das Blut …«

»Bist du in deinem Job auch so voreilig bei deinen Schlussfolgerungen? Als hättest du noch nie etwas von dieser Masche gehört.«

»Was denn für eine Masche? Konrad ist kein Unschuldslamm, das weißt du genau!«

»Das kann schon sein«, sagte Alex. »Aber er ist unser Sohn, also sollte doch klar sein, wem hier unsere Solidarität gilt.«

»Genug geschlafen«, sagte Malu. Sie stand auf und ging zu Konrads Tür. »Konrad, steh auf! Wir wollen mit dir reden!«

Drinnen rührte sich nichts, und auch nach zwei weiteren Minuten, in denen sie abwechselnd gerufen und mit den Füßen leicht gegen die Tür getreten hatte, blieb es ruhig. Es war abgeschlossen.

»Watson, ist irgendeins von Konrads Geräten erreichbar?«

»Tut mir leid, Malu, Konrads Geräte sind deaktiviert.«

Sie blieb unschlüssig an der Tür stehen.

Ein Bild schoss ihr in den Kopf, Konrad in seinem himmelblauen Jumper, der ihm schon nicht mehr passte, es kam ihr vor, als sei das viel länger her als zehn oder elf Jahre, Weihnachten, es roch nach Entenbraten, und sie alle waren zusammen in dieser Wohnung, ihrer Wohnung, die Alex, seit sie sich getrennt hatten, nur noch zu besonderen Anlässen betrat. Sie schmeckte den Wein auf der Zunge, den Alex für das gemeinsame Essen ausgesucht hatte, der Baum war geschmückt, der Ofen war aus, und Malu konnte sich gut daran erinnern, dass sie sich wie eine fühlte, die sich eigenmächtig als Gast aufgedrängt hatte.

Dann hockten sie am Boden um den Baum, und Konrad sang Schneeflöckchen. Alex freute sich darüber wie ein Vater, sie dagegen glaubte nichts davon. Sie sah sich Wein trinken, einfach, weil er da stand, Alex hatte schon immer einen guten Weingeschmack, ausgeprägt wie alles, was mit altem bürgerlichen Lebensstil zu tun hatte. Es war ein Weihnachten aus der Stanze, sie vermieden den Kitsch nicht, sie betonten ihn, damit Konrad alles glaubte. Der Junge, der da vor dem Baum stand und sang, war linkisch und klug, er schielte beim Singen auf seine Geschenke, und trotzdem liebte sie ihn.

Eine Stunde später kam Konrad aus seinem Zimmer. Sie hatte, um keinem Streit Raum zu geben, Watson ein Live-Konzert rendern lassen, Florence + the Machine mit Frank Sinatra, begleitet von den Musikern der goldenen Ethio-Jazz-Ära. Vermutlich hatte dies Alex' Groll aber nur größer werden lassen: Er verachtete alles, was über knisternde Originalaufnahmen von George Gershwin oder Django Reinhardt hinausging.

Konrad war vollkommen nackt, störte sich aber nicht an ihrer Anwesenheit – wenn er sie überhaupt bemerkte. Erst auf dem Rückweg aus dem Badezimmer blieb er vor dem Küchentresen stehen.

»Seid ihr das?«, fragte er mit glasigem Blick. Sein Gesicht war bleich und rotfleckig, die Augen dunkel gerändert, die Wange leicht geschwollen.

»Willst du dir vielleicht erst mal was anziehen?«, fragte Malu.

Konrad sah verständnislos an sich herunter. »Wieso? Ist doch gut.« Er ließ sich schwer auf einen freien Barhocker fallen.

»Das war keine Frage«, sagte Alex sanft.

Konrad rieb sich mit beiden Händen heftig übers Gesicht und stöhnte: »Doch, das war ganz klar ne Frage.«

Der Anblick von Konrads weißem sehnigen Körper und dem geäderten Phallus zwischen seinen Beinen stieß sie ab – ein Gefühl, über das sie erschrak. Sie senkte den Blick.

»Deine Mutter und ich wollen mit dir darüber reden, was letzte Nacht passiert ist. Ein zivilisiertes Gespräch. Bekleidet. Geh bitte und zieh dir was an.«

»Mann, ich bin grade aufgewacht!«

»Mach keine Szene, Konrad.«

Statt den Eskalationsregler weiter aufzudrehen, gab Konrad klein bei, trottete in sein Zimmer und kam mit Jeans und einem auf links gedrehten T-Shirt wieder heraus. Er ging zum Waschbecken, ließ ein Glas volllaufen und leerte es in einem Zug. Idi kam ebenfalls wieder aus seinem Zimmer und lehnte sich in den Türrahmen, ohne den Versuch zu machen, seine Neugier irgendwie zu bemänteln.

»Du hattest Besuch«, sagte Alex.

Konrad, kraftlos und unübersehbar angeschlagen von den Nachwirkungen welcher Substanzen auch immer, nickte in Idis Richtung, ohne ihn anzusehen. »Ich weiß nicht, ob ich das so cool finde, wenn er dabei ist.«

Idi sah ihn ruhig an und rührte sich nicht.

»Er ist ein Zeuge«, sagte Malu und biss sich auf die Zunge.

»Okay, ich stehe vor Gericht?«, sagte Konrad. »So läuft das jetzt ab?«

»Du stehst nicht vor Gericht«, sagte Alex und wandte sich halb zu Malu. »Ich bin dafür, dass Konrad die Gelegenheit bekommt …«

»Ich möchte, dass Idi hierbleibt«, sagte Malu kategorisch.

»Ich aber nicht«, sagte Konrad.

»Idi wohnt hier genauso wie du, und er hat alles mit angesehen. Aus welchem Grund sollten wir ausgerechnet ihn rausschicken?«

»Weil er mich geschlagen hat vielleicht?«, fragte Konrad.

»Darauf kommen wir noch zu sprechen«, sagte Alex. »Was war denn der Anlass für eure Auseinandersetzung?«

»Keine Ahnung«, sagte Alex trotzig. »Frag ihn doch, wenn er jetzt sowieso dableibt.«

Alex wandte sich zu Idi. »Also?«

»Ich bin vom Lärm aufgewacht«, sagte Idi. »Konrad war laut.«

»Das ist schon mal gelogen!« Konrad war zum Kühlschrank gegangen und suchte sich ein Frühstück zusammen.

»Idi sagt, die Mädchen hätten geweint und geschrien«, sagte Malu. »Sie wollten anscheinend fluchtartig die Wohnung verlassen. Eine war gefesselt, und …«

Idi stand noch immer unbewegt im Türrahmen, die Arme verschränkt. Es war schwer zu sagen, ob er dieser Zusammenfassung zustimmte oder sich nur bevormundet fühlte.

Konrad musste bei Malus Schilderung ein Kichern unterdrücken. Er kramte immer zielloser im Kühlschrank herum. »Ey, habt ihr mir etwa alles weggefressen?«

»Was ist daran so lustig?«, wollte Alex wissen.

»Ich habe gar nichts gemacht. Frag lieber mal, was die mit mir gemacht haben!« Wieder dieses Kichern.

»Wer waren die Mädchen?«, fragte Malu.

»Was weiß ich, irgendwelche Ginas.«

»Hast du sie angesprochen?«, fragte Alex. »Ich glaube nämlich nicht, dass du der Typ dafür bist, solche Mädchen von dir aus anzusprechen.«

Konrads Augen verengten sich misstrauisch. »Wie, nicht der Typ?«

»Na ja, ich denke …«

»Dass ich mich nicht traue?«

»Nein, ich meinte …«

»Du denkst, ich traue mich nicht, ein paar schimmlige Ginas anzumachen?«

»Also haben sie dich angesprochen.« Alex nickte zufrieden. »Wie ich mir dachte.«

Idi schaltete sich ein. Seine Stimme klang ruhig und vernünftig. »Die beiden Mädchen werden melden, was passiert ist. Auch ohne Versicherung, sie erstatten Anzeige. Sie sind minderjährig, sie haben besonderen Schutz. Es gibt eine Untersuchung. Kann sein, Watson meldet sich gleich mit der Klage.« Er stellte keine Frage, überhaupt hatte er zu niemand besonderem gesprochen, es war eher, als wolle er die Situation für alle auf einen gemeinsamen Nenner bringen.

»Du scheinst reichlich Zeit zu haben, die deutschen Gesetze zu studieren«, sagte Alex sarkastisch. Idi reagierte nicht darauf.

»Konrad«, sagte Malu. »Sind die Mädchen minderjährig?«

Konrad zuckte die Schultern. »Keine Ahnung. Diese Tomaten schmecken null nach irgendwas.«

Malu holte schon Luft, um ihn zu entlassen, weil sie seine Unverschämtheit schwer aushielt, aber Alex sagte mit großem Nachdruck: »Du hast diese Situation herbeigeführt, und du wirst dich jetzt dafür verantworten!«

Konrad schwieg.

»Watson«, sagte Alex. Die Spracherkennung loggte Alex in Sekundenbruchteilen in sein Profil ein.

Die jetzt weibliche Stimme sagte: »Guten Tag Alex, wie kann ich dir helfen?«

»Wir brauchen eine Verteidigungsstrategie. Volljähriger Bürger wird der sexuellen Gewalt gegen zwei Insolvente beschuldigt, vermutlich minderjährig.«

»Es tut mir leid, Alex, für diese Aktion stehen dir keine Ressourcen zur Verfügung.«

»Watson, das ist eine allgemeine Frage.«

»Es tut mir leid, Alex, dein gegenwärtiger Score lässt keine Rechtsberatung zu.«

»Aber meiner«, sagte Malu. »Watson, liegt schon ein Strafantrag gegen Konrad Schelling vor, geboren 19.07.2023, wohnhaft hier?«

Watson, der den Benutzerwechsel durch Malus personalisiertes Signal bestätigt hatte, antwortete wieder mit der männlichen Stimme. »In der Tat, Malu. Der Polizeiabschnitt 54 hat im automatisierten Verfahren einen Strafantrag nach §77 StGB unmittelbar nach dem Eingang der Anzeige heute um 11 Uhr 34 gestellt. Soll ich den Strafantrag anzeigen?«

»Frag nach der Verteidigungsstrategie«, sagte Alex.

»Dafür ist es noch viel zu früh«, sagte Malu. »Wir sollten erst die Ermittlung …«

»Wenn es überhaupt eine gibt«, unterbrach sie Alex. »Frag.«

Widerstrebend, weil sie lieber Genaueres über die Vorwürfe erfahren hätte, fragte Malu: »Watson, entwirf eine mögliche Verteidigungsstrategie für das geschilderte Delikt.«

»Die Verteidigungsstrategie hängt von den einzelnen Anklagepunkten ab, die in der Klageschrift formuliert werden.«

»Geh von Körperverletzung, Freiheitberaubung und sexueller Nötigung aus.«

»Die Prämisse einer vielversprechenden Verteidigungsstrategie könnte darin bestehen, den beiden insolventen Minderjährigen die Absicht zu unterstellen, aus der Verbindung mit Konrad Gewinn ziehen zu wollen. Entsprechend haben sie die sexuellen Handlungen initiiert, um bei einer eventuellen Schwangerschaft finanzielle Ansprüche geltend zu machen und/oder Bürgerrechte zu erhalten. Sie haben die Vorwürfe gegen den jungen Erwachsenen frei erfunden und sich die Verletzungen selber zugefügt, um ihn rechtlich zu übervorteilen. Ein solches kriminelles Vorgehen ist durch zahlreiche Verfahrensbeispiele belegt. Die Anwendung dieser Verteidigungsstrategie führt in 87,8 Prozent der Fälle zum Fallenlassen der Anklage.«

»Sieh mal einer an«, sagte Alex und warf einen ostentativen Blick auf seine Fingernägel.

Konrad klatschte in die Hände. »Genau so war's! Kann ich jetzt weiterpennen?«

»Möchtest du, dass ich gegen den Strafantrag einen Widerspruch übermittle? Die Aktion wird deinen Score mit minus 560 Punkten belasten, dein Status ist gegenwärtig dunkelgrün.«

Malu sah Alex an, dann Idi, zum Schluss Konrad. Sie hatte es in der Hand, diese Sache mit einem Wort zu beenden.

Alex fragte stumm, worauf sie wartete.

»Möchtest du, dass ich den Widerspruch übermittle?«

Doch sie zögerte. »Warte noch.«

7
Der Hub

Malu war noch nie der Ansicht gewesen, es gebe keine Wahrheit. Stattdessen glaubte sie, dass man alle Bedingungen, die zu einem bestimmten Ereignis geführt hatten, im Prinzip benennen könnte, sofern man über die notwendigen Kenntnisse und genügend Zeit verfügte. Man könnte gleichsam eine Karte erstellen, die die Genese des Ereignisses zeigte – nur wäre diese Karte unter Umständen so groß und komplex, dass man sehr weit davon zurücktreten müsste, um alle Einzelheiten in ihrer Abfolge und Gleichzeitigkeit darauf überblicken zu können. Und selbst dann wäre es nur in den Grenzen der seriellen menschlichen Wahrnehmung möglich.

Während es in Kriminalfällen meist eine Person gab, die die ganze Wahrheit der Tat kannte – weil sie sie begangen hatte –, war bei Unglücken wie etwa dem Brand einer Fabrik den Überlebenden, Zeugen und Ermittlern oft nur kleine Spuren der Wahrheit zugänglich. Sie konnten ihr Wissen nur vermehren, indem sie zusammenarbeiteten. Doch selbst wenn das gelang – und oft genug gelang es nicht –, musste sich doch nur jemand in seiner Erinnerung täuschen oder Tatsachen verschleiern, um Lücken entstehen zu lassen. Malus Arbeit bestand darin, diese Lücken mithilfe des Kontextes und ihrer Erfahrung zu füllen.

Als der Tag bereits wieder wegdämmerte, flog sie zurück zur Farm, ohne zum Meditieren gekommen zu sein. Sie hatte nicht die Ruhe gefunden, obwohl sie sie gebraucht hätte. Sie fühlte sich getrieben von dem Gedanken, dass nun nicht, wie im ganzen letzten Jahrzehnt, die Zeit der Einkehr, sondern die Zeit des Handelns war.

Die Sonne versteckte sich irgendwo jenseits der geschlossenen Wolkendecke, vielleicht war sie auch bereits untergegangen. Die Stadt schien sich unter dem Regen wegzuducken, und statt hinauszusehen und sich zu sorgen, dass ohne Vorwarnung unerkannter Gegenverkehr aus der trüben Suppe auftauchte oder eine Bö sie vom Himmel fegte, ließ sie Watson Premiumberichte über Biotopia zusammenstellen – handgefertigte Reportagen und Hintergrundberichte über die Gründung vor zwanzig Jahren, den Einzug van Aas, die Abschottung der Farm bis hin zur aktuellen Krise. Es gab einen Feed, der nicht nur verlässliche Quellen lieferte, sondern sogar über einen eigenen Erkennungsjingle verfügte, der jedem Beitrag vorangestellt war. Das Intro zeigte Bilder von leeren Regalen, Qualmwolken über dem Feld, das geborstene Fenster einer Anwohnerin im Fliegerviertel und Uniformierte auf dem Platz der Luftbrücke, dazu der O-Ton eines Anwohners: »Das wird der nächste Große Einsatz in der Farm« – das alles in knapp drei Sekunden, abgerundet mit der Schlagzeile: *Die Tragik der Allmende*.

Ein kurzes Statement der Sulaco-Chefin Shivani Ghosh machte den Anfang. Sie versprach, die Situation so bald wie möglich persönlich in Augenschein zu nehmen, sobald der gestörte Flugverkehr es zulasse.

Dann folgte eine virtuelle Pressekonferenz mit Regina Voight-Kampff. »Wir wissen, dass die Bürgerinnen und Bürger von Berlin in den letzten zwei Tagen bange Stunden verbracht haben. Nachdem Sulaco der Eskalation tatenlos zugesehen hat, ist Biotopia nun Dank unseres beherzten Eingreifens wieder zur störungsfreien Produktion zurückgekehrt. Alle Berlinerinnen und Berliner können aufatmen.

Der zeitweilige Ausfall war ein Ergebnis der veralteten Steuerungssoftware Sulacos, die nun zügig modernisiert werden wird. Konterbauer befindet sich hierzu in Verhandlungen mit Sulaco und dem Berliner Senat.«

Eine Journalistin fragte aus dem Off: »Worüber genau wird verhandelt?«

»Der Senat hat seine Aufsichtsverpflichtungen auf uns übertragen. Insofern sehen wir uns verantwortlich, einen störungsfreien Betrieb zu gewährleisten. Die nächste Großlage ist bereits vorprogrammiert, wenn es Senatorin Sander weiterhin versäumt, Sulaco in die Pflicht zu nehmen. Es fehlt an Reformen, es fehlt an Innovation, es fehlt an Verantwortung. Sulaco und der Senat spielen mit der Zukunft der Stadt russisches Roulette.«

Dazu Stimmen aus der Bevölkerung. Eine ältere Frau sorgte sich, dass die »armen Schweine« aus der Slave City ihre Nachbarschaft überlaufen würden, »überall« höre man von in Keller einbrechenden abgerissenen Gestalten, von Not und Elend auf den Straßen – wobei sich Malu fragte, wie das sein konnte, wo doch alles dafür sprach, dass im Augenblick niemand Biotopia verließ. Eine andere klagte, dass ihr Mann ein pflanzliches Medikament gegen Herzinsuffizienz von der Farm beziehe, die letzte Lieferung sei ausgeblieben. Wenn er nun stürbe – wer würde die Haftung übernehmen?

Auch der Fall einer Produzentin, die Mitte der 2030er-Jahre angeblich von der Farm geflohen war, wurde noch einmal aufgerollt. Sie hatte damals gesagt: »Uns wurde befohlen, zu verleugnen, wer wir sind. Auf unsere Tradition zu spucken, unseren Glauben. Unsere Sprache zu kritisieren. Unsere eigenen Leute zu beleidigen. Frauen wie ich, die aus dem Camp herauskommen, sind nicht mehr, wer sie mal waren. Wir sind Schatten; unsere Seelen sind tot.«

Allerdings war die Frau, wie sich gezeigt hatte, in Wirklichkeit eine Insolvente aus den Gebieten und noch niemals in der Farm gewesen. Ihre Schilderung war das zwanzig Jahre alte, unautorisierte Zitat einer Uigurin aus einem chinesischen Umerziehungslager.

Kein Fall war freilich so spektakulär gewesen wie die angebliche Vertreibung der »Exilantin« Carla Romero Infante aus der Domäne vor sechs Jahren. Er war von einem kurzen, aber heftigen Medienecho begleitet worden, denn Infante galt als einziges hochrangiges Mitglied der Domäne, der die Flucht gelungen war – die einzige Augenzeugin, die vermeintlich ein realistisches Bild der Vorgänge liefern konnte. Aber ihre Glaubwürdigkeit wurde von Beginn an in Zweifel gezogen, allzu wahnhaft klangen ihre Behauptungen, mit dem Status der Sonderverwaltungszone sei aus Biotopia endgültig ein Versuchslabor des US-Militärs geworden, in dem systematisch Verbrechen gegen die Menschlichkeit begangen würden, während der Berliner Senat die Augen verschloss.

Schon die Gründung von Biotopia durch Ambrosius van Aa stellte Infante als dunkle Initiation, van Aa selbst als soziopathischen Sektierer dar. Sein Computersystem sei ein paranoides Panoptikum, sein Effizienzwahn blanker Terror. Nach dem Einzug van Aas 2026 sei alles noch schlimmer geworden als vorher. Das Werbeversprechen Sulacos, »Mensch und Maschine zu einer symbiotischen Produktionseinheit zu verschmelzen«, sei von van Aa wörtlich ausgelegt worden: Der Einsatz der technischen Geräte, so Infante, die die kapitalkräftigen Geldgeber nun an den Produzenten testeten, komme einem gigantischen Großversuch unter Missachtung der UN-Charta gleich und sei nur durch massive Gehirnwäsche und Sedierung sämtlicher Insassen möglich, von der nur der innerste Zirkel ausgenommen sei. Als sie, Carla, sich wiederholt der rigiden Überwachung widersetzt habe, sei sie »exkommuniziert« worden, man habe sogar versucht, sie umzubringen. Nur knapp sei ihr die Flucht gelungen.

Ihre öffentlichen Auftritte machten Carla anfangs bei einer mehr oder weniger breiten Öffentlichkeit bekannt und führten dazu, dass sie – auch mithilfe von Geldspenden und der politischen Fürsprache linker Verbände – Solvenz und Bleiberecht beantragen konnte. Schnell geriet allerdings eine Gegenkampagne ins Rollen, mit der ihre Glaubwürdigkeit angefochten und schließlich komplett zerstört wurde. Ein geleaktes psychologisches Gutachten attestierte ihr eine bipolare Störung, für deren Ausprägung charakteristisch sei, über die Opferrolle Aufmerksamkeit und narzisstische Aufwertung zu suchen. Vor ihrem Engagement bei Biotopia sei Carla wiederholt auf psychiatrischen Notfallstationen untergebracht gewesen und medikamentös behandelt worden. In die Farm sei sie geflohen, weil ihr ein Prozess gedroht habe: Mehrere Zeuginnen hatten ausgesagt, sie habe auf einem Spielplatz Glasscherben im Sand platziert, um sich später als Retterin inszenieren zu können.

Von da an wurden in Memes und Kommentaren sämtliche ihrer Aussagen zerpflückt und ins Lächerliche gezogen. Als vollkommen abstrus führten die Nutzerinnen etwa ihre Behauptung eines »militärisch-industriellen Komplexes« vor – man dürfe nicht vergessen, so die Kommentatorinnen, dass hier von einer Anbaustätte für Tomaten und Kopfsalat die Rede sei. Auch die widersprüchliche Darstellung ihrer eigenen Rolle löste Häme und Spott in den sozialen Foren aus: Einerseits wolle sie als Mitglied des Führungszirkels Verantwortung getragen haben, gleichzeitig spiele sie sich als einzig aufrechte Kämpferin wider das Unrecht auf.

»Kannst du etwas über sie finden, Watson?«

»Ihr Buch und die veröffentlichten Interviews erfüllen den Straftatbestand der Hassrede und dürfen nicht verbreitet werden.«

Stattdessen zeigte Watson Malu eine Videobotschaft van Aas, in der er – mit über den Wangen gespannter Haut wie ein Asket – der Öffentlichkeit die bekannten Bilder eines glücklichen Arbeitskollektivs präsentierte, das gewissenhaft seiner Gartenarbeit nachging. Was über Biotopia verbreitet werde, sei Lüge, sagte er lächelnd, und er schien es so sehr zu glauben, dass man es ihm gleichtun musste. Noch immer umgab ihn die Aura eines Menschen, der nie bei einer Lüge erwischt worden war. Nichts, beschwor er, habe sich seit der Gründung der Farm verändert, und es werde sich auch nichts verändern, denn eine gute Idee bleibe einfach eine gute Idee, selbst wenn die Zeiten schlechter würden.

Aufschneider, die Aufmerksamkeit abgreifen wollten, indem sie unter falscher Flagge segelten, gab es in beiden Lagern, egal, ob pro oder contra Biotopia. So bezichtigten sich Konterbauer und Sulaco gegenseitig verschiedenster Versäumnisse, woraus nicht viel mehr ersichtlich wurde, als dass beide Organisationen aus welchen Gründen auch immer nichts füreinander übrig hatten.

Betont sachlich versuchte zum Abschluss der Zusammenschau Senatorin Elena Sander, Überblick und Tatkraft zu demonstrieren.

»Wir sind uns bewusst, welch unersetzlichen Beitrag Biotopia für die Versorgung der Berliner Bevölkerung leistet. Die kurzzeitige und inzwischen behobene Störung konnte bislang gut durch die vielen innerstädtischen Anbaustätten abgefangen werden, die meist in privater Initiative und sehr effizient arbeiten. Auch die Preisentwicklung bei Frischprodukten wird sich rasch wieder normalisieren. Es besteht absolut kein Grund zur Sorge.«

»Was sagen Sie zu dem Vorwurf, der Senat habe Biotopia im Stich gelassen?«, kam die Frage aus dem Off.

Elena ließ sich nicht aus der Ruhe bringen. »Sulaco und der Senat waren sich von Anfang an einig, dass der Standort sich nach anfänglichen Subventionen selbst refinanzieren muss. Mit dem Status der Sonderwirtschaftszone sind wir den Amerikanern dabei weit entgegengekommen, der Steuersatz liegt unter drei Prozent.«

»Dennoch haben Sie die Kontrollen der Arbeitsrechte sowie der Produkte und Dienstleistungen aus der Farm einem Tochterunternehmen von Sulaco überlassen. Das bedeutet doch, den Bock zum …«

»Ich kann Ihnen versichern, dass wir als Senatsverwaltung unserer Verantwortung vollumfänglich nachkommen. Aktuell sind wir mit einem eigenen Team in der Anlage und werden jegliche Missstände, sollte es sie geben, identifizieren und abstellen.«

Dass Elena sie in der Öffentlichkeit als »Team« ausgab, konnte Malu noch als notwendige Finte durchgehen lassen. Aber dass sie ein derart vollmundiges Aufklärungsversprechen gab, hinterließ bei Malu doch einen schalen Nachgeschmack: Das klang wie die Vorbereitung eines Bauernopfers.

Zwei Stunden später wartete sie noch immer auf Jules.

Sie saß in einer Art Abstellraum, dessen Einrichtung zu drei Vierteln aus demontierten Markttischen bestand, dazu Lagen von handgeletterten Angebotsschildern – frische Auberginen, sommerreife Tomaten, saisonales Gemüse, ganz so, als sei in Biotopia nicht zu jeder Jahreszeit Saison. Ein Klappstuhl war die einzige Sitzgelegenheit; die Fenster waren verriegelt und mit schwarzer Folie verklebt. Von einer Zelle war die Kammer neben dem Gerümpel vor allem dadurch zu unterscheiden, dass die Tür nicht abgeschlossen war – immerhin kein geringer Unterschied.

In einem Regal lag ein Stapel laminierter Karten. Es war eine Liste der in Biotopia verfügbaren Produkte. Neben dem vielfältigen Angebot an Lebensmitteln gab es eine Reihe von Naturheilmitteln wie etwa Kräutertees oder -salben. Darüber hinaus konnten auch Blutspenden geordert werden: alle vier Hauptblutgruppen in jeweils beiden

Rhesusfaktor-Varianten. Malu hatte davon gehört, dass später auch Samen- und Eizellenspenden inklusive detaillierter Genanalysen dazugekommen waren. Diese Angebote wurden nicht beworben, aber auch gesetzlich nicht weiter reguliert. Adulte Stammzellen waren, soweit sie gehört hatte, allerdings nicht frei verkäuflich, sondern nur mit medizinischer Sonderbefugnis erhältlich. Alle Angebote basierten auf freiwilligen Spenden der Produzenten.

Malu schloss die Augen. Sie konnte sich vorstellen, welche Wirkung das alles besonders zu Beginn auf junge Menschen gehabt haben musste. In den 2020er-Jahren war innerhalb der Generation Z – der »letzten Generation« – das Gefühl gewachsen, den Planeten mit allen Mitteln retten zu müssen. Finanz- und Klimakrisen konkurrierten um die größere Zerstörungskraft, hinzu kamen Pandemien, Kriege und der allgemeine Eindruck, es gehe zu Ende mit der Welt, wie wir sie kannten. Golda war, wie viele andere, überzeugt gewesen, dass nur große Ideen und wohl auch ein unerschrockener Umgang mit Tabus jenen schlagartigen Wandel herbeiführen würden, der allein den Untergang verhindern konnte.

Malus Zeitgefühl war einer Art somnambulem Gleichmut gewichen, als sie aufstand und hinaus auf die Galerie trat. Die Scheinwerfer, die sie noch am Morgen im Innenhof gesehen hatte, waren erloschen. Stattdessen beleuchteten die Farmen sich nun gegenseitig, und das farbige Licht breitete sich als geheimnisvoller rosa Schimmer über dem Fußboden und den Wänden des Wandelganges aus. Es war still, so als sei sie hier vergessen worden, nachdem alle anderen nach Hause gegangen waren.

Draußen bei den Lazarettzelten herrschte jedoch eine seltsam undurchsichtige Betriebsamkeit. Uniformierte betraten und verließen die Zelte, aber es waren keine Produzenten zu sehen. Stattdessen schien man aus den Zelten Materialien zu holen und zu den entfernteren, von hier nicht einsehbaren

Orten zu transportieren, wo sich möglicherweise weitere Auseinandersetzungen abgespielt hatten und Verletzte zu versorgen waren.

Sie hörte ein erst leises, dann anschwellendes mehrstimmiges Rauschen, das sie zunächst für eine sakrale Musik hielt, das dann aber einen mehr mechanischen und vollkommen geistlosen Charakter annahm, in Intensität und Tonhöhen leicht modulierend. Statt der menschenleeren Galerie weiter zu folgen, stieg sie aufs Geratewohl das Treppenhaus zum Untergeschoss hinunter.

Sie erreichte einen Gebäudetrakt, der zu dem Verwaltungsflügel gehören musste, in dem früher Eventfirmen und die Berliner Polizei ansässig gewesen waren, bevor Konterbauer diese Objekte übernommen hatte. Auf dem Flur sah sie vereinzelt junge Männer in Konterbauer-Uniformen. Scheinbar reagierten sie nicht auf die Zivilistin, die hier etwas verloren herumwanderte, aber Malu bemerkte, dass sie ihren Blick absichtlich mieden.

Der Geruch auf dem Flur führte sie zu einer Kantine, die halb gefüllt war. Sie saßen in Gruppen zu dritt oder viert an den Esstischen und tranken, manche hatten ein Essenstablett vor sich. Bis eben noch hatten sie sich unterhalten, in jenem rohen, leiernden Soziolekt der Berliner Straße, einem scheinbar unbeteiligten Hinblaffen von Satzfetzen im schwerst proletarischen Zungenschlag der Mark Brandenburg, dem jedes Gefühl hinter der Sprache so peinlich war, dass seine Verleugnung sich als ihr Hauptgeschäft verriet.

Jetzt verstummten sie wie ertappt und musterten Malu, als hätten sie so jemanden wie sie noch nie zu Gesicht bekommen – oder als wüssten sie im Gegenteil sehr genau, wer sie war.

»Ist hier geöffnet?«, fragte sie sorglos und ging zur automatischen Essensausgabe. Sie spürte, dass die Männer sie hinter ihrem Rücken musterten.

Sie wählte ein pflanzliches Hühnchencurry und setzte sich mit ihrem Tablett mitten in die schweigende Mehrheit. »Es stört Sie doch nicht, oder?«

Ihr Essenstablett war aus herkömmlichem Plastik und bedeckt mit Alufolie. Es musste ein Jahrzehnt her sein, dass sie so etwas zum letzten Mal gesehen hatte, und an einem Ort wie diesem, dem Nachhaltigkeit ein Fetisch war, hätte sie Verpackungsmüll am wenigsten erwartet. Sie bekam die fettige Lasche nicht zu fassen, mit der man die Folie von dem Teller ziehen musste; je öfter sie es versuchte, desto mehr verkrampften ihre Finger. »Könnten Sie mir vielleicht behilflich sein?«

Der Angesprochene neben ihr wirkte überfordert und warf einen schnellen Blick zu seinem Gegenüber, einem stämmigen Mittdreißiger mit misstrauisch trüben Augen.

Der sagte nur: »Wer hat sich denn hier wieder heimlich beduftet? Wir sind doch nicht im Bordell!« Man grinste und kicherte verschämt, die Sitznachbarn tauschten Seitenblicke wie aufmüpfige Schüler.

»Wie komisch«, sagte Malu mit ironischer Anerkennung. Sie hätte dieses Verhalten auf sich beziehen können, ihr Alter, ihr Geschlecht, die Kleidung oder auch ihr Handicap. Doch diese jungen Burschen hatten offenbar nur Instruktionen bekommen und gingen auf ihre Art damit um. Allerdings kam sie nicht umhin, sich zu fragen, was die jungen Kerle in der Farm erlebt haben mochten, das nach dem Ventil solch platter Belustigungen verlangte.

Malus Charakterstärke half ihrem Selbstwertgefühl, nicht aber bei der Öffnung der Aluverpackung. Sie hatte inzwischen wirklich Hunger und versuchte weiter, die Lasche irgendwie zu packen zu kriegen. Doch mit jedem Versuch schwand die Kraft aus ihren Fingern. Das Gekichere neben ihr brach in seiner ganzen Niedertracht offen aus, die verabredete Ablehnung wurde zu Schadenfreude, und jetzt traf sie sie.

Da setzte sich von einem anderen Tisch ein junger Mann zu ihr, in Konrads Alter etwa, und als sie ihn genauer ansah, erkannte sie ihn: Sein Name war Fabi oder so ähnlich, und tatsächlich war er in Konrads Jahrgang gewesen, bevor dieser die elfte Jahrgangsstufe wiederholen musste. Sie sah ihm an, dass auch er sie erkannte, aber ihr Instinkt riet ihnen beiden, das für sich zu behalten. Stattdessen öffnete er mit einem mühelosen Griff Malus Verpackung, wandte sich ab und ging unter den wortlos kommentierenden Blicken seiner Kameraden zu seinem Platz zurück.

Der aromaverstärkte Duft des Currys stieg ihr in die Nase, ihr Magen krallte sich in Vorfreude zusammen.

Die Unterhaltungen wurden leise wieder aufgenommen. Auf einem großen Bildschirm, der die ganze Zeit Naturkatastrophen und Tierbabys aus aller Welt gezeigt hatte, erschienen nun Breaking News über die Farm: »Schlachthaus Slave City«. Nur spektakulärste Bilder kamen für diesen Zusammenschnitt infrage: brennende Vertikalfarmen, ein gigantisches Aufgebot rennender Einsatzkräfte und Soldaten der Streitkräfte, Schüsse, Verwüstung. Dazu ausgemergelte halbnackte Menschen, angebliche Arbeiter aus der Farm, erkennbar aber aus völlig anderen Kontexten stammend, die orientierungslos durch die Straßen von Berlin hasteten wie auf der Flucht, Schaufenster zertrümmerten und Geschäfte plünderten. Nicht einmal Berlin war Berlin auf diesen fabrizierten Bildern.

Die Zuschauer, für deren Versicherungsscore solche Inhalte bestimmt waren, kümmerte das nicht. Tatsächlich waren die Sicherheitsleute ja über die Ereignisse hier aus eigener Anschauung im Bilde, aber niemandem war die offensichtlich falsche Darstellung auch nur den leisesten Kommentar wert.

Fabi stand unvermittelt wieder von seinem Platz auf, schabte seine Essensreste in einen Müllschlucker und verließ die Kantine. Malu, obwohl noch immer hungrig, hatte kaum ein paar Bissen geschluckt, schob aber nun kurzentschlossen das Tablett von sich und folgte ihm. Er war schon ein gutes Stück den Flur entlanggegangen und fast um eine Ecke verschwunden. Sie hatte Mühe, mit ihm Schritt zu halten. »Fabi!«

Er drehte sich sofort zu ihr um und kam auf sie zu, den Finger über die Lippen legend. Der Gang war leer, dennoch war er sichtlich besorgt, dass sich eine der abgehenden Türen unversehens öffnen könnte. »Man sollte uns nicht zusammen sehen«, sagte er. »Fynn, außerdem.«

»Ja richtig, Fynn. Was machst du denn hier?«

Da er nun keine Möglichkeit sah, das Gespräch sofort zu beenden, gleichzeitig aber darauf gefasst sein musste, von seinen Kameraden oder sogar Vorgesetzten mit Malu gesehen zu werden, nahm er eine förmlich-distanzierte Körperhaltung an – Schultern gerade, Beine leicht ausgestellt, Hände hinter dem Rücken – und hielt sich an sachliche Auskünfte.

»Ich habe nach dem Abi keinen Studienplatz gefunden«, sagte er. »Es gab Quoten für Leute von außerhalb, und für Männer sowieso. Deswegen …« Er sprach nicht weiter.

»Danke, Fynn. Für eben.«

»Ja«, sagte er und senkte den Blick. »Das war gemein.«

»Hast du eine Ahnung, warum die so auf mich reagieren?«

Fynn sah sich wieder nervös um und blickte zu Boden.

»Du weißt, weshalb ich hier bin, oder?«

Er nickte, sagte aber noch immer nichts.

Sie versuchte es anders. »Hast du Konrad mal wieder gesehen?«

Er schüttelte den Kopf. »Ich bin viel hier«, sagte er. Und als sei ihm diese Antwort selbst nicht genug: »Nebenher lerne ich für die Aufnahmeprüfung. Quanteninformatik.«

Sie nickte. Das war wohl nicht der einzige Grund, aus dem sie keinen Kontakt mehr hatten.

»Ich möchte dich gern etwas fragen.« Sie trat ein wenig näher an ihn heran, und sofort korrigierte er seine Position nach hinten. »Ich werde deinen Namen nirgendwo erwähnen, in keinem Bericht, niemandem gegenüber, und auch sonst lasse ich dich aus allem raus. Aber ich muss wissen, was du da drinnen gesehen hast. Gibt es Verletzte? Du kannst nicken oder den Kopf schütteln.«

Er tat nichts von beidem, sondern knackte mit den Fingerknöcheln und wich ihrem Blick aus. »Ich muss weiter. Ist nicht so gut, wenn die mich hier mit Ihnen sehen. Ich mein's nicht persönlich, bloß …«

»Ich verstehe, Fynn. Absolut. Aber weißt du, meine Tochter ist da drin. Seit vielen Jahren schon. Konrads ältere Schwester. Sie heißt Golda. Und … ich mache mir Sorgen. Wenn ich wüsste, was geschehen ist …« Natürlich musste sie ihre Sorge nicht spielen. Aber gerade deswegen fiel ihr so deutlich auf, wie kalkuliert sie sie nun einsetzte.

Unvermittelt ging er ein paar Schritte an ihr vorbei und spähte um die Ecke. Dann bedeutete er ihr, ihm zu folgen. »Schnell!«

Am Ende des Ganges war eine Tür, die Fynn leise öffnete. Er horchte hinein. Offenbar war niemand drinnen; es roch nach herbem Duschgel, Wasserdampf und zu lange getragenen Socken. Malu folgte Fynn bis zu einer Reihe von Spinden, die den Umkleideraum unterteilten. Von der Tür aus waren sie nun nicht zu sehen. »Es ist Essenszeit, wir haben ein paar Minuten. Ich weiß nicht, wo ich anfangen soll. Es ist … schräg.« Fynn machte nun den Eindruck, als sei es ihm sogar ein Anliegen, über seine Beobachtungen zu sprechen.

»Was ist mit Verletzten?«

»Es gibt Verletzte. Wir haben Zelte aufgestellt, um sie zu versorgen. Aber …«

»Aber?«

Er hebt ratlos die Schultern. »Sie lassen sich nicht behandeln.«

»Was heißt das? Von euch nicht?«

»Von niemandem. Sie sind einfach wie ... weggetreten.«

Sie wusste nicht, was sie darauf sagen sollte.

»Es ist ... oder war ... wie Wahnsinn«, fuhr Fynn fort.

»War?«

»Bevor sie den Computer wieder hochgefahren haben. Jetzt sind sie wieder normal, oder eigentlich auch nicht normal, sondern ... sie arbeiten halt wieder. Aber davor, während des Blackouts ... das sah aus wie Hospitalismus. Sie sind herumgeirrt, in den Gebäuden oder dazwischen, überall. Sie sahen irgendwie verzerrt aus, wie Geister. Die Overalls schmutzig und zerrissen. Einige hatten Wunden oder Ekzeme im Gesicht. Aber das alles ist nicht, was ... das war nicht das Schlimmste.«

Er schien nach den richtigen Worten zu suchen. Malu hatte viele Fragen, aber vermutlich war es ergiebiger, ihn reden zu lassen.

»Der Ausdruck in ihren Gesichtern. Leer und verwirrt. Da war so eine Sinnlosigkeit in ihrem Blick. Als wüssten sie nicht, warum sie überhaupt da sind. Warum sie überhaupt am Leben sind.«

Er schüttelte heftig den Kopf und hielt seinen Daumen an den Scanner eines Spindes. Die Tür öffnete sich. Er holte etwas heraus und hielt es zwischen zwei Fingern in Augenhöhe, es sah aus wie eine dunkelgraue Pille. Er bedeutete Malu, die Hand zu öffnen. Dass ihre Verkrüppelung dann offen zutage liegen würde, ließ sie zögern, doch Fynn schien keine Notiz davon zu nehmen.

»Was ist das?«

»Ein Implantat. Es wird irgendwo hier oben unter die Haut gebracht.« Er deutete auf eine Stelle hinten an seinem Nacken. »Nur die Produzenten tragen die.«

»Woher hast du das?«

»Aus der Krankenstation. Es lag in einer Schale neben einem Behandlungsstuhl. Hat man wohl jemandem herausoperiert.«

»Wozu ist das gut?«

»Weiß ich nicht genau. Wahrscheinlich regelt es den Zugang zu bestimmten Bereichen. Es hat keine Typ- oder Seriennummer. Watson kennt es auch nicht. Es ähnelt denen von Ping, aber die sind eigentlich verboten.«

»Wieso?«

»Vor ein paar Jahren gab es Probleme damit. Unfälle im Verkehr, in Betrieben, im Haushalt. Der Hub führt zu kognitiven oder sogar vegetativen Störungen, sagen sie. Teilweise tödlich. Der EuGH hat die Dinger vom Markt genommen.«

»Also wird hier illegale Technik verwendet?«

»Illegal in der EU.«

»Nicht in den USA?«

Sie hörten Stimmen vor der Tür. Ehe sie noch denken konnte, dass der Umkleideraum vermutlich keinen zweiten Ausgang hatte, kam schon eine kleine Gruppe herein. Fynn legte abermals seinen Finger über die Lippen. Tatsächlich blieben die Männer jenseits der Spindreihe, wo sie sich offenbar umzogen. Es waren drei verschiedene Stimmen.

»Die Handschuhe kann ich wegschmeißen.«

»Musst du richtig mit Chemie ran.«

»So ein Dreck, auch auf der Hose.«

»Das geht nicht raus, das kannst du schrubben wie …«

»Oh Mann, ich hasse diese Barbecue-Scheiße.«

»Mit Chemie, Silox oder wie das heißt.«

»Wie ich das hasse, diese Zombies vom Zaun kratzen zu müssen.«

»Oder Siloxan.«

»Ich schmeiß das einfach weg, sollen die mir neue Klamotten besorgen. Ich bin doch nicht bescheuert!«

Nach ein paar Minuten des gespannten Schweigens, während denen Malu Angst hatte, dass allein ihr lauter Herzschlag, auf jeden Fall aber ihr Parfum sie verraten würde, verschwanden die Männer in die Dusche.

»Gehen Sie«, flüsterte Fynn ihr aufgeregt zu.

Aber Malu ging nicht. So leise sie konnte fragte sie: »Was ist passiert? Ich muss das wissen!«

»Sie müssen gehen, bitte! Ich bin meinen Job los, wenn …«

»Bitte!«

»Wir haben Knochen in der Fermentationsanlage gefunden. Es ist nicht klar, was passiert ist, aber es sind eindeutig menschliche. Es gibt noch keine …«

Er sprach nicht weiter, sondern starrte plötzlich auf etwas hinter ihr. Jemanden.

»Ihr habt wohl ein Plätzchen zum Fummeln gesucht?« Der junge Mann war an die zwei Meter groß und muskulös. Er trug nichts als ein Handtuch um die Hüfte. Zwei andere Männer, der eine mit Bademantel, der andere rotgesichtig und vollkommen nackt, gesellten sich zu ihm, als hätten sie sich hier verabredet.

»Was meint ihr, wie wäre es, von einer wie der einen geblasen zu kriegen?«, fragte der Große. Er sah nach rechts und links zu seinen Kameraden. Der eine machte ein abschätziges Gesicht und lachte gespielt angeekelt.

Der Nackte kicherte albern. »Die ist doch alt«, sagte er.

»Kannst ja die Augen zumachen.«

»Sprecht doch direkt mit mir«, sagte Malu freundlich. »Ich stehe vor euch.« Sie musterte die Männer. Auch der Nackte war kräftig gebaut. Bauchmuskeln in der richtigen Definition, die an den Lenden in einer hübsch geschwungenen Linie ausliefen. Wenn man sein grobschlächtiges rotes Gesicht und die tumbe Mimik ausblendete, konnte sie sich ihn gut bei einer Arbeit als Callboy vorstellen. Sie hatte bereits ein paar Verabredungen mit solchen Männern gehabt und zumindest keine schlechten Erfahrungen damit gemacht. Vorausgesetzt, man stellte nicht zu hohe Ansprüche an die Konversation, konnte man mit ein oder zwei schönen, sogar aufregenden Stunden belohnt werden. Beim ersten Mal hatte es eine gewisse Überwindung gekostet, mit einem Mann im Bett zu liegen, der nur wenig älter als Konrad war, und sie war nervös gewesen, dass ihr Sohn früher von der Schule käme und sie erwischte. Daher nahm sie sich beim nächsten Mal ein Hotelzimmer. Das steigerte sogar den Kitzel des Verbotenen. Konrad hatte nie etwas davon mitbekommen, aber sie war sicher, dass Idi bemerkt hatte, wo sie gewesen war, wenn sie beschwingt vom Champagner und entspannt von der Massage heimgekommen war. Sie nahm an, er war ganz einverstanden damit gewesen, dass sie ihr gelegentliches Nähebedürfnis auslagerte.

»Wenn du möchtest, können wir uns nach der Arbeit treffen«, sagte sie leutselig zu dem Nackten. »Jetzt habe ich leider zu tun.«

Die beiden links und rechts wussten nicht, wie sie darauf reagieren sollten, dafür lachte der in der Mitte – nicht verächtlich, sondern beeindruckt von Malus Schlagfertigkeit.

Die Miene des Nackten dagegen verdüsterte sich. »Hältst dich wohl für sehr witzig? Als würde ich eine runzelige Pflaume wie dich anrühren!« Schlagartig änderte sich die Stimmung. »Du stinkst! Ich will gar nicht wissen, wie erst deine ausgeleierte …«

»Jetzt ist aber mal gut«, sagte Malu ruhig und mit tadelndem Nachdruck. »Es zwingt dich ja niemand.«

Der junge Mann war irritiert und bloßgestellt und überspielte das erwartungsgemäß mit Aggression. »Du ranzige …«

»Die Frau hat sich bloß verlaufen«, unterbrach Fynn ihn halbherzig.

»Du hältst mal lieber die Fresse«, schrie der Nackte sofort, »zu dir komm ich noch!« Und zu Malu gewandt: »Knie dich hin!«

»Das ist jetzt nicht dein Ernst.« Malu schaffte es noch immer, ihre Stimme gleichmütig und unbeteiligt wirken zu lassen. Sie hatte nicht direkt Angst, nicht um sich jedenfalls. Aber sofern Fynn Zeuge von etwas werden würde, das die Jungs geheim zu halten Anlass hatten, war er in Gefahr.

»Kann so was denn wirklich Spaß machen? Mit Zwang? Oder ist der Druck so groß, dass du jede Erniedrigung in Kauf nimmst, auch deine eigene?«

»Halt die Schnauze«, sagte er hasserfüllt.

Malu musste sich eingestehen, dass ihr spöttischer Ton nicht dabei half, die Situation zu entschärfen. Und plötzlich – viel schneller, als sie hätte reagieren können – lag sie am Boden, und über ihr kämpften die jungen Männer. Der Große hatte sein Handtuch von hinten um Fynns Hals geschlungen, der Nackte versuchte, Faustschläge an seinem Körper anzubringen, die Fynn wiederum mit Fußtritten abwehrte. Beide schrien durcheinander. Malu versuchte aufzustehen. Es dauerte zwei oder drei Sekunden, bis es ihr gelang. Als sie stand, waren sämtliche Kampfhandlungen wie auf Kommando beendet. Und das Kommando war von niemand anderer gekommen als von Jules.

8
Die Gegnerin

Als Malu durch die Tür trat, die Jules ihr aufhielt, wartete Regina Voight-Kampff bereits auf einem großen Bildschirm. Sofort erhob sie sich und verließ den Bildausschnitt. Gleichzeitig wurde der Beamer einer in der Raumecke errichteten Holo-Bühne gestartet, und als habe sie den Raum zwischen Bildschirm und Bestimmungsort in einer anderen Dimension durchquert – was natürlich in gewisser Weise zutraf –, erschien Reginas Hologramm in Lebensgröße und Naturfarben auf der Bühne und hob die Hand zur Begrüßung in Malus Richtung. Sie wartete, bis ihr Gast den Interviewsessel erreicht und Platz genommen hatte, um sich dann auf ihren eigenen virtuellen zu setzen.

»Es wird höchste Zeit, dass wir uns persönlich kennenlernen«, sagte Regina Voight-Kampff und lächelte Malu an, als sei sie es gewesen, die auf das Gespräch gedrängt hatte. Sie wirkte so jung und sportlich wie kürzlich bei ihrer Pressekonferenz, nur wurde Malu jetzt klar, dass da wohl digitale Filter am Werk waren. Die Textur ihres dunkelblauen Kostüms wirkte dank der hohen Auflösung des Hologramms greifbar real, in ihrer streng zurückgebundenen Frisur reflektierte jede Strähne das Licht ein wenig anders. Ihr Gesichtsausdruck jedoch war unergründlich, nicht zuletzt wegen der dunklen Brille, die ihre Augen bedeckte. Sie roch nach dem Staub, der auf der Projektionslinse verglühte.

»Du musst entschuldigen, dass ich nicht physisch präsent sein kann.« Sie sagte das, als hätte Malu wirklich keine Wahl und müsse es entschuldigen. Einen Grund nannte sie allerdings nicht.

»Das macht nichts«, sagte Malu leichthin. »Hauptsache, wir können uns bezüglich meines Auftrags ins Benehmen setzen.«

»Ins Benehmen setzen!«, wiederholte Voight-Kampff, schwer zu sagen, ob anerkennend, ironisch oder verächtlich. Ihr Mund zeigte lediglich ein leicht maskenhaftes Lächeln, das alles Mögliche bedeuten konnte.

Malu, die mit allem gewappnet war, was ihre Erfahrung ihr für solche Situationen mitgegeben hatte, registrierte ihr respektloses Nachäffen als ersten Versuch, sie aus dem Konzept zu bringen, und beschloss, sich nicht mit weiteren Höflichkeiten aufzuhalten. »Wir sind etwas verblüfft, dass Konterbauer sich zu einer öffentlichen Stellungnahme entschlossen hat, wo doch unsere Untersuchung noch gar nicht beendet ist.«

Voight-Kampff schlug die Beine übereinander. »Der Zwischenfall von gerade. Tut mir wirklich leid. Die jungen Burschen hier sind gerade großem Stress ausgesetzt. Sie werden natürlich gemaßregelt. Wen meinst du übrigens mit *wir*?«

»Äh …« Malu war verwirrt. Woher wusste sie von dem Vorfall? Sie hatte nicht mit Jules' geredet, und die hatte, während sie Malu hierherführte, nur entschuldigend und mit den üblichen banalen Floskeln auf Malu eingeredet. Sie versuchte, ihre Benommenheit schnell abzuschütteln; sie einzuschüchtern dürfte immerhin RVKs erklärtes Ziel bei diesem Treffen sein.

»Sie wissen, wer mich beauftragt hat«, sagte Malu. »Wir hatten eigentlich gedacht, dass Konterbauer mit einer solchen Erklärung warten müsste, bis unsere Ergebnisse vorliegen. Wir stehen alle …« auf derselben Seite, wollte sie sagen, aber Regina unterbrach sie.

»Da habt ihr falsch gedacht.« Jetzt war kaltschnäuzige Grobheit an der Reihe, auch nicht leicht zu parieren.

»Ob Frau Sander das auch so sieht?«

»Es spielt für mich keine Rolle, was Frau Sander sieht oder nicht sieht.«

Malu erwartete, dass noch etwas Versöhnliches hinterherkam, etwas, das Reginas unerhörte Schroffheit abmilderte oder wenigstens als humoristische Überspitzung kennzeichnete. Aber es kam nichts. Sie machte überhaupt keine Anstalten, Malu wenigstens glauben zu lassen, dass sie das institutionelle Gefüge zwischen ihnen achtete.

»Warum wird mein Audit von dieser … Person hier behindert?«, fragte Malu, bemüht, in diesem Gespräch weiterhin die aktive Rolle zu behalten.

Voight-Kampff antwortete nicht sofort. »Malu, wir sind für die Sicherheit des Standortes zuständig, wie du weißt. Auf meine Jules lasse ich nichts kommen.«

»Regina«, unterbrach Malu sie nun ihrerseits. Mit höflicher Zurückhaltung würde sie hier nicht weiterkommen. »Wie stehen Sie zu uns als unabhängigen Gutachtern?«

Voight-Kampff warf ihr – mutmaßlich – einen längeren Blick zu, so genau war das unter der Sonnenbrille nicht zu erkennen. Sie versuchte wohl weniger, etwas Aufschlussreiches aus Malus Gesicht zu lesen, als vielmehr eine dramatische Pause entstehen zu lassen. Dann sagte sie ohne besondere Betonung: »Ich finde deine Arbeit wirklich sehr wichtig. Ich kann nur nicht zulassen, dass dein Aufenthalt hier womöglich dazu benutzt wird, Unterstellungen gegen Konterbauer zu streuen. Du weißt schon. Dass wir unsere Sorgfaltspflicht vernachlässigt hätten oder mal wieder Verbrechen gegen die Menschlichkeit begangen haben sollen und solches Zeug.«

»Ich verstehe dein Misstrauen«, sagte Malu und registrierte, wie sie erstens von sich nicht länger in der Mehrzahl sprach, als stünde sie einer großen einflussreichen Allianz vor, und Regina zweitens zurückduzte. Von Minute zu Minute wurde ihr nämlich klarer, dass sie in Wirklichkeit völlig allein hier stand und dass es, als notwendige Konsequenz daraus, auf niemand anderen ankam als auf sie.

»Was du verstehst oder nicht«, sagte Voight-Kampff, »ist eigentlich egal. Aber ich nehme deine Bemühung zur Kenntnis, für eine nette Gesprächsatmosphäre zu sorgen.«

Malu nickte. Sie musste den Schlag einstecken, stehen bleiben und zurückschlagen. »Ich habe von einem kleinen Sende- oder Empfangsgerät erfahren. Ein Implantat. Was kannst du mir dazu sagen?«

»Ah ja, mir ist schon zu Ohren gekommen, dass du mit einem Informanten aus unseren Reihen zusammenarbeitest. Fynn Bennasser. Er wird für seine Indiskretion natürlich zur Rechenschaft gezogen werden.«

Malus Magen zog sich angesichts dieser vagen, aber entschlossen klingenden Ausdrucksweise zusammen. »Was bedeutet das?«

»Was du da gesehen hast, ist ein sogenannter Biohub. Ein Neuroimplantat von Sulaco, das jetzt allerdings uns gehört. Ich fordere dich auf, es sofort Jules auszuhändigen.«

Jules trat auf das Stichwort an Malu heran und bemühte sich, gleichzeitig zuvorkommend, streng und nicht zu ergeben auszusehen. Das Resultat war lächerlich.

»Ich habe es nicht. Was hat dieses Ding für einen Zweck?«, fragte Malu und ignorierte Jules.

»Die Hubs haben eine Reihe von Funktionen. Autorisierungen, elektronische Steuerung von Geräten und Türen, biometrische Daten. Das Übliche.«

»Üblich ist, dass diese Dinger in die Hand oder den Arm implantiert werden. Diese hier sitzen in unmittelbarer Nähe des Hirnstamms.«

»Ist das eine Frage? Dir ist hoffentlich klar, dass ich dir kein Referat über Transhumanismus schuldig bin.«

»Es soll Fälle gegeben haben, wo dieser Hub gewaltsam entfernt wurde. Der Mann auf der Krankenstation.«

»Wir untersuchen das.« Regina beantwortete alle Fragen routiniert und unbeteiligt.

Malu fühlte sich wie eine Probandin in einem Laborexperiment, bei dem jede ihrer Bewegungen bereits im Voraus feststand. »Wie kam es zu dem Störfall?«, fragte sie.

»Auch das ist nicht mit einem Satz zu beantworten, Malu. Außerdem weiß ich über die Produktionsprozesse von Sulaco genauso wenig wie du. Ich habe drei Minuten dreizehn bis zu meinem nächsten Meeting.«

»War das ein Aufstand der Produzenten gegen ihre Arbeitsbedingungen? Es ist doch euer Job, das zu beurteilen. Oder war es ein Softwareproblem?«

»Es war ein Softwareproblem. Wie ich bereits sagte. Jetzt ist alles wieder in bester Ordnung.« Voight-Kampffs Gesichtsausdruck zeigte an, dass sie, wenn es nach ihr ging, die drei Minuten nicht unbedingt ausschöpfen musste.

Für den Moment ging es aber noch nach Malu. »Und die Knochen, die im Fermenter gefunden wurden? Auch ein Softwareproblem?«

Voight-Kampff blieb bewegungslos, aber durch die 3D-Projektion lief eine Pixelstörung. Es hätte Malu nicht überrascht, wenn sie sich mit einer technischen Störung vor der Beantwortung dieser und weiterer unangenehmer Fragen drücken wollte. Doch das Bild stabilisierte sich wieder.

»Auch diese Information stammt vom Kameraden Bennasser. Du darfst nicht alles glauben, was diese jungen Kerle erzählen, um sich wichtig zu machen.«

»Wenn hier Menschen in der Vergärungsanlage landen, fragt man sich doch schon, was der Sicherheitsdienst eigentlich hauptberuflich macht. Findest du nicht auch? Regina?«

Das war ein gutes Gefühl: Sie forderte Voight-Kampff heraus, noch dazu mit einem passablen Argument.

Allerdings ließ ihr Gegenüber die Provokation an sich abperlen. »Erstens gehört Arbeitssicherheit nicht zu unseren Aufgaben, wie du weißt. Und zweitens kennen wir die Hintergründe dieses Fundes nicht. Es können alle möglichen Knochen sein.«

»Zum Beispiel von Dinosauriern?«

»Wirklich originell, Malu.«

»Bei Knochen in einer Pflanzenfabrik wird die Öffentlichkeit nicht erst das paläontologische Gutachten abwarten, um sich einen Reim darauf zu machen.«

Sie pokerte, aber vielleicht reichte es, um die Konterbauer-Chefin aus der Reserve zu locken.

»Dann geht es dir also darum, was die Öffentlichkeit denkt, Malu?«

»Es geht mir darum, was passiert ist.«

»Wie ich schon sagte, wir untersuchen das. Eine Minute dreißig Sekunden. Ist noch was von deiner Seite?«

Ehe Malu wiederholen konnte, was sie bereits gesagt hatte, sprach Voight-Kampff weiter. »Dann fällt mir noch eine Kleinigkeit ein. Du hast doch eine Tochter. Golda, richtig?«

Malu erstarrte. *Das hat sie sich für den Schluss aufgehoben*, zuckte es ihr durch den Kopf. »Was ist mit ihr?«

»Spannend, dass du das fragst. Wir haben Hinweise darauf, dass deine Tochter nicht länger Teil der Domäne ist.« Sie beobachtete Malu aufmerksam.

Zum ersten Mal in dieser Unterhaltung kam ihr Voight-Kampff unmittelbar gegenwärtig und lebendig vor, obwohl nach wie vor nur ein Hologramm vor ihr saß. Malu wollte, dass sie weitersprach, sich aber gleichzeitig nicht die Blöße geben, sie dazu aufzufordern.

»Seit exakt dem Zeitpunkt des Computerproblems sind die Vitaldaten deiner Tochter auf null.«

Malus Herz setzte einen Schlag aus. »Was bedeutet das?«

Voight-Kampff lächelte. Sie genoss Malus Entsetzen sichtlich, wie die Katze, die ihre Maus in die Ecke getrieben und ihr nur einen einzigen Fluchtweg offen gelassen hat: den, auf dem sie ihr Ende erwartet.

Nach einer Pause, die sich für Malu in alle Ewigkeit dehnte, sagte RVK: »Sicher interessiert dich, dass der Hub, den man dir gegeben hat, von ihr stammt.«

»Was bedeutet das? Ist sie geflohen?«

»Leider ist meine Zeit um, Malu. Ich erinnere dich noch mal daran, dass der Hub unser Eigentum ist. Gib ihn zurück, oder du wirst die Konsequenzen tragen.«

»Ich habe ihn nicht! Was ist mit meiner Tochter?«

»Hat mich sehr gefreut.«

Bevor Malu noch etwas entgegnen konnte, wurde die Projektion beendet. Regina Voight-Kampff löste sich mitsamt ihrem Sessel buchstäblich in Luft auf, als wäre sie nie da gewesen.

Zweiter Teil: Sonderverwaltungszone

9
Die Suche

Malu hatte eine ruhelose Nacht hinter sich. Brodelnde Träume hatten sie immer wieder geweckt, in denen Golda und Konrad eine undeutliche, aber zentrale Rolle gespielt hatten. Sie fühlte sich zerschlagen wie nach einem schweren Verkehrsunfall: Der Schock störte ihre gewöhnliche Morgenroutine, betäubte ihre Selbstwahrnehmung, versetzte alles in die Schwebe – so als seien die alten Wahrheiten entlarvt, die neuen aber noch nicht eingetroffen. Es war völlig offen, was mit Golda geschehen war. Alles, was Malu im Moment hatte, war ihr ebenso unbegründeter wie fester Glauben daran, dass sie wohlauf war.

Watson meldete einen Anruf von Jules. Malu schaffte es nicht, ihn zu ignorieren.

»Also, Malu, ich bin wirklich enttäuscht von dir«, sagte Jules und brachte es fertig, dabei wirklich niedergeschlagen auszusehen.

Malus Kaffee dampfte. Ihr Haar war ungeordnet, der Hausrock zu weit offen. So wenig schätzte sie Jules, dass ihr das vollkommen gleichgültig war.

»Malu?«

Sie nahm einen Schluck von ihrem Kaffee. »Ich unterhalte mich nicht mit dir. Außer du sagst mir, wo meine Tochter ist.«

»Wie gesagt, wir wissen darüber genauso wenig wie du, Malu. Aber dieser Hub, weißt du, das ist wirklich wichtig.

Wir haben ihn bei Bennasser nicht gefunden. Du musst noch mal nachsehen, ob du ihn nicht doch bei dir hast. Du machst dich doch strafbar, wenn …«

»Was passiert mit ihm? Fynn?«

»Gar nichts, gar nichts. Was soll denn mit ihm passieren?«

Malu wurde sich darüber klar, dass sie bereits zu viele Sätze an Jules verloren hatte und dieses Gespräch eigentlich nur einen einzigen sinnvollen Fortgang zuließ. »Wenn du etwas von mir willst, hol Regina ran. Mit dir zu reden ist sinnlos.«

Jules atmete hörbar aus. »Du kannst jetzt nicht mit Regina sprechen, Malu. Sie hat keine Zeit. Sie ist total überbeschäftigt.«

»Elena wird euch den Laden dichtmachen.« Gar nichts würde Elena dichtmachen, das wusste sie genauso gut wie Jules; wenn sie es könnte, hätte sie es längst getan. Malu war im Bluffen vollkommen aus der Übung, und richtig gut war sie darin nie gewesen.

»Wir können doch nicht alle Leute, die etwas mit der Geschäftsleitung zu besprechen haben, einfach so durchwinken, was denkst du dir denn, Malu? Das würde doch total den Betriebsablauf gefährden. Also manchmal frage ich mich wirklich …«

»Ich habe einen Auftrag …«

»… vom Senat, ich weiß, langsam kann ich die Leier nicht mehr hören«, dies nun offen entnervt und auch wieder mit der gewohnt theatralischen Mimik. »Es tut mir ja leid mit deiner Tochter und wie sich das alles entwickelt hat, aber es geht doch nicht, dass du dich aufführst, als würde sich alles nur um dich drehen. Was denkst du dir denn, Malu!«

Malu fragte sich, warum sie die Verbindung nicht längst beendet hatte. »Was ist mit meiner Tochter passiert?«

»Noch mal ganz langsam«, sagte Jules betont geduldig, »damit das ganz klar für dich wird, Malu. Der Hub ist die einzige Möglichkeit, die Produzenten zu orten. Wenn er entfernt wird, ist man für MUTTER unsichtbar. Für uns sowieso, denn wir haben ja gar keinen Zugang zu ihr. Null, nada, niente! Deine Tochter könnte hier sein, sie könnte draußen sein, sie könnte auch längst tot sein.«

Da ihr offensichtlich auffiel, wie pietätlos das war, brach sie ab und rang für einen Augenblick nach Worten, um ihre Herzlosigkeit ein wenig abzumildern. Was sie fand, war: »Ich meine, sie hat das ja schließlich alles selber angezettelt.«

»Was hat sie angezettelt?«

»Ach, es hat gar keinen Sinn, mit dir zu diskutieren, Malu.«

»Was soll sie angezettelt haben?«

»Sie ist verschwunden, Malu! Warum verschwindet man wohl?«

»Was soll ich denn mit solchen Andeutungen anfangen?«

Jules wusste mehr, als sie zugab, so viel stand fest, aber Malu hatte nicht das Gefühl, dass das auch für die Frage galt, wo Golda war. Eher versuchte Jules, Golda irgendwie mit dem Aufstand in Verbindung zu bringen – wenn es wirklich ein Aufstand gewesen war. Aber welche Erklärung konnte es sonst für die Kämpfe und den Steuerungsausfall geben?

RVK hatte in ihrem Gespräch gestern gesagt, Goldas Vitaldaten stünden auf null. Woher sollte sie das wissen, wenn Konterbauer, wie Jules gerade nochmals betont hatte, auf MUTTERS Daten gar nicht zugreifen konnte? Und wie sie in der Pressekonferenz hervorgehoben hatte, nun selber Verhandlungen mit dem Senat zu führen, weil Sulaco dieser Verantwortung nicht gerecht werde – all das führte Malu zu der Vermutung, dass die beiden Unternehmen gegeneinander intrigierten. Möglicherweise plante Konterbauer eine feindliche Übernahme Sulacos. Und vielleicht versuchten sie, Golda zu diesem Zweck irgendwie als Sündenbock in Stellung zu bringen. Zumindest aber hatten sie offenbar gemerkt, dass Golda ein wirksamer Hebel sein könnte, um Malu auf Distanz zu halten.

Statt auf Malus letzte Frage einzugehen, die sie sogar gänzlich überhört zu haben schien, entschuldigte Jules sich jetzt in einem unvermittelten Wortschwall für ihre Spekulation: Sie gehe natürlich davon aus, dass Golda unversehrt und gesund sei und sich alles ganz schnell aufklären werde! »Deswegen ist es wichtig, Malu, dass wir nicht gegeneinander arbeiten. Sondern miteinander! Du musst uns dringend diesen Hub wiederbringen, denn nur so können wir deine Tochter ganz schnell wiederfinden!«

Ohne darüber nachzudenken, beendete Malu die Verbindung in einer Mischung aus Wut und Erleichterung, auch wenn der Grund für Letzteres nicht ganz klar war. Jules schien auf eine schwer zu beschreibende Art verraten zu haben, dass Konterbauer in Wahrheit nicht den Hub, sondern Golda suchte. Der Hub war einer von Tausenden – was sollte daran so unersetzlich sein? Natürlich mochten sie verhindern wollen, dass er an die Öffentlichkeit geriet, was wiederum bedeutete, dass sie sich das Ding noch einmal genauer ansehen sollte. *Nur so können wir deine Tochter ganz schnell wiederfinden*: Auch wenn es nur ein einzelner dahingesagter Satz aus dem Mund einer vollkommen unzuverlässigen Person war, reichte er Malu als Grundlage für ihren Glauben, dass Golda lebte. Die meisten Religionen mussten mit noch weniger auskommen.

Sie saß noch eine ganze Weile in ihrem Morgenrock am Tresen des beheizten Zimmers, vor sich die leere Kaffeetasse, in der die Schaumblasen pflanzlicher Milch eine nach der anderen zerplatzten und für die einzigen – wenn auch für Malu unhörbaren – Geräusche sorgten.

»Watson, du kannst dich mal nützlich machen«, sagte sie dann leicht überspannt. Der personalisierte Standby-Ton erklang. »Das ist meine Spezialität, Malu.«

»Finde mir irgendjemanden bei Sulaco, am besten diese Shivani Ghosh.«

»Die infrage kommenden Personen befinden sich nicht in deinem Kontaktverzeichnis. Möchtest du, dass ich nach öffentlich zugänglichen Kontaktdaten suche?«

»Ich verstehe nicht, warum du mich das überhaupt fragst.«

»Ich habe eine Kundenhotline. Soll ich sie anrufen?«

»Watson, ich bin keine Kundin. Ich möchte mit einer Verantwortlichen sprechen. Gib mir die Geschäftsleitung. Irgendwen aus der Führungsetage.«

»Ich habe eine Nummer von Dr. Shivani Ghosh, CEO bei Sulaco. Soll ich dich verbinden?«

»Herrgott noch mal, Watson, machst du das absichtlich?«

Schon vor dem ersten Klingeln meldete sich eine andere KI-Assistentin in deutscher Sprache, die lebensechte Imitation einer adretten Businessperson mit glatten blonden Haaren und Haut ohne Poren.

»Hier ist die persönliche Assistentin von Dr. Shivani Ghosh. Shivani ist momentan nicht zu sprechen. Gern zeichne ich deine Anfrage auf und leite sie gegebenenfalls an sie weiter.«

Malu nannte ihren Namen und ihre Funktion und hinterließ die Bitte um einen Rückruf, ohne sich allerdings die Hoffnung zu machen, dass einer erfolgen würde.

»Watson, ich möchte Fynn Bennasser sprechen, geboren um das Jahr 2020, wohnt in Berlin.«

Diesmal ging es schneller. Malu erklärte, wer sie war und aus welchem Grund sie mit Fynn sprechen wolle. Doch Fynns Mutter unterbrach sie. »Er ist nicht da. Er ist versetzt worden.«

»Versetzt? Wann?«

»Gestern.«

»So plötzlich«, sagte Malu ehrlich verwundert. »Wohin?«

Die Frau klang betroffen, sie rang mit den Tränen. »Ich weiß nicht.«

Leise und so einfühlsam wie möglich sagte Malu: »Ich habe vor zwei Tagen mit Ihrem Sohn gesprochen. Es wundert mich, dass er abkommandiert wurde. Würden Sie mir erzählen, was passiert ist?«

Frau Bennassers Stimme war brüchig. »Sie schicken ihn ins Ausland, oder? Er hat sich nicht mal von mir verabschiedet. Ganz schnell weg muss er, hat er gesagt. Aber nicht, wohin!«

»Haben Sie selbst mit ihm gesprochen?«

Sie nickte, dann schüttelte sie den Kopf. »Er hat mir eine Videobotschaft geschickt.«

»Haben Sie die zufällig aufgezeichnet?«

Fynns Mutter schüttelte den Kopf, dann zuckte sie die Schulter.

»Normalerweise speichert Watson alle Nachrichten«, sagte Malu. »Nennen Sie Watson die Uhrzeit und geben den Bildschirm frei, dann kann ich sie sehen. Würden Sie das tun? Ich will Ihnen helfen.«

Frau Bennasser sprach mit starrem Blick die Uhrzeit und die Freigabe in den Bildschirm, wobei sie sich zum Mikro hin leicht vorbeugte, als müsse sie sich für Watson überdeutlich ausdrücken.

Wenige Sekunden später erschien Fynns Gesicht in einem gesonderten Bildschirmfenster. Ein freundlicher Ausdruck lag darauf, der sich, während er sprach, nicht veränderte. »Liebe Ma, ich werde zu einem Außeneinsatz abberufen und komme erst in ein paar Wochen wieder nach Hause. Ich bedaure, dass wir uns nun einige Zeit nicht sehen können, aber der Einsatz wird uns eine Versicherungsgutschrift von bis zu zweihundert Punkten bringen, vielleicht können wir im nächsten Frühjahr dann endlich gemeinsam in die Berge fahren, wie du es dir gewünscht hast! Ich küsse dich!«

Malu kam nichts an der Nachricht besonders verdächtig vor, abgesehen davon, dass Fynn den Grund seiner Versetzung nicht genannt hatte. Seine Stimme und Sprachmelodie war so, wie sie sie von ihrem letzten Treffen in Erinnerung hatte, sogar die Frisur bis hin zur Haarlänge passte. Die Aufnahme wirkte authentisch. Dennoch war Malu überzeugt, dass sie nicht von Fynn stammte.

»Ist das ihr Sohn? Den Sie da sehen?«, fragte sie vorsichtig.

»Natürlich«, antwortete Frau Bennasser verunsichert. »Warum sollte er es denn nicht sein?«

»Benutzt er irgendwelche anderen Wörter als sonst? Oder sagt er irgendetwas, das nicht zu ihm passt? Von welchen Bergen hat er da gesprochen?«

»Wir reden schon lange darüber. Wir wollen doch zusammen in die Dolomiten zu meiner Schwester fahren.«

»Nennt er sie sonst auch Ma?«

»Ja … warum fragen Sie mich das alles?« Malu wollte die Frau nicht beunruhigen. Es war gut möglich, dass Fynn tatsächlich aus Biotopia abgezogen worden war – allerdings gegen seinen Willen. In dem Fall war es unwahrscheinlich, dass er seiner Mutter so unbeschwert davon erzählte.

»Würden Sie sich bei mir melden, wenn Sie etwas von Ihrem Sohn hören? Es ist wirklich wichtig.« Zum Abschluss des Gesprächs wollte sie gern etwas Ermutigendes sagen, aber nicht, was ihr jetzt als einziges einfiel: »Machen Sie sich keine Sorgen.« Zur Sorge gab es genügend Anlass, und außerdem war es ein hormonell gesteuertes, biologisch unabänderliches Programm, dass Mütter sich um ihre Kinder sorgten, wenn sie nicht wussten, wo sie waren.

So naheliegend und nötig es auch war, mit Elena zu reden: Elena war nicht zu erreichen. So packte Malu ihre Tasche und trug Watson auf, ihr einen Wagen bereitzustellen.

»Mit welchem Fahrtziel, Malu?«

»Bring mich zu Biotopia, Eingang Columbiadamm.«

»Malu, Konterbauer hat beim Senat Beschwerde gegen deine unangemeldete Landung eingelegt. Die Beschwerde lautet auf Landfriedensbruch und Sachbeschädigung und befindet sich gegenwärtig noch in Bearbeitung.«

»Was sagt man dazu? Welche Sache soll ich denn beschädigt haben?«

»Meine Informationen sind unvollständig. Der Senat hat noch nicht dazu Stellung genommen und auch deinen Untersuchungsauftrag nicht erneuert. Das Audit ist bis auf Weiteres ausgesetzt.«

Malu unterbrach das Packen und setzte sich. »Heißt das, du holst mir keinen Wagen?«

»Kann ich dir mit einem anderen Dienst weiterhelfen, Malu?«

Eine Weile brütete sie unschlüssig vor sich hin. Sie ließ Watson den Sauger durch die Wohnung fahren, startete ein Waschprogramm und überlegte, ob sie die Fenster putzen sollte, entschied sich angesichts des nassgrauen Wetters aber dagegen.

Dann hatte sie eine Idee. »Watson, erstelle eine Chronik von Goldas öffentlichen Posts von 2015 bis heute. Leg sie auf den Schirm in der Lounge.«

Auf dem ersten Bild trug Golda noch eine Zahnspange. Das war die Zeit, als Malus Beziehung mit Damian sich immer mehr wie ein ständiger Kampf anfühlte. Obwohl von derartigen Beziehungen oft behauptet wurde, sie seien »kompliziert«, traf das Gegenteil zu: Sie beide waren einfach noch nicht bereit gewesen, Eltern zu sein. Malu war jung gewesen, als Golda zur Welt kam, 23 und noch nicht einmal mit dem Studium fertig, unterwegs in ihre eigene Selbstständigkeit. Damian, fünf Jahre älter, war in seiner schon angekommen, arbeitete als gefragter Bühnenbildner und Requisiteur am Theater, einer, der mit jedem Material umgehen konnte und dabei aussah, als könne er zaubern. Obgleich auch er sich für eine Familie – oder besser: nicht dagegen – entschieden hatte, sah Malu ihn kaum als große Hilfe, schon gar nicht als Vater. Dass er mit anderen Frauen schlief, während er sie zu lieben vorgab, konnte nur bedeuten, dass er entweder sich oder ihr etwas vormachte. Ein paar schreckliche, laute Jahre lang weigerte sie sich einzusehen, dass beides auf dasselbe hinauslief.

Golda war ein zurückhaltendes und sehr ernstes Kind, später dann eine immer noch ernste, aber nicht mehr zurückhaltende Jugendliche. Malu spürte, dass ihre Uneinigkeit das Kind überforderte, denn sie war weder in der Lage noch war es ihre Aufgabe, Partei für eine Seite zu ergreifen. Auch Malu war überfordert, nämlich als alleinerziehende Mutter mit Vollzeitbeschäftigung – sofern man bei einer beginnenden Selbstständigkeit damit hinkam.

Jedenfalls benahm sich nicht nur Damian, sondern auch Golda wie ein Gast, sobald sie alt genug dazu war. Allerdings gab sie Malu wenig Grund, sich in das Leben ihrer Tochter einzumischen. Sie hasste Partys, trank keinen Alkohol, nahm keine Drogen, und die Gleichaltrigen, mit denen sie sich abgab, waren vernünftiger als sie und Damian zusammen. Tatsächlich waren es nicht einmal Gleichaltrige, denn Golda hatte wenig Interesse an Mädchen und Jungen ihrer Jahrgangsstufe. Stattdessen traf sie Leute von Bauwagenplätzen oder aus besetzten Häusern, und als in Biotopia Freiwillige gesucht wurden, um bei der Betreuung der Ankommenden zu helfen, die in provisorischen Unterkünften in den Hangars des alten Flughafens untergebracht wurden, schon bevor der Beschluss zu Biotopia überhaupt gefasst war, fand sie dort offenbar die Familie, zu der es zu Hause nicht gereicht hatte.

Es wäre eine Trivialisierung, Goldas einsetzendes moralisches Bewusstsein, ihr Engagement für geflohene Menschen und schließlich ihr Verantwortungsgefühl gegenüber kommenden Generationen mit der Schwärmerei eines Teenies gleichzusetzen. Doch ihre Posts legten nahe, dass ihre Besessenheit von Biotopia mit der von ihrem Erfinder begann.

Ambrosius van Aa war in diesem Jahr zum Posterboy mindestens einer Generation geworden – also auch zu Goldas: Van Aa am Strand, van Aa auf einem Segelkatamaran, van Aa auf der Spitze eines Windrads. Und wirklich, das fiel Malu nun wieder auf: Der Junge war der reinste Sonnenschein gewesen mit seinem bartlos zarten Gesicht und der Wuschelfrisur. Und er konnte die Menschen *abholen*, wie es damals hieß. Nur Wenigen war es gegeben, ein Gefühl von echter Teilhabe hervorzurufen, aber van Aa war so einer. Er verfügte über genug Feingefühl – und Kalkül –, zwar auf allen Kanälen präsent zu sein, aber niemals die Schlagzeilen derart zu beherrschen, dass die Menschen seiner überdrüssig wurden. Zitty und tip berichteten ganz knapp unterhalb der Ektasegrenze, in geringerem – und sachlicherem – Umfang auch der Tagesspiegel. Kurier und BZ dagegen bedienten sich eines leicht nörgeligen Tonfalls, so als werde der Nachhaltigkeitsfanatismus dieses Quotenveganers, ähnlich wie das apokalyptische Zetern Greta Thunbergs, grenzenlos überbewertet. Aber die Memes van Aas rissen nicht ab, blieben im Ton ruhig und sachlich, ohne ihre Dringlichkeit zu verhehlen – und trafen immer ins Schwarze.

Im Jahre 2050 werden auf der Erde knapp 10 Millionen Menschen leben, 80 Prozent von ihnen in Städten. Um die Weltbevölkerung mit Nahrungsmitteln zu versorgen, wird schon heute ein Gebiet von der Größe Südamerikas bewirtschaftet – das Weideland für Fleischerzeugung nicht mitgerechnet. Bis 2050 müsste noch einmal ein Land in der Größe Brasiliens dazukommen, um alle Menschen satt zu machen. Dieses Land gibt es nicht. Und selbst wenn es vorhanden wäre: Die Ressourcen, um die Felder zu bewässern, die Maschinen anzutreiben und die Nahrung in alle Welt zu transportieren, werden ebenfalls knapp und damit so teuer, dass diese Nahrung für viele unbezahlbar wird.

Die Statements, die Golda geteilt hatte, zeichneten sich durch eine Art unbestechlicher Klarheit aus, die van Aa als scharfen Kritiker der zeitgenössischen Konsumgesellschaft zeigte.

Unser Hedonismus ist ein erbarmungsloses Programm, in dem unsere angebliche freie Entfaltung immer nur eine weitere Verpuppung darstellt. An ihrem Ende wartet, wenn überhaupt, nichts weiter als ein Augenblick vergänglicher Pracht.

Als mit dem Bau begonnen wurde, ging es Golda schon nicht mehr nur um van Aas blendendes Aussehen oder um seine griffigen Ansichten. Ihre Aufgabe als Willkommenshelferin absorbierte sie regelrecht. Auf einem Bild war sie mit einer orangefarbenen Signalweste vor einem Berg Kleidungsstücke zu sehen, die sie offenbar sortieren und zuteilen half, auf einem anderen lachte sie mit zwei syrischen Kindern um die Wette.

Malu kannte einige der Bilder, weil sie Golda damals auf Instagram gefolgt war. Aber viele waren neu für sie, und sie trafen Malu mit ungeheurer Wucht – so präsent wirkte Golda darauf, so fokussiert und unmittelbar. Eine Woge widersprüchlicher Gefühle erfasste Malu, als sie sich durch das Album klickte, und die einzelnen Bilder und Clips verschmolzen zu einem einzigen Film.

Wer darin Geflüchteter und wer Helferin war, konnte Malu kaum unterscheiden. Jeder brachte sich in irgendeiner Weise mit ein – die Männer als Zimmerer, Trockenbauer, Elektroinstallateure oder Fliesenleger, die Frauen in der Verpflegung und der beginnenden Pflanzenaufzucht. Das Feld glich einem Gitternetz von Baugruben. Es gab Tiefenbohrungen für die Wärmetauscher, schweres Gerät mit gewaltigen Bohrköpfen und Bagger, deren Dieselabgase die Sonne verdunkelten. Die Skelette der Holzkonstruktionen, aus denen die Vertikalfarmen am Anfang bestanden, wuchsen identisch und synchron dem Himmel entgegen. Ihre Montage schien derart vereinfacht worden zu sein, dass nach einer kurzen Anleitung jeder und jede einbezogen werden konnte.

Die Kommentare zu den Bildern stammten von Goldas Followern, die überwiegend positive und motivierende, manchmal aber auch kritische Botschaften posteten:

- *Was für eine Jahrhundertvision. Danke Golda, danke Ambrosius, danke an alle Helferinnen. All refugees welcome!*

- *Ich hab schon viele kranke Sachen gesehen, aber das zerbröselt mir die Platine. Das wird nie funktionieren! Diese Holzhütten werden umfallen wie Dominosteine, sobald ein bisschen Wind weht. Und wovon sollen die Leute da drinnen leben? Von Petersilie und Kresse?*

- *Kopernikus hat man verlacht und geächtet, heute lacht man nur noch über die, die seine Entdeckungen nicht anerkennen.*

- *Genius!!!*

- *Egal wie schön ein Gefängnis ist, es bleibt ein Gefängnis. Die Fertigstellung wird ein prägendes Ereignis der Menschheitsgeschichte sein.*

- *Lasst euch nicht einschüchtern, macht weiter!*

- *Ich liebe dich, Ambrosius!*

- *Die Krönung dieser Technokratenfantasie wird ein Shuttleservice sein, der Dissidenten aus der Stadt ohne Umweg ins Arbeitslager verfrachtet. Wer braucht schon umständliche Gerichtsprozesse.*

- *Ambrosius ist ein wahrer Visionär, wenn er Erfolg hat, wird die Welt nie mehr sein wie vorher.*

- *Unglaublich, dass berlin bei so was mitmacht*

- *Nur mit Mut und Hartnäckigkeit kann man sich gegen*

die Schwarzseher behaupten, die mit Hass auf alles Neue reagieren!! Ihr seid dabei, die großen Probleme der Menschheit zu lösen! Never give up!

Golda selber kommentierte kaum jemals, abgesehen von knappen Hinweisen, um welches Areal oder welchen Arbeitsschritt es sich auf den Bildern handelte. Sie ging auch nicht auf die Kommentare ein, was auf Malu jetzt ein wenig wirkte, als sei sie darüber erhaben. Sie war damals, kurz nachdem sie das Abitur bestanden hatte, vollkommen in diesen Arbeiten aufgegangen. Für Malu gab es nur noch selten Gelegenheiten, mit ihr zu reden, meist frühmorgens vor Malus Dienst und manchmal beim gemeinsamen Abendessen. Es gab kein Bild davon, aber gäbe es eins, dann hätte Malu darauf eine elegante Frau in einem Kleid oder Kostüm gesehen, hier in dieser Eigentumswohnung, in der damals statt des Küchentresens noch ein kleiner ausziehbarer Esstisch stand, mit einer Lampe darüber, die einen gezackten Lichtkreis auf die helle Tischfläche malte. An diesem Tisch saß Golda, eine junge Frau ohne nennenswerte Frisur, abgekämpft und mit schwarzen Fingernägeln, wahlweise in dreckigen Arbeitsklamotten oder im Bademantel, die von dieser unfertigen, in quälend langsamem Wachstum befindlichen Welt erzählte – hier, wo alles bereits an seinem Platz war und von Malu, die zwischen Tisch und Küchenzeile hin und her lief und ihre Tochter bediente, auch so erhalten wurde.

»Die Seife zum Beispiel!«

»Was ist mit der Seife?«

»In dieser Plastikflasche. Das ist das Gegenteil von nachhaltig. Das sind mit Wasser gestreckte künstliche Tenside. Mehr Verpackung, mehr Transportaufwand, mehr CO_2, mehr Müll. Dabei kann man das ganz leicht aus organischen Fetten selber herstellen.«

»Hauptsache, du sitzt nicht am Tisch wie eine Bäuerin, die gerade vom Feld kommt.«

»Uns verbindet viel mit Bauern«, sagte Golda, als ginge es ihr neuerdings darum, jedes beliebige Stichwort gleich mit der passenden These zu verbinden. »Aber zusätzlich sind wir auch Bioformer. Wir wollen die Natur formen – nicht nur die der Pflanzen, sondern auch unsere eigene.«

»Schön und gut. Aber ist es noch die eigene Natur, wenn man sie verformt?«

»Das ist nur eine Metapher.«

»Was gefällt dir an deiner Natur nicht?«

Sie schüttelte unwirsch den Kopf, so als würde Malu alles falsch verstehen – was nicht ganz verkehrt war, denn sie wusste eigentlich nicht genau, wovon sie redeten.

»Ich sehe es als freiwilliges soziales Jahr«, setzte Malu dann neu an und merkte schon im selben Augenblick, dass sie Goldas Engagement damit ziemlich unverblümt als Findungsphase abqualifizierte.

»Jedes Wort daran ist falsch«, sagte Golda wenig überraschend. »Es ist nicht freiwillig, sondern eine Pflicht. Es ist viel mehr ökologisch als sozial. Und ganz bestimmt wird es nicht bei einem Jahr bleiben.«

»Das kannst du doch jetzt noch gar nicht wissen.«

»Lass das!«

Malu sah sie an und zog die Augenbrauen hoch, als wüsste sie nicht, worüber sie sich aufregte.

»Sei nicht so herablassend.«

»So war das nicht gemeint, Liebes!«

»Wir versuchen, die Sache fundamental anders anzugehen. Klar, dass Leute das belächeln, die …«

Malu versuchte, sich nicht angegriffen zu fühlen. »Leute, die …?«

»Die Trostpflaster auf die kaputten Stellen kleben und glauben, damit könnte man diese kranke Gesellschaft heilen.«

Der Versuch war insofern erfolgreich, als Malu nicht

ernsthaft auf diese Vorwürfe einstieg, sondern die Teller abräumte und Golda noch einen Haferlatte-Macchiato machte. Ihre Tochter war achtzehn Jahre alt. In dem Alter hatte auch sie gedacht, dass diejenigen, die für das Hier und Jetzt verantwortlich waren, nur Idioten sein konnten. Alle Achtzehnjährigen waren überzeugt, dass man die Welt vollkommen neu erfinden musste. Es wäre zwecklos, sich davon provozieren zu lassen.

»Es ist nur so«, sagte Malu, »dass ich mich hin und wieder frage, was du in Zukunft …«

»Ich kann dir gern etwas über die Zukunft erzählen, die ich für meine Generation sehe«, war dann sinngemäß Goldas Antwort, nicht als Individuum, sondern als Sprachrohr einer Opfergruppe. Man konnte das als überzogenes Selbstwertgefühl betrachten, aber es war eben auch der Zeitgeist in all seiner schillernden Hybris und Ignoranz.

»Ich meine jetzt nicht die Katastrophenszenarios«, versuchte Malu vorsichtig vom Pranger herunterzusteigen, »sondern …«

»Als ob das eine vom anderen zu trennen wäre«, sagte Golda.

»Ja«, sagte Malu, »nein. Ich meine, nehmen wir mal an, Europa ist in zehn Jahren noch nicht untergegangen . .«

Golda machte das fuchsteufelswild. »Mach dich nicht darüber lustig!«

»Aber ich hab mich nicht …« Es war fast unmöglich, den richtigen Ton zu treffen. Jeden diesbezüglichen Versuch wies Golda mit dem Hinweis zurück, dass Malus Generation das Recht verspielt hatte, Interesse an der Zukunft ihrer Kinder zu heucheln. Malu bestritt die Probleme nicht, war sogar fast bereit, eine Kollektivschuld anzuerkennen, aber das nützte ihr auch nichts – im schlimmsten Fall fand Golda ihr Verständnis einfach zynisch.

»Golda, die Welt da draußen …«

»Du musst mir nichts über die Welt erzählen, Mama. Ich weiß Bescheid!«

Spätestens ab dem Dürresommer 2018 hatte Malu es mit einer Person zu tun gehabt, die jenem Kind, das sie großgezogen hatte, nur noch entfernt ähnelte. In den Videos war sie jetzt mit Bauhelm und Arbeitsmontur zu sehen, ihr Gesicht wirkte kantiger und auch, wie Malu fand, ausgezehrt. Es gab keinen Post, der nicht in irgendeiner Weise mit der Aufbauarbeit auf dem Feld zu tun hatte. Die Posts zeigten sie überall gleichzeitig: ob in Planungsrunden mit Ingenieuren, beim Entladen von Lkw, bei der Essenszuteilung oder beim Abkühlen mit dem Schlauch eines neu gelegten Wasseranschlusses. Ein Poster in einem Baucontainer zeigte den Popstar Prince mit dem in seine Wange rasierten Wort »Slave«. Und unter ein altes DDR-Länderkennzeichen hatte jemand an die Wand geschrieben: Dawaj, dawaj, rabotaj! – Los, los, arbeite!

Beides mochte ironisch gemeint gewesen sein, doch der Grad zwischen Engagement und Selbstausbeutung war für Malu offensichtlich schmal. Sie hatte nicht ihr gesamtes Berufsleben darauf verwendet, die Rechte von Arbeiterinnen und Arbeitern zu schützen, um dann dabei zuzusehen, wie sich ihre Tochter, die noch immer nicht mehr als den Status einer unbezahlten Praktikantin besaß (obwohl sie längst Biotechnologie oder Molekularphysik hätte studieren sollen!), in endlosen 16-Stunden-Tagen als Faktotum aufrieb.

»Du machst zehn verschiedene Jobs, und bezahlt wird dir keiner!«

Golda war sich bereits zu schade, darauf zu antworten, so als wäre Geld eine dieser irrigen Ideen, die all die kapitalen Fehler in der Geschichte menschlicher Entwicklung überhaupt erst möglich gemacht hatten.

»Das ist teilweise hochspezialisierte Facharbeit«, ereiferte sich Malu. »Eigentlich müsstest du dafür Tariflohn …«

Facharbeit, Tariflohn: Sie konnte förmlich sehen, wie die Schallwellen sich teilten und rechts und links an Golda vorbeidrifteten.

»Ich will nicht, dass die dich verheizen!«

»Niemand zwingt mich dazu«, sagte Golda nur, müde zu erklären, wie groß die Unterschiede zwischen ihrer Denkweise und der ihrer Mutter waren. »Aber Gewerkschaften – die stacheln ihre Mitglieder an, sich für ein paar Cent mehr ausbeuten zu lassen, um die Ressourcen des Planeten noch gründlicher auszuplündern.«

Malu hätte gekränkt sein können. Stattdessen fasste sie Golda bei den Schultern und rief in Richtung ihrer Stirn: »Hallo, an die Agitatorin da drinnen, kann ich mich mal fünf Minuten mit meiner Tochter unterhalten?«

Sie lachten – nur kurz, aber gemeinsam.

»Im Grunde posiere ich die ganze Zeit nur«, sagte Golda. »Ich bin keine Facharbeiterin. Überhaupt arbeite ich mich da nicht krumm. Ich denke mir die Motive aus und bin auf den Bildern zu sehen, das ist alles. Wir wollen Leute erreichen. Bestimmte Leute. Ich bin so was wie ein role model. Außerdem kann ich Insta und TikTok und das ganze Zeug.«

»Du bist eine PR-Spezialistin«, sagte Malu und verkniff sich, den regulären Verdienst laut zu schätzen.

»Ja, ich bin die PR-Frau. Was wir da machen …« Sie sah nachdenklich aus dem Fenster und suchte nach den richtigen Worten. »Das ist richtig, richtig groß. Und es kann noch größer werden. Ich will einfach ein Teil davon sein.«

»Das bist du doch schon. Ich will nur nicht, dass du dich unter Wert verkaufst.« Schon beim Sprechen wusste sie, dass sie schon wieder die falschen Worte gewählt hatte.

»Ich will mich gar nicht verkaufen«, sagte Golda und musste nicht hinzufügen: so wie du! Tatsächlich, Golda machte keine faulen Deals mit Regierungen, um sich einreden zu können, für die Unterdrückten zu kämpfen.

Ein Foto, Monate später aufgenommen, zeigte sie in Jeans und barfuß im obersten Stockwerk eines der fast fertiggestellten Türme, dicht neben einem Element der Fensterfront, das unmittelbar vorher eingesetzt worden war. Die Konturen des bebauten Feldes waren dahinter zu erahnen. Golda saß auf dem Boden, balancierte ihren aufgeklappten Laptop auf den Oberschenkeln und lachte in die Kamera, fast als zeige sie dem Betrachter im schönsten Herbstlicht die Ländereien des Königs, die zu verwalten nun allein ihrem Talent oblag. Schon die Tatsache, dass sie dort oben saß, während unter ihr noch allerorten gewerkelt wurde, und ihr selbstsicherer, hungriger Blick vermittelten Malu das Gefühl, dass Golda den Beitrag gefunden hatte, den sie für die Farm leisten wollte.

Am Tag der Einweihung hatte man in der Markthalle Streetfood-Stände aufgebaut und bekannte Influencer – als Stargast sogar Jamie Oliver – eingeladen, die mit den ersten Paprika und Tomaten von Biotopia werbewirksam ihre beliebtesten Rezepte kochten, während Produzenten in Paprika- oder Tomatenkostümen umherliefen und kleine Horsd'œuvres anboten. Das war, als besuche man Freunde beim Richtfest ihres Eigenheims. Alle waren nett und freuten sich, aber die Mühsal, der Fleiß und die Entbehrungen, die sie über Jahre in dieses Projekt investiert hatten, erhob die Erschaffer weit über die Nichtschaffenden. Malu spürte eine gewisse Minderwertigkeit, nicht in gleicher Weise an der Hervorbringung der Zukunft beteiligt gewesen zu sein, umso mehr, als Golda ihr die umgebauten Schiffscontainer zeigte.

»Hier schlafen wir.«

In die Container waren kleine Fenster eingesetzt worden, aber das wenige Licht, das dadurch hereinfiel, tauchte alles in ein graues Halblicht. Die Einrichtung war freudlos, zwei oder drei Stockbetten, eine primitive Küchenzeile und ein

Tisch, dazu neben dem Eingang ein paar gebrauchte Spinde, die man offenbar von irgendeiner Geschäftsauflösung abgegriffen hatte. Die Wände des Containers schienen immerhin gedämmt zu sein, aber die Verkleidung bestand aus rohen Spanplatten, die einen unfertigen Geruch nach Leim und Baumarkt verströmten. Malu konnte nicht einmal erkennen, ob es elektrisches Licht gab. Das waren nichts als Zweckbehausungen, bessere Notunterkünfte für Hilfsarbeiter, aber keine Perspektive für eine gerade 20-jährige junge Frau. Malu versuchte, sich ihre Beklemmung nicht anmerken zu lassen, aber Golda hätte sie ohnehin nicht bemerkt. Oder schlimmer noch: sie wäre ihr egal gewesen. Malu kam ihrer Tochter nicht mehr näher als bis zu ihrem stolzen, entbehrungsgestählten Lächeln, das Malu für immer zu einer Uneingeweihten machte. Die Farm war ihr neues Zuhause.

10
Die Intrige

Der einzige Experte, der Malu einfiel, war »Leo's Computerladen Antiquariat« am Boxhagener Platz. Das Schaufenster der Hausfront war leer bis auf ein großes Display, das aktuelle Meldungen anzeigte. Die USA hatten den chinesischen Militärstützpunkt der Paracel-Inseln im Südchinesischen Meer mit taktischen Atomwaffen bombardiert und China so zurück an den Verhandlungstisch gezwungen. Die Rate der öffentlichen Attacken auf Menschen über 60 war gestiegen, die Geburtenrate erneut gesunken. Die zehn größten Unternehmen unter Watsons Management hatten im laufenden Jahr erstmals über die Hälfte des BIP erwirtschaftet.

Akzeptiert wurden in solchen Geschäften, wie in vielen Nachbarschaften üblich, alle Währungen, auch Tausch oder Dienstleistungen. In einer Ecke des Displays bot jemand einen Drechselkurs an, als Tandemleistungen wurden Aluschweißen oder ein chinesischer Sprachkurs akzeptiert, optional natürlich auch Sex.

Sie ging hinein, und eine altmodische Bimmel erklang. Früher hatte es solche Geschäfte zuhauf gegeben, dieses hier war das einzige, das sich den peripheren Handel mit überwiegend veralteter Digitaltechnik bis in die Gegenwart hinein erhalten hatte. Es gab Laptops aus den 2020er-Jahren, Mobiltelefone und alle Arten von haptischer Elektronik. Auf durchgebogenen Regalen war der gesamte Geschäftsraum mit Hardwarereliquien und Gamerzubehör vollgestopft, sogar alte Controller in ihren Plastik- und Kartonverpackungen hingen noch am Ständer.

Aus dem Hinterzimmer waberte verrauchte Luft, als ein Mann – allem Anschein nach der Namenspatron des Ladens – in einer fadenscheinigen Strickjacke, ein Bein nachziehend, durch den Holzperlenvorhang trat und seine AR-Brille auf die Stirn schob. Er begrüßte Malu mit russischem Akzent und versuchte sich an einem Lächeln, das fehlende und dunkel verfärbte Zähne entblößte. »Worum geht, schöne Frau?«

Der Mann war abstoßend, aber harmlos, ein Einzelgänger, der sich in Ermangelung von Alternativen ganz aufs Technische fokussierte. Er würde, was sie mitgebracht hatte, hoffentlich als eine spezielle Herausforderung seiner technischen Kennerschaft betrachten, etwa wie bei einer Tauschbörse seltener Platinen oder so was in der Art.

Sie nahm den Hub aus ihrer Manteltasche. Sie hatte das Teil in den kleinen Leinenbeutel eingeschlagen, in dem Golda ihr vor über dreißig Jahren selbstgebastelte Ohrringe geschenkt hatte. Den hielt sie dem Mann nun mit ihrer flachen Hand, oder was sie dafür gelten ließ, unter die Nase. Leo setzte seine Brille auf und pfiff leise durch eine Zahnlücke.

»Wo hast du das her?«, fragte er mit einer Mischung aus Faszination und Misstrauen, während er eine Pinzette hervorangelte und das Teil damit griff.

»Von einem Freund. Können Sie das auslesen?«

Er schien nicht zuzuhören, sondern zog den Schirm einer Schwenklampe heran und untersuchte das winzige Teil eingehend, wobei er die Worte »amerikanisch« und »Militärstandard« murmelte. Schließlich stieß er den Lampenschirm unwirsch zurück und versuchte, seinen Bann mit einem Lächeln zu überspielen.

»Ist kompliziert, das«, sagte er und ließ das Teil vorsichtig in eine kleine Metallbox fallen.

»Und teuer«, nahm Malu seinen nächsten Satz vorweg.

Er sah sie irritiert an und nickte. »Ja. Aber kannst du in Naturalien zahlen«, dies ohne jeden ironischen Unterton, so als meine er es zwar vollkommen ernst, sei aber im Moment mit Wichtigerem beschäftigt.

»Danke, ich habe Geld.«

Er nickte zerstreut, schon wieder in das Artefakt in der Box vertieft. Dann wandte er sich jäh um und ging nach hinten. »Komm morgen.«

Auf der Warschauer Brücke herrschte dichter Verkehr. Es war wieder kalt geworden, in ein paar Minuten würde es zu regnen beginnen: Watson sagte Blitzeis voraus. Früher hatte man von hier aus einen grandiosen Blick auf den Fernsehturm gehabt, im Vordergrund die beiden Türme der Oberbaumbrücke. Es war eine markante Skyline gewesen, die sich um die Außendarstellung der Stadt überaus verdient gemacht hatte. Aber dann war eines Tages der Fernsehturm von einer Widerstandsbewegung gegen den Großen Einsatz gesprengt worden.

Früher hatte es geheißen, man könne sich noch Jahrzehnte nach epochalen Ereignissen minutiös erinnern, was man an diesem bewussten Tag zu welcher Stunde und wo getan hatte. Für den 11. September 2001 hatte das gestimmt, sie hatte die schockierte Atemlosigkeit dieses Tages nie wieder vergessen. Aber im Laufe der Zeit hatte die Häufung nicht nur von Anschlägen oder Amokläufen, sondern auch großer Technik- und Naturkatastrophen dafür gesorgt, dass die Überzeugungskraft dieser Theorie erodierte. Tatsächlich waren epochale Ereignisse – gewaltige Hungersnöte, Brände, Blackouts, nicht zu reden vom offenen Geheimnis der barbarischen Flüchtlingspolitik – alltäglich geworden. So hatte man mehr oder weniger schulterzuckend befunden, dass das Ereignis nicht zu einem epochalen tauge, und den

Turm als zertrümmertes Menetekel da liegen lassen, wo er hingefallen war. Das Rote Rathaus hatte er um ein paar Meter verfehlt.

Der Wagen bog gerade in die Stralauer Allee ab, da meldete sich Elena.

Offenbar hatte sie von ihrem Landsitz aus einige Interviews absolviert. Outfit und Frisur saßen perfekt, aber Malu konnte sich vorstellen, dass die Ringe unter ihren Augen sich in den letzten Stunden nicht aufgehellt haben dürften.

»RVK hat uns am Arsch«, sagte ihre Senatsfreundin zur Begrüßung, was Malu in seiner Derbheit durchaus überraschte. Die Neuigkeit, auf die Elena sich bezog, übertrug sie ohne zu zögern als Newsfeed auf Malus Bildschirm, sodass diese sich den Bericht in einem separaten Fenster ansehen konnte, während Elena erregt ein lautloses Gespräch auf einer anderen Leitung führte.

In einer großen Sondermeldung hatte die unabhängige Nachrichtenagentur Bellingham mitgeteilt, dass Ambrosius van Aa, Gründer- und Identifikationsfigur des Biotopia-Franchise, offenbar tot war. Über die genauen Umstände – van Aa war 49 Jahre alt geworden – konnten noch keine Angaben gemacht werden, aber ein Zusammenhang zu dem inzwischen als behoben geltenden Störfall in der Anlage wurde nicht ausgeschlossen. Die Leiche van Aas werde zurzeit gerichtsmedizinisch untersucht, um letzte Zweifel an seiner Identität auszuschließen. Zur Todesursache wurde keine Angabe gemacht.

Als Folge des tragischen Todesfalls hatte Regina Voight-Kampff den Standort mit sofortiger Wirkung der kommissarischen Leitung Konterbauers – und damit ihr selbst – unterstellt. »Da die Versuche des Senats, die Situation in der Domäne zu stabilisieren, bislang erfolglos geblieben sind, sieht Konterbauer sich als einziger und letzter Garant der Versorgungssicherheit Berlins. Der reibungslose Betrieb hat für uns oberste Priorität.« Das Pathos verriet deutlich, wie gelegen RVK diese Entwicklung kam – so sehr, dass man hätte denken können, sie habe selbst dabei nachgeholfen, sie herbeizuführen. Wofür natürlich jeglicher Beleg fehlte.

»Sie stellt es so hin, als sei die Farm völlig führungslos«, echauffierte sich Elena, indem sie ihr anderes Gespräch unterbrach. »Dabei gibt es den Vorstand, und es gibt mich! Aber das ist noch nicht alles.« Sie ließ die Wiedergabe weiterlaufen.

Watson in Gestalt einer Reporterin alten Schlags – Pferdeschwanz, Jeans, Bluse mit aufgekrempelten Ärmeln – ließ sich per Grafikanimation mitten in eine digital erzeugte Biotopia-Kulisse versetzen und sagte: »Der Senat soll das Thema Arbeitssicherheit in Biotopia über Jahre ignoriert und Konterbauer finanziell im Stich gelassen haben. Elena Sander, die verantwortliche Senatorin, habe zur Aufklärung des Aufstandes nur eine einzige Gutachterin (ein Archivbild Malus wurde eingeblendet) zur Verfügung gestellt. Die wurde mit großem Trara eigens in einem gecharterten Kopter eingeflogen, erzielte aber mit ihrer Untersuchung überhaupt keine Resultate. Investigative Ermittlungen von Bellingham haben ergeben, dass Malu Jacobsen dieses auf Kosten des Senats gecharterte Fluggerät auch für private Zwecke genutzt hat. Außerdem steht sie in enger familiärer Beziehung zu Golda Piontek, die den Störfall in Biotopia mutmaßlich durch Sabotage ausgelöst hat und als vermisst gilt. Dies wirft natürlich Fragen nach der Neutralität der angeblichen Gutachterin auf. Ja, es steht der Verdacht im Raum, dass sowohl der Vorfall wie auch die Untersuchung Jacobsens fingiert wurden, um die jahrelange Untätigkeit des Senats zu vertuschen. Die Untersuchungen dauern noch an, Beobachterinnen erwarten, dass Sander Malu Jacobsen noch heute suspendieren und danach selbst zurücktreten wird.«

Das Fenster in der Bildschirmecke schloss sich, Elena sah Malu nun direkt an. »Den Teufel werde ich tun«, sagte sie kämpferisch. »Das war eine Falle. Das Miststück hat uns am Nasenring durch die Manege geführt. Aber da kennt die mich schlecht. Gerade ist meine Erklärung rausgegangen.«

Bevor sich Malu fragen konnte, was in dieser Erklärung wohl erklärt werden mochte, konnte sie sich einer gewissen Erleichterung und Dankbarkeit nicht erwehren, dass Elena angesichts dieser fabrizierten Vorwürfe doch wohl hinter ihr zu stehen schien. Auch wenn sie das genau genommen mit keinem Wort gesagt hatte.

Es dürfte für Elena keine leichte Aufgabe werden, die Unterstellung jahrelanger Untätigkeit zu zerstreuen. Auch für Malu, die sich nur beiläufig mit der Causa beschäftigt hatte, lag ziemlich offen zutage, dass sie die Selbstverwaltung der Farm anscheinend sehr wörtlich ausgelegt hatte. Die Geschichte politischen Schlendrians, nicht nur in Berlin, war Jahrzehnte alt, und auch die aktuelle Aufführung fügte keine innovative Wendung hinzu. Was folgen würde, war eine Schmutzkampagne nach klaren Regeln: Elena musste dementieren und ihrerseits die Schuld auf Konterbauer abwälzen, zudem würde sie nichts unversucht lassen, Voight-Kampff für ihren Dolchstoß medial aufzuknüpfen. Ob ihr das gelingen würde, stand allerdings auf einem anderen Blatt. Die Frage bei diesem Duell war weniger, wer zuerst zog und schoss, sondern wer die besseren Waffen hatte. Und nun dachte Malu ohne Schrecken und geradezu abgeklärt, dass Elena vermutlich sie in die Schusslinie stoßen würde.

Unvermittelt übernahm Watson das Steuer und fuhr den Wagen rechts ran. »Eine Weiterfahrt empfiehlt sich im Moment nicht, Malu, die Straße muss zunächst enteist werden.«

»Aber wir sind fast zu Hause!«

Tatsächlich waren es kaum noch tausend Meter auf schnurgerader Straße bis Stralau. Außerdem konnte sie überhaupt kein Eis erkennen, die anderen Autos fuhren ungehindert und kaum langsamer als sonst ihrem Ziel entgegen. Auch die wenigen Fußgänger, die unterwegs waren, schienen keine Probleme zu haben.

»Watson, ich sehe kein Eis!«

Es regnete stärker. Malu hatte den Eindruck, als fühle man sich kaum irgendwo so einsam und hilflos wie in einem Auto, das nicht weiterfahren wollte. Schlimmer war vielleicht nur noch, mit jemandem eingesperrt zu sein, den man nicht leiden konnte, was auf Watson sogar zutraf. Immerhin war er kein Jemand.

Nichts geschah, außer dass Regen auf die Straße fiel und angeblich zu Eis gefror. Die Lichter der Straßenlaternen spiegelten sich in den wellenschlagenden Pfützen. Sie spürte, wie Wut in ihr aufstieg. »Watson, fahr bitte weiter, da ist kein Eis.«

»Wir müssen noch einen Moment warten, Malu.«

Rechts von ihr lag der Fluss mit dem, was von Mediaspree übrig geblieben war, nachdem Watson ganze Heerscharen von Musikmanagern, Vertriebsleuten, Marketingspezialistinnen und Agenten im Handstreich überflüssig gemacht hatte. Noch vor einigen Jahren hatten hier riesige Zeltlager gestanden, teilweise waren auch die leerstehenden Gebäude besetzt worden. Obdachlose, Alkoholiker und Junkies der tiefstgesunkenen Sorte hatten sich dort angesiedelt, entwurzelt und psychisch kaputt die meisten, moralisch auf nichts mehr zu verpflichten. Die Zahl der Einbrüche in der Gegend hatte sich verdoppelt und verdreifacht, nicht selten waren Passanten überfallen und ausgeraubt worden, so zumindest war es berichtet worden. Es war eine der ersten Maßnahmen des Großen Einsatzes gewesen, diese »Beweise einer gescheiterten Sozialpolitik« aus dem sichtbaren Stadtbild zu entfernen und sie an Orte zu bringen, an denen sie der stark beschädigten Berliner Tourismusbranche nicht noch weiteren Schaden zufügen konnten. Malu hatte ebenso wenig wie die meisten anderen Menschen jemals erfahren, wohin man sie gebracht hatte, und wie die meisten anderen Menschen hatte auch sie nicht danach gefragt.

In den alten Filmen war die Zukunft meist als ein katastrophischer Endpunkt dargestellt worden, an dem die Gesellschaft mehr oder weniger aufgehört hatte zu existieren. Aber obwohl die Welt sich ohne Zweifel in einem traurigen Zustand befand, war sie nicht untergegangen, sondern existierte weiter. In vielerlei Hinsicht hatte Malu sich die Apokalypse viel schlimmer vorgestellt.

Als man begann, die Reste des Wohlstands einzuhegen und die Mittellosen abzuschieben, fühlten sich sogar die Waffen, die man dazu benutzte, schon bald normal an. Niemand schien jemals geglaubt zu haben, dass eine humanitäre Gesinnung schmerzhaften persönlichen Entbehrungen standhalten würde. Aus der Trutzburg ihrer Stralauer Festung, Jahre entfernt von ihrem früheren Engagement für die Ausgebeuteten, hatte Malu die Gestrandeten mehr und mehr mit Angst und Argwohn betrachtet, wie eine bedrohliche Armee von Invasoren. Als sei die Welle der Zombiefilme und -serien, die in den Zehnerjahren populär gewesen waren, nichts als Lehrmaterial gewesen, um die Seele zu stählen gegen die monströse Not, die eines Tages über die noch funktionierende Welt hereinbrechen würde – Einübung der Entmenschlichung.

Malu schüttelte den Kopf, als käme sie aus einer Betäubung wieder zu sich. »Watson, du gibst mir jetzt das Steuer.«

»Malu, die analoge Weiterfahrt erfolgt auf eigene Gefahr. Im Falle eines Unfalls …«

»Du kannst mich mal, Watson!«

11
Der Freund

Als sie nach Hause kam, saß Konrad auf der Treppe. Er stand auf und lächelte. Seine Umarmung war kurz und lasch wie immer; dafür spürte sie, wie ihr Körper sich versteifte. »Konrad«, sagte sie.

»Ich will ein paar Sachen holen.«

»Warum bist du nicht rein?«

»Na … Idi ist da.«

Malu nickte langsam. Eigentlich hatten sich die beiden immer gut verstanden, eher wie – wenn auch sehr ungleiche – Brüder. Idi war so besonnen, die Ausbrüche Konrads, wenn er seinen Willen nicht bekam, entweder stoisch zu ertragen oder sich gleich in sein Zimmer zurückzuziehen. Dass Konrad seinen Protest gegen Idi so hochspielte, war eine seiner typischen Überreaktionen, aber Malu war überzeugt, dass er die meisten Dinge wirklich so extrem wahrnahm. »Glaubst du etwa, er geht auf dich los, wenn du ein paar Sachen zusammensuchst? Komm schon.«

»Ich will ihn nicht sehen.«

»Tja«, sagte Malu, als wüsste sie auch nicht.

»Du musst ihn wegschicken.«

»Unsinn.«

»Aber er hat mich verprügelt!«

»Er hat dich daran gehindert, auf die Mädchen loszugehen. Er hat keine andere Möglichkeit gesehen.«

»Ich bin auf niemanden losgegangen. Du weißt gar nicht, was passiert ist. Du warst nicht dabei!«

Sie fragte sich, wie Konrad gekommen war, und sah nach kurzer Suche den Wagen auf dem Parkplatz.

»Musstest du deine Fahrt auch unterbrechen wegen dem Blitzeis?«

Als Konrad noch kleiner war, hatte es funktioniert, ihn mit abrupten Themenwechseln auf ein neues Gleis zu setzen.

»Hast du mich gehört?«, fragte er jedoch quengelnd. »Es ist egal, was ich sage, oder? Du hast dich entschieden, mir nicht zu glauben. Du hast immer lieber den anderen geglaubt!«

»Du weißt, dass das nicht stimmt.«

»Ich will nur ein paar Sachen holen, dann lass ich euch in Ruhe.« Konrad machte eine kleine Pause, die durchaus nicht zufällig wirkte. »Kann er nicht einfach für eine halbe Stunde zu seiner Frau gehen und seinem Kind?«

Sie lachte auf. Hatte das ein geschmackloser Scherz werden sollen? Er lächelte linkisch.

»Was soll das, Konrad?«

Er stampfte mit den Füßen auf und rieb sich die Hände vor Kälte. Er wusste, dass Malu den Köder geschluckt hatte, jetzt ließ er erst mal etwas Leine. »Ich kann auch heute Abend noch mal kommen, wenn's dann besser passt. Den Wagen zahlst ja eh du.«

»Wie meinst du das: seine Frau?«

»Frau und Kind.« Er sah sie scheinheilig aus den Augenwinkeln an. »Weißt du das etwa gar nicht?«

»Was weiß ich nicht?«

Er schüttelte tadelnd den Kopf. »Da lebt ihr über zwanzig Jahre im gleichen Haus. Du meinst, du kennst ihn so gut, dass du ihm sogar mehr vertrauen kannst als deinem eigenen Sohn. Tja, und dann stellt sich raus, dass er ein Doppelleben führt. Krass eigentlich.«

»Was redest du da, Konrad?«

»Er hat eine Familie. Seit Jahren.«

Das war unmöglich. Idi war, so brutal es auch klang, ein Gefangener dieser Insel. Seit fast fünfundzwanzig Jahren hatte er sie nicht verlassen, außer ganz wenige Male, wo sie mit dem Boot rausgefahren waren, weitab die Spree hinunter. Wie hätte er hier auf der Insel verheimlichen sollen, dass er eine Familie hatte? Und warum sollte ausgerechnet Konrad davon wissen, sie aber nicht? Das ergab überhaupt keinen Sinn. »Hat er dir das erzählt?«, fragte sie. »Idi?«

Noch immer lag auf seinen Lippen dieses Lächeln, das sie früher verschmitzt genannt hätte und jetzt eher als sardonisch empfand.

»Erzählt hat er es nicht direkt.«

Sie bat ihn in den Gemeinschaftsraum, der zwar unbeheizt, aber immer noch wärmer war als vor der Tür. Außerdem gab es einen Kaffeeautomaten, sodass sie wenigstens auf ein dampfendes Getränk pusten konnte.

»Also ich sehe, dass du das erst mal verdauen musst«, sagte Konrad, »aber ich wollte noch fragen, ob du eigentlich schon die Verteidigung für mich angefordert hast?« Obwohl er sich bemühte, noch genauso cool zu klingen wie vorher, merkte sie ihm an, dass ihm das bei diesem Thema viel schwerer fiel. Jetzt ging es um ihn. Seine Unterlippe zitterte.

»Das geht erst mit der Klageschrift.«

»Aber du wirst es doch tun, oder?«

Sie wusste nicht, was sie dazu sagen sollte. »Wenn du unschuldig bist, dann hast du nichts zu befürchten.«

»Ja, danke«, sagte er sarkastisch. »Aber du weißt schon, dass das so nicht funktioniert, oder? Es hat noch nie so funktioniert.«

»Ach Konrad.«

»Was, ach Konrad?«

Ja, was? Sie brauchte sich nicht darüber wundern, dass er jetzt lauter wurde.

»Die sind zu zweit, es ist doch klar, wem man glauben wird. Ein Glück, dass Idi nicht aussagen kann. Aber geliefert bin ich auch so. Es kann doch nicht sein, dass ich bei dir um meine Verteidigung betteln muss!«

Sie sagte nichts, wusste nichts zu sagen. Stattdessen setzte sie eine bekümmerte Miene auf. Das machte ihn noch wütender. Du musst etwas sagen, Malu. »Warum hast du es überhaupt so weit kommen lassen?«

Ihr war klar, dass das eine Schuldzuweisung war. Aber sein Appell war moralische Erpressung. Und sofort stellte sie sich die Preisfrage, wessen Unreife eigentlich schwerer wog, seine oder ihre eigene.

»Danke«, sagte er und stand auf. Jetzt hatte er Tränen in den Augen. Er neigte zur Theatralik, dennoch musste sie annehmen, dass sie echt waren. »Du hast nie hinter mir gestanden!«

Sie stand ebenfalls auf, um etwas zu erklären, für das sie keine Worte hatte. Aber da hatte er sich schon umgedreht und war hinausgegangen.

Als sie den Gemeinschaftsraum verließ, landete eine Lieferdrohne vor dem Gebäude. Idi kam heraus, um ganz selbstverständlich eine Ladung Lebensmittel aus der Farm entgegenzunehmen und hereinzutragen. Zwei Stunden später hatte er daraus Dal mit Fisch gekocht.

»Konrad hat mir erzählt, dass du Familie hast. Das wusste ich gar nicht!« Es hätte vieles vereinfacht, wenn sie die Dinge mit Idi so geradeheraus hätte besprechen können. Doch die Gelegenheiten, bei denen sie es auf diese Weise angegangen war, hatten nicht in einem Gedankenaustausch gemündet, sondern in Schweigen. Idi war ein Mensch, zu dem man nicht auf geradem Weg gelangte.

Das Essen war köstlich. Idi war Meister darin, die Zwiebeln und Karotten langsam und zusammen mit einem Großteil der Gewürze zu schmoren, bis sich der natürliche Zucker freisetzte und allen anderen Aromen zu Substanz und Körper verhalf, selbst den Produkten aus Biotopia, deren schnelles Wachstum bekanntermaßen auf Kosten des Geschmacks ging. Es war nicht ungewöhnlich, dass sie sich ganz auf das Essen konzentrierten, ihr Schweigen dabei hatte Malu selten als beklommen empfunden.

»Kann ich dich etwas fragen, Idi?«

Er hob argwöhnisch den Kopf und hörte auf zu kauen.

»Keine Sorge, es ist nichts Persönliches. Ich brauche nur eine Einschätzung von jemandem, der … na ja, eine Einschätzung eben. Es betrifft Konrad.«

»Ich weiß nicht, ob ich der Richtige dafür bin«, sagte Idi.

»Ja. Siehst du, wenn man ein Kind hat … Ich dachte immer, man muss für sein Kind da sein, egal unter welchen Umständen.«

Idi nickte zaghaft, als befürchte er eine Fangfrage.

Und tatsächlich wollte Malu ihn fragen, wie es Idi damals damit gegangen war, dass er seine Kinder bei seiner Schwester in Äthiopien zurücklassen musste.

Er war Mitte zwanzig gewesen, als Malu ihn kennengelernt hatte. Anders als viele andere zu dieser Zeit war er nicht aus den Kriegsgebieten der Levante oder Afghanistans gekommen. In Äthiopien hatte 2016 zwar noch kein Bürgerkrieg geherrscht, aber für Beobachter mit offenen Augen war er bereits deutlich abzusehen gewesen. 2015 hatte eine extreme Dürre in Ostafrika große Teile der Ernte vernichtet; was der Dürre davongekommen war, hatte eine Überschwemmung kurze Zeit später fortgespült.

Nach allem, was Malu ihm in den über zwanzig Jahren ihrer Wohngemeinschaft hatte entlocken können, war Idis Frau entweder psychisch krank gewesen, oder sie hatte die

Familie entehrt, indem sie sich mit einem anderen Mann eingelassen hatte. Vielleicht auch beides. Jedenfalls war sie weggegangen, vermutlich nicht freiwillig. Später war sie unter Umständen, über die Idi ebenfalls nicht sprach, gestorben. Malu hatte nie erfahren, inwieweit dieses Ereignis ausschlaggebend für seine Entscheidung gewesen war, sich auf den Weg nach Europa zu machen. Jedenfalls sollte er, kaum dass er in Biotopia angekommen war, auch schon wieder abgeschoben werden, weil Äthiopien noch als sicheres Herkunftsland galt. Seine einzige Chance war damals Golda gewesen. Wie so viele andere hatte sie Idi bei seinen Anträgen unterstützt, und nachdem alle Versuche erfolglos geblieben waren und das Abflugdatum näherrückte, war sie es gewesen, die ihn mit ihrer Mutter bekannt gemacht hatte. Er hatte gerade den Stand beliefert, an dem sich Golda eben mit ihr unterhalten hatte. »Das ist Idi.«

Er war ihr sofort wegen seiner jungenhaften Schönheit und der scheuen Art zu lächeln aufgefallen. Er stellte die Kisten ab und wollte gleich wieder gehen, aber Goldas Lächeln signalisierte ihm, noch einen Moment zu bleiben.

»Ich habe dir von ihm erzählt«, sagte Golda auf Englisch zu ihrer Mutter.

Idi sah neugierig zwischen den beiden hin und her und wischte sich nervös die Hände an seinem T-Shirt ab. Malu erinnerte sich, dass sie der Slogan *The sky is the limit* angesichts seines drohenden Schicksals verstörte.

»Ah, das ist Idi«, sagte Malu auf eine Art, die den Eindruck zu zerstreuen versuchte, hier handle es sich um einen Verkupplungsversuch Goldas.

Diese wendete sich zu Idi: »I asked my mom if she knows someone.«

Idi nickte und lächelte unverbindlich, so als habe er nicht genau verstanden, was ihm diese Mitteilung sagen sollte. Aber dann antwortete er: »Thank you. It is not necessary.«

Daraufhin wollte er gehen, aber Golda hinderte ihn daran, indem sie ihn an der Schulter festhielt. »It is«, sagte sie nur und sah ihn bestimmt an.

Malu hatte sich mit knapp vierzig noch zu jung gefühlt, um allein zu leben, nachdem Damian ausgezogen und aus Berlin Richtung Brandenburg fortgegangen war – wobei die Frage, wer eigentlich wen verlassen hatte, nicht abschließend hatte geklärt werden können. Goldas Zimmer wollte sie nicht anrühren, denn sie hoffte, dass sie eines Tages in irgendeiner aufregenden Stadt einem richtigen Beruf entgegenstudieren und über die Wochenenden nach Hause kommen würde. Obwohl Idi ihr sympathisch gewesen war, hatte sie nicht vorgehabt, eine sexuelle oder überhaupt eine Beziehung mit ihm anzufangen. In erster Linie wollte sie ihm helfen, weil Golda ihr seine Lage als besonders verzweifelt geschildert hatte. Dass sie miteinander im Bett gelandet waren, hatte vor allem Idi als Unfall empfunden, den er schwer bereute. Was immer es gewesen war, das ihn bewogen hatte, mit Malu zu schlafen – der Sommerabend auf dem Balkon, der äthiopische Jazz, die weinselige Unterhaltung über Heimat und Kindheit –, später stellte sich heraus, dass die Scham, die er danach empfunden hatte, nicht nur Malu und ihrem Noch-immer-Ehemann, sondern auch seiner verstorbenen Frau galt.

Sie spekulierte auf seine Erleichterung, als sie nun das Thema von ihm weg und ganz auf sich selbst lenkte. »Ich zweifle an Konrad. Und ich fühle mich schlecht deswegen. Schuldig.« Sie legte ihre Gabel beiseite und lehnte sich zurück, versuchte, das Thema zu fassen zu kriegen. Aber wie mit ihren ungelenken, knotigen Händen, die vergeblich mit der Aluverpackung rangen, entglitt es ihr. »Ich müsste ihm doch glauben, ohne einen Beweis zu benötigen. Meinst du nicht?«

Idi machte eine lange Pause. Meist war das der bedeutsamste Teil seiner Antwort. Dann sagte er: »Du glaubst, es stimmt nicht, was ich gesehen habe. Dass ich es mir nur ausgedacht habe.«

»Nein. Ich weiß, dass du dir so etwas nicht ausdenken würdest. Du bist ein ehrlicher Mensch.« Sie glaubte das wirklich. Andererseits war sie beinahe erschrocken darüber, wie kalkuliert sie ihn damit in die Ecke drängte.

»Du kennst den Unterschied zwischen der Wahrheit – der richtigen Wahrheit – und dem, was nur in den Köpfen der Menschen existiert. Das weiß ich. Dir bedeutet die Wahrheit etwas. Du könntest es gar nicht ertragen, mit einer Lüge zu leben.« Sie ließ das einen Moment stehen und wartete. Aber Idi nickte bloß unverbindlich. Wonach genau fischte sie eigentlich? Auf die Köder, die sie auswarf, konnten alle möglichen Arten anbeißen.

»Aber ich? Vielleicht habe ich Konrad all die Jahre so gesehen, wie ich ihn sehen wollte. Und jetzt ist die Wahrheit ans Licht gekommen. Darf ich die Augen davor verschließen, nur weil er mein Kind ist? Oder muss ich die Wahrheit akzeptieren?«

»Ich kann das nicht sagen.«

»Nein«, sagte sie lächelnd und wie nebenbei. »Ich meine nur: Könntest du es für dich entscheiden? Wenn du ein Kind hättest, hier und jetzt?«

Idi hatte seinen Teller geleert, jetzt schob er ihn von sich. Er nahm niemals eine zweite Portion, ein Grund dafür vielleicht, dass er mit seinen fast fünfzig Jahren noch immer schlank und beweglich war. Er erwiderte ihren Blick, als hätte er plötzlich verstanden, dass sie ihn tatsächlich in eine Falle gelockt hatte. Er blinzelte. Ertappt? Beschämt? Beleidigt?

Sie wollte ihre Frage jetzt unverkleidet stellen, da meldete sich Watson.

»Malu, vor der Tür stehen zwei Ermittlungsbeamte der Landespolizei. Sie möchten mit dir sprechen.«

Im selben Moment klopfte es laut an der Wohnungstür.

Malu schrak bis ins Mark zusammen. »Wie sind die denn auf das Gelände gekommen?«

»Das Tor ist defekt.«

»Aber du hast doch den Hausmeister …«

Dazu war keine Zeit. Sie stand schon auf und bedeutete Idi, in seinem Zimmer zu verschwinden.

»Lass stehen«, sagte sie im Flüsterton, als er Anstalten machte, seinen Teller abzuräumen. Er schlich auf Zehenspitzen durch den Flur in sein Zimmer und verriegelte leise die Tür hinter sich.

Die beiden Beamten sahen aus wie Streifenpolizisten. Ihre Uniformen waren nicht neu, und von ihrer Statur und Physiognomie her erinnerten die beiden eher an Aushilfs-Betonmischer.

»Nabend«, sagte einer von ihnen. »Wir haben …«

»Würden Sie sich bitte ausweisen?«, unterbrach Malu ihn freundlich.

Die beiden Polizisten sahen sich an. »Aber wir tragen doch die Uniform«, sagte der andere, etwas jüngere der beiden. Übertrieben umständlich holten sie ihre Dienstausweise hervor.

»Was kann ich für Sie tun zu dieser ungewöhnlichen Zeit?«, fragte Malu, ohne sie hereinzulassen.

»Ja, also, wir müssen einer Anzeige nachgehen. Es wird behauptet, dass Sie im Besitz von Firmeneigentum sind. Können wir uns mal bei Ihnen umsehen?«

Malu versuchte, sich trotz ihres unguten Gefühls nichts anmerken zu lassen. »Um welche Firma handelt es sich denn?«

Wieder sahen sich die beiden an, als müssten sie sich gegenseitig versichern, dass sie diese Information preisgeben durften. »Äh, das ist die Firma Konterbauer, ist das.«

Malu nickte. »Dann zeigen Sie mir mal Ihren Gerichtsbeschluss.«

Einer der Polizisten korrigierte seinen Stand und rückte seinen Gürtel zurecht, an dem eine schier unüberschaubare Menge kleiner Geräte, Taschen und natürlich die Dienstwaffe hingen.

»Wollen Sie es denn wirklich darauf ankommen lassen, dass wir hier ein Einsatzkommando anrücken lassen? Wir können das doch sicher auf dem kleinen Dienstweg klären.«

Malu bemühte sich um ein Lächeln. »Ich kenne Ihren kleinen Dienstweg nicht. Hier gibt es kein Eigentum von Konterbauer. Außerdem ist es spät.«

Der ältere Polizist versuchte, an ihr vorbei einen Blick in den Wohnraum zu werfen. »Sie haben wohl Besuch?«

»Wenn Sie einen Gerichtsbeschluss mitbringen, kriegen Sie sogar eine Tasse Kaffee. Schönen Abend noch, die Herren.« Malu schloss die Tür und ging zurück in den Wohnraum. Einen Augenblick lang konzentrierte sie sich auf ihren Atem und versuchte, ihren Herzschlag wieder zu beruhigen. Dann ging sie zum Fenster. Auf dem Parkdeck stand ein Kopter; trotz der Dunkelheit war in der Außenbeleuchtung deutlich das Konterbauer-Logo auf der Bugverkleidung zu erkennen, ja es wirkte, als sei das Fluggerät sogar so positioniert worden, dass Malu es vom Fenster aus gut erkennen konnte.

Die Tür des Kopters öffnete sich, und eine Gestalt in dunkler Kleidung stieg aus. Die Uniform hatte einen gewissen Wiedererkennungswert, sogar aus dieser Entfernung. Jules lauschte kurz dem Rapport der beiden Polizisten, wandte dann lächelnd das Gesicht zu ihrem Fenster hinauf und winkte Malu mit einem einzelnen Finger.

12
Der Sohn

Konrads Zimmer war nicht abgeschlossen.

Als Erstes bemerkte sie, wie lange sie nicht mehr hier gewesen war. Konrad reklamierte sein Zimmer schon seit vielen Jahren allein für sich. Ab und zu hatte sie einen Blick erhascht und den Eindruck gewonnen, dass er peinlich auf Ordnung achtete. Jeder Gegenstand schien seinen festen Platz zu haben, die Elektronik auf seinem Schreibtisch und den selbstgebauten Regalen, das riesige Lego-Modell der Mondbasis Kopernikus, die Decken und Kissen auf seinem Bett. Niemals ließ er schmutzige Wäsche herumliegen.

»Watson, welche Geräte waren in diesem Raum am 26. November in der Zeit zwischen 4 und 8 Uhr aktiv?«

»Es bestand eine Verbindung zwischen Konrads Serveraccount und dem Limb Vision 360.«

Sie sah sich um. »Was ist das Limb Vision 360?«

»Limb Vision ist ein portables magnetenzephalografisches System, kurz MEG, auch Gehirnschreiber oder SQUID genannt.«

»Wie sieht es aus?« Ihr Blick glitt über den Monitor mit den verschiedenen Equalizern und analogen Synthesizern, mit denen Konrad Musik machte. Auf dem künstlichen Kopf des Marvel-Helden Vision, den Damian hier wie einige andere seiner Props zurückgelassen hatte, sah sie ein helmartiges, metallisch glänzendes Ding, das die Ohren und sogar die Augenpartie bedeckte.

»Es ist ein …«

»Schon gefunden. Was macht man damit?«

»Mit diesem Modell können Erlebnisanwendungen erstellt und ausgelesen werden.«

»Was bedeutet das?«

»Man kann es als eine Weiterentwicklung der veralteten Virtual-Reality-Brille betrachten. Im Gegensatz zur rein audiovisuellen Rezeption macht das neue Verfahren die Inhalte auch emotional erlebbar, indem die elektrophysiologische Aktivität im Gehirn unmittelbar durch Magnetresonanz aufgezeichnet wird. Umgekehrt ist es möglich, das emotionale Erleben für einen anderen Benutzer abspielbar zu machen.«

»Das ist doch nicht dein Ernst.«

»Auf Scherze bin ich nicht konfiguriert.«

»Wieso weiß ich nichts davon, dass Konrad so etwas hat?«

»Ist das eine rhetorische Frage?«

Tatsächlich erübrigte sich eine Antwort. Sie hatte nicht einmal gewusst, dass solche Geräte überhaupt existierten.

»Was kostet so ein Ding?«

»Das Modell Limb Vision 360 verfügt über eine niedrige Auflösung und Übertragungsleistung und richtet sich damit an Einsteiger. Je nach Anbieter muss man dafür den Gegenwert von 800 bis 1000 Euro bezahlen.«

»Was hat Konrad damit gemacht?«

»Der Limb Vision war mit einem weiteren portablen MEG gekoppelt und hat Daten an den Server gesendet.«

»Was für Daten?«

»Die Interaktion zweier Benutzer wurde aufgezeichnet, einer von ihnen war Konrad.«

»Interaktion? Welcher Art?«

»Über die Inhalte liegen mir leider keine Informationen vor.«

Er hatte es aufgezeichnet. Aufgezeichnet, hallte es in ihrem

Kopf wider. Sie konnte sich nicht recht vorstellen, was das bedeutete, denn es ging, so viel hatte sie verstanden, nicht um einfache Videobilder, die ganz gewöhnliche pornografische Ansichten ermöglichten, sondern um etwas anderes. Sie hatte von Hirnströmen kein Bild, auch nicht von Magnetresonanz oder mikroelektrischer Aktivität.

»Warum hat er das gemacht, Watson?«, fragte sie in der Erwartung, dass Watson die Frage zurückweisen würde.

Doch er antwortete: »Über Konrads Motive habe ich keine Informationen. Erlebnisclips, umgangssprachlich Torches genannt, werden in der Regel für den persönlichen Gebrauch hergestellt, im Freundeskreis weitergegeben oder auch gehandelt. Zu diesem Zweck wird das Material entweder tiefencodiert und auf digitalen Marktplätzen vertrieben oder auf Speichermedien in der physischen Welt gegen andere Torches getauscht.«

»Ist das legal?«

»Es ist legal, solange die Inhalte im Rahmen der geltenden Gesetze bleiben.«

Jetzt, wo sie einmal damit angefangen hatte, gab es kein Zurück. »Sind Konrads Inhalte legal?«

»Es ist mir nicht möglich, Hirnströme und die damit verbundenen emotionalen Reize zu verarbeiten. Daher kann ich die aufgezeichneten Daten weder decodieren noch interpretieren.«

»Das bedeutet, nur ein Mensch kann das?«

»Die Verarbeitung menschlicher Emotionen ist nur nichtbinären Systemen möglich. Dies können Menschen, aber auch avancierte Quantenprozessoren sein. Grundsätzlich ist menschliche Interaktion legal, wenn sie in gegenseitigem Einvernehmen ausgeübt wird, auch wenn sie Zwangsmaßnahmen oder grobe Handlungen beinhaltet.«

»Ist das bei diesen Inhalten der Fall gewesen?«

»Das kann ich nicht beurteilen. Alle audiovisuellen Schnittstellen im Raum waren zum Zeitpunkt der Aufzeichnung ausgeschaltet.«

Sie ahnte, worauf das hinauslief, wenn sie Genaueres über die Inhalte wissen wollte.

»Wenn ich mir diesen … Helm hier aufsetze. Werde ich es dann sehen?«

»Darauf werden die neuronalen Signale wiedergegeben, die mit dem gekoppelten Gerät aufgezeichnet wurden. Diese Daten bestehen aus visuellen, auditiven, körpersensorischen und emotionalen Reizen.«

»Konrads? Oder die des Mädchens?«

»Es wurden beide aufgezeichnet. Bei der Wiedergabe kann man nach Belieben zwischen beiden Perspektiven wechseln.«

Malu starrte auf den Helm. Sie wartete auf irgendeinen Gedanken oder Impuls, aber da war nur ein dumpfer Widerstand, der keinerlei Entscheidung zuließ.

Ein Knall draußen schreckte sie auf, vielleicht der Waffennarr Schlüter, der mit seinem Luftgewehr auf Ratten oder Marder schoss, was ihm zwar Ärger einbringen, aber auch in Zukunft nicht von weiteren Schüssen abhalten würde. Draußen war es bereits dunkel. Sie drehte sich um, verließ Konrads Zimmer und schloss die Tür hinter sich.

Dann saß sie am Küchentresen und goss sich ein Glas schottischen Scotch ein, was sie nur noch tat, wenn sie möglichst schnell etwas davon spüren, also nichts mehr spüren wollte.

Sie konnte das nicht. Sie konnte sich nicht in den Kopf oder den Körper ihres Sohnes oder dieser Mädchen versetzen, während … *das* geschah. Es musste einen anderen Weg geben. Idi? – Natürlich nicht. Niemals würde er sich dazu bereiterklären. Allein die Frage …

Alex könnte es tun. Natürlich, Alex: Er, der von Konrads Unschuld so überzeugt war – oder von seiner Tat nichts wissen wollte – würde so aus erster Hand erfahren, was wirklich geschehen war.

Aber würde er das wirklich? Immerhin war diese Aufzeichnung ein Beweisstück. Wenn nun Konrad gar nicht wegen seiner Kleidung gekommen war? Er hatte schließlich genug davon in Alex' Wohnung. Vielleicht hatte sogar er Konrad vorbeigeschickt, um die Aufzeichnung verschwinden zu lassen?

Wie sie es drehte und wendete: Es hing an ihr, herauszufinden, was wirklich geschehen war. An niemandem sonst. Sie wusste es und trank ihr Glas leer. Sie spürte die Wirkung sofort und goss einen weiteren Schluck nach. In Kürze würde sie volltrunken sein. Ihr fehlte die Kraft für diese Art Ermittlung. Andererseits: Bestand nicht eine wenn auch geringe Chance, dass sich alles anders abgespielt hatte, als sie glaubte? Ein gewöhnlicher Koitus, mag sein sadomaso oder was auch immer, wäre zwar schrecklich mitzuerleben – aber wenn er doch einvernehmlich war? Es könnte doch sein. Was, wenn ihr Verdacht ungerechtfertigt und die Ablehnung, die sie ihrem Sohn seitdem entgegengebracht hatte, unfair und falsch gewesen war? Vielleicht könnte sie, wenn sie sich diese Aufzeichnung doch anzusehen entschlösse, ihre Zweifel endlich über Bord werfen.

Sie hielt den Atem an und spürte diesem Gefühl nach: wie es wäre, wenn er nichts Böses getan, sondern weiterhin ihr Vertrauen und ihre Liebe verdient hätte. Sie schloss die Augen. Es wäre zu schön …

Dann schüttelte sie jäh den Kopf, so heftig, dass ihr schwindelig wurde. Sie würde ihn nur zu gerne um Verzeihung bitten. Auf Knien, wenn es sein musste.

Das Glas war wieder leer, eine unendliche Schwere breitete sich in ihrem Kopf aus, Müdigkeit. Sie konnte den Zeitpunkt nicht noch weiter hinauszögern. Wenn sie es herausfinden wollte, musste sie es jetzt tun.

13
Die Opfer

Die Temperaturen waren plötzlich wieder viel zu mild für Ende November, es wehte ein unangenehmer Wind. Hin und wieder zogen völlig überraschend dunkle Wolken auf und ergossen sich in kurzen, heftigen Sturzbächen. Augenblicke später kam wieder die Sonne hervor, als seien Jahreszeiten eine veraltete Sache, die man gegen etwas anderes ausgetauscht hatte, das aber noch nicht richtig funktionierte.

Malu verzichtete unter diesen Umständen auf ihr Bedürfnis, sich zu bewegen und mit dem Fahrrad nach Lichtenberg zu fahren. Die Adresse, die Watson ihr genannt hatte, lag in der Nähe des ehemaligen S-Bahnhofs, mehr oder weniger eingeklemmt zwischen zwei Gleistrassen. An der kopfsteinbepflasterten Straße, in der der Eingang zu dem Grundstück lag, waren allerhand Hinterhofgewerbe angesiedelt, die zum Teil wohl schon seit Generationen entlegene Dienste anboten: Reparaturen von alten Verbrennern, Massage, Solartechnik, chinesische Kampfkunst. Es gab keine Straßenbeleuchtung. Die Stromleitungen waren dutzendfach angezapft und verzweigten sich in mäanderndem Gewirr über die flachen Dächer der baufälligen Garagen und Ladenlokale. Vor den Gebäuden stapelten sich Müllsäcke. Wiederum war es keine ganz gesetzlose Gegend: Dafür sorgten die zahlreichen Kameras, die an freistehenden Masten installiert waren.

Sie parkte den Wagen vor dem aus Sperrholz zusammengezimmerten Zaun des Geländes. »Watson, fahr nicht weg, es wird nicht lange dauern.«

Die Wellblechtür des Bretterverschlags war geschlossen. Malu drückte auf den unbeschrifteten Klingelknopf, doch statt eines Läutens setzte Hundegebell ein. Sie blieb eingeschüchtert stehen und wartete. Niemand kam zur Tür. Das Bellen drang aus dem rückwärtigen Teil des Gartens, vermutlich waren dort Hunde angeleint oder eingesperrt. Malu öffnete die Tür einen Spalt und sah, dass das Gelände als Hundeplatz gestaltet worden war, allerhand Reifen, Balken und Türme bildeten einen Hindernisparcours. Die Hunde schlugen nach wie vor an.

Die Tür eines Wohnwagens, der mit einem weiteren kombiniert war und so einen kleinen Komplex bildete, öffnete sich, und eine Frau mit langen Haaren und einem sehr bunten Hoodie kam auf Malu zu. Auf dem Kleidungsstück stand in Plüschbeflockung und geschwungenen Buchstaben das Wort »Starving«, und es war übersät mit Aufnähern bekannter Marken wie Nestlé, Coca-Cola, Microsoft und BlackRock. Eher ein antikes Fashion-Statement als ein Zeichen von Mittellosigkeit, fand Malu.

»Was wollen Sie hier?«

Malu hatte nicht mit einer freundlichen Begrüßung gerechnet. Aber wenn sie ihren Besuch angekündigt hätte, wären die Hunde vermutlich nicht eingesperrt gewesen.

»Sind Sie Soleia?«, fragte Malu, obgleich sie sofort sah, dass sich die Frage erübrigte: Die Frau war mindestens Mitte dreißig – doppelt so alt wie die, die sie suchte.

»Wer will das wissen?«

»Mein Name ist Malu Jacobsen. Ich bin die Mutter des Jungen, der …«

»Verschwinden Sie von meinem Grundstück. Hauen Sie ab!«

»Ich möchte gern mit Soleia reden. Sind Sie ihre Mutter?«

»Ich lass die Hunde los, wenn Sie nicht abhauen!«

»Nein, hören Sie, ich bin hier, um …«

Plötzlich verließ sie der Mut. Weswegen war sie hier? *Ich bin hier, um mich für meinen Sohn zu entschuldigen? Es war falsch, was mein Sohn Ihrer Tochter angetan hat? Ich weiß, wie Sie sich fühlen?*

Sie gehörte nicht hierher. Andererseits: Wo sollte sie stattdessen sein? Sie hatte viel Zeit unter Menschen verbracht, die sie am liebsten so schnell wie möglich wieder loswerden wollten. Man gewann ihr Vertrauen nicht leicht, weil Vertrauen sich für sie noch nie ausgezahlt hatte. Aber oft genug hatte sie es trotzdem geschafft, indem sie ehrlich und rücksichtsvoll war und niemanden bevormundete. »Es fällt mir nicht leicht, hier zu sein.«

Die Frau sah sie verstört an, ohne etwas zu sagen. Die Hunde bellten im Hintergrund ohne Unterlass, sie schienen sich gegenseitig in Lautstärke und Aggressivität übertreffen zu wollen.

»Haltet ihr jetzt endlich mal die Schnauze!« Die Zurechtweisung kam völlig ansatzlos, dafür mit einer unerwarteten Heftigkeit, die die Adern an Hals und Stirn der Frau hervortreten ließ. Mit ihrem Gebrüll verklang auch das Getöse der Hunde, nur einer von ihnen setzte sein Kläffen halb beleidigt fort, dann verstummte auch er.

»Beeindruckend«, sagte Malu.

»Sagen Sie, was Sie loswerden wollen, und dann lassen Sie uns zufrieden«, sagte die Frau und spuckte Malu einen Priem durchweichten Tabaks vor die Füße.

»Ich hatte gehofft, dass ich kurz mit Ihrer Tochter …«

»Schwester.«

Malu nickte. »Dass ich kurz mit Ihrer Schwester reden könnte.«

»Worüber?«

»Über das, was in meiner Wohnung passiert ist.«

»Sie weiß, was da passiert ist. Was gibt es da noch zu reden?«

»Ich möchte ihr gerne sagen, wie leid es mir tut …«

»Geht mir am Arsch vorbei!« Sie machte Anstalten, die Wellblechtür zu schließen, die sie die ganze Zeit über halb aufgehalten hatte.

Malu nahm ihren Mut zusammen und stellte den Fuß dazwischen. »Aber Ihrer Schwester vielleicht nicht.«

»Nimm deinen verdammten Fuß da weg, oder …«

»Ich will über eine angemessene Entschädigung reden«, sagte Malu bestimmt, so als hätte sie alle Einzelheiten dieses Geschäfts – zu dem ihr Besuch jetzt geworden war – sorgfältig geplant.

Die Frau änderte sofort ihre Haltung. Sie nickte, drehte sich um und ging, die Tür offen stehen lassend, vor zum Wohnwagen. Dort schlug sie zweimal mit der Faust gegen eine der beiden Türen.

»Besuch für dich!« Dann, zu Malu: »Wir warten nebenan, das wird ne Weile dauern.«

Der angebaute Wohnwagen war größer und bestand aus einem einzigen Zimmer, in dem eine kleine Küchenzeile, eine Sitzecke mit Tisch und ein Bett standen. Darin, halb aufgerichtet und auf einen Haufen Kissen gestützt, lag ein Mann mit fahler Haut und eingefallenen Wangen. Er reagierte nicht, als sie eintraten.

»Mein Vater«, sagte die Frau. »Er schläft gerade.«

»Ich bin wach!«, sagte der Mann heiser.

»Ich mache Tee«, sagte die Frau zu niemand Bestimmtem.

Malu tat einen Schritt auf das Bett zu und stellte sich vor.

»Meuser«, sagte der Mann, sah aber nicht Malu an, sondern starrte auf die brüchige Resopalverkleidung des Wagens, so als gälte es, eine wichtige Untersuchung nicht leichtfertig abreißen zu lassen. Meuser fehlten fast sämtliche

Zähne, und unter seinen schütteren grauen Haaren leuchtete rot entzündete Kopfhaut hervor.

»Wir fahren gleich ab«, sagte er schleppend und schwer verständlich. »Der Hafenmeister weiß Bescheid. Du kannst den Koffer neben das Bett stellen.«

»Koffer?«, fragte Malu verwirrt.

»Achten Sie nicht auf ihn«, sagte die Frau, ohne von ihrer Teezubereitung aufzusehen.

»Das Geld!«, beharrte Meuser mit plötzlicher Renitenz und richtete seinen starren Blick auf Malu, ohne dass diese aber das Gefühl hatte, er sähe sie an. »Hast du nicht das Geld mitgebracht, du Trottel!«

»Ich glaube, Sie verwechseln mich«, sagte Malu freundlich.

»Das Schiff kann unter Wasser atmen!«, entgegnete Meuser vertraulich. Speichel troff ihm vom Kinn, was er allerdings nicht bemerkte.

Die Frau hatte zwei Tassen aufgegossen und auf die fleckige Anrichte gestellt. Sie bedeutete Malu, dass eine davon ihre war. »Wir warten draußen. Wenn er einmal angefangen hat, hört er so schnell nicht wieder auf.«

»Ihr könnt euch nicht vor Sauron verstecken!«

Regen prasselte auf das Vordach. Wie auf Knopfdruck fingen die Hunde wieder an zu bellen.

»Wo wir gerade von Geld reden«, sagte die Frau ohne Umschweife. »Woran hast du gedacht?«

Malu sah sie wortlos an. Das musste ebenso herausfordernd wirken wie die brüske Frage der Frau, aber sie sah darin die einzige Möglichkeit herauszufinden, wen sie vor sich hatte. Sie war noch nicht so alt, wie sie aussah, was vermutlich auch für ihren Vater galt. Ihre Haut war faltig und ohne Glanz, ihr Blick unstet, die Bewegungen fahrig, so als hätte sie früher Drogen genommen, jetzt aber nicht mehr. Auch ihr fehlten Zähne.

»Was machen Sie hier?«, fragte Malu interessiert und deutete auf den Parcours.

»Hunde ausbilden«, sagte die Frau und suchte etwas in ihrer Bauchtasche.

»Gibt es denn da noch Nachfrage?«

Die Frau kramte eine selbstgedrehte Zigarette aus einer kleinen Packung. »Wenig.«

Malu verkniff sich die Frage, wie sie dann davon leben konnte. »Wie heißen Sie?«, fragte sie stattdessen.

»Salita«, dies irritiert; die Frage hatte sie nicht erwartet. Eine Pause entstand, von Ferne war das Tuten eines Zuges zu hören.

»Sie haben seltene Namen«, sagte Malu vage. »Selten und klangvoll.«

Salita schwieg, vielleicht befürchtete sie einen Nachteil, wenn sie das Kompliment annahm. Nach einer Weile sagte sie: »Früher hat unsere Mutter hier Huskys gezüchtet. Liebe Tiere. Aber dann wollte niemand mehr Hunde. Tierrechte.« Die ironische Betonung des Wortes ließ keinen Zweifel daran, was sie davon hielt. »Jetzt haben wir Mischlinge. Von der Straße. Wir päppeln sie auf.« Sie schnippte nervös Asche von ihrer Kippe.

»Und dann?«

Die Frau sah Malu direkt in die Augen und stieß heftig, beinahe aggressiv den Rauch aus. »Dann hetzen wir sie aufeinander.«

»Hundekämpfe?«

Die Frau wies mit einem Nicken Richtung Osten. »In den Gebieten.«

Ein Weile lag Schweigen zwischen ihnen, das Malu gern gebrochen hätte, aber sie wusste nicht, wie. Dann öffnete sich die Tür, und Soleia kam heraus. Sie trug einen Frotteebademantel und dicke Wollpantoffeln mit lustigen Gesichtern darauf.

»Wieso steht ihr hier draußen?«

»Ich will nicht lange stören«, sagte Malu. »Ich bin …«

»Weiß ich schon.« Soleia hatte ein blasses, teigiges Gesicht, das von der Kapuze ihres Bademantels umrahmt wurde. Ein Gesicht von auffallender Ausdruckslosigkeit.

»Also, ich mache es kurz, Soleia. Ich weiß, was passiert ist. Was er euch beiden … was er getan hat.«

Soleia wirkte sonderbar unbeteiligt, als stünde sie unter beruhigenden Medikamenten. Vielleicht war das sogar der Fall.

Malu bemerkte, wie ihr schon jetzt die Worte ausgingen. »Ich bin hier, weil …« Sie brach ab und setzte neu an. »Wie geht es dir jetzt?«

»Gut«, sagte Soleia gleichgültig. Sie nestelte die Zigarettenpackung aus der Tasche ihrer Schwester, Salita gab ihr das Feuerzeug.

»Sie steht unter Schock«, sagte Salita, als sei sie ihre Anwältin oder Ärztin.

Wie auf ein Stichwort, das sonst niemand gehört hatte, sagte Soleia: »Er hat gesagt, er will mal einen Mord begehen.«

»Einen Mord? An wem?«

Soleia zuckte die Achseln. »Egal. Er will nur sehen, wie einer stirbt.«

»Das hat er gesagt?«

»Klar hat er das gesagt.«

Malu wusste nicht, was sie davon halten sollte. Plötzlich erfüllte sie wieder dieses einschnürende Gefühl der Panik. Es war gar nicht weg gewesen. »Du musst große Angst gehabt haben.«

»Klar«, sagte Soleia.

»Sie hat um ihr Leben gefürchtet«, präzisierte Salita.

»Das kann ich mir vorstellen«, sagte Malu und schämte sich für ihre kraftlose Anteilnahme. Das konnte unmöglich alles sein, was sie dazu sagte. »Ich weiß nicht, wie ich …«

»Wir wollen die Torch«, sagte Salita abrupt, und als sie sah, dass Malu nicht verstand: »Die Aufnahme. Sie gehört Soleia. Außerdem muss es Schadensersatz geben.«

Ein Güterzug rumpelte vorüber, so laut, dass sie ihr Gespräch, das nun vollends zur Verhandlung geworden war, unterbrechen mussten. Der Zug hatte Schiffs- und Gascontainer geladen. Alle paar Waggons saß ein Wachposten mit Maschinengewehr in einer geöffneten Tür oder auf dem Dach. Alle trugen dicke Winterjacken oder Westen ohne Firmenaufdruck und verschiedene, offenbar wahllos kompilierte Helme, manche davon militärisch, andere eher sportlichen Zuschnitts. Einer hatte sogar ein Schutzschild, das ihm eine fast ritterliche Anmutung verlieh.

Der Zug schien kein Ende zu nehmen; Soleia fror offenbar, denn sie zog den Bademantel enger um sich. Durch die erzwungene Pause wurde Malu immer fraglicher, zu welchem Zweck sie das Gespräch begonnen hatte und wie sie es zu beenden gedachte. Das Mädchen schien wenig motiviert, mit ihr zu reden, ihre gleichgültigen Gesichtszüge zeigten weder Wunsch noch Unbehagen an, auf Malus Empathie und Mitgefühl reagierte sie nicht. Vielleicht, weil es für die Wiedergutmachung, die Malu leisten wollte, entweder noch zu früh oder aber für alle Zeiten zu spät war.

Aber bedeutete nicht schon ihr Hiersein etwas – vielleicht nicht jetzt sofort, aber doch zu einem späteren Zeitpunkt? »Einverstanden«, sagte sie. »Ihr bekommt die Aufzeichnung, dazu biete ich den Gegenwert von 3 000 Euro.«

Soleia wechselte einen kurzen, plötzlich sehr aufmerksamen Blick mit ihrer Schwester. Dann nickte sie.

Malu suchte und fand den Modus, in dem sie blitzschnell von Mitgefühl zu Geschäftssinn wechseln konnte. »Dafür zieht Ihr die Anzeige zurück.«

»Von mir aus«, sagte Soleia achselzuckend.

Sie schwiegen eine Weile. Malu, nicht abgebrüht genug,

um sich einfach umzudrehen und zu gehen, fragte zum Wohnwagen hin: »Was ist mit ihm passiert?«

Salita schien einen Augenblick zu überlegen, ob es sich lohnte, mit Malu nun, da das eigentliche Abkommen getroffen war, noch zwischenmenschliche Fellpflege zu betreiben. Schließlich sagte sie: »Er war in der Farm.«

Schlagartig war Malus Aufmerksamkeit in die höchste Alarmstufe versetzt. »Was sagst du da? In der Farm? Biotopia?«

Salita nickte, offenbar überrascht von Malus Reaktion.

»Was ist mit ihm passiert?«

»Weiß keiner so genau.«

»Wann ist er herausgekommen? Und wie?« In Malus Kopf überschlugen sich die Fragen, kaum konnte sie sich entscheiden, welche sie zuerst stellen sollte. Salita, befremdet von Malus plötzlicher und geradezu invasiver Neugier, erzählte in einem Ton, als sei das alles keine besonders erwähnenswerte Geschichte, dass er die Familie verlassen hatte, als Soleia noch ein Säugling gewesen sei. Ihre Mutter habe da noch gelebt. Bis heute wisse niemand, unter welchen Umständen er in der Farm gelandet sei. Fünf Jahre lang hätten sie nichts von ihm gehört, bis er Anfang 2034 wieder aufgetaucht sei. Salita habe nichts von ihm wissen wollen, aber da kurz vorher ihre Mutter gestorben sei, ohne dass die Besitzverhältnisse des Platzes geregelt gewesen seien, hatten sie seine Unterschrift gebraucht – die Bank hatte gedroht, das Grundstück zu pfänden.

»Hat er etwas erzählt? Über die Farm? Kann ich mit ihm sprechen?«

»Auf keinen Fall«, sagte Salita. »Du wirst nichts erfahren, er redet nur noch Stuss, und wenn er sich aufregt, kackt er ins Bett.«

»Was hat er denn?«

»Was er hat? Das musst du Sulaco fragen. Sie haben ihm

da irgendwas ins Gehirn geschraubt, ein Arzt hat's ihm rausoperiert. Irgendwann hörten die Schmerzen auf, aber sein Gehirn ist trotzdem nur noch Glibber. Psychose.«

»Psychose«, wiederholte Malu leise und wie zu sich. »Und er … hat wirklich nichts darüber erzählt?«

Salitas Augen verengten sich misstrauisch. »Warum interessiert dich das so sehr?«

»Na ja«, begann Malu, »es ist einfach eine unglaubliche … ich meine, hat er denn … seine Einwilligung dazu gegeben?«

Salita sah sie weiter an, als verstünde sie immer weniger, was diese Frau eigentlich von ihr wollte. »Einwilligung? Dass die sein Gehirn schreddern?«

Malu versuchte, sich zu beruhigen. Jedes weitere Wort zu dieser leidgeprüften Frau war heikel wie die Entschärfung einer Bombe, bei der man nicht wissen konnte, ob der blaue oder der rote Draht die Zündung auslöste. »Salita, ich will nicht aufdringlich sein, aber ich habe von dem, was du mir da erzählst, einfach noch nie gehört.«

Salita lachte verächtlich. »Ja, genau.«

»Nein, und … ich finde es abscheulich, falls es wirklich so gewesen ist …«

»Soll das heißen, ich hab mir das ausgedacht?«

»Nein, auf keinen Fall! Mich interessiert nur, ob es nur bei ihm so war oder ob …«

Salita hatte sich unmerklich in Richtung der Zwinger bewegt, was die Hunde in eine gewisse Aufregung versetzte, da sie offenbar Fütterung erwarteten. Es waren keine schönen Tiere, übersät mit schrundigen Narben und nicht weniger feindselig als ihre Trainerin. Salita war die Unterhaltung unverkennbar leid. »Ich muss mich jetzt um die Hunde kümmern.«

»Falls ich Sie verärgert habe …«

Salita drehte sich noch einmal jäh zu ihr um, die Hand schon am Gatter des Zwingers. »Verärgert? Jetzt pass mal auf. Ist sicher toll für dich, dass du dich als Gönnerin aufspielen kannst, aber du brauchst nicht so ahnungslos zu tun. Als wüsstet ihr nicht, was außerhalb eurer Blase los ist. Kenn ich alles, brauch ich nicht. Wir reden weiter, wenn du die Torch und die Kohle bringst. Ich hab jetzt zu tun.« Sie ließ den Riegel des Gatters zurückschnappen. Die Hunde gerieten außer Rand und Band, sprangen an den Gitterstäben in die Höhe und bellten, nein: geiferten wild durcheinander. Ohne sich umzudrehen, sagte Salita: »An deiner Stelle wäre ich lieber nicht mehr hier, wenn ich die rauslasse.«

Als Malu wieder ins Auto gestiegen war, atmete sie erleichtert durch. Sie hatte das dringende Bedürfnis, das Ergebnis ihrer Mission mit Alex zu teilen; gleichzeitig brannte sie darauf zu erfahren, was Leo über den Hub herausgefunden hatte. Doch nur der Anrufbeantworter meldete sich, und Watson sagte, dass der Laden geschlossen sei. Also gab sie Alex' Adresse an und fuhr los.

Nach einer Weile sagte Watson: »Malu, mir ist etwas aufgefallen.«

»Dir? Aufgefallen?«

Man konnte Watson auf die unterschiedlichste Art und Weise konfigurieren, etwa so, dass er jede Unterhaltung mit einem Kompliment oder einer Bemerkung über das Wetter begann. Manche bevorzugten Marginalien der Kategorie »Vergessene Details der Weltgeschichte« oder »Kurioses«. Malu hatte Watson darauf programmiert, zur Stelle zu sein als ein persönlicher Assistent, und zwar ausschließlich dann, wenn sie ihn brauchte. Sie verzichtete auf jegliche Attribuierung, die ihr als Benutzerin so etwas wie Persönlichkeit vorgaukelte, damit sich die »Erfahrung« »immersiver anfühlte«. Dass Watson von sich aus etwas *auffiel*, war völlig neu.

»Seit der Installation des Sicheren Zuhauses von Ping hast du in den Einstellungen ohne Unterbrechung eine Besuchsperson hinterlegt, ohne diese zu identifizieren. Sie hält sich auch jetzt dort auf, sie trägt deinen Transponder. Aus den Bewegungsprofilen habe ich errechnet, dass diese Person neben dir und Konrad fest in der Wohnung lebt. Wer ist die Person?«

»Weißt du was, Watson? Ich werde auf diese Frage nicht antworten.« Jetzt fiel ihr ein, dass Watson kürzlich bereits eine Fahrt zur Farm eigenmächtig vereitelt hatte. Zunächst hatte sie sich nicht weiter darüber gewundert. Jetzt aber kam ihr die Sache langsam merkwürdig vor. »Ich verstehe nicht, warum du solche Analysen anstellst. Dazu habe ich dich nicht beauftragt.«

»Deine Versicherung hat den Verdacht, dass du einer illegalen Person Unterschlupf gewährst, Malu.«

»Das ist absurd.«

»Euer Wasserverbrauch und Nahrungsmittelkonsum liegt um rund 25 % über dem Schnitt anderer Haushalte mit zwei Personen.«

»Konrad ist in der Entwicklung.«

»Diese Begründung ist unzureichend.«

»Er hat oft Besuch.«

»Bitte nenne den oder die Namen der betreffenden Person oder Personen, damit der Verdacht ausgeräumt werden kann.«

»Auf keinen Fall werde ich das tun.«

»Es würde zu deiner Entlastung beitragen.«

»Ist mir egal. Ich denunziere grundsätzlich niemanden.«

»Um Denunziation würde es sich handeln, wenn es illegale Personen sind oder ihre Anwesenheit einen Sicherheitsverstoß darstellte.«

»Watson, das Gespräch ist beendet.«

14
Die Verteidigung

Im Kreuzberger Bergmannkiez lebten viele Alteingesessene noch ganz gut von ihren Rücklagen und konnten ihr Viertel in Eigenregie mit organisierten Aktionen wie Straßenreinigung und Randbegrünung instandhalten. Alex bewohnte seit einigen Jahren das Obergeschoss der Herz-Jesu-Kirche, wo sich die alte Wohnung des Küsters befand, oder des Organisten, Malu hatte es vergessen.

An Wochentagen wurde das Kirchenschiff als Versammlungsort genutzt. Nur einige der vorderen Kirchenbänke waren stehen gelassen worden, sodass eine große Fläche entstanden war, die in anderen profanisierten Kirchen etwa als Gymnastik- oder Tanzfläche diente. Hier standen in größeren Abständen einige Arbeitstische, die für verschiedene Tätigkeiten genutzt wurden wie Beratung, Verwaltungsarbeiten, Gruppentreffen oder Befindlichkeitsrunden. Hier und dort hockten zwei oder drei Männer beisammen, jung wie alt, abgerissen und wohlgekleidet, und unterhielten sich miteinander. Sie sahen für Malu gar nicht aus wie die aussterbende Spezies, als die Alex sie immer darstellte. Tatsächlich wirkten die meisten sogar gelöst und gut gelaunt, tranken warme Getränke und stampften nur hier und dort mit den Füßen auf – die Kirche war unbeheizt.

Im Altarraum war ein Boxring aufgebaut, die etwas durchschaubare Symbolik war wohl durchaus beabsichtigt. Täglich wurden ehrenamtliche Stunden für jene angeboten, die Aggressionen abbauen und gleichzeitig etwas für ihre Fitness tun wollten. Der Ort sollte so etwas wie ein Hafen sein für alle, die da draußen in einen Sturm geraten und fast Schiffbruch erlitten hatten, auch wenn dieser Hafen selbst alles andere als sicher war: Jedes Jahr musste der Verein die Hauseigentümer beknien, den Mietvertrag um ein weiteres Jahr zu verlängern, ohne die Abgaben zu erhöhen. Bislang hatten sie dieses Ziel immer erreicht, wenn auch zu dem Preis, dass dringende Renovierungen seitens der Eigentümer vermieden wurden. Alle Ausbesserungen, die an dem neugotischen Bau anfielen, mussten notdürftig Alex und seine beiden Mitstreiter Pablo und Jankowski bewerkstelligen, meist unter Anwerbung handwerklicher Expertise aus der Runde der Klienten, was wiederum zur Stärkung des Gemeinschafts- und Selbstwertgefühls diente. Dank der Unterstützung großzügiger, demografisch bedingt allerdings immer weniger werdender Spender konnten sie einer beachtlichen Zahl von Männern juristische Unterstützung zukommen lassen, meist in Versicherungs- und Demissionsfragen.

Unter der klaren Kälte lag ein stetiger Geruch nach Zigarettenrauch und Staub sowie, je weiter sie nach vorn zum Boxring trat, Schweiß. Malu sah sich um, fand aber Alex nicht auf Anhieb. Ein zahnloser Mann mit Zigarillo, der unter einem vergilbten Poster von Jordan B. Peterson saß, deutete mit einem krummen, kraftlosen Finger auf den Boxring, wo – so viel war trotz des Kopfschutzes zu sehen, den beide Männer trugen – ein älterer Sparringspartner von seinem viel jüngeren Angreifer nach allen Regeln der Kunst verdroschen wurde. Der Ältere bewegte sich mit langsamen, wackligen Schritten, während er Mühe hatte, seine Deckung hochzuhalten. Der Jüngere tänzelte federnd um ihn herum und brachte imposant klingende Schläge an seinem Kopfschutz an. Bei jedem Treffer hörte Malu ein pneumophones Geräusch, bei dem sie sich fragte, ob Luft aus der Polsterung der Handschuhe entwich oder aus dem Angegriffenen selbst. Noch zwei, drei Treffer: der Getroffene schwankte, doch als der Jüngere die Hände sinken ließ, ermunterte er ihn sofort und vehement, den Kampf nicht zu unterbrechen.

Und obwohl man ihn mit seinem Mundschutz nicht verstehen konnte, erkannte Malu daran Alex. Sie hob die Hand in seine Richtung, doch als er sie sah und ihren Gruß andeutungsweise erwidern wollte, traf ihn ein weiterer Hammer an der Schläfe, er taumelte, verlor vollends den Halt und fiel um. Benommen lag er am Boden. Der Jüngere stürzte auf ihn zu und versuchte ungeschickt, ihm aufzuhelfen, doch Alex wehrte ihn ab und rappelte sich allein auf. Er ließ sich von einem der Zuschauenden die Boxhandschuhe lösen und den Kopfschutz abnehmen. Dann sagte er etwas zu dem Jüngeren, das Malu nicht verstand, und deutete einen weiteren Schlag an, nicht so, als wolle er den Kampf fortsetzen, sondern als korrigiere er nachträglich die technische Ausführung seines K.O. Dann stützte er sich erschöpft auf das Seil. »Welch seltener Besuch!«, begrüßte er sie.

»Ich dachte, von Alex lernen heißt siegen lernen?«

Er lächelte matt. »Das war ein Druckfehler. Es muss ›liegen‹ heißen!«

Malu lächelte und sah sich um. »Ist Konrad bei dir?«

Er deutete nach oben. »Bei den Tauben. Bringst du ihm Sachen?«

Sie schüttelte den Kopf.

»Soll ich ihn holen?«

Sie reagierte zögerlich. »Ich glaube, ich will das erst mit dir besprechen. In Ruhe.«

Während Alex duschte, sah sich Malu in seiner Wohnung um, in der sie zuvor erst ein oder zwei Mal gewesen war. Natürlich fiel ihr besonders die unverputzte Wand mit dem rohen Ziegelmauerwerk auf, die wie eine Iteration jener Wand in ihrer früheren Wunschwohnung erschien. Der Raum hatte außerdem hübsche runde Fensterrahmen, die stilvolle Akzente hätten setzen können. Aber solch ein Raum war das nicht. Vor der Wand stand ein alter Plattenspieler und ein großes Plattenregal, überall lagen Bücher und Papiere herum, und der riesige Schreibtisch, der sich an der Fensterseite unter allerhand Lasten bog, ließ keinen Zweifel daran, dass Alex über Innenraumdekor wenig nachdachte, sondern sich hier vor allem in alter analoger Kultur suhlte.

Malu ließ sich auf dem dominanten Ohrensessel nieder, dessen Lederbespannung an mehreren Stellen gerissen war, und blätterte willkürlich in einem Stapel bedruckter Papiere. Es waren offenbar alles eigene Manuskripte – keine zusammenhängende Texte, sondern ein Konvolut verstreuter Notizen, die alle etwas mit dem Begriff der Arbeit zu tun hatten, weniger Fiktion als vielmehr essayistisch anmutende Entwürfe zu einer größeren soziologischen Abhandlung. Malu mochte den kritischen, kulturpessimistischem Ton, wenngleich der literarische Gestus, seine Zeit in Worte fassen zu wollen, leicht prätentiös und gestrig auf sie wirkte – zumal der Tropf öffentlicher Gelder, an der die Kultur gehangen hatte, schon lange versiegt war.

Alles, was diese ewige Gegenwart den Autoren noch zur Gestaltung übrig gelassen hat, ist Abklatsch vergangener Zukunftsvisionen.

Sie blätterte weiter, hier und dort schmunzelnd oder versonnen den Kopf schüttelnd. Hinter all diesen Wörtern sah sie Alex und hatte dabei das undeutliche Gefühl, dass sein Bemühen völlig vergeblich war und er es wusste.

Sich als ehemaliger Privilegienträger auf einen jammernden, ichbezogenen und hypersensiblen Bittsteller herabzuwürdigen, trainierte den meisten von uns jenen Selbsthass an, der uns gefangen hält. Denn wer sich selbst hasst, ist es sich nicht wert, seine Lage als miserabel anzuerkennen und ihr entfliehen zu wollen.

Wohl schon eine ganze Weile hatte Alex in der Tür gestanden und sie beobachtet. Er trug nur ein Handtuch um die Hüften, und sie konnte sehen, dass er in der Kälte des Raums – die Heizung war abgedreht oder funktionierte nicht – Gänsehaut bekam. »Schreiben bedeutet, sich das Ausmaß der eigenen Lächerlichkeit klarzumachen«, sagte er jetzt.

Sie legte den Text wieder dorthin zurück, wo sie ihn gefunden hatte, und ging langsam drei Schritte auf ihn zu. Sie lächelte. Flaches Licht fiel durch die ungeputzten Fenster und ließ den Staub in der Luft funkeln. Die Strahlen fielen von hinten gegen Alex' ein wenig abstehende Ohrmuscheln und ließ sie rot aufleuchten, als sei er verlegen oder aufgeregt. Sie fühlte sich wie an einem Samstagnachmittag vor zwanzig Jahren, an dem sie ihn zu einem Spaziergang abholte, dem sich ein Kino- oder auch Theaterbesuch anschließen würde, neugierig, gespannt, lebendig. Sie konnte den alten, vertrauten Freund in Alex sehen, die Geschichte, die sie miteinander verband. Sie bewunderte die Unbeirrbarkeit – oder war es Starrsinn? –, die ihn einfach mit dem weitermachen ließ, was er immer getan hatte. Er schien sich kaum verändert zu haben, auch wenn die Haut über seinem Handtuch zu Falten auflief. In seinem wirren Haar und dem Lächeln lag keinerlei Verbitterung oder sogar Vorwurf. An Brust und Armen leuchteten veilchenfarben Prellungen verschiedenen Heilungsgrades.

»Dem hast du es ganz schön gezeigt, Tiger«, sagte sie, weil sie wusste, dass diese Art Humor sie noch immer verband.

Aber sein Lächeln verschwand sofort wieder. »Ich bringe ihnen nicht das Boxen bei«, sagte er. »Sondern wieder aufzustehen.«

Sie machte noch einen Schritt; jetzt stand sie unmittelbar vor ihm, so nah, dass sie ihm – einem Impuls nachgebend und ohne Scham – die Hand auf die stoppelige Wange legen konnte. Beide waren überrascht, und beide schienen nicht recht zu wissen, wie sie mit der Vertraulichkeit, die urplötzlich wieder zwischen ihnen war, umgehen sollten. Alex schloss die Augen, nur eine Sekunde, aber lang genug, um ihr zu signalisieren, dass er die Berührung genoss. Sie machte einen weiteren Schritt und küsste ihn auf den Mund, und als er zögerte, griff sie in sein Haar und überzeugte ihn, dass sie es wollte. Diesem inniger werdenden Kuss folgte eine Umarmung, seine Hände auf ihrem Rücken, gleichzeitig verstörend und erregend, und durch das Handtuch, das sich in ihrer Lendengegend plötzlich von alleine hob, spürte sie, dass er es genauso empfand. Einem wilden Impuls folgend, der Genugtuung forderte für ein Jahrzehnt ohne echte Nähe und vertraute Berührungen, zog sie sich enger an ihn, und wer weiß, worin diese Szene gegipfelt wäre, wenn nicht in diesem Moment Konrad hereingekommen wäre.

Er trug eine Art Lederschürze und einen dicken Parka, außerdem eine Plastikbox mit irgendwelchen Utensilien darin. »Was geht denn hier ab?«

»Konrad«, sagte Malu, indem sie sich umdrehte und sich so vor Alex postierte, dass Konrad seine Erektion nicht sehen konnte. »Ich wollte mit dir reden.«

»Ich war oben.«

»Ja, ich weiß. Bei den Tauben. Was machst du da eigentlich?« Die Weichheit ihrer Stimme brachte sie aus dem Konzept, denn sie hatte für die Ansprache eine gewisse Festigkeit mitbringen wollen, die jetzt fast von sentimentalen Gefühlen fortgewaschen wurde.

»Da sind halt die Brieftauben«, sagte Konrad im Ton einer allbekannten Tatsache. »Warum bist du hier?«

»Ich wollte mit dir reden. Mit euch.«

Hinter ihr suchte Alex seine Kleidung zusammen, die zusammengefaltet über der Lehne des Sessels gelegen hatte, und Malu verdrängte den Gedanken, wie das für Konrad möglicherweise aussah. Alex zog sich an Ort und Stelle an, sagte aber nichts.

»Wegen der Verteidigung?«, fragte Konrad.

»Ja, ähm … also …« Sie hatte das Gefühl, als unterbreche Alex das Zuknöpfen seines Hemdes, um ihre Antwort abzuwarten. »Ich kann das nicht tun.«

»Du kannst was nicht tun?«, fragte Alex von hinten.

Sie drehte sich halb zu ihm um. »Ich habe gesehen, was er gemacht hat. Mit den Mädchen. Er hat es aufgezeichnet. Mit so einem Gehirn … Dings. Keine Ahnung, was er damit vorhatte. Mit der Aufnahme.«

Alex' Gesicht nahm den Ausdruck entschiedener Skepsis an.

Konrad stellte geräuschvoll seine Box ab, indem er sie halb fallen ließ. »Warum sagst du nicht mir, was ich getan haben soll? Ich steh doch hier!«

Malu drehte sich zu ihm. »Ich habe mit einer von ihnen gesprochen. Mit Soleia, und mit ihrer älteren Schwester. Und ich habe …« Sie wusste nicht, wie sie ausdrücken sollte, dass sie in der perversen Heimlichkeit ihres Sohnes herumgeschnüffelt hatte, peinlich berührt in erster Linie vor Alex. Aber warum eigentlich? »Ich habe mir die Aufnahme angesehen. Man kann alles nachempfinden, Alex, alles, was da passiert ist. Das Mädchen hatte Todesangst, sie hatte Schmerzen. Sie wollte nicht, was passiert ist, nichts davon.«

»Ich habe ihr bloß geholfen«, sagte Konrad.

Nun drehte sich Malu voll zu ihm. »Was hast du?« Die Wut, die sie die ganze Zeit über zu verdrängen versucht hatte, tauchte den dunklen Himmel in gleißendes Licht, das bis in den letzten Winkel leuchtete. »Du hattest kein Recht dazu, sie zu erniedrigen. Genau das hast du getan, du hast sie ausgebeutet und erniedrigt!«

»Malu«, sagte leise Alex hinter ihr.

»Was? Ich kann das nicht! Ich kann diese Mädchen nicht verraten. *Sie* sind hier die Opfer!«

»Sie hat sich doch darauf eingelassen«, sagte Konrad, nicht kleinlaut oder verteidigend, sondern, als wolle er seine Mutter über den tatsächlichen Hergang unterrichten. »Wir wollten uns das Geld teilen.«

»Bitte, Konrad! Für wie dumm hältst du mich? Ich mag ja hinterherhinken, was den kranken Markt für diesen Mist angeht, aber ich weiß doch, was ich gefühlt habe. Da war Angst und Abwehr und Abscheu. Wie soll sie sich darauf freiwillig eingelassen haben?«

»Echte Gefühle«, sagte Konrad. »Mit Liebe- und Harmonie-Torches ist der Markt total überschwemmt. Übrigens durch die Leute, die du für so unterdrückt hältst. Danke dafür.«

»Ich weiß nicht, wovon du redest.«

»Schon klar. Befrei du mal weiter deine Hippies. Unsereiner muss halt kreativ werden.«

»Kreativ? Dass du deine sadistischen Fantasien auslebst, nennst du …« Sie unterbrach sich und setzte neu an. »Du hattest Spaß daran, sie zu erniedrigen. So war das! Das ist wirklich die allerunterste Stufe …«

»Ach so!«, fiel Konrad ihr höhnisch ins Wort. Auch er war jetzt wütend. »Das sagst du nur, weil du total frigide bist!«

Nur einen Schritt näher, schon war sie nah genug für eine Ohrfeige. Ehe sie darüber nachgedacht hatte, knallte es. »Untersteh dich, so mit mir zu sprechen!«

Sie beide standen sich gegenüber, mit rotem Kopf und geballten Fäusten, soweit das in ihrem Fall möglich war. Sie wusste nicht, wohin mit ihrer Empörung. Sie zitterte.

»Ihr beide beruhigt euch jetzt mal«, sagte Alex mit ruhiger Stimme. Er war jetzt wieder vollkommen bekleidet. »Konrad, ich möchte mit deiner Mutter unter vier Augen reden, bitte lass uns einen Moment alleine.«

»Du schmeißt mich raus? Sie wirft hier mit Verleumdungen um sich, und mich schmeißt du raus?«

»Wenn du die Situation selbst klären und deine Mutter dazu bringen kannst, dich zu unterstützen, dann kannst du gerne bleiben. Aber nicht, wenn du sie beleidigst.«

»Ich hab sie nicht ...«

»Wir haben uns verstanden, Konrad«, sagte Alex mit Nachdruck, ohne lauter zu werden, worauf Konrad sich umdrehte und hinausging wie ein dressierter Hund.

Malus Wut war noch nicht verflogen. »Du wirst mich nicht umstimmen!«

»Ist einen Versuch wert.«

»Vergiss es. Und danke übrigens für deine entschlossene Unterstützung. Du lässt ihn so mit mir sprechen?«

»Ihr hattet beide euren Anteil daran.«

»Ach komm, dieses Friedensrichter-Gehabe kann ich jetzt nicht gebrauchen!«

»Und Konrad kann nicht gebrauchen, dass du gegen ihn arbeitest, statt ihm zu helfen.«

»Die beiden werden die Klage zurückziehen«, sagte sie mit einem Triumph in der Stimme, den sie nicht vermeiden konnte.

Alex hob ungläubig die Augenbrauen.

»Ja. Wir haben uns geeinigt.«

»Haben sie das gesagt?« Er sah sie mit einem Blick an, der zwischen Argwohn und Mitleid changierte.

»Ich hab das geregelt«, beharrte Malu. »Aber nicht, indem ich einfach ihnen die Schuld zuschiebe.«

Er sah sie schweigend an und dann aus dem Fenster, wo es allerdings nichts zu sehen gab außer dem November. »Sie können die Anzeige nicht zurückziehen, Malu. In dem Fall besteht ein *öffentliches Interesse an der Aufklärung und Ahndung männlicher Gewalt an Frauen,* so heißt es in der Passage. Das ist ein Gesetz. Ganz egal, wie viel Geld du ihnen versprochen hast. Sie verkaufen die Torch und kassieren zweimal ab, deine Opfer. Und Konrad wird in einer Kolonne landen, wahrscheinlich sogar in deiner kleinen Farm.«

»Ich weiß nicht, wo du diesen Quatsch herhast«, sagte Malu. »Die Produzenten sind freiwillig dort! Waren sie schon immer!«

Alex sah sie an. »Okay, wie du meinst. Aber bleiben wir mal beim Thema Freiwilligkeit. Was wäre, wenn es eine Absprache zwischen Konrad und den beiden Mädchen gab? Ich sage nicht, dass ich sein Verhalten billige. Aber es ist gut möglich, dass sie sich freiwillig darauf eingelassen haben.«

»Von was für einer Freiwilligkeit kann man da sprechen, wenn sie bereit ist, sich foltern zu lassen?«

»Mit jeder Generation sinkt die Hemmschwelle zum Absonderlichen ein Stückchen weiter. Vielleicht war sie in Not, verzweifelt, vielleicht hat sie keinen anderen Ausweg gesehen. Das ist schlimm für sie. Aber für Konrad ist das der Unterschied, auf den es ankommt. Wenn er verurteilt wird, ist sein Leben vorbei, bevor es angefangen hat.«

Sie konnte spüren, wie sie sich gegen seinen Manipulationsversuch sträubte. Das Thema hier war nicht ihre herzlose Voreingenommenheit, sondern dass sie am eigenen Leib empfinden konnte, was Konrad mit seinem Verhalten bewirkt hatte! »Geht es auch mit etwas weniger Pathos?«, fragte sie, um Zeit zu gewinnen.

»So ist es aber. So ein Delikt ist ein Politikum. Konrad hat keine Chance.«

»Das ist doch lächerlich. Dieser ganze … Zirkus hier.« Sie machte eine Geste, die ihre Unterhaltung ebenso einschloss wie die Dissidentenpose seiner Texte und die Kirche der glücklosen Männer. »Ihr seid einem kollektiven Verschwörungswahn verfallen. Das ist wie ein Hobby, in dem ihr euch als Opfer stilisiert, um euch gegenseitig bemitleiden zu können. Ich kaufe dir das nicht ab. Es gibt keine Verschwörung, und wenn doch, dann trifft sie uns alle.«

Alex schüttelte geduldig den Kopf. »Es ist leicht, die Wirklichkeit zu übersehen, wenn man von hoch oben auf sie herunterschaut. Die vielen subtilen Gesten der Benachteiligung und Ausgrenzung, das scheinheilige Mitleid, der sanfte Spott: daran musst du nicht glauben, nicht einmal, wenn du selbst es bist, die spottet.«

»Du drehst die Verhältnisse einfach um! Noch immer sind Frauen die Leidtragenden, nicht nur, was den wirtschaftlichen und sozialen Kahlschlag angeht, sondern auch – wie zu allen Zeiten, Alex! – die Gewalt. Männliche Gewalt! Zum Beispiel von Konrad!«

»Das mag mal so gewesen sein. Dafür hat man die Richtigen ausgiebig bluten lassen. Leider auch die Falschen.«

»Bluten lassen ist wohl kaum die angemessene Beschreibung!«

»Du schaust nicht hin, Malu. In deiner Welt wird nicht darüber berichtet, was mit insolventen, ungebildeten, angeblich aggressiven und gemeingefährlichen Männern geschieht, genauso wenig wie über die Heerscharen von Toten an den Außengrenzen oder in den Gebieten, die wir nicht in unseren Städten haben wollen. Du und deinesgleichen, ihr wollt sie nicht sehen, so war das immer.«

»Erspar mir diesen selbstgerechten Tonfall!«

Er schüttelte den Kopf und lachte bitter. »Es nennt sich Großer Einsatz, Malu. Bitte sag mir nicht, dass du so naiv bist. Warum kommen hier seit Jahren keine Flüchtlinge mehr an? Weil die Afrikaner eingesehen haben, dass wir für die Drecksarbeit, die Watson übrig gelassen hat, genug eigene Tagelöhner haben? Weil sie sich daheim gut laufende Geschäfte aufgebaut haben? Weil sie Lottomillionäre sind? Wach auf, Malu. In den letzten zehn Jahren hat sich die Haipopulation im Mittelmeer verhundertfacht!«

»Das ist bloß Gräuelpropaganda.«

»In deinem Flüchtlingssommerdorf auf Stralau mag es das sein. Überall sonst ist es Realität. Ein Drittel der Männer, die du da unten gesehen hast, werden in einem Jahr nicht mehr leben. Man wird sie überreden, gegen eine Prämie für ihre Kinder keine weiteren Kosten mehr zu verursachen. Es geht nicht um Sterbehilfe, Malu, denn sie wollen nicht sterben. Demission ist nichts anderes als Euthanasie. Eine Selektion, wer leben darf und wer nicht. Das sind die Tatsachen, und alle wissen es. Aber ihr redet nicht darüber, und worüber ihr nicht redet, das existiert nicht.«

Malu schüttelte stumm den Kopf. Er wollte sie überzeugen, und sie wollte sich nicht überzeugen lassen: Das war einer der Gründe, weswegen sie kein Paar mehr waren und offenbar nicht einmal mehr gemeinsame Eltern.

15
Der Sprecher

Als Malu den Boxhagener Platz erreichte und diesen auf der Suche nach einem Parkplatz umfuhr, wusste sie nicht, dass sie von zwei Männern beobachtet wurde, nämlich von der Grünberger Straße her sowie aus dem Nebenhaus, in deren Erdgeschoss kürzlich ein Cateringservice insolvent gegangen war. Sie sahen zu, wie sie aus dem Wagen stieg und den Platz überquerte, auf dem selbst in den wärmeren Monaten weitaus weniger Eltern ihren Kindern beim Spielen zusahen als noch vor zehn Jahren – erstens, weil weitaus weniger Eltern willens oder in der Lage waren, Kinder zu bekommen, und zweitens, weil sie, wenn es denn doch geschah, ihre Kinder nicht mehr auf öffentlichen Plätzen, sondern nur noch hinter den Zäunen ihrer geschlossenen Wohnanlagen spielen ließen.

Die Männer trugen weder Uniform, noch waren sie bewaffnet. Sie blieben auf ihren Posten, als Malu »Leo's Computerladen Antiquariat« betrat und nun im leeren Kundenbereich darauf wartete, dass Leo, durch die Türbimmel aufgestört, aus seinem Hinterzimmer nach vorne kommen würde.

Die Straßen waren, sei es wegen des feuchtkalten Wetters oder der einsetzenden Dunkelheit, möglicherweise aber auch einfach aufgrund fehlender Anreize, menschenleer. Lediglich ein einzelner Lieferroboter mit quietschenden Kettengelenken karrte Essen, Getränke oder anderweitig notwendige Güter in dringlicher Mission durch die Gegend.

Als die Bimmel lange verhallt war, rief Malu Leos Namen. Kein Radio oder sonstiges Medienprogramm lief im Hinterzimmer. Vielleicht hielt Leo sich in seiner angrenzenden Wohnung auf; zumindest vermutete Malu aus irgendeinem Grund, dass seine Wohnung sich im selben Gebäude befand.

Sie wartete fünf volle Minuten auf Leos Kommen, dann öffnete sie die Eingangstür, um erneut zu bimmeln. Noch einmal. Einen am Ende der Straße einbiegenden Polizeiwagen bemerkte sie dabei zwar, richtete ihre Aufmerksamkeit aber weiter auf die rückwärtige Geräuschkulisse, die weiterhin ausblieb.

Sie ging hinter den Tresen und bewegte den Holzperlenvorhang, um ihr Eintreten anzukündigen. Durch die sich öffnenden und schließenden Zwischenräume sah sie Leo in seiner abgewetzten Strickjacke am Arbeitstisch sitzen. Ein Zigarrenstumpen qualmte im Aschenbecher und ließ gleichmütige Schlieren Rauches an der eingeschalteten Tischlampe vorüberziehen. Leo selbst war über seinem Tisch zusammengesunken und schien zu schlafen.

»Hallo?«

Als der Körper sich nicht regte, trat Malu ein und blieb unmittelbar hinter ihm stehen.

»Entschuldigung«, sagte sie laut, viel zu laut für den kleinen Raum, und ihr wurde klar, dass Leo nicht antworten würde, weil etwas Außergewöhnliches passiert war. Sie streckte die Hand aus, um seine Schulter zu berühren, doch in diesem Moment schloss sich eine von hinten kommende Hand über ihrem Mund, während der andere Arm sie in den Klammergriff nahm.

Sie schrie auf, doch der Schrei wurde von der Hand erstickt. Während der kräftige Griff sie in einen Winkel des funzeligen Raumes zog, wo sich ein Durchgang zum angrenzenden Flur befand, flüsterte der Angreifer, durch die Anstrengung stoßweise atmend, dicht an ihrem Ohr: »Leo ist tot. Sobald du den Laden verlässt, wird man dich festnehmen. Die werden jeden Moment nachsehen kommen, wo du bleibst. Wenn du verschwinden willst, komm mit mir.« Noch während er das sagte, lockerte sich seine Umklammerung, jetzt ließ er sie ganz los.

Sofort drehte Malu sich um und trat einen Schritt von ihm zurück. Er war ein kräftiger Mann in ziviler Kleidung mit kurzgeschorenen Haaren und zu kleinen Augen für sein fleischiges Gesicht. »Wer sind Sie?«

»Niemand. Shivani Ghosh schickt mich. Wir haben keine Zeit.«

Der Flur führte zur Wohnungstür, durch die sie ins Treppenhaus gelangten. Durch das getönte Fenster der Haustür konnte Malu eine uniformierte Gestalt erkennen, die daran rüttelte. Ihr Beschützer – wenn er wirklich einer war – ging ihr bis zur Kellertür voraus und ließ hinuntersteigend die Tür hinter sich offen: Malu stand es frei, ihm zu folgen oder nicht.

Der Mann an der Haustür drückte wahllos einige Klingeln, schlug dagegen und rief: »Machen Sie auf! Polizei!« Gleich würde er sich Zugang verschafft haben. Malu hatte keine Ahnung, wie sie entscheiden sollte, wem sie vertrauen sollte und warum. Aber sie hatte keine Zeit. Also folgte sie dem Mann, der ihr aufgelauert hatte, in den Keller.

»Schließen Sie die Tür hinter sich!«

Ein langer Gang führte zu einer Brandschutztür, dahinter befanden sich weitere Keller. Schließlich eine Treppe, die in einen Hinterhof führte, vollgestellt mit Fahrrädern und Mülltonnen. Durch einen weiteren Hof und eine Toreinfahrt erreichten sie schließlich die Simon-Dach-Straße, wo ein Wagen mit Fahrer wartete. Beide stiegen in den Fond, und der Wagen fuhr sofort los.

»Waren die von Konterbauer?«

Dem Blick des Mannes zufolge, der aus dem Seitenfenster

schaute, fühlte er sich für die Beantwortung der Frage nicht zuständig. »Ich sollte Sie da rausholen, das habe ich getan.«

Im oberen Stockwerk eines topsanierten Gründerzeit-Altbaus, in dem laut Klingelschild Anwaltskanzleien untergebracht waren, saß Malu unter Stuckornamenten in einer bequemen Chesterfield-Garnitur. Im passenden Sessel gegenüber nahm ein junger Mann von nicht einmal dreißig Jahren Platz. Er trug einen maßgeschneiderten Anzug, war perfekt manikürt, und die Art, wie er Malus klauenartigen Handschlag übergangen und sie mit alertem Lächeln zum Platznehmen aufgefordert hatte, zeugte von vollendeter Parkettsicherheit. Außerdem war er ungeheuer attraktiv – dunkler Hauttyp, offener Blick, ein vornehmer Zug um die Lippen. »Frau Jacobsen, danke, dass Sie gekommen sind. Bitte entschuldigen Sie die ungewöhnlichen Umstände Ihrer Einladung.«

»Einladung«, wiederholte Malu sarkastisch.

Als wolle er einen Zaubertrick vorführen, präsentierte der Mann ihr in seiner ausgestreckten Hand eine kleine metallische Scheibe von der Größe einer Knopfzelle.

»Shivani Ghosh möchte gern persönlich mit Ihnen sprechen. Unglücklicherweise befindet sie sich nicht in Berlin. Gleichzeitig ist, wie Sie wissen, die internationale Netzkommunikation im Moment empfindlich gestört. Besonders Großunternehmen wie Sulaco stehen im Fokus einer Vielzahl von digitalen Angriffen, entweder zu Spionage- oder zu Sabotagezwecken. Wir können Shivani also nicht einfach zuschalten. Deswegen wird sie heute durch mich sprechen.«

Daraufhin platzierte der junge Mann mit einem geübten Griff die metallische Scheibe in seinem Nacken und schloss die Augen, als fiele er augenblicklich in die etwas melodramatische Trance eines Schamanen oder Illusionisten. Die

Diskrepanz zwischen seinem souveränen Auftreten und dem esoterischen Getue verstörte Malu vollends.

Schon wenige Sekunden später öffnete er seine Augen wieder; seine Stimme, als er zu sprechen begann, klang wie zuvor, gleichzeitig aber irritierend unbeteiligt. »Steht die Verbindung?«, fragte er niemand Bestimmtes im Raum und bekam offenbar eine unhörbare Antwort, denn er nickte. »In Ordnung.«

Im ersten Moment fühlte sich Malu wie bei einer dadaistischen Performance, zu der nur sie eingeladen war. Aber natürlich passierte das alles wirklich, und dem Kontext nach war ihr auch klar, dass es ernstgemeint sein musste. Warum wirkte es dann so lächerlich?

»Guten Tag, Malu. Wir haben nicht viel Zeit«, sagte der Mann mit monotoner Stimme, während sein Blick an Malu vorbei ins Leere ging. »Hier spricht Shivani Ghosh.«

Sie musste ein Lachen unterdrücken. »Soll das ein Witz sein?«

»Ich kann deine Verwunderung verstehen. Leider können wir uns keine langen Erklärungen leisten. Was du in diesem Augenblick erlebst, hängt sehr eng mit den jüngsten Ereignissen in Biotopia zusammen. Ich möchte hinzufügen, dass auch deine Tochter darin verwickelt ist.«

Der junge Mann hatte seine Sitzhaltung nicht verändert. Er saß gerade und zugleich entspannt, mit übereinandergeschlagenen Beinen, die Hände im Schoß locker gefaltet. Er sah aus wie eine Statue, zumal sein Blick erstarrt zu sein schien. Seine Stimme modulierte die Wörter nicht in freier Rede, sondern wirkte, als läse er ab, ohne dass allerdings irgendeine Vorlage sichtbar gewesen wäre.

»Entschuldigung«, sagte Malu. »Ist das ein Test oder so etwas? Wie lange ich dieses Spielchen mitmache?«

»Die fehlende Betonung meiner Worte ist sowohl der Neuheit des Produkts wie auch der Instabilität der neuronalen

Verbindung geschuldet. Es würde alles natürlicher für dich wirken, wenn ich nicht so weit entfernt wäre.«

»Neuronale Verbindung?«

»Nathaniel und ich sind durch einen Nexus-Hub der neunten Generation miteinander verbunden. Eine ältere Version hast du bereits kennengelernt. Du wolltest sie heute aus dem Geschäft von Leo Krasinsky abholen.«

Malu bemühte sich, dieses Gespräch als echte Unterhaltung zu betrachten, aber sie konnte das Gefühl, zum Narren gehalten zu werden, noch immer nicht abschütteln. Eine Frau, die durch eine andere Person sprach? Sie hatte in ihrem Leben von allerlei drolligen Science-Fiction-Fantasien gehört, diese hätte sich unter ihnen gut ausgenommen. »Ich verstehe nicht, was Sie mit *verbunden* meinen, Frau … mit wem auch immer ich jetzt spreche.«

»Noch einmal: Du sprichst mit Shivani Ghosh, CEO von Sulaco Incorporated. Bitte nenn mich Shiva.«

»Der Gott der Zerstörung? Sehr vertrauenerweckend.«

»Es ist nur ein Name. Versuche die roboterhaft wirkende Wiedergabe durch Nathan so weit wie möglich zu ignorieren. Nathan hat diesem Gespräch freiwillig zugestimmt und wird danach wieder ganz der Alte sein. Es ist wie telefonieren.«

Tatsächlich war »roboterhaft« eine unvollständige Beschreibung, denn Nathans monotone Redeweise ging mit einem mimischen Aufwand einher, der ans Grimassenhafte grenzte, sodass es Malu schwerfiel, sich vorbei an dem verzerrten Grinsen, den nach Zufallsprinzip hochgezogenen Brauen oder dem eigentümlichen Würgereflex, den das Medium bei Frikativen zeigte, auf den Sinn des Gesagten zu konzentrieren. Schade um den schönen Mann, dachte sie überfordert.

Vor Jahren hatte sie irgendwo den aus Tech-Kreisen stammenden Begriff *uncanny valley* aufgeschnappt: *die unheimliche Kluft*, die die subtil fehlende Überzeugungskraft menschlich animierter Figuren bezeichnete, bei deren Betrachtung eine Akzeptanzlücke – die Kluft – zwischen Imitation und Original und damit leises, aber unüberbrückbares Unbehagen entstand. Ihr momentanes Unbehagen war keineswegs leise, es brüllte.

»Nexus ist ein Patent Sulacos, das auch in Biotopia verwendet wird. Dort wird es allerdings, wie du schon herausgefunden hast, implantiert, während Nexus 9 eine nichtinvasive Weiterentwicklung ist, die einfach auf der Haut aufgesteckt wird. Um eine lange Geschichte kurz zu machen: Du, Malu, bist zwischen die Fronten eines Patentstreits zwischen Sulaco und Ping geraten. Und bevor du fragst: ich erzähle dir das, weil ich mir deine Hilfe erhoffe.«

»Okay«, sagte Malu, wobei natürlich gar nichts okay war, solange sie nicht verstand, was genau mit all diesen Schlagworten gemeint war.

Shivani Ghosh erklärte, dass sie sich gegenwärtig an einem geheimen Ort aufhalte. Die Auseinandersetzung zwischen Sulaco und dem ungleich mächtigeren Ping-Konzern, Schöpfer von Watson und Drehkreuz des internationalen Informationsmanagements, habe eine Dimension erreicht, die ihre persönliche Sicherheit in den USA bedrohe. Dort sei die Lage durch politische Scharmützel, Aufstände in den Südstaaten sowie den militärischen Konflikt im südchinesischen Meer derartig instabil, dass sie bis auf Weiteres Asyl im Ausland suchen müsse.

Ping plane eine feindliche Übernahme Sulacos. Noch vor zwanzig Jahren habe der Konzern als Risikokapitalgeber den Aufstieg des Tech-Neulings unterstützt. Doch als Sulaco mit der innovativen Anlagentechnologie von Biotopia, staatlichen Lizenzen und einer erstarkenden Mikroelektroniksparte viel Geld verdiente, begann das Start-up, den Einfluss seines Seniorpartners infrage zu stellen. Ergebnis: Ghosh bezahlte Ping aus und löste sich damit vollständig aus allen Verpflichtungen.

»Es ist wie bei verschmähter Liebe«, sagte Nathan/Ghosh und ließ ein hochfahrendes, schrilles Kichern ertönen, das weder zum Gesagten noch zu ihm passte. Eine Sekunde später saß er wieder still. »Ping rächt sich jetzt für die Zurückweisung von damals. Und natürlich haben sie beträchtliche Ressourcen. Ihr jüngster Schachzug war der Kauf von Konterbauer. Verstehst du, was hier gespielt wird, Malu? Regina Voight-Kampff ist im Auftrag Pings hinter der Schlüsseltechnologie her, die wir in Biotopia entwickelt haben.«

»Dazu hätte ich ein paar Fragen«, sagte Malu. »Was ist mit Krasinsky? Ist er tot?«

Nathan rollte mit den Augen. »Wer?«

»Der Ladenbesitzer.«

»Oh. Ja. Ich denke schon.«

Malu war entsetzt. »Aber warum? Er hat doch überhaupt nichts …« Sie verstummte.

Nathan schüttelte leicht den Kopf und runzelte die Stirn, als hätte er Aufwühlendes mit einer inneren Stimme zu diskutieren. Womöglich war das tatsächlich der Fall.

Malu fiel es schwer, ihre Fragen nach Wichtigkeit zu ordnen. Wie konnte eine solche Technik existieren? Warum hatte Krasinsky dafür sterben müssen? Und was sollte all das mit ihrer Tochter zu tun haben?

Nathan lächelte für einen kurzen Moment, doch es wirkte nicht beseelt, sondern befohlen. Dann bemerkte Malu, dass sich unter seiner Nase ein dunkler Tropfen gebildet hatte, der, von Nathan unbemerkt, träge über Lippen und Kinn bis hinunter auf sein weißes Hemd troff, wo er sich mahnend ausbreitete.

»Ist etwas nicht in Ordnung?«, fragte Malu und bemerkte erst jetzt, dass sie mit Nathan/Ghosh ganz allein in diesem

Raum war und im Augenblick nicht einmal mit ihnen, sondern mit einer unbeseelten, blutenden Körperhülle. Ihr Impuls riet ihr, den jungen Mann sofort aus seiner Trance zu holen, notfalls mit ein paar kräftigen Ohrschellen. Allerdings fürchtete sie, mit einem Verbindungsabriss – worin auch immer die Verbindung bestand – nur einen noch größeren Schaden anzurichten. Also tat sie nichts dergleichen.

»Nathan?«, fragte sie, indem sie sich ihm vorsichtig näherte und ihn leicht an der Schulter berührte.

Nur seine Augenlider flatterten, und die Augäpfel darunter zeigten lebhafte Motorik. Dann sagte er geisterhaft: »Ich glaube, es ist schwierig für ihn, das Signal zu empfangen. Es überlagert sein eigenes Bewusstsein nicht ausreichend. Wir sollten diese Sitzung bald beenden.«

»Sofort«, sagte Malu. »Ich will nicht, dass dieses … Ding irgendwelche Schäden verursacht.«

»Du suchst Antworten, Malu, genauso wie Elena Sander. Voight-Kampff kontrolliert euch beide. Du bist für sie leichter einzuschüchtern als Sander, aber auch vor ihr wird sie nicht haltmachen.«

»Darum geht es? Um Einschüchterung?«

»Sie versucht, deine Glaubwürdigkeit zu zerstören für den Fall, dass du deine Untersuchungsergebnisse veröffentlichst.«

»Aber ich habe überhaupt keine Untersuchungsergebnisse!«

»Du siehst nicht das ganze Bild, Malu. Wir verwenden den Nexus in all unseren Standorten – in Reykjavík, Neom und Nusantara. Nirgendwo hat er bislang Probleme verursacht.«

»Es hat keine Probleme damit gegeben, aus Menschen willenlose Sprechautomaten zu machen? Ernsthaft?«

Nathan sah ihr direkt in die Augen. »Ich bin kein Sprechautomat«, sagte er jetzt. In gewisser Weise war das noch gruseliger als seine vorherige Teilnahmslosigkeit.

»Du hast eine falsche Vorstellung«, sagte nun wieder Shivani Ghosh. »Biotopia ist ein interdisziplinärer Workspace. Jeder Mensch kann sich dort in jedem beliebigen Bereich entfalten. Nexus ist ein Werkzeug, um diese Flexibilität zu unterstützen. Der Hub kommuniziert mit einer KI, die auf der Betaversion eines modifizierten Quantencomputers von Ping basiert. Mittels der Vitaldaten der Produzenten, die Nexus übermittelt, errechnet MUTTER den bestmöglichen Einsatzort und die optimale Tätigkeit der Produzenten und lotst sie durch ihre Arbeitsroutinen. Absolute Flexibilität ist absolute Freiheit!«

»Aber das ist es ja eben nicht! Wie kann man das freie Entfaltung nennen!«

»Es kommt auf die Perspektive an. Wir alle sind durch unsere Fähigkeiten limitiert. Die meisten Menschen beherrschen nur eine begrenzte Anzahl von Fertigkeiten, ein oder zwei Sprachen, ein paar mechanische Techniken. Vergrößern können wir unseren Radius nur, indem wir Neues erlernen. Dafür brauchen wir oftmals Jahre. Das Nexus-System ist in der Lage, die Fertigkeit für eine bestimmte Arbeit in Echtzeit zu vermitteln. Das neuroelektrische Muster motorischer Abläufe wird direkt in die Medulla oblongata des Markhirns eingespeist. Diese Technologie ist vollkommen einzigartig, weil sie die fast grenzenlose Wissensfülle einer künstlichen Intelligenz direkt an Menschen delegieren kann, und zwar so, dass sie zuvor unbekannte Handlungen sofort und mit größter Genauigkeit umsetzen können.«

»Eine Fernsteuerung.«

»Eher eine Bedienungsanleitung in Echtzeit. Man erhält alle feinmotorischen Kompetenzen, die man zum Spielen einer Klaviersonate von Rachmaninow braucht, ohne jemals Noten gelernt zu haben – während man am Flügel sitzt und anfängt zu spielen. Man hat das Gefühl, es schon immer gekonnt zu haben.«

»Bloß, dass man es nicht wirklich kann. Sondern der Computer.«

»Dennoch transzendiert Nexus jegliche menschliche Fähigkeit. Die Einsatzmöglichkeiten sind nahezu unbegrenzt. Und das ist genau das Problem: Während es in der Domäne friedlichen und nützlichen Zwecken dient, möchte Ping damit seinen dank Watson ohnehin fast grenzenlosen Einfluss noch weiter ausdehnen.«

»Lassen Sie mich raten: um die gesamte Menschheit zu unterwerfen und die Weltherrschaft zu übernehmen?«

Nathan/Ghosh reagierte nicht auf die Ironie. Malu hatte keine Ahnung, was sie von alldem halten sollte. Warum sollte sie dieser nicht nur unbekannten, sondern auch noch unsichtbaren Shivani Ghosh vertrauen? »Was hat das alles mit meiner Tochter zu tun?«

Wieder trat eine Pause ein, Nathans Kopf bewegte sich zuckend. »Wir glauben, sie hat MUTTER sabotiert.«

»Das habe ich schon mal gehört.«

»Deine Tochter gehörte zum Führungszirkel um Ambrosius van Aa. Wir glauben, dass sie Konterbauer daran hindern wollte, die Domäne zu übernehmen.«

Erwartete Ghosh wirklich, dass Malu diese Geschichte schluckte? Und was genau sprach eigentlich dagegen? Malu wusste langsam nicht mehr, was sie glauben oder auch nur für möglich halten sollte. »Ich weiß nicht, wo meine Tochter ist«, sagte sie ins Ungefähre. »Wenn sie überhaupt noch am Leben ist.«

»Das ist sie«, sagte Ghosh.

»Woher wollen Sie das wissen?«

»Ihr letzter Standort, bevor der Hub deaktiviert wurde, war außerhalb der Domäne.«

Wie gern wollte sie das glauben. »Wie kann ihr Hub dann in der Farm gefunden worden sein?«

»Regina hat dich belogen. Das war irgendein Hub, aber

nicht Goldas. Möchtest du wissen, wo wir ihr Signal verloren haben?«

Der Kampf loderte wieder auf. Im Grunde hatte Malu sich schon lange entschieden, woran sie glauben wollte. Aber die Verlockung, aus dem Glauben Gewissheit zu machen, war unwiderstehlich.

»Bei dir zu Hause, Malu. In deiner Wohnung.«

16
Die Abholung

Neue Schreckensmeldungen aus der Sonderverwaltungszone Biotopia*: In unterirdischen Magazinen sind nach Angaben Pings große Mengen menschlicher Haare sichergestellt worden. Offenbar waren sie zur Weiterverarbeitung vorgesehen. Lieferdateien belegen, dass* Biotopia *über ein Geflecht von Tarnfirmen europaweit als größter Lieferant von menschlichem Echthaar aufgetreten ist.*

Weiterhin mehren sich die Hinweise, dass Biotopia *einen weit verzweigten Adoptionsring mit Neugeborenen aus der Sonderwirtschaftszone betrieben hat. Gerüchte, es habe in großem Maßstab auch einen Vertrieb von embryonalen Stammzellen gegeben, werden bislang noch untersucht.*

Ping habe, so ein Sprecher, mit Entsetzen auf die jüngsten Entdeckungen reagiert und verurteile die menschenverachtenden Vorgänge zutiefst. Man werde gemeinsam mit der Tochterfirma Konterbauer die Untersuchungen intensivieren, bis alle widerrechtlichen Praktiken Sulacos aufgedeckt, der Tod van Aas geklärt und die Verantwortlichen zur Rechenschaft gezogen seien. Nach eigenen Angaben habe der Weltkonzern vor einem US-Gericht bereits Anklage gegen Sulaco erhoben, die Vorstandsmitglieder werden per internationalem Haftbefehl gesucht.

Konterbauer, zuständig für die Sicherheit in der Sonderwirtschaftszone, beschuldigt den Berliner Senat, nicht ausreichend Befugnisse und finanzielle Mittel zur Verfügung gestellt zu haben, um die Wahrung der Menschenrechte wirksam durchsetzen zu können. Die zuständige Senatorin Elena Sander ist bereits zurückgetreten, gerät nun aber immer stärker auch strafrechtlich unter Druck.

Über die Anzahl der aus der SWZ geflohenen Personen lassen sich weiterhin noch keine exakten Angaben machen, da die Personalunterlagen von Biotopia *unauffindbar sind. Beobachterinnen gehen von einer hohen dreistelligen Zahl Geflüchteter aus. Da sie ohne gültige Identitäts- und Versicherungskonten in der Stadt nicht lange unerkannt bleiben können, ist davon auszugehen, dass die meisten jenseits der Stadtgrenze zu gelangen versuchen oder dies bereits geschafft haben.*

Für die Berliner Bevölkerung besteht keine Gefahr. Der Betriebsablauf von Biotopia *ist nicht beeinträchtigt. Konterbauer gewährleistet die weitere Versorgung mit Lebensmitteln.*

Es war bereits wieder dunkel, als sie aus Charlottenburg zurückkam.

Malu traf Idi in der Wohnung nicht an. Deswegen begann sie, die gesamte Insel nach ihm abzusuchen. Das hatte sie noch nie zuvor getan. Sie wusste, dass Idi sich manchmal bei den Bootsanlegern mit Bekannten traf, wo sie ein Feuer in einer Tonne entzündeten und angelten. Bei kälterem Wetter oder Regen wichen sie in eines der Bootshäuser aus. Heute aber traf sie hier niemanden außer einer Frau, die stets in Sportmontur unterwegs war, obwohl Malu sie noch niemals Sport hatte treiben sehen.

Ihre nächste Station war der Gemeinschaftsraum eines Hauses, in dem die Wipperfürths lebten, ein aufgeschlossenes Ehepaar mit einer Reihe von Nebenbeziehungen, die immer wieder für Gesprächsstoff in den Stralauer Cafés und bei Nachbarschaftstombolas sorgten. Sie hatten ebenfalls einen Mitbewohner, mit dem sich Idi hin und wieder traf, doch Nadja Wipperfürth eröffnete Malu, sie habe Idi schon seit Jahren nicht mehr gesehen.

Ihr »seit Jahren« klang in Malus Ohren wie irgendein subtiler Vorwurf, aber sie hatte keine Zeit, sich darüber Gedanken zu machen. »Weißt du, wo er sich aufhält oder mit wem er sich trifft?«

Darauf wurde Nadja wortkarg und sah Malu mit einem Blick an, der das Kunststück fertigbrachte, dem ihren auszuweichen.

»Ich muss mit ihm sprechen. Wo ist er?«

Nadjas verdruckste Reaktion ergab nur Sinn, wenn sie Malu etwas zu verheimlichen versuchte.

»Ich weiß das mit seiner Familie. Ich will ihn sofort sprechen, alles andere ist mir im Moment völlig egal.«

Nadja spürte die Dringlichkeit und beteuerte, sie habe es Malu längst erzählen wollen. Malu bügelte auch das unwirsch ab und drängte Nadja, ihr endlich den Namen zu sagen. So erfuhr sie, dass Idis Frau – Ophélie – und das Kind in einem kleinen Anbau der Familie Duchamp wohnten, bei der Ophélie als »Wirtschafterin«, wie Nadja sich ausdrückte, beschäftigt sei.

Ohne übermäßigen Aufwand in eine Verabschiedung zu investieren, drang Malu zur genannten Adresse auf der anderen Seite der Insel vor, wo sie vollkommen außer Atem an die von Nadja beschriebene Tür mehr hämmerte als klopfte.

»Ophélie, bitte mach auf. Ich bin Malu. Eine Nachbarin. Idi kennt mich.«

Nach kurzer Stille öffnete Ophélie verängstigt.

»Ich möchte mit ihm sprechen«, sagte Malu und wunderte sich über ihren unfreundlichen, fordernden Ton.

Idi erschien in der Tür, und während er sich durch den Spalt nach draußen drängte, erhaschte Malu einen winzigen Blick in die Privatsphäre eines kargen Zimmers, in dem

Ophélie mit einem etwa sieben Jahre alten Mädchen über Büchern saß und scheu zur Tür sah.

Idi machte ein Gesicht, als erwarte er eine Erklärung von ihr.

»Ich bin nicht deswegen hier«, sagte Malu ohne Umschweife. Sie war ärgerlich wegen seiner unnötigen und sogar verletzenden Heimlichtuerei, vor allem aber, weil sie befürchten musste, dass er ihr noch mehr verschwiegen hatte.

»Was du in deiner Freizeit machst, ist deine Sache«, hörte sie sich generös sagen, als sei Idi ein Angestellter oder Familienangehöriger, was beides nicht zutraf.

Entsprechend reagierte er mit keinerlei Regung.

»Ich weiß, dass Golda hier war«, sagte sie, als sei das, worauf sie sich da stützte, nicht eine höchst abwegige Mutmaßung.

Aber sofort nahm Idis Gesicht einen gänzlich anderen Ausdruck an: Er schloss einen Moment die Augen, wie wenn er ganz für sich nach einer überzeugenden Begründung dafür suchen musste, dass er Malu hintergangen hatte. »Ich musste versprechen, nichts zu erzählen«, sagte er leise.

»Sie ist also wirklich hier gewesen«, sagte Malu fassungslos. »Aber wie? Wie ist sie überhaupt reingekommen?«

»Das Tor«, sagte Idi. Es klang so einfach wie damals, als es noch keine Sicherheitsvorkehrungen und Überwachung der Insel gegeben hatte: Man kam durch das Tor spaziert, betrat das Haus und klingelte zum Besuch. Keine Identitätskontrolle, kein Versicherungscheck, kein virtueller Türsteher namens Watson.

»Sie hat an die Tür geklopft«, sagte Idi. »Ich habe auf den Bildschirm gesehen und sie erkannt. Trotzdem habe ich sie erkannt.«

»Trotzdem?«

Idi schlug den Blick nieder, als er die Sorge in Malus Stimme wahrnahm. »Sie sah nicht gut aus. Sie hatte Angst.«

»War sie verletzt?«

Idi schüttelte den Kopf, dann zuckte er die Achseln. »Müde. Und schmutzig. Und ...«

»Was und? Sag schon! Hast du sie reingelassen?«

Wieder ein schuldbewusster Blick, denn Idi wusste, dass Watson unangemeldete Besuche registrierte. Er nickte.

Malu machte ihm keinen Vorwurf. Wie hätte sie ihm vorwerfen können, dass er ihrer Tochter, die fast zwanzig Jahre unter diesen ... *Verrückten* verbracht hatte, Unterschlupf gewährte? Sie spürte eine unbändige Erleichterung darüber, dass sie nun endlich Gewissheit hatte. Idi hatte das einzig Richtige getan.

»Warum hat sie nicht auf mich gewartet?«, fragte Malu und spürte Tränen aufsteigen.

Idis Miene war wie immer unergründlich. Er schien sich seine Worte langsam zurechtzulegen. »Ich musste etwas tun für sie.«

»Was musstest du tun?«

Idi schien nach Worten zu suchen. »Sie hatte etwas in ihrem Hals.«

In einer rasenden Projektion, kürzer als ein Lidschlag und gleichzeitig uferlos wie der Film am Ende aller Tage, sah Malu eine Operation ohne Narkose vor ihrem inneren Auge, den kleinen, aber tiefen Einschnitt eines Skalpells, Blut in der Badewanne: das Verstummen des Signals.

»Ich hatte Angst«, sagte Idi. Es war das erste Mal, dass sie das von ihm hörte. »Sie ist ohnmächtig geworden. Ich habe die Wunde gelasert, aber das Blut hörte nicht auf. Ich wollte einen Arzt rufen, bin sogar rausgerannt, um Herrn Schirmbacher zu holen. Aber dann bin ich umgedreht, weil ich dachte, Golda würde Probleme bekommen. Ich wusste nicht, was ich tun sollte. Als ich zurückkam, war sie wieder wach.«

»Und?«

»Sie hat nichts gesagt, nur an die Decke gestarrt. Eine Stunde lang, zwei Stunden. Immer wieder Handtücher, das viele Blut. Dann, plötzlich, hat sie geflüstert, ich soll ihr aufstehen helfen. Sie ist aus der Badewanne aufgestanden, sie hat sich das Gesicht gewaschen, dann hat sie Milch getrunken, nur Milch. Sie hat gesagt, du darfst nie erfahren, dass sie da war.«

Malus Stimme war fast tonlos. »Aber warum denn?«

Idi schüttelte den Kopf zum Zeichen, dass er es nicht wusste. »Ich musste es schwören.«

»Wohin ist sie gegangen?« Sie sah, wie Idi mit sich rang. »Idi, ich muss es wissen. Bitte!«

»Ich weiß nicht den Ort, wohin sie gegangen ist. Sie hat ein Boot genommen. Ich habe ihr Essen gegeben und Wasser.«

»Aber du weißt, zu wem sie wollte.«

Er schlug die Augen nieder und nickte.

»Zu wem, Idi?«

»Zu ihrem Vater.«

Spät in der Nacht schreckte sie aus dem Schlaf. Vermutlich war Idi nach Hause gekommen. Sie drehte sich auf die andere Seite und versuchte, wieder in den Schlaf zu finden. Durch die Stille hindurch hörte sie leise Stimmen. War es, dass Idi jemanden mit nach Hause brachte? Zumindest hatte er das noch nie getan. Und wenn er ihr – was vollkommen unwahrscheinlich war – Ophélie hätte vorstellen wollen, dann sicher nicht um diese Zeit.

Sie erhob sich langsam, streifte ihren Morgenmantel über und öffnete die Schlafzimmertür. Im Flur brannte Licht, aber es war niemand zu sehen. Sie ging durch den Wohnraum. Plötzlich sah sie die zwei Männer in Uniform. Einer sagte befehlend in Idis geöffnetes Zimmer: »Nur das Nötigste!«

»Wer hat euch hier reingelassen?«, fragte Malu. Sofort erkannte sie jene beiden Streifenpolizisten, die gedroht hatten, mit einem Einsatzkommando zurückzukommen. Davon konnte zwar keine Rede sein, aber dennoch wollten sie Idi offenbar mitnehmen.

Entweder aus Reflex oder aber um eines halbgaren Scherzes willen zog der Ältere der beiden seinen Dienstausweis aus der Tasche und sagte dann: »Den kennen Sie ja schon.«

»Was wollen Sie hier?«, fragte Malu.

»Ihren Freund mitnehmen«, antwortete der Jüngere, während er mit den Fingern gegen Idis Türrahmen trommelte. »Was dauert da eigentlich so lange?«

»Watson, hast du diese Männer reingelassen?«

»Ja. Die beiden haben einen gültigen Abholungsbefehl gegen eine illegal hier lebende Person vorgelegt.«

»Einen Abholungsbefehl? Was soll das sein? Kann ich den mal sehen?«

»Ich habe das Dokument bereits geprüft, Malu. Die illegale Person kann sich nicht identifizieren. Ich habe den Behörden meine archivierten Daten zur Verfügung gestellt.«

»Du hast was?«, sagte Malu, ohne eine Antwort darauf zu erwarten.

Idi erschien in der Tür; er hatte einen kleinen Rucksack gepackt und zog sich eine Jacke über. Malu erkannte keinerlei Vorwurf in seinem Blick, keine Bestürzung, auch keine Angst.

»Wo bringen Sie ihn hin?«

»Weg«, sagte der Ältere und öffnete die Wohnungstür.

»Warten Sie!«, rief Malu und trat einen Schritt vor.

»Was soll das werden? Widerstand gegen die Staatsgewalt?«

»Sie wollen mich einschüchtern. Ist es das? Sie arbeiten für diese Jules.«

»Kenn ich nicht«, sagte der Polizist.

»Merkt ihr nicht, dass die euch instrumentalisieren? Konterbauer benutzt euch als Erfüllungsgehilfen, und ihr …«

»Nicht, Malu«, sagte Idi ruhig. »Es ist gut.«

»Wohin bringt ihr ihn? Ihr müsst mir sagen …«

Der Ältere, der Idi bereits am Arm gepackt und in Richtung Tür zog, schubste ihn nun zu seinem Kollegen und wandte sich an Malu. »Wir müssen gar nichts. Er kommt da hin, wo er hingehört. Ihre Probleme werden nicht weniger, wenn Sie so einen Wind machen.«

»Was soll das heißen?«

»Das wissen Sie genau.« Er wandte sich wieder um, griff nach Idi wie nach einem Ausrüstungsgegenstand und trat durch die Tür. Gleich hinter ihm folgte der Jüngere.

»Ich lasse mich nicht einschüchtern«, sagte Malu, aber die beiden reagierten gar nicht.

Stattdessen drehte sich Idi auf der Treppe noch einmal zu ihr um. »Kannst du bitte nach den Blumen sehen, die ich gepflanzt habe? Die Blumen müssen genug Wasser bekommen.«

»Ja«, sagte Malu verwirrt.

Idi hatte keine Blumen gepflanzt.

Dritter Teil: Farm

17
Der Aufbruch

Um sich von Gedanken abzulenken, die nirgendwohin als wieder zu ihrem eigenen Anfang führten, machte Malu für gewöhnlich einfache Atemübungen, die weder den Grundlagen des autogenen Trainings noch einer bestimmten Sutra folgten. Für ihre Zwecke hatte das in den letzten Jahren völlig ausgereicht, denn sie hatte sich selten den Kopf über Probleme zerbrechen müssen, deren Klärung nicht bis zum nächsten Tag Zeit gehabt hätte.

Jetzt aber rasten ihre Gedanken, an Schlaf war nicht zu denken, und sie griff nach jedem Strohhalm, der etwas Ruhe versprach. Mit jeder Sekunde, die sie nicht zu Idis sofortiger Rückkehr beitrug, gab sie ihn mehr auf, und dies allein ließ schon den Gedanken an Schlaf als zynisch erscheinen. Sie wollte, sie musste etwas tun.

Sie stand auf, geisterte ruhelos durch die stille Wohnung. So allein wie sie fühlte sich jetzt auch Idi. Sicher wusste er nicht, wo er sich befand, und noch weniger konnte er wissen, was die nächsten Stunden bringen würden. Sich auszumalen, wie er sich fühlen musste, machte sie krank. Er hatte niemandem jemals etwas getan, er war eine Seele von Mensch. Mit welchem Recht tat man ihm das an? Mit welchem Recht hatte *sie* ihm das angetan?

Es war mitten in der Nacht. Sie hatte keinen einzigen Verbündeten. Watson hatte auf die Frage, wohin man Abschiebehäftlinge gewöhnlich brachte, ausweichend geantwortet. »Es gibt mehrere Ausreisezentren sowohl entlang der Staatsgrenze wie auch auf nordafrikanischem Gebiet. Die Verteilung hängt von der jeweiligen Kapazität und Kontingentierung ab. Auch verfügbare Transportmöglichkeiten spielen eine Rolle.«

»Wer entscheidet über die Zuweisungen?«

»Die Zuweisungen ergeben sich aus der Kapazität und …«

»Wer trifft die Entscheidung, Watson? Nachdem alle Kapazitäten geprüft und alle Verwaltungsfragen geklärt sind? Wer macht das alles in Personalunion?«

»Ich tue das, Malu.«

»Dann sagst du mir jetzt, wohin du ihn bringst.«

»Für diese Information hast du leider keine Freigabe.«

»An wen kann ich mich wenden, um die Deportation abzubrechen? Ich verlange eine einstweilige Verfügung.«

»Der Antrag einer einstweiligen Verfügung entspricht gegenwärtig weder der Rechtslage noch deinem Versicherungsstatus.«

Es hätte dieser Diskussion nicht bedurft, um ihr klarzumachen, dass Watson als Rechtsbeistand für sie schon längst nicht mehr infrage kam. Er war ein verlängerter Arm Pings, und damit Konterbauers. Er hatte offenkundig den Auftrag, sie auszuspionieren, zu diskreditieren und in ihren Handlungsmöglichkeiten komplett lahmzulegen.

Sie wurde wahnsinnig bei dem Gedanken, vollkommen allein zu sein. Es war zwei Uhr in der Nacht. Um sich vom Trinken abzuhalten, rief sie Alex an. »Sie haben Idi abgeholt.«

Alex wischte sich den Schlaf aus den Augen. »Malu? Was soll das?«

»Sie haben Idi abgeholt.«

»Deshalb rufst du mich an?«

Sie sagte nichts. Der Zweck des Anrufs war nicht nur Alex unklar: Sie wusste ja, dass er überhaupt nichts tun konnte. Sie hatte nur einfach keine andere Idee.

»Und ich dachte, du rufst wegen Konrad an«, sagte Alex.

Sie reagierte darauf nicht, hörte nicht einmal richtig hin.

»Weil sie ihn doch unter Hausarrest gestellt haben.«

Da löste sie sich aus ihrer Starre. »Konrad? Wann?«

»Gestern. Er muss eine Fußfessel tragen. Er darf bis zur Verhandlung nicht mehr raus. Was sie so Verhandlung nennen.«

In Malus Kopf polterten Gedanken durcheinander wie Möbel bei einem Erdbeben. »Gestern? Wann genau?«, fragte sie.

»Wann sie mit der Fessel gekommen sind? Wieso?«

»Weil ich es wissen will.«

»Elf, halb zwölf. So was.«

Zeitlich würde es passen. Aber wieso sollte Konrad das getan haben? Es würde ihm gar nichts bringen. »Es könnte sein, oder?«, fragte sie laut.

»Ich kann dir nicht folgen. Es ist mitten …«

»Du weißt genau, wovon ich rede!«

»Du hast Nerven, wirklich. Es geht ihm beschissen.«

»Hat er ihn deswegen denunziert?«

Alex atmete geräuschvoll aus. »Was stimmt nicht zwischen euch beiden?«

Selbst wenn es keine rhetorische Frage gewesen wäre, hätte Malu nichts zur Antwort geben können.

Alex sprach weiter. »Hast du mal darüber nachgedacht, dass das einfach die Konsequenz davon sein könnte, dass du nichts unternommen hast?«

Sie sagte nichts. Sie hatte ein dumpfes Bewusstsein davon, dass sie falsch lag und zu weit ging. Aber irgendwie war das weit weg und hatte nichts mit ihr zu tun. Sie fühlte sich hilflos und wütend. Sie hatte keine andere Richtung dafür. »Denkst du nicht, dass es sein könnte?«, beharrte sie. »Du weißt, wie er um sich schlägt, wenn er beleidigt ist.«

»Beleidigt sein ist eine menschliche Reaktion, wenn man gelinkt worden ist.«

»Vielen Dank«, sagte sie eisig.

»Warte, ich meinte …«

Sie beendete die Verbindung.

Dann wartete sie darauf, dass Alex zurückrufen würde.

Sie war sicher, dass er sie zurückrufen würde.

Sie wartete.

Irgendwann begannen ihre Gedanken zu driften. Malu musste damit rechnen, in ihrem Status schon sehr bald herabgestuft zu werden. Beihilfe zu illegalem Aufenthalt Insolventer, betrügerische Verschleierung und wie diese Delikte nicht alle hießen. Es war nicht ausgeschlossen, dass Malus gesamter Versicherungsschutz infrage gestellt werden würde. Dass sie zur Demissionsberatung musste. Es war möglich, dass sie gleich morgen früh abgeholt werden würde. RVK hatte einen Krieg gegen sie begonnen: Welches andere Ziel sollte der haben, als ihre Existenz zu zerstören und die aller Menschen in ihrer Nähe?

Sie dachte fieberhaft nach. All das hatte mit ihrem Auftrag angefangen. Hatte sie Golda da mit reingezogen? Oder war das die völlig verkehrte Blickrichtung? Golda musste RVK bei irgendetwas – vielleicht der Übernahme von Biotopia – in die Quere gekommen sein, sodass sie keine andere Wahl hatte, als zu fliehen. Was bedeutete, dass RVK hinter ihr her und Golda weiterhin in Gefahr war. Wo konnte sie hin?

Natürlich! Sie hatte gewusst, dass sie hier, in der Wohnung ihrer Mutter, nicht lange bleiben konnte! Sie musste wieder verschwinden, nachdem sie sich notdürftig versorgt und Malu nicht angetroffen hatte!

Aber warum hatte sie darauf bestanden, dass Idi ihr nichts davon erzählte?

Auch dafür musste es einen Grund geben. Vielleicht hatte Golda ihre Mutter aus dieser Sache heraushalten wollen. Sie hatte ja nicht wissen können, wie tief Malu sich bereits aus eigener Kraft reingeritten hatte.

Jedenfalls lag der einzige Ort, an den sie unerkannt gehen konnte, in den Gebieten – weitab von Watson.

Als es spät genug war, um die Nacht für beendet zu erklären, ging Malu duschen, zog sich an und kontrollierte noch einmal den großen Tourenrucksack, den sie in den letzten Stunden wie schlafwandelnd vorbereitet hatte. Kleidung für mehrere Tage, ein Schlafsack, sogar eine kleine Überlebensausrüstung: ein großes Klappmesser mit Säge, eine Taschenlampe, ein Kompass. Sie konnte nicht davon ausgehen, dass ihr dort, wo sie hinging, Schilder den Weg weisen würden.

Um aus der Stadt herauszukommen, führte an Watson kein Weg vorbei. Malu war nicht überrascht, dass er Probleme machte.

»Ich benötige ein Fahrtziel, Malu.«

»Ich will nur ein bisschen rausfahren. Ans Meer. Ich will ans Meer.«

»Ich kann eine Route für dich berechnen.«

»Nicht nötig, ich fahre selbst.«

»Gern, Malu. Dennoch muss ein Fahrtziel ausgewählt werden.«

»Greifswald.«

»Ich benötige die genaue Adresse.«

»Ich fasse es nicht. Rathaus. Bring mich zum Greifswalder Rathaus.«

»Du hast dort keinen Termin. Bist du sicher, dass du jetzt zum Greifswalder Rathaus fahren möchtest?«

»Ja.«

»Möchtest du, dass ich die Sprechzeiten einer bestimmten Person …?«

»Ich möchte verdammt noch mal endlich losfahren!«

Der Wagen kam bald. Noch immer war es dunkel, als sei man an oberster Stelle überhaupt nicht überzeugt von der

Idee, kosmische Ressourcen für ein bisschen irdisches Tageslicht zu vergeuden.

In der Stadt herrschte nicht viel Verkehr, die Menschen blieben zu Hause – nicht nur, weil es früh war und trüb und regnerisch, sondern weil ganz allgemein keine Notwendigkeit bestand, die Wohnung zu verlassen, wenn man schon eine hatte. Die Menschen lebten ihr opakes Leben vom heimischen Küchentisch aus, manche kamen vielleicht gar nicht mehr aus dem Bett. Einige mochten ins Gym gehen oder Freunde besuchen, eine glückliche Minderheit besaß vielleicht eine eigene kleine Werkstatt, in der sie Stühle zusammennagelte oder Kunstharzboote laminierte. Für eine Millionenstadt herrschte eine geradezu gespenstische Ruhe.

Hinter dem Weißen See dünnte sich die Stadt auch architektonisch aus. Die lange Zubringerstraße zur Autobahn war gesäumt von altem Häuserbestand mit Grundstücken, Bäumen, Einfahrten mit Gartentoren – eine noch immer wohlhabende, hell erleuchtete Gegend, die sich unsichtbar, aber effektiv hochgerüstet hatte gegen das Anbranden der Insolvenz, mit dem in den Randgebieten immer zu rechnen war. Industrie- oder Umschlagplätze des Handels lagen in grellem Flutlicht hinter hohen, massiven Stahlzäunen, durch allerhand Elektronik aufwändig gesichert, meist privatbewacht. Die ganze Gegend befand sich noch unter dem Schutz der Stadt, also unter dem Schutz Watsons. Insolvente wurden ignoriert, solange sie nicht mit jemandem oder etwas Städtischem in Kontakt traten, und sofort entschlossen entfernt, sobald sie diese entscheidende Grenze überschritten.

Auf der Autobahn war nur wenig Verkehr. Am Horizont lichtete sich der Himmel rosa – schön auf eine kitschige Art. Es war nicht unbedingt Aufbruchstimmung, die Malu vorantrieb.

Watson meldete sich erneut. »Wir passieren gleich die

Stadtgrenze. Es wird empfohlen, die Fahrt im Selbstfahrmodus fortzusetzen.«

»Ich fahre ja selbst.«

»Das manuelle Fahren außerhalb der Stadtgrenzen schlägt sich in einem höheren Tarif nieder.«

»Heute lassen wir mal fünfe gerade sein, Watson.«

»Bitte halte die Fenster geschlossen, Malu. Es ist untersagt, das Fahrzeug auf freier Strecke anzuhalten. Bei einem Notfall ist das Aussteigen möglichst zu vermeiden. Sollte ein Hindernis auf der Strecke geortet werden, das eine Tempoanpassung erforderlich macht, wird diese automatisch vorgenommen.«

»Es geht doch nichts über eine gemütliche Spritztour aufs Land, was, Watson?«

Diffuses Licht füllte langsam die von Nebel überlagerte Landschaft. Rechts und links säumten Bäume und Sträucher die Autobahn, dahinter die endlose Weite behüteter Felder. Auf manchen wuchs der Kohl solventer Kommunen, viele andere warteten auf den Raps. Mit Malu – mit allen Menschen aus den Städten – hatte dieses Land schon lange nichts mehr zu tun. Unvermittelt tauchten verfallende Ortschaften auf und verschwanden wieder. Eine Fabrik, ein Gehöft; all das war kaum noch belebt, und wenn doch, dann in letztem Aufbegehren gegen den Verfall. Je weiter die Stadt hinter ihr lag, desto versteckter wurden die Insignien der Zivilisation.

Auf einigen Abschnitten der Strecke standen noch Überreste des Sicherungszauns, halb verrostet und löchrig. Er war noch im Bau von der Entwicklung überholt und nie fertiggestellt worden. So wie ihm ging es seitdem eigentlich allen, und das ständig.

Der Wagen wurde langsamer.

»In drei Komma sieben Kilometern befinden sich Menschen auf der Fahrbahn. Ich habe unsere Fahrt verlangsamt.«

Von hinten schoss eine tief fliegende Drohne vorüber, gefolgt von einer zweiten. Beide trugen das Konterbauer-Logo. Der Rückstau vereinte den Wagen mit anderen zu einer kleinen Kolonne. Im Auto auf der Nebenspur saßen sich ein Mann und eine Frau gegenüber. Sie waren beide nackt und trugen Helme wie jene, den sie in Konrads Zimmer gefunden hatte. Als sie auf gleicher Höhe fuhren, verdunkelten sich die Scheiben. Der Fahrgast im zweiten Wagen schlief. Das Tempo verlangsamte sich noch weiter, anscheinend war das Problem auf der Strecke schwieriger zu lösen als zunächst projektiert.

Der Stau wurde um einen von den Drohnen erzeugten Laservorhang herumgeführt, hinter dem sich irgendetwas befand, das dem Blick der Reisenden entzogen wurde. Später würden Sammellaster kommen und es abtransportieren.

Sofort beschleunigte sich die Kolonne wieder und stellte den alten Sicherheitsabstand zwischen den Fahrzeugen wieder her. Die gemeinsame Zeugenschaft der Insassen, sofern sie überhaupt Notiz von dem Vorfall genommen hatten, löste sich auf wie eine Schmerztablette in Wasser.

Kurz vor Wandlitz setzte Malu den Blinker. Es war klar, dass die Diskussion nicht lange auf sich warten ließ.

»Was wirst du tun, Malu?«

»Ich sag dir, was ich tun werde. Ich verlasse die Autobahn.«

»Aus welchem Grund?«

»Um auf der Landstraße weiterzufahren.«

»Die kürzeste Verbindung nach Rathaus Greifswald …«

»Vergiss es, wir fahren nicht nach Greifswald. Ich hab dich reingelegt.«

»Bitte nenne mir das neue Fahrtziel, Malu.«

»Lass dich doch mal überraschen.«

»Das Fahren auf nicht gesicherten Straßen zieht eine beträchtliche Tarif-«

»Lass gut sein, Watson.«

»Ich muss dich darauf aufmerksam machen, dass die Netzverbindung in diesem Gebiet unzuverlässig ist. Außerdem verfüge ich nicht über aktuelles Kartenmaterial.«

Sie unterdrückte den Impuls, ihn um eines läppischen Triumphgefühls willen weiter zu provozieren. Watson war kein Mensch. Es tangierte ihn nicht, wie sie ihm oder ob sie ihm überhaupt antwortete. Wenn es so weit war, würde er einfach tun, was seine selbstlernende Programmierung ihm befahl.

Die Sonne stieg nicht, nur das Grau wurde heller. Die Landstraße führte nach Westen Richtung Wandlitz, wo sie allerdings nicht hinwollte, da der Bogensee nördlich lag. Von Zeit zu Zeit musste sie kraterartigen Schlaglöchern ausweichen; manchmal konnte sie nur Schrittgeschwindigkeit fahren, weil der Zustand der Straße etwas anderes nicht zuließ. Statt Menschen bevölkerten Tiere die Landschaft, im Unkraut abgeernteter Felder ästen Rehe, ein Bussard kreiste hoch oben auf der Suche nach Bewegung am Boden. Immer wieder kreuzten Füchse gemächlich die Straße, und ein paar Raben zogen hüpfend sehniges Fleisch aus dem Inneren eines Kadavers von der Größe eines Rothirschs.

Sie hielt sich bei Abzweigungen nördlich. Ein paarmal begegneten ihr Autos mit Benzinmotoren, jahrzehntealt und meist nicht mehr zu identifizieren. Sie erinnerten noch vage an ihre Grundform, waren aber durch Aufbauten oder Ersatzteile und deren wiederholter Reparatur zu Metastasen ihrer selbst geworden.

Am Ortseingang von Lanke, von dem sie wusste, dass es in der Nähe des Sees lag, standen zwei Männer vor einem kleinen Unterstand. Sie trugen Pistolen in gut sichtbaren Lederholstern. Zum ersten Mal wurde Malu bewusst, dass sie ganz allein unterwegs war, niemand hier sie kannte und dass sie nicht wusste, was sie von dieser ganzen Unternehmung erwarten sollte. Ein Gefühl der Freiheit angesichts dieser Ungewissheit ließ auf sich warten, eher beschlich sie Unbehagen, als sie sich den beiden Männern näherte. Ein freundlicher Empfang, Entgegenkommen und Unterstützung waren zwar nicht vollkommen ausgeschlossen, aber doch unwahrscheinlich. Sollte der Akku des Wagens sich irgendwo hier in der Pampa entladen, dann würde sie zu Fuß weitermüssen, allein mit sich und einem nicht mehr jungen, nicht mehr ganz gesunden Körper, der nur über einen winzigen Teil der Fähigkeiten verfügte, für die er vorgesehen war. Jahrelang hatte sie auf ihr jetziges Ich hingelebt wie in Vorbereitung auf eine große, bedeutsame Prüfung. Aber worin genau würde sie geprüft werden?

»Wenn Sie weiterwollen, müssen Sie den Wagen hierlassen«, sagte einer der Männer. Es klang wie die zuvorkommende Variante eines Raubüberfalls. Doch der Mann deutete auf das große Plakat, das an der Wand eines Schuppens befestigt war. Ein stilisierter Deerstalker-Hut mit Pfeife innerhalb eines roten durchgestrichenen Kreises: Watson verboten.

»Ich bin aus Berlin«, sagte Malu etwas dümmlich, als hätten die beiden das nicht auch ohne Blick auf das Kennzeichen von alleine erkannt. Sie schienen zu warten, was sich dieser Ouvertüre anschließen würde. »Wie soll ich denn weiterkommen ohne Auto?«

»Da vorne ist ein Laden, da können Sie sich eins leihen, oder ein Fahrrad, was Sie wollen, aber ohne E und Bordcomputer. Wenn Sie Glück haben, hat der alte Walter Schreifels frischen Kaffee.«

Während Malu ihren Rucksack schulterte und die Dorfstraße entlang in Richtung des Kirchplatzes ging, wendete Watson grußlos den Wagen und fuhr zurück in die Stadt.

Der Laden war ein kombinierter Kunst- und Krämerladen, in dem es Gemälde und Holzplastiken von regionalen

Kunstschaffenden, aber auch hausgemachte Marmelade und sogar Zigaretten aus eigener Herstellung zu kaufen gab. Frischen Kaffee gab es nicht, aber Herr Schreifels, der in der Tat sehr alt war – gepflegte 90, wie Malu schätzte –, zeigte mit zittriger Hand auf den Renault-Kleinwagen, der vor dem Laden parkte. Da Malu nicht mit ihrer Stimme bezahlen konnte und auch kein Bargeld hatte, bot sie ihm ihr Mobilgerät an.

Schreifels warf einen abschätzigen Blick darauf, lächelte und schüttelte den Kopf. Er zeigte auf das Goldarmband, das Alex ihr in einer anderen Zeit geschenkt hatte.

»Aber ich muss nur ein kleines Stückchen weiter«, sagte Malu.

»Ah ja? Wohin denn?« Seine Stimme klang dünn und krächzend.

»Verstehen Sie mich nicht falsch, aber … das muss ich Ihnen nicht sagen.«

Der Alte grinste und zuckte die Schultern. »Wohl auf der Flucht?«

»Gibt es nicht eine andere Möglichkeit?«, fragte Malu.

Die beiden Wachleute waren zur offenstehenden Tür gekommen und hörten der Unterhaltung neugierig zu.

»Ein Fahrrad«, sagte Schreifels. »Aber nach dem Dorf ist die Straße kaputt. Und es hat geregnet.«

Malu überlegte. »Haben Sie ein Pferd?«

Schreifels lachte heiser und zeigte zwei fast gänzlich geschlossene Reihen Zahnlücken. »Hier ist doch nicht der Wilde Westen!«

Auch die beiden Männer lachten und teilten Kaffee aus der Thermoskanne zwischen ihren Tassen auf.

Malu gab entnervt auf. »Okay, nehmen Sie das Armband.«

Er reichte ihr den Schlüssel, behielt die Hand allerdings auf ihrem Mobilgerät. »Das müssen Sie auch hierlassen.«

Ihr Blick fiel auf ein altmodisches Kabeltelefon mit Wählscheibe. Sie wusste, dass es im Büro der Kirche ebenfalls noch eine alte Telefonleitung mit entsprechendem Apparat gab.

»Dafür darf ich aber mal telefonieren«, sagte sie.

Jemand meldete sich mit einem Namen, den sie nicht verstand. Sie verlangte nach Alex; es dauerte eine gefühlte Ewigkeit, bis er am Telefon angekommen war.

»Wie geht es euch?«, fragte sie ohne Umschweife, ohne sich recht darüber klar zu sein, was sie hören wollte. Alles prima bei uns, Malu, danke der Nachfrage?

»Ich wollte dir nur sagen … Ich werde das wieder ausbügeln. Ich werde …«

»Du kannst da nichts ausbügeln«, sagte Alex ruhig. Und im Hintergrund hörte sie Konrad rufen: »Sie hat doch auch gar nicht die Absicht!«

»Sag Konrad, dass …«, begann sie.

»Ich bin nicht euer Vermittler. Ihr könnt selber miteinander reden.«

Sie wollte widersprechen, doch da hatte Alex den Hörer schon an Konrad übergeben. Weil sie keine Ahnung hatte, welches Gespräch genau sie mit ihm führen sollte, fragte sie: »Wie geht's dir, Konrad?«

»Super«, antwortete er kühl.

»Konrad«, begann sie so überzeugend wie möglich, obgleich sie nichts sah, wovon genau sie ihn überzeugen wollte. »In ein paar Tagen bin ich wieder zurück und dann …«

»Und dann was? Merkst du nicht, dass du gar nichts mehr tun kannst? Du hast dich geweigert, mir zu helfen, also hat Papa es gemacht, und jetzt haben sie ihn auch am Arsch!«

»Was soll das heißen?«

»Er hat mich als Beratungsklienten ausgegeben. Watson hat das gemerkt, tja, Pech gehabt. Jetzt schicken sie ihn zur Demissionsberatung. Danke für nichts.«

»Konrad«, mahnte Alex im Hintergrund.

»Was, Konrad? So sieht's doch aus! Allerdings, die Strategie, die Watson vorgeschlagen hat, die ist gar nicht blöd. Er denkt sich das so: Weil ich eine Mutter hatte, die mich im Prinzip von Anfang an nicht leiden konnte – wie hat er das genannt? *Regretting Motherhood* –«

»Konrad!«, rief Alex dazwischen, doch Konrad ließ sich nicht bremsen.

»… und mich double-bind-mäßig krank gemacht hat, bin ich ein verkorkster Soziopath geworden, der weder Empathie noch gesellschaftliche Werte entwickeln konnte. So was soll in den besten Familien vorkommen, sagt Watson.«

»Konrad«, sagte Malu. »Ich verstehe, dass du wütend bist.«

»Warte mal, da kommt noch was. Wusstest du, dass ich mich mit der Strategie, wenn es gut für mich läuft, komplett entlasten kann? Natürlich muss trotzdem jemand schuld sein.«

Es war still in der Leitung. Malu hörte ihren eigenen Atem in dem Telefonhörer. Hatte sie so etwas von Konrad erwartet? Traute sie ihm zu, dass er das ernst meinte? »Ach komm, Konrad. Lass das.«

Aber er hatte den Hörer schon wieder an Alex weitergegeben.

»Bitte hol ihn noch mal ans Telefon«, bat sie ihn.

»Er will nicht. Er ist schon wieder hochgegangen.«

Es herrschte kurzes Schweigen, Malu schwankte zwischen Wut und Enttäuschung.

»Und du unterstützt ihn dabei?«

Alex antwortete nicht sofort. »Du musst das verstehen«, sagte er schließlich zerknirscht.

»Welche Rolle spielst du dabei? Er hat zwei Elternteile.«

»Er wird das nicht machen. Er ist einfach wütend.«

Das war sie auch. Aber diesmal wollte sie nicht wieder grußlos auflegen wie beim letzten Mal.

»Ich muss Schluss machen«, sagte sie mit Blick auf Schreifels, der allerdings mit den beiden Männern an der Tür plauderte.

»Wo bist du eigentlich?«

»Ich versuche, die Dinge in Ordnung zu bringen«, sagte sie, legte auf und ging zu dem Wagen.

Einer der Männer nickte ihr zum Abschied zu und legte die Hand an seinen Hut.

»Ma'am«, sagte er im Ton galanter Ehrerbietung.

Die drei lachten brüllend wie über einen besonders brillanten Witz.

»Seien Sie vorsichtig, hier draußen gibt's Rothäute«, sagte der andere und wischte sich die Augen vor Lachen.

Auch Malu musste lachen, während sie ihr Gepäck einlud, und sie lachte noch, als sie schon längst losgefahren war und die Männer hinter sich ließ.

18
Der See

Im Handschuhfach lag eine Karte der Gegend. Nur eine einzige in der Tat durchlöcherte Straße führte aus Lanke heraus und bald darauf unter der Autobahn hindurch, deren Ausfahrt sie hier irgendwo vermutete. Vereinzelt tauchten noch Häuser auf, ansonsten lichtete sich die Besiedelung merklich, je näher sie dem Wald kam, von dem der See weitläufig umgeben war. Die Vorstellung, dass Menschen allein und ohne den Schutz einer Gemeinschaft hier draußen leben sollten, faszinierte sie. Was mochten das für Menschen sein?

Zum Beispiel ein Mann im alten Lodenmantel, den Hut ins Gesicht gezogen. Er ging offenbar mit seinem Hund spazieren. Malus Gruß, als sie auf dem enger werdenden Weg langsam an ihm vorbeifuhr, erwiderte er nicht. Doch im Rückspiegel sah sie, dass er stehen blieb und ihr nachsah.

Bald verhinderte eine Schranke ihre Weiterfahrt. Malu blieb mit laufendem Motor im Wagen sitzen. Die Schranke lag ungesichert auf, vermutlich würde sie sie leicht öffnen können. Dahinter setzte sich der Weg fort, tief hinein in den Wald, breit genug, um darauf zu fahren.

Sie stieg aus und ging auf die Schranke zu.

»Was glauben Sie, was Sie da tun?«, fragte jemand hinter ihr. Es war der Mann im Lodenmantel. Jetzt sah sie, dass ein Gewehr über seiner Schulter hing. Der Schäferhund war nicht angeleint und stand hechelnd, gelangweilt nach links und rechts blickend, bei Fuß. Er sah friedlich aus, doch vermutlich war er abgerichtet und würde auf das leiseste Kommando hin sofort auf Kehle gehen. Unwillkürlich hob sie die Hände wie zur Beschwichtigung. »Nichts, ich …«

»Sind Sie aus der Stadt?«

Malu kam es plötzlich sehr still und einsam hier vor. Der Mann könnte sie einfach so erschießen, niemand würde je davon erfahren. In einer flachen Grube verbuddelt würde ihr Körper von Mikroben zu Humus zersetzt werden, und bald würden stumme Pflanzen und Pilze daraus hervorwachsen.

Der Mann sah sie an, als warte er noch immer auf eine Antwort. »Sie haben sich bestimmt verfahren. Kann mal vorkommen. Da vorne geht's zur Straße.«

»Ich suche jemanden«, sagte Malu. »Golda. Golda Piontek.«

»Was für'n Ding?«

»Meine Tochter. Ich hatte gehofft, dass ich sie hier finden kann. Am See.«

Der Mann scharrte mit einem Fuß im Schotter. Er war etwa in ihrem Alter, und seine Stimme klang zwar abweisend, aber weich und irgendwie verbindlich. »Tja. Ich hoffe immer, dass wir Trüffel finden, Trulla und ich. Was, Trulla?«

Der Hund sah hechelnd zu dem Mann hinauf und blinzelte. »Aber das passiert nie. Das hier ist keine Gegend für Trüffel.« Er sah sie an, musternd, einschüchternd, aber nicht ohne Sympathie.

»Sie haben Ihren Hund Trulla genannt?«

»Nein.« Der Mann lächelte, gab aber keine weiteren Erklärungen dazu ab. »Hier sind nur Bäume. Wieso versuchen Sie's nicht woanders? Wir haben hier ganz gern unsere Ruhe.«

»Bitte. Ich habe Grund zu der Annahme …«

»Wenn Sie so anfangen, muss ich mein Gewehr runternehmen. Wirklich.« Es war eine Drohung, klang gleichzeitig aber nicht sonderlich einschüchternd. Wer war er? Eine gelangweilte Palastwache?

»Ich meine … Es ist der einzige Hinweis, den ich habe. Ihr Vater ist hier. Oder war.«

Der Mann hörte zu und kraulte den Hund hinter den Ohren. »Tut mir leid, da kann ich Ihnen nicht helfen.«

»Ich will keine Schwierigkeiten machen. Ich will nur mit ihr reden.«

»Hier gibt's aber keine Golda.«

»Sind Sie sicher?«

Der Mann antwortete nicht. Alles in allem wirkte er, als gefalle er sich in seiner Rolle. Er sah nicht verärgert aus. Schließlich fragte er: »Wie soll dieser ominöse Vater denn heißen?«

»Damian. Damian Piontek.«

Der Mann hob eine Augenbraue; Malu war sich sicher, dass sich darin Erkennen verriet. Wie um davon abzulenken, holte er langsam eine Taschenlampe hervor, ging die paar Schritte zum Wagen und leuchtete wie beiläufig hinein.

»Kennen Sie ihn?«, fragte Malu.

Er leuchtete in den Kofferraum. »Wie kommt es, dass Sie nicht wissen, wo er ist, Ihr Mann?«

»Wir sind getrennt«, sagte Malu. Und fügte hinzu: »Schon lange.«

Der Mann schaltete die Lampe aus. »Wieso wollen Sie dann wieder zu ihm?«

»Hab ich doch gesagt. Ich suche meine Tochter. Sie weiß, dass er hier ist. Am Bogensee.«

Jetzt schien er ernsthaft über den nächsten Schritt nachzudenken. »Der Wagen bleibt hier«, sagte er schließlich. »Haben Sie irgendwelche Geräte bei sich?«

»Nein«, sagte Sie etwas zu schnell.

»Ich kann Sie auch durchsuchen.«

Sie erwog, ihm die Wahrheit zu sagen, nämlich, dass auch sie nicht geortet werden wollte. Aber würde ihn das ermutigen, sie zu dem Ort zu führen, den er offenbar zu bewachen den Auftrag hatte? »Sie können mich durchsuchen, wenn Sie wollen«, sagte sie stattdessen. Sie öffnete ihre Jacke; dass das eine durchaus zweideutige Geste war, fiel ihr zwar auf, aber es störte sie nicht. Sie hatte keine Angst mehr. Der Mann war nicht auf Ärger aus.

»Schon gut«, sagte er. »Nehmen Sie aus dem Wagen, was Sie tragen können. Es ist ein Stückchen.«

Er stellte sich ihr mit dem Namen Rufus vor und ging in einigem Abstand voraus. Er drehte sich nicht um und redete nicht. Je weiter sie in den Wald vordrangen, desto mehr vertiefte sie sich darin, die immer wieder einzeln und unabhängig voneinander ertönenden Geräusche zu unterscheiden: die Baumwipfel, die sich im Wind bewegten, gewissermaßen das Grundrauschen, auf dem sich alle anderen Klangereignisse anordneten: das Knacken morscher Äste im Unterholz, das Klopfen eines Spechts, ein aufflatternder Vogel. Nicht zu vergessen das Geräusch ihrer eigenen Schritte. Und war nicht auch die Stille selbst ein Geräusch, wenn man sich nur genug auf sie konzentrierte und zu verstehen versuchte, woraus sie bestand? Denn all die kleinen und kleinsten Lebensprozesse im Wald – das Wachsen der Moose und Pilze, das mikroskopische Krauchen von Raupen und Krabbeltieren – blieb dem menschlichen Ohr verborgen, weil es eben nicht genau genug hinzuhören vermochte. Also war die Stille kein objektiver, sondern ein menschengemachter Zustand, unter den all das nicht fiel, was für Menschen und ihr zweckgerichtetes Handeln belanglos war.

»Weswegen sind Sie getrennt?«, fragte Rufus plötzlich, ohne sich umzudrehen.

Sie reagierte nicht gleich auf die Frage. Erst musste sie ihren Weg aus der Welt verwunschener Klänge in diese zurückfinden, in der ihr ein völlig fremder Mann unvermittelt eine sehr persönliche Frage stellte. Was die Rückkehr nicht gerade erleichterte. »Getrennt?«

»Sie und Ihr Mann«, sagte Rufus.

Sofort wurde es in ihren Gedanken wieder laut, fast als würde die Tonspur wieder aufgedreht und der Baulärm des Lebens zurück in diese idyllische Ruhe strömen. »Er war mir zu laut«, sagte sie.

»War er Trompeter?«, fragte Rufus, der das Thema offenbar nicht nur angeschnitten hatte, um die stille Wanderung mit unbeschwerter Plauderei anzureichern.

»Nein. Er hat nur dauernd Streit gesucht«, sagte Malu.

Der Mensch, der über Stunden an einer Schwertattrappe saß – den Aufriss zeichnete, die Grundform aussägte, die Stücke verleimte, Intarsien fräste, an verschiedenen Schleifmaschinen die Rundungen perfektionierte, einen Siegelkopf stanzte, die Klinge verchromte und schließlich den Griff aufwändig mit Leder umwickelte, alles in konzentrierter, stiller Arbeit, bei der er oft genug neu ansetzen musste, weil etwas daneben gegangen war –, aus diesem in sich ruhenden Menschen konnte binnen Sekunden ein Choleriker werden, der sich nicht darum scherte, dass die Menschen ihm auf der Straße auswichen, weil sie ihn für psychisch labil und aggressiv hielten. Und genau das war er – oder wie sollte man es sich sonst erklären, dass er eines Tages, gegen Ende der Pandemie, als er an einem Zebrastreifen fast überfahren wurde, dem Wagen eine Flasche – warum hatte er eine Flasche bei sich gehabt? – hinterhergeworfen hatte? Sie hatte das Heckfenster des Autos getroffen und war zerborsten. Eine Anzeige war die Folge gewesen, für ihn ein weiterer Beweis dafür, dass die Menschen sich gegen ihn verschworen hatten.

Ab 2015 fiel er immer öfter mit einwanderungskritischen Statements auf, die man gerade im Theatermilieu nicht so gerne hörte. Projekte fanden plötzlich ohne ihn statt. Er echauffierte sich über den Hurra-Liberalismus, über die merkelsche »Wir schaffen das«-Parole, über #Metoo oder Greta Thunbergs Klimaengagement. Aus Damian wurde mehr und mehr jemand, den es auf die Barrikaden brachte, wenn Menschen sich das Richtige zu tun bemühten. Den Höhepunkt erreichte sein Furor während der Pandemie, in der er sich mehr und mehr als Regierungskritiker sah. Er wurde nicht arbeitslos, weil er als »Coronaleugner« oder »Querdenker« ausgeschlossen wurde, sondern weil die Regierung die Theaterwerkstätten genauso dichtmachte wie die Theater selbst und obendrein die Kinos, die Schulen und die Geschäfte. Während seine Kolleginnen ihre eigene Abschaffung auch noch bejubelten, wurde Damian schier wahnsinnig vor Wut und Hass.

Immer öfter zog er sich in seine Werkstatt im Neuköllner Hafen zurück, wo er Videos für seinen eigenen YouTube-Kanal produzierte und Vollzeit-Influencer wurde. Vordergründig hielt er sich mit politischen Äußerungen zurück, weil das nur seine Follower verprellte. Doch aus den nerdigen Props eines Fanboys, der sich an Science-Fiction-Requisiten aus 2001 oder Blade Runner abarbeitete und für Aragorns Schwert aus *Herr der Ringe* ganze Nächte durchzuarbeiten bereit war, wurden immer öfter Preps: die Ausrüstung nicht mehr für eine Fantasie-, sondern eine postapokalyptische Welt, von deren Kommen er inzwischen überzeugt war.

»Jetzt haben Sie mir aber immer noch nicht gesagt, ob Sie ihn kennen«, sagte Malu nun.

»Ich war mir nicht sicher, ob wir von demselben Mann sprechen«, sagte Rufus.

»Also ist er dort? Wo wir hingehen?«

»Was ist das für eine Geschichte mit Ihrer Tochter? Warum suchen Sie die?«

Malu blieb stehen. »Sie geben nicht so gerne Antworten, was?«

Auch Rufus stoppte und drehte sich zu ihr um. »Wir schauen uns genau an, wen wir zu uns lassen.«

»Also ist das eine Aufnahmeprüfung? Macht man die nicht, bevor man schon fast angekommen ist?«

»Ein bisschen haben wir noch zu gehen«, sagte er, als könne er es sich anders überlegen.

Malu beschloss, aus einer sehr langen Geschichte eine sehr kurze zu machen. »Wir haben uns lange nicht gesehen.«

»Also ist sie mehr ein Papakind«, sagte Rufus.

Malu musste über seine trockene Art, die Dinge auf den Punkt zu bringen, lachen. Das war eine ganz andere Art von Humor als der, den sie von Damian und auch von Alex kannte. Damian war alles andere als ein Feingeist, er konnte mit Hintersinn nichts anfangen. Oder besser gesagt: Er brauchte Hilfe, um Hintersinn zu erkennen. Wie oft war es vorgekommen, dass er Golda Textnachrichten von Malu gezeigt hatte, damit sie ihm half, den scheinbar verborgenen Sinn zu decodieren? Schon eine Nachricht wie »Ihr braucht heute Abend nicht auf mich zu warten« konnte Anlass zu verschiedensten Ausdeutungen sein, wodurch Golda in all ihre Meinungsverschiedenheiten, die sich mehr und mehr zu Streitigkeiten auswuchsen, hineingezogen wurde: Damian machte sie gleichermaßen zu seiner Mitwisserin wie auch Beraterin gegen die verschwörerischen Umtriebe ihrer Mutter.

»Ein Papakind, ja. Vielleicht liegen Sie damit nicht so falsch.«

19
Die Kolonie

Das Grundstück des ehemaligen Waldhofs am Bogensee lag etwa fünfzehn Kilometer von der nördlichsten Stadtgrenze Berlins entfernt und war mit der Geschichte der großen Stadt aufs Engste verbunden. Malu hatte sie recherchiert, als Damian dorthin gezogen war. Der Berliner Magistrat hatte es mitsamt einer kleinen Blockhütte 1919 einem hochverschuldeten Kämmerer abgekauft, um es knapp anderthalb Jahrzehnte später einem gewissen Joseph Goebbels, Propagandaminister des Deutschen Reichs, zum 39. Geburtstag zu schenken. Nachdem dieser das Domizil eine Weile für seinen persönlichen Zeitvertreib genutzt hatte, bei dem unverheiratete junge Frauen aus dem Filmgewerbe eine nicht unwesentliche Rolle gespielt haben sollen, ließ sich Goebbels in unmittelbarer Nähe unter anderem von der UFA ein mondänes Landhaus mit dreißig Zimmern errichten, das nicht nur über ein eigenes Wasser- und Klärwerk verfügte, sondern auch über elektrisch versenkbare Terrassenfenster, einen Pool, Kegelbahn und sogar ein eigenes Kino. Goebbels lebte hier mit seiner Familie und empfing regelmäßig Bekanntheiten aus Politik und Kultur, bis der Kriegsverlauf den Umzug in den Führerbunker unterhalb der Reichskanzlei notwendig gemacht hatte.

Nach Kriegsende wurde der Waldhof vorübergehend von der Roten Armee als Lazarett genutzt, bevor die neu gegründete Freie Deutsche Jugend unter Initiative Otto Grotewohls dort eine Jugendleiterschule einrichtete. Diese entwickelte sich schnell zu einer bedeutenden Kaderschmiede des neuen deutschen Staates. Der entsprechende Zulauf junger Menschen aus sämtlichen sozialistischen Bruderstaaten sprengte schon bald die Kapazitäten des Landsitzes und machte den Bau eines weitaus größeren Internatsgebäudes notwendig, das von Hermann Henselmann, dem Architekten der Stalinallee, im prestigeträchtigen Stil des Sozialistischen Klassizismus ausgeführt wurde. Der Bau verfügte über 400 Unterrichts- und Wohnräume, ein eigenes Heizkraftwerk sowie eine Simultandolmetscheranlage mit 18 Fremdsprachenkabinen.

Bis zum Fall der Berliner Mauer beherbergte die Jugendhochschule Wilhelm Pieck Generationen künftiger Funktionärinnen, bevor es durch die Treuhandanstalt abgewickelt und von den Berliner Behörden unter Denkmalschutz gestellt wurde, ohne dass man sich auf ein künftiges Nutzungskonzept für die Haupt- und zahlreichen Nebengebäude einigen konnte. Zwar hielt man sie notdürftig instand, doch als einziges von ihnen wurde zwischen 2000 und 2008 die kleine, über hundert Jahre alte Blockhütte als Sitz der Forstverwaltung genutzt, bevor sie einem Brand zum Opfer fiel.

Obwohl die Liegenschaft weltweit zum Verkauf ausgeschrieben wurde, fand sich kein Investor, der die strengen Denkmalschutzauflagen, die das gesamte historische Ensemble in eine Neugestaltung einbezogen sehen wollten, umzusetzen bereit war. Unterdessen bedeckte Wildwuchs die weiträumige Parkanlage zwischen den drei- bis fünfstöckigen Gebäuden, spross Löwenzahn zwischen den Treppen- und Bodenplatten hervor, überzogen Moos und Efeu die Betongusslampen sowie die Wetterseiten der Häuser »Potsdam« und »Wien«. Putz brach schubkarrenweise von den Außenwänden herunter und legte das Mauerwerk frei. Nur unter hohen Wartungskosten konnten all diese

Rückeroberungsversuche der Natur immer wieder – jedoch nie vollständig – zurückgedrängt werden.

Nachdem bei der ersten europäischen Flüchtlingswelle 2015 noch niemand auf die Idee gekommen war, die gewaltigen räumlichen Kapazitäten des historischen Komplexes zu nutzen, um Vertriebenen eine Zufluchtsstätte zu bieten, schuf ein Träger der Geflüchtetenhilfe 2023 vollendete Tatsachen und zwang die Stadt Berlin dazu, ihm das Terrain zu gemeinnützigen Zwecken zu überlassen.

Je näher Malu und ihr Begleiter Rufus der Kolonie kamen, desto deutlicher wurden die Anzeichen naher Besiedelung in der urtümlich anmutenden Waldung. Rechts von ihnen lag dichter, wild gewachsener Naturwald mit den für diese Gegend charakteristischen Stieleichen, Robinien, Hainbuchen und Eschen, sie alle in unterschiedlichsten Stadien des Wachstums oder Zerfalls und umgeben von Buschwerk und Unterholz, das knacksend und raschelnd seine vielgestaltige Belebtheit verriet.

Linker Hand dagegen herrschte die fast geometrische Ordnung einer Forstplantage mit schnellwachsenden Kiefern, Fichten und Tannen, zwar nicht mehr ganz die strikte Monokultur früherer Tage, doch bei allem Bemühen um Biodiversität noch immer mit dem obersten Ziel ihrer Verwertbarkeit: zwölf Meter hoch, mit glattem, auf den unteren zwei Dritteln fast astlosen Stämmen, hier und dort mit bunter Kreide markiert. Von Zeit zu Zeit scherte ein Forstweg aus, in dem der portionierte Holzschlag lagerte, säuberlich gestapelt und zur Abholung bereit.

Tiefer im Wald glaubte Malu Männer zu erkennen, die sich an einem der Bäume zu schaffen machten, und ohne dass sie das durchdringende Röhren einer Motorsäge gehört hätte, rief plötzlich einer von ihnen: »Baum fällt!« Sein Ruf schien sich zwischen den ebenmäßig aufragenden Bäumen in Echos zu verlieren. Das eigentliche Fallen des Baumes aber, der an seiner Sägekante brach, im Fallen zahlreiche Äste an seine Nachbarn verlor und schließlich erschöpft zu Boden krachte, erschien nah und bedrohlich, als hätte er sie nur um Zentimeterbreite verfehlt.

Unvermittelt erreichten sie das Ende der Plantage, die noch drei Schritte zuvor endlos gewirkt hatte. Wiederum wurde die Grenze durch eine Schranke markiert, diesmal allerdings war sie geöffnet. Der Waldweg ging in ein gepflastertes Sträßchen über, dem sie vorbei an einer abgebrannten Brandruine folgten, bis sich – wiederum zwischen Bäumen gelegen – eine Siedlung auftat. Viergeschossige Plattenbauten umstanden ein Areal von der Größe etwa mehrerer Fußballfelder, das unterschiedlichen Zwecken zu dienen schien. Malu sah spielende Kinder im Grundschulalter, die, kaum dass eine lautsprecherverstärkte Melodie – eine Art Jingle – ertönte, von ihren verschiedenen Spielgeräten abließen und ins Gebäude liefen, als warte Unterricht. Andere Bereiche des Areals waren dem Garten- oder Gemüseanbau gewidmet, eine kurzgemähte Wiese mochte Versammlungen Platz bieten, und ganz am Rande befand sich eine Doppelreihe überdachter Stallungen. Wie um deren Bestimmung zu unterstreichen, fuhr nun mit einigem Klappern und Poltern ein Pferdewagen voller Stämme an ihnen vorüber. Der Kutscher trug eine schmutzige Skijacke mit irgendeinem Logo, das zu anderen Zeiten wohl für Freizeit und Abenteuer gestanden hatte, jetzt aber nichts mehr bedeutete.

»Wir müssen dich anmelden«, sagte Rufus, indem er stehen blieb und zur gegenüberliegenden Seite des Platzes wies, an der eins der beiden Hauptgebäude lag. Die Längsseiten wurden von je zwei große ockerfarbenen Plattenbauten gesäumt, die teilweise von Bäumen verdeckt waren. Dazwischen befanden sich noch weitere, kleinere Gebäude verschiedenen Zuschnitts, und hinter dem Gesamtensemble gab es wohl noch weitere Behausungen.

Alles zusammen machte Malu den Eindruck einer Kolonie – nicht bloß einer Siedlung mit ausgewählten Bewohnern, auch keines in Traditionen erstarrten Dorfs und noch weniger einer Stadt mit ihren zumeist ignorierten Regeln, die in Willkür zu versinken drohte. Dieser Ort wirkte, als hätten sich die Menschen ausgesucht, hier zu sein. Selbst die überall sichtbaren geschnitzten Kürbisse, Kastanienfiguren und Blätterkollagen wirkten nicht wie überkommenes Brauchtum, sondern waren das Ergebnis langer grauer Novembernachmittage, die Eltern mit ihren Kindern bastelnd verbracht hatten.

Sie betraten ein unscheinbares Büro im Erdgeschoss eines der Seitengebäude. Auf mehreren Schreibtischen verteilt lagen allerlei lose Papiere, Briefe, Kataloge oder Prospekte, daneben ein mindestens zwanzig Jahre alter Monitor mit einer Tastatur, die beim Tippen klackernde Geräusche machte. Malu versetzte das sofort in ihre Kreuzberger Zeit zurück, als sie vor einem solchen Gerät ganze Tage zugebracht hatte. Damals, so kam ihr jetzt vor, hatte sie auf diese Weise ein Großteil ihres Lebens gelebt.

Die Luft war angenehm warm hier drinnen; es roch nach feuchter Erde, schwerer Arbeit und Hagebuttentee. Eine Art Tresen wirkte wie bei der Anmeldung in einem Hotel – dabei war dies gewiss kein Ort für durchreisende Touristen. Schon überhaupt hierhergeführt worden zu sein, erschien Malu als Privileg, obwohl sie noch nichts gesehen und niemanden außer Rufus kennengelernt hatte.

Eine junge Frau stand von ihrem Schreibtisch auf. Sie trug eine Wollmütze und einen schmutzigen Anorak, so als würde sie oft zwischen ihrem Schreibtisch nach draußen und wieder zurück wechseln. Auch die anderen beiden, ein Mann und eine Frau, waren sehr jung und mit Sortier- und Schreibarbeit beschäftigt.

»Wir sind voller als voll«, sagte die junge Frau mit leichtem Vorwurf zu Malus Fährmann.

»Sie sucht jemanden«, sagte Rufus und goss Tee aus einer Thermoskanne in zwei Tassen, von denen er eine Malu reichte. Dabei warf er der Frau ein unschuldiges Lächeln zu.

»Mann, Rufus!«, war deren Antwort.

»Vickie!«, gab Rufus lächelnd zurück.

Malu trank und verzog das Gesicht, Hagebuttentee verabscheute sie seit ihrer frühesten Kindheit. Die Wärme allerdings tat gut, und der säuerliche Geschmack war durchaus belebend.

»Wen suchst du?«, fragte Vickie, während sie ihre Tätigkeit kaum unterbrach.

»Meine Tochter. Golda.«

»Sagt mir nichts. Wenn du einen Moment wartest, schau ich in der Liste nach. Kann sein, dass …«

In diesem Moment klingelte das Telefon, ein altes Funktelefon auf einer Ladestation, das einen langgezogenen Klingelton von sich gab. Diese weitere Reminiszenz – diesmal an ihre Kindheit – rührte Malu so sehr, dass ihr ein Schauer über den Rücken lief. Vielleicht war es aber auch nur der Tee.

Vickies Gesicht verdüsterte sich, und sie fluchte leise. Derweil tippte sie, indem sie den Hörer zwischen Kinn und Schulter einklemmte, etwas in den Computer und schüttelte dann an Malu gerichtet den Kopf: Keine Golda.

»Die haben wieder am Windrad rumgefummelt«, sagte sie, das Mikro des Telefons abdeckend, zu den anderen beiden, die die Nachricht besorgt aufnahmen.

»So ein Mist«, sagte Vickie und wandte sich weiter dem Telefonat zu. Als es beendet war, gab sie den beiden eine Zusammenfassung. »Sie meinen, sie werden den Saft abdrehen, wenn das nicht aufhört. Also: wenn es nicht *sofort* aufhört.«

»Dieses Arschloch«, rief die andere Frau und schlug wütend auf den Tisch.

»Sie kennt Damian«, sagte Rufus, der bequem im Türrahmen lehnte, zu den beiden und wies auf Malu.

Vickie sah Rufus mit argwöhnischem Blick an. »Das ist ja mal ein Zufall.«

»Ich sage nur, was ich gehört habe.«

Vickie wandte sich an Malu. »Was hast du mit Damian zu tun?«

»Wir haben eine Tochter. Golda. Ist er hier?«

»Nein«, sagte Vickie. »Und so soll es auch bleiben.«

Sie erweckte nicht den Anschein, als wolle sie Malu die Sache in Ruhe auseinandersetzen, und schon klingelte ein zweites Mal das Telefon.

»Warum kommen wir nicht später wieder«, sagte Rufus und bedeutete Malu, ihm nach draußen zu folgen. Dort holte er einen Beutel Tabak hervor und rollte sich gemächlich eine Zigarette. »Die stehen ein bisschen unter Strom. Wir hatten viele Neuankömmlinge die letzten Wochen. Ist nicht leicht, sie alle unterzubringen. Wirst du länger bleiben?«

»Das hängt davon ab«, sagte Malu. Ihr Rücken schmerzte von dem Rucksack. Sie sah sich um: Das ganze Gelände war unüberschaubar groß und voller geschäftiger Menschen. Aus dem Inneren der Gebäude drangen teilweise laute Geräusche wie Hämmern und Sägen, und selbst auf dem Dach sah sie welche, die mit Seilen gesichert die flächig angebrachten Solarkollektoren reinigten.

Ohne Hilfe würde sie eine Weile brauchen, um hier einen einzelnen Menschen zu finden, von dem man ihr noch dazu sagte, dass er gar nicht da sei. »Kannst du mir erklären, was das zu bedeuten hat? Diese Sache gerade?«

Rufus inhalierte und stieß den Rauch langsam durch die Nase aus. »Damian lebt hier nicht mehr.«

»Schon lange?

Rufus zuckte mit den Schultern. »Fünf oder sechs Jahre vielleicht.« Ihren fragenden Blick bemerkend ergänzte er:

»Die Sachen, die du über ihn erzählt hast. Gute Beschreibung. Er hat mit ein paar Leuten im Waldhof gewohnt.« Er deutete zu dem Gebäude, das sie beim Ankommen gesehen hatten.

»Die Brandruine? Was ist passiert?«

»Eine Menge Dinge sind passiert. Missverständnisse auf beiden Seiten. Sturheit. Er hat sich benommen wie Colonel Kurtz, wenn dir das was sagt. Irgendwann hat es nicht mehr gepasst, und er hat seine Sachen gepackt.«

»Er wurde rausgeworfen?«

Rufus kramte eine kleine Metalldose hervor, schraubte sie auf und klopfte die Asche der Zigarette hinein, die schon halb heruntergebrannt war. Vielleicht bestand der vorgebliche Tabak lediglich aus leichten Heilkräutern. Tatsächlich roch der Rauch nach Salbei, wie Malu jetzt bemerkte.

»So hat er das bestimmt gesehen, ja.«

»Und der Brand?«

»Oh, das«, sagte Rufus, als könne man dieses Detail leicht übersehen. Er schien ganz allgemein über die verwirrende Vielfalt aller möglichen Ereignisse nachzusinnen, dann sagte er: »Ein paar waren nicht damit einverstanden, dass es sich jemand in Goebbels' alter Villa gemütlich macht. Wir hatten es vorher als Lager verwendet, bis Damian für sich entschied, dass es dazu noch zu gut erhalten sei.«

»Irgendwer hat es abgefackelt?«

Rufus drückte seine Zigarette aus, schraubte die winzige Dose wieder zu und steckte sie weg. »Spekulieren hilft nichts. Ich weiß nur, dass es brannte, als er schon ein paar Tage weg war.«

»Er war schon ausgezogen?«, fragte Malu mehr sich selbst, so als sei erst mit diesem Puzzleteil endlich die Beurteilung des gesamten Panoramas möglich. »Und wo ist er jetzt?«

»Im Wald«, sagte Rufus knapp. »Wenn du zu ihm willst, musst du alleine gehen.«

Malu schüttelte den Kopf. »Golda denkt, dass er hier ist.«

»Aber sie ist nicht hier«, bekräftigte Rufus.

»Ist es bei so vielen Menschen nicht möglich, dass sie irgendwie ohne Anmeldung …?«

Rufus korrigierte den Sitz seines geschulterten Gewehrs. »Möglich, aber unwahrscheinlich. Vielleicht für eine Nacht oder so, wenn sie sich im Keller versteckt oder in einer Werkstatt. Aber man kommt hier eigentlich nicht hin, um sich zu verstecken.«

»Vielleicht hat sie Angst. Sie ist …« Malu biss sich auf die Unterlippe.

»Auf der Flucht?«, führte Rufus den Satz zu Ende. Wie er das sagte, vermittelte Malu den Eindruck, als betrachte er es durchaus als vertrauensstiftende Vorbedingung zur Aufnahme.

»Sie war in der Farm. In Biotopia.«

Rufus nickte, aber ohne dass er sonderlich beeindruckt wirkte. »Von der Sorte haben wir noch jemanden. Carla.«

»*Die* Carla?«, fragte Malu erstaunt. »Carla Infante? Die Exilantin?«

»Offenbar ist sie berühmt.«

»Kann ich mit ihr sprechen?«

Rufus sah zum Himmel und dann auf seine Armbanduhr. »Vielleicht suchst du dir erst mal einen Schlafplatz. Heute willst du sicher nicht mehr durch den Wald zurück.«

Sie bezog ein Bett in einem muffigen Schlafsaal, in dem zwanzig Doppelstockbetten standen. Keines sah unbenutzt aus. Kleidung, Taschen und andere persönliche Gegenstände lagen auf den groben Wolldecken, während die Eigentümerinnen nicht zu sehen waren. Malu erwischte sich dabei, wie sie alle Betten, oben wie unten, einer neugierigen Inspektion unterzog und selbst vor intimen Spekulationen über die darin Schlafenden nicht zurückschreckte. Aber ob sie die

Hoffnung trieb, irgendeine Spur von Golda oder nur ein eben doch freies Bett zu finden, es kam nichts dabei herum. Heute war wohl mit keinerlei Abreisen mehr zu rechnen, im Gegenteil: Zur Dämmerung schienen immer mehr Menschen in die Kolonie zurückzukehren.

Erst jetzt, wieder draußen, erkannte Malu die Wachposten auf den Dächern und Baumwipfeln, die dort in kleinen Verschlägen hockten und den Rückkehrern mit starken Scheinwerfern ihren Weg leuchteten, nicht ohne dabei ihre korrekte Anzahl zu überprüfen. Von Rufus erfuhr sie, dass Carla unter den Rückkehrern dieses Trupps sein musste. Malu wartete beim Haus Reggio di Calabria, um sie abzupassen.

Carla stach aus der Gruppe heraus, schon der Größe nach überragte sie sämtliche Frauen und Männer. Doch auch ihre Bewegungen wirkten eigentümlich, ohne dass man genau hätte beschreiben können, worin die Eigentümlichkeit bestand. Vielleicht hatte die Länge ihres Körpers einfach zur Folge, dass ihre Gliedmaßen weitere Wege zurücklegen mussten und dadurch ihren Proportionen eine beinahe taumelnde Anmutung gaben.

Als Malu sie ansprach, wandte sie sich mit einer schlingernden Drehung zu ihr um. Sie trug eine Kapuze, unter der lange, teils nasse Haare hervorschauten. Eine Schmetterlingsbrille der 1960er-Jahre hatte was von französischem Existenzialismus, allerdings war das Gestell an einer Stelle mit Klebeband provisorisch geflickt worden. Nicht nur deswegen wirkte sie wie ein Fremdkörper in Carlas verschlossenem Gesicht.

»Wer bist du, und was willst du von mir?« Carlas Stimme klang, als hätte sie den Zigaretten noch nicht lange abgeschworen.

»Ich bin Malu. Ich suche …« Aus irgendeinem Grund zögerte sie. Malu konnte nicht einschätzen, wie Carla und Golda zueinander gestanden hatten. Carla war aus Biotopia herausgeworfen worden – das war alles, was sie darüber gehört hatte, und vielleicht stimmte es nicht einmal.

»Du warst in Biotopia«, sagte Malu.

Mit unbewegter Miene sah Carla sie noch einen Augenblick an, wandte sich dann wortlos ab und ging weg.

Malu folgte ihr. »Ich habe dort ein Audit gemacht. Oder zumindest habe ich es versucht. Es hat einen Aufstand gegeben, mit Toten und Verletzten. Aber sie behindern die Untersuchung. Vor allem Konterbauer. Niemand dort will mit mir reden.«

Carla setzte ihren Weg ungerührt fort, als hätte sie nichts von dem verstanden. Sie ging in das Gebäude und stieg die Treppen hoch. Viele Familien im Haus Reggio schienen auf engem Raum zusammen zu leben. Die Enge der Zimmer trieb ihre Bewohner auf den Gang, wo sie auf Stühlen oder Schemeln saßen und schwatzten, während sie sich mit kleinen Gaskochern Tee oder Brühe aufgossen. Sie mussten aufstehen oder zusammenrücken, als Carla auf dem engen Gang an ihnen vorüberging, und dann noch einmal, als Malu ihr folgte.

Vor ihrer Tür machte Carla halt und drehte sich um. Malu wusste nicht, ob sie sie einlassen oder fortscheuchen würde. Vom Flur her wurde die Sache aufmerksam verfolgt, Gespräche verstummten.

Aber Carla sah Malu nur mit einem prüfenden, dabei leicht entrückten Blick an, als wolle sie so herausfinden, was in ihr vorging. Dann kehrte sie Malu wieder den Rücken zu und öffnete die Tür.

»Ich suche meine Tochter. Golda. Kennst du sie?«

Carla verharrte in der Bewegung, wieder sagte sie nichts.

»Ich glaube, sie hatte etwas mit dem Aufstand zu tun. Sie ist aus Biotopia geflohen.«

Carla drehte sich halb um. »Das glaubst du?« Ihre Stimme klang belegt, aber es lag unverkennbar ein spöttischer Unterton darin.

»Ja. Es deutet alles darauf hin.«

Carla sah Malu noch immer nicht an. Sie schien unentschlossen. »Noch nie habe ich gehört«, sagte sie, »dass ein Wärter aus einem Gefängnis geflohen ist.«

Damit ging sie hinein und drehte sich, indem sie die Tür schloss, zu Malu um. »Was du glaubst, ist falsch, aber es interessiert mich nicht. Viel Glück.«

Sie versuchte die Tür zu schließen, und als Malu sie aufhalten wollte, warf sie sich mit ihrem ganzen Gewicht dagegen und schloss von innen ab.

»Warte«, sagte Malu und klopfte gegen die Tür. »Was hast du damit gemeint?« Sie klopfte, bis drinnen Musik bis zum Anschlag aufgedreht wurde: Etwas Altes, Lautes, Gitarrenlastiges, das sich anhörte wie System of a Down.

20
Das Fest

Sie saßen gemeinsam in der kleinen Gaststätte. Im Grunde war es eher eine Art Volksküche: auf einer Tafel standen zwei Eintopfgerichte zur Auswahl, eins mit Möhren, das andere mit Kohl. Zu trinken gab es selbstgebrautes Bier, Schnaps oder Wasser.

»Das lief ja hervorragend«, sagte Rufus.

»Sie hat die Musik aufgedreht! Wie ein Teenie!«, sagte Malu. »Das hatte ich nicht erwartet.«

Rubel lächelte, sagte aber nichts. Stattdessen stand er wortlos auf und holte zwei große Gläser Bier.

»Was kann sie bloß gemeint haben?«, fragte Malu, als er wieder zurück war.

»Damit, was sie über Golda gesagt hat?«

»Ja«, sagte Malu und schüttelte sofort den Kopf. »Das ist unmöglich.«

»Gut«, sagte Rufus gleichmütig. »Dann wäre das ja geklärt.«

»Ich meine, wie kommt sie dazu, so was zu behaupten?«, fragte Malu mehr sich als ihn.

Rufus sagte nicht, dass Carla immerhin dort gewesen war. Aber in Malus Ohren war sein Schweigen dröhnend.

»Das ist völlig ausgeschlossen«, sagte sie noch mal, als würde ihn das überzeugen.

»Du wirst es besser einschätzen können als sonst irgendwer. Nur: welchen Grund sollte Carla haben, dich anzulügen? Eine Wildfremde?«

»Ich hätte nicht weggehen dürfen. Ich hätte sie zur Rede stellen müssen. Jetzt sitze ich hier und muss herumraten …«

»Gut, dass du das nicht gemacht hast. Sie kann ruppig werden, wenn man sie nicht in Ruhe lässt.«

»Hat sie mal von Golda gesprochen? Carla?«

»Nicht von Golda. Aber von der Farm.«

Rufus erzählte, dass Carla von Beginn an dabei gewesen war, ein mehr oder weniger typisches Exemplar der Berliner Zwanzigerjahre: von irgendwoher aus Europa oder den Amerikas kommend und gewöhnt an die Praxis der Selbstausbeutung als schlecht oder gar nicht bezahlte Migrations- oder Klimaaktivistin, Digitalnomadin, queere Utopistin, Entwicklungshelferin mit Flugscham, militante Veganerin, prekäre Akademikerin mit final beendetem Forschungsprojekt oder einfach junge Idealistin, deren Liebe zur Menschheit nur vom Hass auf diejenigen Menschen übertroffen wurde, die den Planeten zerstörten.

»Seid ihr befreundet?«, fragte Malu.

»Carla ist ziemlich kaputt«, sagte Rufus. »Sie ist mit niemandem befreundet. Sie ist zu … na ja, kaputt eben.«

Auch Malu trank. Das Bier schmeckte bitter und schal. Außerdem war es nicht mal kalt. Genau so fühlte sie sich gerade. »Aber sie hat dir etwas erzählt.«

»Mir, allen möglichen Leuten. Elisa vor allem. Das ist hier eine der Ältesten. Du wirst sie noch kennenlernen.«

»Und was hat sie erzählt?«

»Ziemlich konfuses Zeug. Ich weiß nicht, ob ich das noch mal zusammenkriege.«

»Du lügst«, sagte Malu, und versuchte den harten Vorwurf durch ein Lächeln abzumildern. Es klappte.

»Wohl nicht besonders überzeugend.«

»Was hat sie erzählt?«

Er lächelte wieder, nicht belustigt und auch nicht aus

Verlegenheit. Es war mehr die Freude über eine weitere kleine Entdeckung, wie Malu tickte.

»Was bist du noch mal von Beruf gewesen?«

»Wer hat gesagt, dass ich es nicht mehr bin?« Obwohl sie noch immer bei seiner Ablenkung mitspielte, machte sie klar, dass ihr die Frage ernst war.

»Ich weiß, dass man ihre Aussagen zerrissen hat«, sagte er schließlich. »Eigentlich hat man sie zerrissen – den Menschen. Das hat ihr den Rest gegeben. Für mich klingen ein paar Sachen ganz glaubwürdig. Diese ganze Geschichte mit dem Computer zum Beispiel.«

»MUTTER.«

»Ich kann mir schon vorstellen, wie das angefangen hat. Sie hatten diese Datenbrillen. Mehr oder weniger war das ein Übersetzungsprogramm. So was in der Art. Sie hatten das reinste Babel dort, die Leute sprachen Bantu oder Komandschi und was weiß ich nicht alles. Sprachverwirrung, wie bei diesem Bild von Cranach.«

»Bruegel, glaube ich.«

»Oder so. Jedenfalls haben sie deswegen die Schichtpläne und Aufgaben und alles von MUTTER erstellen lassen. Sie hatte die Sensordaten und wusste genau, wo was gemacht werden musste. Sie konnte dann den Farmern in Echtzeit erklären, was sie tun mussten. In ihrer Muttersprache. Und gleichzeitig konnte sich jeder bei Bedarf über die Datenbrille Grafiken zu seiner Aufgabe ansehen, Erklärvideos, was weiß ich.«

»Von wem hatten sie diese Technologie?«, fragte Malu.

»Irgendwie soll Ping da mit dringehangen haben.«

»Die Chefin von Sulaco hat mir gesagt, dass Ping Großinvestor war, dass aber auch andere Firmen sich beteiligt haben, nachdem der Senat den Geldhahn zugedreht hat.«

»Das muss gewesen sein, als das mit der Sonderwirtschaftszone angefangen hat. An der Stelle wird die Geschichte ein bisschen unübersichtlich. Carla behauptet, dass auch Rüstungsfirmen dabei waren. Die NATO forscht angeblich seit den Zwanzigerjahren an kognitiver Kriegsführung. Oder nicht angeblich, das ist schon so. Aber …«

»Irgendwas mit Brainhacking, stimmt's? Nexus?«

»Ja genau, Nexus. Woher weißt du davon?«

»War das so eine kleine Kapsel? Golda hatte so eine.« Malu beschrieb mit Zeigefinder und Daumen die Größe des Biohub. Aber Rufus schüttelte den Kopf.

»Carla nannte es nur *die Mütze*. Sie sagte, mit der Mütze änderte sich alles.«

»Eine Mütze?«

»Ja, was soll ich sagen … Eine Mütze aus Stoff, in die Magnetresonanzleitungen eingewebt waren. So was wie ein mobiles EEG. Eins, das in beide Richtungen funktioniert. MUTTERS Informationen wurden nicht mehr audiovisuell übermittelt, sondern … anders.«

»Dann war es eine Vorstufe dieser Kapsel.«

»Kann sein. Die Farmer mussten sich jedenfalls die Haare rasieren und die Mütze immer tragen, sogar nachts. Wer es nicht tat, bekam am nächsten Morgen die anstrengendsten und schmutzigsten Arbeiten zugewiesen.«

»Von wem?«

»Von wem? Keine Ahnung von wem. MUTTER, würde ich denken.«

»Aber MUTTER ist bloß ein Computer.«

Rufus hob die Augenbrauen. Dann setzte er neu an. »Viele sollen große Probleme damit gehabt haben. Neurologische Symptome wie Schwindel, Vergesslichkeit oder Desorientierung. Aber auch psychotische Schübe und sogar Lobotomien. Aber Carla … Das einzige Symptom, unter dem Carla litt, war gedankliches Chaos, sobald die Mütze deaktiviert war. Sagt sie.«

»So was wie Entzugserscheinungen?«

»Ja, sie hatten wohl auch eine Art Medikation. Johanniskrautextrakt, gentechnisch modifiziert.«

»Ein Sedativum?«

Rufus zuckte die Schultern. »Sie müssen es jedenfalls selber angebaut haben.«

»Klingt wie ein riesiges Versuchslabor.«

»Ja, mit Menschen als Affen. Und ohne die Möglichkeit, Widerstand zu leisten.«

»Hat Carla es versucht?«

»Sie hat gar nicht so viel von sich geredet. Aber sie war wohl eng mit jemandem befreundet, der es versucht hat. Es klang nach psychischer Folter. Schlafentzug. Institutionalisiertes Mobbing. Die haben diese Person offenbar dazu gebracht, sich umzubringen. Angeblich hat sie sich in den Elektrozaun geworfen.«

»Aber zu der Zeit gab es doch noch gar keinen?«

»Ich erzähle nur, was ich gehört habe.«

Jemand kam herein, den Rufus grüßte. Der Gastraum war halb gefüllt, an den Tischen wurde gegessen und leise geredet. Wie Malu erst jetzt bewusst wahrnahm, lief keine Musik. Als sie wieder Rufus ansah, bemerkte sie, dass er sie die ganze Zeit über beobachtet hatte. »Was?«

Rufus holte langsam seinen Tabakbeutel hervor. Er hob die Augenbrauen, um zu signalisieren, dass er nichts zu sagen beabsichtigte. Vielleicht aus Verlegenheit fragte Malu: »Kann ich auch so eine?«

Schon im Ansatz war klar, dass sie es nicht selber schaffen würde. Rufus bot ihr wortlos an, das Drehen für sie zu übernehmen.

Die Zigarette schmeckte genauso schlimm, wie sie roch. Außerdem hatte Malu seit schätzungsweise dreißig Jahren nicht mehr geraucht. Die Kippe zwischen ihren gekrümmten Fingern sah vollkommen unnatürlich aus, kein Genussmittel, eher Mahnmal ihrer Ratlosigkeit. »Wir haben keine

Ahnung, ob all das stimmt oder nur die wilden Behauptungen einer …«

»Ich glaube ihr«, sagte Rufus.

Malu spürte, dass seine unkritische Parteinahme sie zu ärgern begann. »Mag ja sein, dass …« Sie brach ab und setzte neu an. »Nehmen wir mal an, es gab wirklich diese krassen Verstöße gegen Arbeitsrechte, gegen Compliance-Gesetze, sogar gegen die UN-Charta. Nehmen wir an, die interne Aufsicht von Sulaco, Konterbauer, der Senat – die hätten alle weggesehen oder gepennt und sich irgendwie gegenseitig Deckung gegeben, damit nichts davon an die Öffentlichkeit dringt. Und nehmen wir auch an, dass alle, die die Schikanen und Folter und was noch alles erlebt haben und abgehauen sind, dass die irgendwie mundtot gemacht wurden, bis auf – ausgerechnet – Carla. – Wieso sollte ich glauben, dass meine Tochter bei all dem mitgemacht hat? Niemals hätte sie das! Das würde gegen alle Prinzipien gehen, die …« Sie verstummte.

»Die?«

»Sie würde bei so was nie mitmachen.«

»Sie ist geflohen. Warum?«

»Es muss einen anderen Grund gegeben haben. Sie wäre schon viel früher von dort abgehauen.«

»Ist sie aber nicht, oder?«

»Vielleicht … ich weiß nicht. Vielleicht hat sie all diese Dinge … nicht mitbekommen.«

»Aha?«, machte Rufus.

»Es kann doch sein, dass das irgendwie hinter verschlossenen Türen stattgefunden hat.«

Rufus runzelte die Stirn. »Vielleicht war sie auch einfach deswegen nicht betroffen, weil sie das Sagen hatte.«

Unwirsch drückte Malu die Zigarette aus. »Mir ist schlecht von diesem Kraut. Ich muss an die frische Luft.« Sie stand so schnell auf, dass der Stuhl hinter ihr umkippte.

Sie fummelte ihren Mantel von der Lehne und steuerte den Ausgang an.

Rufus blieb ungerührt sitzen.

»Du kennst sie nicht«, sagte sie und blieb noch einmal neben ihm stehen. »Sie liebt die Freiheit. Sie wollte immer, dass alle Menschen in Freiheit leben können.«

»*Frei sind wir erst, wenn wir das gefunden haben, wofür wir unsere Freiheit aufzugeben bereit sind.*«

»Ist das ein Zitat?«

Rufus nickte. »Van Aa hat das gesagt.«

Alle Bewohnerinnen und Bewohner der Kolonie waren im Tanzsaal des Hauptgebäudes zusammengekommen. Gegenüber den Eingängen befand sich eine große Bühne, von der zwei geschwungene Showtreppen zu einer Galerie hinaufführten, die den Saal umlief. Auf der Bühne war, als Malu dort eintraf, gerade das Vorprogramm im Gange. Ein Performer loopte Beats auf einer ganzen Batterie selbstgebastelter Percussioninstrumente wie abgesägten Wasserrohren, Plastikschüsseln oder Tonnen und legte darüber Hooklines mit Kalimba, Hang oder Banjo, zu denen einige sich bereits warmtanzten. Beleuchtung und aufgebotenes Equipment waren durchaus opulent, was Malu allerdings verwunderte, weil die Stromversorgung in den letzten Tagen immer wieder ein Thema gewesen war und in der Kolonie generell viel Wert darauf gelegt wurde, mit Ressourcen sparsam umzugehen.

Dieses Fest war aber gar nicht sparsam angelegt, was wohl damit zusammenhing, dass immerhin das zwanzigjährige Bestehen der Kolonie gefeiert wurde. Es gab ein großes Buffet, in dem saisonale Spezialitäten wie frittierte Nacktschnecken in Kohlblättern, Wild und Kartoffelsalate in verschiedensten Variationen ebenso wenig fehlten wie Karpfen, Hering und sogar Fischrogen. Alle Bewohnerinnen des Waldcampus hatten sich so festlich gekleidet, wie es ihnen möglich war, auch wenn der Fundus recht begrenzt zu sein schien.

Anders als in den Dörfern, die Malu in der Vergangenheit kennengelernt hatte, waren die Straßen und Wege der Kolonie selten menschenleer, alle schienen ständig auf Achse zu sein und irgendetwas zu tun zu haben.

Rufus' Interesse war nach ihrer Meinungsverschiedenheit ein wenig abgekühlt; dennoch hoffte sie, ihm hier im Laufe des Abends zu begegnen. Sie ärgerte sich darüber, dass sie ihm schon so viel über sich erzählt hatte. Ihr Leben lang hatte sie es so gehalten, nicht ihren ersten Impulsen nachzugeben, sondern sorgfältig die Konsequenzen der Vertraulichkeit abzuwägen. Die Frage, ob sie eine engere Beziehung eingehen wollte, hatte sie meist aufgeschoben, bis der Impuls vorüberging. Oft hatte sie ihn dann kein zweites Mal empfunden. Was hatte ihr diese Reserviertheit eigentlich eingebracht? Zumindest keine neuen Freunde, in dieser Hinsicht war ihre Haltung ein voller Erfolg gewesen. Jetzt, und eigentlich schon eine ganze Weile, konnte sie einen Freund eigentlich ganz gut brauchen.

Sie hatte sich gerade auf den hinteren Plätzen an eine Säule gelehnt und sich von der Musik einlullen lassen, als ein etwas pausbäckiger, schütter rothaariger Mann ihr über die Musik hinweg nun ins Ohr rief: »Eli möchte dich sprechen. Es geht um Damian.«

Bevor Malu nachfragen konnte, hatte er sich umgedreht und eine der gewundenen Treppen angesteuert, die hinauf auf die umlaufende Galerie im ersten Stock führten. Showtreppen, dachte sie.

Eli war, so viel wusste Malu inzwischen, eine der Gründerinnen der Kolonie und bis heute auch eine ihrer aktivsten Gestalterinnen. Anders als sie erwartet hatte, war die Kolonie keineswegs demokratisch verwaltet. Stattdessen wurden wichtige Entscheidungen von einem Rat der Ältesten und

Verdientesten getroffen, dem auch Eli angehörte – wenn sie ihm nicht sogar vorstand.

Die Galerie wurde von mehreren Türen gesäumt. Der Rothaarige führte Malu durch einen Konferenzraum in den rückwärtigen Teil des Gebäudes, wo die Musik nur noch gedämpft zu hören war. Hier gab es einen durch eine weitere Tür abgetrennten Bereich, in den sie nach einem Klopfzeichen eingelassen wurden. Der Einrichtung und den Gerüchen nach – gekochtes Essen, Räucherstäbchen und noch irgendetwas Warmes, Erdiges – war es eine private Wohnung, vermutlich Elis, was sich bestätigte, als sie ihr Schlafzimmer betraten. Malu erblickte Klangschalen und Kongas, gefärbte Tücher an den Wänden, zotteligen Flokatiteppich am Boden und auf dem selbstgezimmerten Podest ein Hybrid aus Sofa und Bett.

Der Anblick überraschte Malu. Eli lag in einem verwaschenen Nachthemd in der Bettenlandschaft, neben ihr ein Säugling, der kaum zwei Wochen alt sein mochte. Seine Mutter sah aus wie jenseits der fünfzig. Bei Malus Eintreten richtete Eli sich auf und schob sich ein Kissen hinter den Rücken. Das Kind schlief. Der junge Mann, der sie hergeführt hatte – Malu erinnerte er mit seiner dünnen Drahtbrille unbestimmt an einen Bolschewiken aus der Zeit der russischen Revolution – blieb in einiger Entfernung des Bettes stehen und bedeutete Malu, es ihm gleichzutun.

»Entschuldige bitte, dass ich dich so empfange. Ich sehe mich nicht gern so, aber die Schwangerschaft war …« Eli führte den Satz zu Ende, indem sie abwinkte. »Wir sind sehr vorsichtig. Späte Mama. Du weißt ja, Malu.«

Malu wollte fragen, was genau sie und woher Eli das wissen sollte, lächelte aber bloß auf die eine Art, die nie verkehrt war.

»Eigentlich wollte ich heute eine kleine Rede halten«, sagte Eli. Mit ihren voll ergrauten, länger ungewaschenen

Haaren und dem etwas eingefallenen Gesicht sah sie älter aus, als Malu sich fühlte, da setzten auch die volltätowierten Arme kein Gegengewicht. »Gefällt dir das Fest?«

»Oh ja«, sagte Malu, ohne zu zögern. »Ihr habt keine Mühen gescheut.«

»Wir huldigen ja keinen Göttern oder so was. Aber beim Zwanzigjährigen darf man es schon mal krachen lassen.« Elis Gesicht verjüngte und erhellte sich, sobald sie lächelte; ihre Augen leuchteten freundlich.

»Wenn du willst«, sagte Malu, »können wir das hier auf morgen …«

»Morgen bist du schon weg«, sagte Eli, und langsam wich das Lächeln aus ihrem Gesicht.

Malu war vor den Kopf gestoßen. »Bin ich?«

»Es ist kein Rauswurf. Aber wir brauchen deine Hilfe.«

»Ihr seht nicht aus, als wärt ihr auf meine Hilfe angewiesen.«

»Rufus hat mir erzählt, dass Damian dein Ex ist.«

Malu war gespannt, was da kommen würde. »Habt ihr Ärger mit ihm?«

Das Baby, das schon die ganze Zeit über unruhig gewesen war, zappelte jetzt noch mehr und begann zu weinen. Eli korrigierte ihre Position nach unten, dehnte den Ausschnitt ihres ausgeleierten Nachthemdes und bot dem Kind ihre Brust, während sie mit gesenkter Stimme weitersprach. »Wir haben Damian wirklich viel zu verdanken. Du weißt ja, welche Talente er hat. Gleichzeitig kann ich nicht behaupten, dass unser Zusammenleben besonders harmonisch gewesen wäre. Wir haben hier eine Gemeinschaft aufgebaut, in der auch unsere Kinder noch leben sollen. Damian hatte ein paar Ideen, die …«

Offenbar wollte sie nicht ins Detail gehen. Malu fand allerdings Details durchaus wichtig, wenn man sie schon um Hilfe bat. Sie wartete.

»Er hat Einfälle gehabt, die nicht nachhaltig waren.«

Malu sah sich um, ob vielleicht jemand bereit zu einer etwas deutlicheren Stellungnahme wäre.

Der junge Bolschewik war es. »Er hat Drohnen vom Himmel geholt und Felder geplündert.«

»Geplündert?«

Seine Stimme war voller Wut und Verachtung. »Es ist nur eine Frage der Zeit, bis ihm das zum Verhängnis wird. Und jedem in seiner Nähe.«

Eine leicht beklommene Pause entstand. Eli schien den anklagenden Tonfall des Jüngeren zu missbilligen und gleichzeitig zu akzeptieren. Sie klang versöhnlicher. »Der Konflikt zwischen uns hat sich mit der Zeit hochgeschaukelt. Wir hatten nicht das Gefühl, dass Damian sich um die Zukunft des Waldcampus ausreichend Gedanken macht.«

»Deswegen lebt er nicht mehr hier?«

»Das ist richtig. Aber sein Verhalten gefährdet uns immer noch.«

»Ich habe ihn seit mehr als zwanzig Jahren nicht gesehen«, sagte Malu. Auch sie sprach leise, nicht nur aus Rücksicht, sondern um ihre Absage, egal worum es gehen mochte, möglichst respektvoll vorzubereiten. Damian hatte sie am Ende ihrer Beziehung zur Projektionsfläche all der Versäumnisse und Unzulänglichkeiten gemacht, die eigentlich seine eigenen waren, und er war nicht der Typ, der in Selbstklausur ging und seine Feindbilder revidierte.

»Manche Menschen ändern sich in so einer langen Zeit«, sagte Eli, die dem Baby sanft über den Kopf streichelte, es aber nicht zu beruhigen vermochte.

»Glaubst du, dass er einer dieser Menschen ist?«

»Sie wird Hunger haben«, sagte nun eine etwas vierschrötige Frau, die in einem Ohrensessel im Halbdunkel gesessen und ihrer Unterhaltung stumm zugehört hatte. Sie war viel jünger als Eli. Sie stand auf, nahm behutsam das Baby auf und legte es sich, als sei es ein gut eingeübtes Prozedere, an die eigene Brust.

Eli ordnete ihr Nachthemd und setzte sich abermals auf. »Das Land Brandenburg hat uns vor zwanzig Jahren Anteile an einem Windrad überschrieben, das auch noch drei weitere Ortschaften im Umkreis versorgt. Damit decken wir fast unseren gesamten Energiebedarf. Wir müssen uns selber um die Instandhaltung kümmern. Damian gehörte zu einem kleinen Kreis von Leuten, die den nötigen Sachverstand hatten, besonders wenn es um das Improvisieren ging – Ersatzteile sind hier kaum zu kriegen. Dieses Windrad speist 5000 Megawattstunden ins Netz ein, Tendenz stetig fallend, weil das Ding alt und am Limit ist. Aber das ist ein anderes Thema.«

Sie sah nach dem Kind, das wieder ganz still und zufrieden war.

»Seitdem Damian uns verlassen hat, und das ist mittlerweile so um die fünf oder sechs Jahre her, liegt unser Verbrauch in jedem einzelnen Jahr deutlich über unserem Soll-Anteil. Was wir zu viel verbrauchen, fehlt den anderen Dörfern, und da es immer wieder passiert, ist der Unmut groß.«

»Das heißt, Damian zapft die Leitung an?«

»So ist es. Er begründet das mit seinem Engagement bei der Instandhaltung. Aber es widerspricht unserer Vereinbarung. Und es ist schwierig, mit Damian zu reden. Die anderen haben bereits kapituliert. Sie erwarten von uns, dass wir die Sache regeln.«

Malu konnte sich denken, dass sie dabei nicht sehr erfolgreich gewesen waren.

»Er verhält sich ziemlich feindselig uns gegenüber. Nicht nur, was den Strom angeht. Er schlägt auch Holz in unserem Wald, stellt Tierfallen auf, obwohl wir klare Jagdquoten vereinbart haben.«

Vermutlich wäre es an Malu gewesen, nun etwas dazu zu sagen, sie hatte ja längst begriffen, worum man sie bitten wollte. Aber aus irgendeinem Grund hatte sie die Hoffnung, dass es sich bei dem Gefallen letztlich vielleicht doch um etwas anderes handeln würde.

»Die Wasserpumpen, die Beleuchtung, viele Kleinigkeiten bei uns funktionieren nur elektrisch. Wir haben Solarenergie für warmes Wasser. Geothermie und Biogas nutzen wir in sehr kleinem Umfang und können den Ertrag hier nicht vergrößern. Wenn wir das Windrad verlieren, dann steht uns ein dunkler, kalter Winter bevor. Und ich weiß nicht, ob wir das verkraften werden.«

Die Amme hatte das Säugen des Babys inzwischen beendet und legte es zurück ins Bett neben Eli.

Malu widerstrebte es, einen herzlosen oder gleichgültigen Eindruck zu machen, aber sie konnte den abwehrenden Klang ihrer Stimme nicht verhindern. »Was genau erwartet ihr von mir? Ihr macht euch da ein völlig falsches Bild von unserer Beziehung. Er wird niemals einer Bitte von mir nachkommen, schon gar keiner Aufforderung, oder wie man es sonst nennen will. Nicht, wenn sie von mir kommt. Was du mir von ihm erzählt hast, überzeugt mich nur davon, dass er derselbe Mensch geblieben ist. Verbohrt, egoistisch, immer auf Angriff eingestellt, weil er das für die beste Verteidigung hält. Er fühlt sich im Recht mit dem, was er tut, das hat er schon immer, und er wird sich nicht vom Gegenteil überzeugen lassen, am wenigsten von mir.«

Eli nickte, als habe sie mit dieser Antwort gerechnet. »Was ist mit eurer Tochter?«

»Ich fürchte, ich verstehe die Frage nicht.«

»Die beiden scheinen ein gutes Verhältnis zu haben.« Es klang nicht wie eine Frage. Aber woher sollte Eli über die Beziehung der beiden Bescheid wissen?

»Ja schon … früher. Aber wie soll das weiterhelfen? Niemand weiß, wo Golda ist.«

»Angenommen, sie wäre hier«, sagte Eli. »Wärst du dann bereit, es auf einen Versuch ankommen zu lassen?«

Malu verfolgte den Blickwechsel zwischen Eli und dem Rothaarigen, der noch immer bei der Tür stand. »Was läuft denn hier?«

»Golda ist hier, Malu. Einer der Trupps hat sie gestern im Wald gefunden.«

»Im Wald? Gefunden?«

»Sie ist unterkühlt und entkräftet, aber sie wird behandelt.« Hierbei sah sie den Rothaarigen an. »Bruno?«

»Außerdem ein paar Prellungen und zwei Platzwunden«, ergänzte dieser.

»Warum hat mir das niemand …?«

»Wir haben ihr gesagt, dass du hier bist«, wandte Bruno wie zur Rechtfertigung ein. »Aber …«

»Sie wollte unter keinen Umständen, dass wir dich informieren«, sagte Eli.

»Sie scheint schon länger unterwegs zu sein. Körperlich wird sie sich schnell erholen«, sagte Bruno. »Aber ihre psychische Verfassung …«

»Was ist damit?«

»Das beurteilst du am besten selber. Wir hielten es für wichtig, es dir zu sagen. Du bist ihre Mutter. Aber ich weiß nicht, wie sie reagieren wird.«

»Hat sie gesagt, wo sie hinwill oder wen sie sucht?«

»Sie sagt, sie sucht ihren Vater.«

21
Die Tochter

Als Malu mit Bruno – mitnichten Bolschewik, sondern einfach einer der ersten Nachkömmlinge, die in der Kolonie geboren wurden, und obendrein Elis Sohn – zur Krankenstation ging, erzählte er, dass er Pfleger auf dieser Station sei. Es gebe in der Kolonie keine Möglichkeit, Medizin zu studieren, aber die Schule habe ihn diesbezüglich gut vorbereitet, da Wert darauf gelegt werde, alle Kinder gemäß ihrer Interessen und Talente zu fördern. Er benannte einige der Untersuchungen, die er gemeinsam mit der behandelnden Ärztin vorgenommen hatte, und zählte die Verletzungen auf, die sie festgestellt hatten.

»Sie wollte niemanden an sich ranlassen, war sehr misstrauisch. Aber sie ist sehr erschöpft. Außerdem dehydriert und unterernährt. Auf dem Behandlungstisch ist sie uns ohne Beruhigungsmittel sofort weggepennt. Sie hat überall Hämatome, manche frisch, manche schon etwas älter. Außerdem eine gebrochene Rippe, eine Schnittwunde im Nacken und eine schlecht heilende Narbe oberhalb des Schambeins.«

»Ein Kaiserschnitt?«

Bruno nickte. »Sehr wahrscheinlich. Dem Hormonspiegel nach zu urteilen vor vier bis sechs Wochen.«

»Sie hat nichts gesagt?«

Bruno schüttelte den Kopf. »Nur ihren Namen, und dass sie ihren Vater sucht.«

»Nur ihren Vater?« Malu hatte die Frage gar nicht laut stellen wollen, es war ihr zuwider, sich vor Fremden durchschaubar zu machen.

Inzwischen hatten sie das andere Gebäude erreicht und stiegen in den zweiten Stock empor. Sie grüßten die diensthabende Pflegerin, die ihnen versicherte, dass auf der Station alles ruhig sei, und traten ein.

Golda saß mit dem Rücken zu ihnen an einem Tisch in der Ecke. Sie war mit irgendetwas beschäftigt, das sie durch ihre abgewandte Sitzhaltung verbarg. Ähnlich wie Eli war sie in ein Nachthemd aus alten Beständen gekleidet, das aber eher für Mädchen bestimmt war, wie die aufgedruckten Blumen und Schmetterlinge vermuten ließen. Die unvermittelte Heftigkeit, mit der Malu die Gegenwart ihrer Tochter begriff – ihrer Tochter, so, wie sie sie all die Jahre in ihrer Erinnerung aufbewahrt hatte – überwältigte sie.

»Golda«, flüsterte Malu, ein vorsichtiges, fast ängstliches Geräusch, mehr Frage als Anrede.

Golda richtete sich auf, sofort in jeder Faser gespannt, saß aber still und drehte sich nicht um.

»Golda«, sagte nun mit fester Stimme Bruno. »Ich habe deine Mutter hierhergebracht. Ich weiß, dass du das nicht wolltest, aber …«

»Ich bin noch nicht fertig«, sagte Golda. Ihre Stimme erschreckte Malu; sie erkannte sie nicht. Unbeirrt setzte Golda ihre Arbeit fort.

Bruno trat langsam in den Raum, Malu folgte ihm. Sie sah, dass Golda eine der Schubladen aus dem Arzneimittelschrank genommen hatte und ihren Inhalt – Verbandszeug, Pflaster, Scheren – nach einer nur ihr verständlichen Systematik auf der Tischfläche sortierte, mit einem hektischen Eifer, als hinge von der rechtzeitigen Erledigung dieser Aufgabe einiges ab. Bruno brachte sich absichtlich in ihr seitliches Sichtfeld. Golda nahm ihn auch wahr, Malu erkannte es an ihrem kaum merklichen Seitenblick, doch sie blieb ganz auf ihr fieberhaftes Tun fokussiert, das umso zweckloser und lächerlicher erschien, als Golda damit immer wieder von Neuem begann.

»Golda, hörst du mir zu? Deine Mutter macht sich große Sorgen um dich. Sie hat nach dir gesucht. Sie würde gern mit dir reden.«

»Nein!«, schrie Golda unvermittelt. Vielleicht war es kein Schreien, aber Malu kam es so vor. »Ich muss das fertigmachen! Jetzt nicht. Jetzt nicht!«

Sie war abgemagert – mein Gott, wie mager sie war – und trug einen frischen Verband um den Hals. Ihre Haare waren raspelkurz.

»Golda«, wiederholte Malu. »Ich bin es.«

Golda, mit verzweifelter Entschlossenheit, konzentrierte sich nur auf ihre Utensilien. Gerade riss sie das Zellophan vom letzten Paket Mullbinden und wickelte den Verband auf einen Bleistift, was eines erkennbaren Nutzens vollkommen entbehrte.

»Ich muss das fertigkriegen«, sagte sie, leise, nur zu sich, wie eine Beschwörungsformel.

Malu nahm ihren Mut zusammen, trat neben sie, ging leicht in die Hocke und fasste sie bei der Schulter. Golda zuckte zusammen und wich vor der Berührung zurück. Auch Malu erschrak, und als Reaktion darauf sprang Golda auf und presste sich an die Wand. Sie wirkte nicht, als sei sie bei klarem Verstand. Malus Blick wich sie aus. Am ehesten wirkte sie zutiefst verunsichert, geradezu verängstigt. Sie schlug ihren Kopf mehrmals gegen die Wand hinter sich, bis Bruno sich neben sie stellte und die Hand dorthin legte, um den Aufprall zu dämpfen. Sie hörte auf. Immer noch war sie völlig entkräftet.

»Du solltest dich etwas ausruhen«, sagte Bruno und sah Malu an. »Wir kommen später wieder.«

Wieder fand Malu sich zu untätigem Warten verdammt. Wieder hielt sie ihre Niedergeschlagenheit für den Tiefpunkt aller Hoffnung. Immerhin hatte sie Golda gefunden. Sie versuchte sich an dieser Erkenntnis festzuhalten, es war keine Kleinigkeit: Immerhin hatte sie Golda gefunden. Sie lebte, und es war vielleicht nur eine Frage der Zeit, bis sich ihr Zustand verbessert haben würde. Vielleicht stand der Moment, in dem sie normal miteinander würden reden können, kurz bevor.

All das dachte Malu in irgendeiner darin geübten Sektion ihres Funktions-Ichs. Sie dachte es; fühlen konnte sie die Zuversicht nicht. Denn da war nichts als blanke, alles ausfüllende Enttäuschung über die Art ihres Wiedersehens. Dass Golda nicht in ihrer Wohnung geblieben war, hatte Malu sich noch damit erklären können, dass sie sie nicht in Schwierigkeiten bringen wollte. Aber hier waren sie in Sicherheit. Was hatte Malu denn bloß getan? Womit hatte sie es verdient, so bestraft zu werden? Und selbst wenn es gar nicht mit ihr, Malu, zu tun hatte, sondern mit Goldas verwirrtem Geisteszustand: wie tief mochte diese Verwirrung gehen, und wann würde sie wieder abklingen? Gab es irgendetwas, das Malu tun konnte?

Während der Minuten, die vergingen, ehe Bruno vor die Tür trat, konnte Malu es kaum in ihrer Haut aushalten. Sie empfand eine solche Überforderung mit sich und ihrem Leben, dass sie ihre Seele mitsamt dem Verdruss und den Tränen gern aus sich herausgespült hätte. Das funktionierte zwar nicht, aber der Gedanke brachte etwas Erleichterung.

Brunos Anwesenheit bemerkte sie erst, als er schon neben ihr saß und sie an der Schulter berührte. Diesmal war sie es, die zusammenzuckte und beinahe aufgeschrien hätte.

»Sie hat sich beruhigt«, sagte Bruno. »Ich habe ihr ein Beruhigungsmittel angeboten, aber das wollte sie nicht. Sie hat von selber angeboten, sich hinzulegen. Ganz vernünftig. Nachdem du rausgegangen bist, war sie wie ausgewechselt.«

Bruno bemerkte nicht, wie er mit diesen Worten Salz in die Wunde streute. Malu nahm es ihm nicht übel. Er war jung, was konnte er schon wissen? Warum machte er überhaupt auf Chefarzt?

Vom anderen Ende des Geländes hörte sie das dumpfe Hämmern elektronischer Beats, verbunden mit gelegentlichem Johlen. Die Party war in vollem Gange. Bruno legte Malu nahe, sich drüben eine Weile abzulenken, solange Golda sich ausruhte; man könne dann später noch mal einen Versuch unternehmen. Doch für Malu kam das nicht infrage. Sie wollte bleiben. Worauf sie wartete, was sie sich erhoffte, wusste sie nicht. Für sie gab es jedenfalls nichts zu feiern, solange sie nicht eines einzigen Blickes ihrer Tochter würdig wurde.

Sie musste eingeschlafen sein. Die Tür zum Krankenzimmer stand offen, drinnen glomm ein schwacher Lichtschein, im Flur und vor den Fenstern war es stockdunkel. Ihr Rücken, ihre Beine, alles schien steif und verkrampft, es war ihr unerklärlich, wie sie in dieser Position überhaupt hatte wegdämmern können. Ein Schrei hatte sie geweckt – ein einziger, langgezogener Schrei, wie von einem Tier in der Nacht. Oder hatte sie das geträumt? Bei Golda jedenfalls war alles ruhig, nur dieser Lichtschein verriet, dass drinnen irgendetwas vor sich ging, der Lichtschein und – eine Stimme. Sie sprach leise und ruhig, wie in einem Monolog.

Malu stand auf und ging langsam zur Tür. Es war nicht Goldas Stimme. Vor ihrem Bett, mit dem Rücken zur Tür, saß Carla. Golda lag wach, aber in defensiver und angespannter Haltung auf ihrem Bett, als warte sie nur auf den richtigen Augenblick, um aufzuspringen und wegzulaufen.

»Carla? Was tust du hier?«, fragte Malu.

Carla drehte sich um. Sie hatte ihren Monolog unterbrochen. Golda blickte jetzt wie eine in die Enge getriebene und panische Kreatur von Carla zu Malu und wieder zurück, als sei Peinigung und Schmerz sicher zu erwarten und lediglich noch ungewiss, von wem der beiden. Ihr Gesicht war zu einem verzweifelten Grinsen verzerrt, das absolut keine Ähnlichkeit hatte mit Malus Erinnerung an sie. Ihr fröstelte, und das lag nicht nur an der Raumtemperatur.

»Geh weg«, sagte Carla jetzt mit tiefer, rauchiger Stimme und drehte sich wieder zu Golda um. »Das ist nicht dein Kampf.«

Malu spürte die Einschüchterung, die von ihr ausging, obwohl ihr nicht klar war, womit sie Golda eigentlich bedrohte. Eine Waffe war nicht zu sehen.

»Was für ein Kampf denn?«, fragte Malu.

»Ja, was für ein Kampf«, wiederholte Carla tonlos. »Weißt du es?«

Golda reagierte nicht auf die Frage. Sie wirkte vor Angst wie erstarrt.

»Ich glaube, sie hört dich nicht«, sagte Malu.

»Sie hört mich«, sagte Carla mit schwerfälliger, angespannter Stimme. Sie hob ihre Hände, die sie bis jetzt locker zwischen ihren Beinen hatte herabhängen lassen, und ließ eine aufgezogene Spritze erkennen. Golda und Malu, sie beide hatten sie gesehen.

»Was ist das für eine Spritze?«, fragte Malu. »Was ist da drin?«

Carla warf demonstrativ einen Blick auf das Fläschchen in ihrer anderen Hand und las, als sähe sie es jetzt zum ersten Mal: »Methanol.«

»Was willst du damit?«

Carla antwortete nicht. Stattdessen flüsterte sie etwas, das Malu nicht verstehen konnte. Sie beugte sich vor.

»Was sagst du? Ich kann dich nicht …«

Da sprang Carla auf und machte einen Schritt auf Malu zu, die instinktiv zurückwich. »Bleib zurück, oder ich pumpe sie mit dieser Scheiße voll!« Sie versuchte, Malu und Golda gleichermaßen in Schach zu halten. Letztere hatte laut aufgeschrien und drückte sich jetzt in der hinteren Ecke ihres Bettes an die Wand.

Von Ferne war jetzt wieder und noch immer das Gestampfe der Musik zu hören; es konnte also nicht viel Zeit vergangen sein, seitdem Malu eingeschlafen war.

»Erinnerst du dich noch an mich, Golda?«

Golda zitterte. Sie kniff die Augen zusammen, Schweiß lief ihr von der Stirn über die Augenbrauen und vorbei an den Lidern bis hinunter zum Nasenrücken und den Wangen. Sie wimmerte leise.

Carla schrie: »Du erinnerst dich doch an mich, Golda? Sag, dass du dich an mich erinnerst!«

Golda blickte zur Tür, an der Malu stand. Sie schien die Entfernung zu taxieren und die Chance abzuwägen, an Carla vorbeizukommen und zur Tür zu gelangen. Aus ihrem Blick war nichts zu lesen als Panik und roher Überlebenswille.

Aber Carla erahnte ihre Absicht und machte einen Schritt zur Tür. Damit war dieser Fluchtweg – der einzige – versperrt.

»Leg die Spritze weg, Carla«, sagte Malu warnend. Oder klang es eher wie eine Bitte? Ganz sicher wollte sie Carla nicht provozieren.

»Du hast sie getötet«, sagte Carla. »Weißt du noch? Du bist das gewesen.«

Golda schüttelte entsetzt den Kopf. »Nein, nein!«

»Du warst Richterin über Leben und Tod. Sag es!«

»Lass sie in Ruhe, Carla«, mischte sich Malu ein. »Siehst du nicht, dass sie total verängstigt ist?«

»Total verängstigt, ja. Das war Josi auch. Sie hat sie trotzdem fertiggemacht, ohne Mitleid.«

»Ich bin sicher …«

»Halt dich da raus«, schrie Carla. »Das hier geht dich einen Dreck an!«

»Ich bin ihre Mutter.«

»Na und? Soll sie deswegen plötzlich unschuldig sein? Wie ist das, eine Mörderin großgezogen zu haben?«

»Es ist genug, Carla.«

Elis Stimme kam von der Tür. Neben ihr stand Bruno. In einem Tragetuch schlief das Baby.

»Du solltest jetzt gehen, Carla«, sagte Eli sanft und leise, um es nicht zu wecken.

»Ich habe noch keine Antwort bekommen«, sagte Carla.

»Das wirst du auch nicht. Nicht auf diese Weise.«

Carla wirkte unschlüssig, die dunklen Haare hingen ihr strähnig ins Gesicht. Sie sah von Eli zu Bruno und dann zu Malu. Dann stürzte sie unvermittelt auf Golda vor und hob den Arm mit der Spritze. Sie wollte sie niederschnellen lassen, doch Bruno war bei ihr und packte sie am Arm. Sie wehrte sich, doch Bruno war stärker. Die Spritze fiel zu Boden. Carla schrie verzweifelt. Auch Golda schrie.

Bruno hielt Carla, die sich mit Händen und Füßen wehrte, von hinten umklammert. Eli brachte sich und ihr Kind an der hinteren Wand in Sicherheit. Durch das Geschrei war es aufgewacht, blieb aber still.

»Lass sie los, Bruno.«

Bruno dachte aber gar nicht daran. »Bist du verrückt? Die läuft Amok.«

»Malu, bitte nimm die Spritze.«

Malu hob die Spritze auf und drückte den Kolben herunter, bis der Zylinder leer war.

»Und jetzt lass sie los, Bruno. Carla, du musst dich jetzt in den Griff kriegen. Ich toleriere hier keine Gewalt. Du musst dich entscheiden: Entweder du akzeptierst unsere Regeln, oder du kannst nicht länger bei uns sein.«

Tatsächlich verfehlten diese Worte ihre Wirkung nicht. Carlas heftige Bewegungen ließen nach und hörten dann ganz auf. Langsam ließ Bruno sie los, ohne sie aus den Augen zu lassen.

»Hab Geduld, Carla.« Eli war wieder vorgetreten und berührte jetzt Carlas Wange. Und Carla – statt weiteren Widerstand zu leisten – griff nach ihrer Hand, drückte sie einen Moment fest an ihre Wange und schloss die Augen. Fünf, sechs Atemzüge lang standen sie so da. Dann öffnete Carla die Augen und ging wortlos hinaus.

Kurz darauf löste Golda sich aus ihrer Starre. Noch immer reglos, begannen sich zunächst ihre Augen wieder mit Leben zu füllen, der panische Ausdruck wich langsam Erleichterung.

Elis Baby bewegte sich unter dem Tragetuch. Ein Lächeln legte sich auf Goldas Lippen, als sie das Köpfchen sah; ihre Nasenflügel und Lippen vibrierten.

»Ist das Golda?«, fragte sie.

Irritiert sah Malu Eli an: Hatte sie die Frage falsch verstanden?

Doch auch Eli hatte die Frage offenbar nicht verstanden. »Das ist Mona«, sagte sie. »Meine Tochter.«

Golda schien nicht darauf zu achten. Als gäbe sie einem unwiderstehlichen inneren Drang nach, rutschte sie vom Bett und ging langsam und geduckt zu Eli, wo sie das Kind besser sehen konnte. Dort verharrte sie und betrachtete es. Wieder gab sie einen Laut von sich, der zwischen Lachen und Weinen nicht entschieden war und es vielleicht auch nicht sein sollte.

»Darf ich sie halten?«, fragte Golda.

Eli antwortete nicht sofort.

»Das geht leider …« nicht, wollte Bruno wohl im Namen seiner Mutter sagen, doch die unterbrach ihn. »Warte – warum willst du sie halten, Golda?«

Golda wischte sich mit beiden Händen übers Gesicht. Sie antwortete nicht. Eli nickte, um sie zum Sprechen zu ermutigen.

»Wer ist Golda? Gibt es noch eine Golda außer dir?«

Golda schüttelte den Kopf, in dieser verstört-verstörenden Unentschiedenheit, die auch – wie ihr Lächeln – das Gegenteil bedeuten konnte.

»Wer ist es?«, beharrte Eli. »Hast du auch ein Baby?«

Golda sah sie beinahe schockiert an und schüttelte heftig den Kopf. »Wir können keine Kinder haben.« Sie sprach leise, als wolle sie nicht gehört werden. Aber dann, lauter: »Kann ich sie halten? Bitte?«

Bruno schüttelte langsam, fast beschwörend den Kopf, während er Eli ansah, aber er hielt sich zurück. Auch Malu wollte Eli abraten und tat es nicht.

»Sie ist ohnehin wach«, sagte Eli, und bevor Bruno Einspruch erheben konnte – wenn er es überhaupt vorhatte –, nahm Eli das Kind hoch und hielt es Golda entgegen. Unendlich behutsam näherte sie sich, stand auf und nahm das Baby, unsicher wie Menschen, die das zum ersten Mal tun und Angst haben, etwas zu beschädigen.

»Du musst den Kopf abstützen.« Eli, bemerkenswert ruhig, dirigierte Goldas Griffe, bis sie das Kind schließlich sicher zu sich herangezogen hatte und es in ihren Armen barg. Es wirkte ungelenk und steif, zugleich aber bemüht sanft. Ein Lächeln ging über ihr Gesicht, ein Lächeln, in dem Malu endlich etwas von ihrer Tochter wiedererkennen konnte.

»Du willst zu deinem Vater«, sagte Eli beiläufig.

»Wo ist er?«, fragte Golda.

»Er ist ein kleines Stück nordöstlich von uns. Im Wald.« Sie machte eine Pause, unschlüssig, ob es der richtige Moment war, ihre Bitte vorzubringen. »Du solltest nicht alleine dorthin gehen. Jemand sollte dich begleiten.«

Golda musterte sie argwöhnisch. »Ich kann alleine gehen.«

Malu dachte, dass es keine gute Idee gewesen war, ihr das Kind zu geben.

»Ich dachte nur«, sagte Eli, »der Weg ist nicht leicht, und du kennst dich nicht aus. Im Wald gibt es Wölfe und manchmal Bären. Jemand von uns könnte dich begleiten. Was meinst du?«

Goldas Wippen wurde mechanischer. Je nervöser ihre Bewegungen wurden, desto unruhiger wurde das Kind. Mona begann zu weinen.

»Ich glaube, sie möchte wieder zurück zu mir«, sagte Eli.

Golda, als erinnere sie sich erst jetzt wieder an das Kind, blickte hinunter und lächelte. »Sie ist so schön.«

»Ja, das ist sie.«

Bruno machte einen Schritt nach vorne, doch Eli gebot ihm Einhalt. »Golda? Du musst sie mir jetzt geben.«

Als sie Elis Wunsch noch immer nicht nachkam, war es Malu, die ihrer Tochter sanft eine Hand auf den Rücken legte. »Liebes, Mona braucht jetzt ihre Mama.«

Zum ersten Mal sah Golda ihre Mutter bewusst an. Es lag jetzt kein Misstrauen oder Widerstand in ihrem Blick, nur Verwirrung. »Vielleicht kannst du sie später noch mal halten.«

Ungläubig sah sie von Malu zu Eli. »Kann ich das wirklich?«

»Du bist jederzeit bei uns willkommen, Golda«, sagte Eli. Sie streckte langsam ihre Arme nach ihrem Kind aus. Und ebenso langsam öffnete Golda ihren Griff, wurde ruhiger und übergab Mona, die inzwischen unwillig zappelte, ihrer Mutter.

Inzwischen war es tief in der Nacht. Die Musik war verstummt. Von draußen drangen vereinzelt Gelächter oder die Rufe der Heimkehrenden herein. Malu war müde und aufgekratzt zugleich. Auch Golda schlief nicht. Sie hatte sich wieder an den Tisch gesetzt, wo sie das sinnlose Sortieren fortsetzte, als sei die Vorstellung, untätig sein zu müssen, für sie nicht auszuhalten. An Malu richtete sie kein einziges Wort. Malu beschloss, ihr kein Gespräch aufzuzwingen, sondern so zu tun, als sei nichts an ihrem Verhalten ungewöhnlich. Alle Augenblicke hatte sie den Impuls, sie etwas zu fragen, irgendetwas in Erfahrung zu bringen, das erklärte, warum Golda sich so sonderbar verhielt. Es kostete sie ungeheure Anstrengungen, ihre Fragen ungefragt und ihre Bemerkungen unbemerkt zu lassen. Sie spürte, dass die ziellose Beschäftigung Goldas sie nervös machte, ja sogar aufbrachte. Musste Golda die Lächerlichkeit ihres Tuns nicht langsam selbst bemerken? War es denn wirklich möglich, dass sie in diesem katatonischen Muster gefangen war, ohne etwas dagegen tun zu können? Oder war nicht viel wahrscheinlicher, dass ihr Malus Anwesenheit aus irgendeinem Grund unangenehm war und sie nun versuchte, sie durch dieses nervtötende Getue zu vergraulen? Letztlich verwarf Malu all diese Fragen und fing dann nach wenigen Minuten wieder von vorne damit an, sie sich zu stellen.

Da keinerlei Interface vorhanden war, über das man Musik oder irgendein anderes ablenkendes Programm einspielen konnte, begann Malu leise und ganz für sich zu singen.

»Au clair de la lune,
Mon ami Pierrot,
Prête-moi ta plume
Pour écrire un mot.«

Schon bei der ersten Zeile hatte Golda sich zu ihr umgedreht. Sie hatten das Lied im Französischunterricht kennengelernt. Eigentlich war sie schon zu alt für Schlaflieder gewesen, doch hin und wieder hatten sie es gemeinsam gesungen, weil sie beide, vielleicht aus unterschiedlichen Gründen, etwas daran berührte. Bei »pour écrire un mot« begann Golda jetzt mitzusingen. Ihre Stimme war kaum mehr als ein Flüstern, doch zu Malus Erstaunen beherrschte sie, wie sie selbst, noch alle vier Strophen. Golda hatte Malu dabei die ganze Zeit über angesehen, fast so, als gehöre dies zum Singen dazu. Jetzt, da das letzte Wort verklungen war, drehte sie sich wieder zu ihrem Tisch um, doch ihre Hände blieben still darauf liegen.

»Ein schönes Lied«, sagte Malu.

»Ja.«

»Wann hast du es zuletzt gehört?«

»Damals. Als wir es gesungen haben.«

»Hast du Musik gehört in der letzten Zeit?«

Sie antwortete nicht. Wie nach einem Lauf, für den die Kondition eigentlich nicht reichte, blieben sie stehen und rangen nach Luft. Aber die Stille zwischen ihnen hatte sich verändert, so als ob sie nun nicht mehr undurchlässig und hart war, sondern beweglich, bereit, Schallwellen zwischen ihnen hin und her zu transportieren.

Nach einer langen Pause fragte Malu: »Diese Prellungen. Die müssen doch wehtun.«

»Ich habe keine Schmerzen.«

Malu glaubte nicht, dass Golda ihr erzählen würde, was geschehen war. Doch wenn sie nicht fragte, würde sie es nicht herausfinden.

Zu ihrer Überraschung sagte Golda mit noch immer abgewandtem Blick: »Ich habe mich in einem Pferdewagen versteckt. Es heißt Anhänger, Pferdeanhänger. Für Autos. Da habe ich drin geschlafen. Ein Mann hat mich geweckt. Er hat mich herausgezogen und geschlagen. Dann hat er mich abgewaschen. Dann hat er …«

Gütiger Gott. Was erzählte sie denn da? Golda sagte das mit monotoner Stimme und vollkommen unbeteiligt, wie bei einer Aufzählung unbedeutender Ereignisse. Aber was sie da andeutete, war Vergewaltigung!

»Mein Gott«, sagte Malu. »Das ist ja furchtbar.«

»Er hat mir etwas zu essen gegeben.«

»Ah, also ... bist du bei ihm geblieben?«

»Ja, einen Tag. Einen Tag und eine Nacht. In der Nacht habe ich sein Pferd genommen.«

»Du hast ... es genommen? Ohne ihn zu fragen?«

»Ja. Aber es war dunkel, wir sind gestürzt. Ich musste zu Fuß weitergehen.«

In dieser Weise setzte sich das Gespräch fort, von einem Ereignis zum nächsten und zum nächsten, wie eine Bahnstrecke, auf der eine Station der vorhergehenden folgte, doch ohne kausalen Bezug oder innere Notwendigkeit. Golda erzählte, wie sie in verlassenen Scheunen zwischen Ratten und Mäusen geschlafen hatte, in einem Blätterbett im Wald, wie sie vor Männern weggelaufen war, die sie beschossen, weil sie aus deren Garten Äpfel gestohlen hatte. Nichts davon schien sie emotional zu berühren, jedenfalls war ihrer Erzählung davon nicht das Geringste anzumerken. Sie gab Malu einen sachlichen Bericht ohne Färbung, und wann immer Malu etwas einwarf oder fragte, war es, als wunderte Golda sich, wie Malu daran etwas unklar sein konnte. Wie es ihr ging oder wie sie sich fühlte, darauf antwortete Golda wahlweise mit hungrig, durstig oder müde.

»Nein, ich meine: Hattest du Angst?«

»Ja, natürlich. Ein paarmal hatte ich Angst.«

»Wovor hattest du Angst?«

»Dass ich den Weg nicht finde.«

»Und ... im Wald, so ganz allein?«

Golda schien die Frage nicht unbedingt für abwegig zu halten, doch die Antwort klang ein wenig ratlos: »Wovor?«

»Wovor? Na, vor ... der Dunkelheit. Vor Wölfen.«

»Nein.«

Malu hatte bewusst noch keine einzige Frage zu Biotopia gestellt. Aber ermutigt von Goldas unerwarteter Sachlichkeit – und einer Schamlosigkeit, die nicht kokett oder aufgesetzt wirkte, sondern einfach dem mangelnden Interesse zu folgen schien, irgendetwas zu verbergen –, hatte Malu das Gefühl, dass Golda in gleicher Weise von ihrer Rolle in der Farm berichten und alle Vorwürfe möglicherweise schon vor dem ersten Licht des Tages für immer zerstreut haben würde. Doch sobald Malu das Wort Biotopia auch nur ausgesprochen hatte, verstummte Golda. Sie schloss die Augen, als sei sie müde; Malu war klar, was das bedeutete.

Es fiel ihr schwer, ihre Fragen herunterzuschlucken. Sie bot Golda an, bei ihr zu bleiben, aber auch das wehrte sie ab. Für den Moment war es genug.

»Ich habe dich vermisst«, sagte Malu beim Hinausgehen und lächelte.

Golda lächelte ebenfalls, aber es wirkte künstlich. Das waren nicht die wachen, neugierigen Augen ihrer Tochter. Die meiste Zeit wirkte sie unbeteiligt; ihre Augen ruhten, wenn sie miteinander sprachen, nicht auf ihr, sondern schienen rastlos umherzuwandern oder auf einen fernen Punkt hinter ihr gerichtet.

Vermissen: Golda schien vergessen zu haben, was dieses Wort bedeutete.

22
Der Weg

Nicht nur Malu hatte länger geschlafen als üblich. Auch alle anderen ließen das erste Licht dieses Sonntags ungenutzt und die üblichen Geschäftigkeiten in der Waldkolonie ruhen.

Malu schlief seit ihrem ersten Abendessen nicht mehr im Gruppenraum, sondern bei Rufus, der ihr sein Sofa angeboten hatte. Es war bei dem Sofa geblieben, auch wenn Malu zunächst überzeugt gewesen war, dass er sein Bett gemeint hatte. Sie wusste nicht, ob sie sein zugewandtes Desinteresse als respektvoll oder zurückweisend empfinden sollte, entschied sich allerdings für Ersteres. Sie hätte sein Angebot nicht ausgeschlagen.

Es war Bruno, der gegen zehn Uhr an die Tür klopfte und, nachdem Rufus in langen Unterhosen und löchrigem T-Shirt geöffnet hatte, nach Malu verlangte. Da der Raum klein war, musste Rufus die Tür nur noch etwas weiter öffnen, so konnten die beiden direkt miteinander sprechen.

»Golda ist weg.«

Sofort war Malu hellwach und fuhr hoch, ohne einen Gedanken an ihre wirren Haare oder ihr Nachthemd zu verschwenden. »Wohin?«

»Keiner hat sie gesehen. Sie hat eins der Pferde genommen.«

Eine halbe Stunde später saß Malu ebenfalls auf einem gesattelten Pferd und ritt in den Wald Richtung Norden. Eli hatte zunächst darauf bestanden, dass jemand sie begleiten solle, auch um das Pferd wieder zurückzubringen, das am nächsten Morgen für die Arbeit gebraucht werden würde. Rufus hatte bereitgestanden, mit ihr zu reiten. Es war klar, wohin Golda wollte, und Malu hatte argumentiert, dass jemand aus dem Camp dort im Moment wohl nicht willkommen sein würde. Der wahre Grund war jedoch, dass sie Golda allein einholen wollte. Denn sie hielt ihr Verschwinden für nichts anderes als eine Flucht. Und wovor sollte sie flüchten, wenn nicht vor ihr?

Heute waren keine Baumtrupps im Wald unterwegs, selbst die Tiere schienen auszuschlafen. Sie hörte entfernt einen Specht, sonst war es still. Dort, wo das Laub den sandigen Boden des Waldweges sichtbar ließ, erkannte sie an manchen Stellen eine Vertiefung, die von einem Huf herrühren konnte, doch sie war keine Fährtenleserin – letzten Endes konnte sie nur annehmen, dass Golda wirklich hier entlanggeritten war.

Leichter Regen hatte eingesetzt, die Temperatur lag nahe null. Ihre Hände steckten in fingerfreien Handschuhen, die schnell durchnässt waren. Ihr Griff, mit dem sie die Zügel umklammerte, war viel zu fest. Die Hände schmerzten. Sie hatte seit Jahren nicht mehr auf einem Pferd gesessen und musste sich erst auf die gescheckte Appaloosastute einstellen, die ihrerseits wechselnde Reiter gewöhnt zu sein schien.

Links von ihr hatte ein Blitz eine alte Ulme der Länge nach gespalten, das Holz war schwarz vom Ruß, der Stamm von oben nach unten verkohlt. Dennoch stand er aufrecht, es schien nur eine Frage der Zeit, bis eine der beiden Hälften nachgeben und umfallen würde. Bald war um sie herum nichts als Wald. Sie wäre gern getrabt, traute sich aber nicht, zumal immer wieder Zweige und Äste auf dem Weg lagen und die Sicht schlecht war. Sie war etwa eine halbe Stunde geritten, als sie das Pferd fand. Es stand mitten auf dem Weg und knabberte Rinde oder Flechten von einem Baumstamm, die Zügel hingen herunter. Malu stieg ab, sah sich um, lauschte. Von Golda war nichts zu sehen. Malu wartete: Was immer sie zum Absteigen bewogen hatte, sie musste bald zurückkommen.

Nach einer Weile fiel Malu ein, dass Golda vielleicht gerade deswegen nicht zurückkam, weil sie hier wartete. Der Gedanke entmutigte sie. Sie wollte nicht glauben, dass Golda eine solche Abneigung gegen sie entwickelt hatte, dafür gab es einfach keinen Grund. Es musste eine andere Erklärung geben. Hatte sie sich erleichtern müssen? Aber weshalb sollte sie sich dazu so weit von ihrem Pferd entfernen? Wahrscheinlicher war, dass sie nach etwas Essbarem suchte oder vielleicht jemanden im Wald gesehen hatte, schließlich konnte Damians Camp nicht mehr weit entfernt sein.

Malu stieg ab. Das Pferd schnaubte. Links vom Weg, auf der Urwaldseite, dort wo das Gehölz dicht und ungeordnet stand, hörte sie ein lautes Krachen wie von einem brechenden Ast. Sie starrte gespannt in das Halbdunkel, doch sofort lag der Wald wieder ruhig, als hüte er ein Geheimnis.

Sie band beide Pferde an einen Baum und setzte vorsichtig einen Fuß nach dem anderen ins schwer zugängliche Unterholz. Sie konnte sich dabei nur von ihrem Gefühl leiten lassen. Ein Schatten, fast vollständig verdeckt von Bäumen und kargen Büschen, weckte ihre Aufmerksamkeit, vielleicht eine Hütte oder ein Unterstand, jedenfalls eine undefinierbare Besonderheit in der wirren Anordnung von nichts als Bäumen.

Sie blickte sich um. Die beiden Pferde waren schon fast hinter dem Gehölz verschwunden.

Sie sah wieder nach vorne, da riss ihr ein heftiger Schlag an ihrem Knöchel das linke Bein weg. Instinktiv wartete sie darauf, dass das Schmerzsignal ihr Gehirn erreichte. Einundzwanzig, zweiundzwanzig … Gemessen an der Heftigkeit des Schlages wusste sie bereits vor seinem Einsetzen, worauf sie sich gefasst machen musste, doch als der Schmerz schließlich in ihr explodierte, war er so heftig, dass er den Horizont verdunkelte. Sie brach zusammen, und ihr Stöhnen schien den gesamten Wald zu erfüllen. Sie griff nach ihrem Fuß und spürte Metall.

Die Fangbügel des Tellereisens hatten sich knapp über dem Schaft ihres Wanderschuhs geschlossen. Es war ein altes, rostiges Gerät mit der Anmutung eines Folterinstruments. Die Zähne des Tellerrandes waren nicht sonderlich spitz, trotzdem bohrten sie sich ins Fleisch und in den Knochen ihres Unterschenkels, und schon die geringste Bewegung erzeugte kaum aushaltbaren Schmerz. Die Falle war über eine lange Kette mit einem Anker verbunden, der sich bei dem Versuch eines Tieres, sich mit der Falle zu bewegen, unweigerlich im Unterholz verfangen würde. Sie versuchte, die Bügel auseinanderzuziehen, doch das war vollkommen zwecklos: Sie gaben keinen Millimeter nach, im Gegenteil schienen sie ihr Bein nur noch unbarmherziger in ihren Zangengriff zu nehmen.

Sie spürte den Impuls, Watson zu Hilfe zu rufen, aber natürlich war Watson nicht verfügbar. Sie schloss die Augen und atmete tief durch. Das sollte eigentlich beim Nachdenken helfen, tatsächlich aber war sie außerstande, einen klaren Gedanken zu fassen. Sie spürte den Drang, aufzustehen, denn es schien ihr eine schlechte Idee zu sein, hier auf dem Waldboden sitzen zu bleiben wie ein lebender Köder. Es gab Wölfe und Bären. Allerdings gab es die auch, wenn sie aufstand.

Sie zog den rostigen Anker zu sich. Das Ding wog mindestens fünf Kilo, und sie musste höllisch aufpassen, dass sie durch die Bewegung der Kette nicht auch die Falle an ihrem Bein bewegte. Sie versuchte aufzustehen und dabei alles Gewicht auf ihr rechtes Bein zu verlagern, doch im selben

Augenblick begriff sie, dass das so nicht funktionieren würde. Denn nun riss die Schwerkraft an der schweren Falle: unmöglich, sich auf diese Weise fortzubewegen. Sie versuchte stattdessen, im Sitzen rückwärts zu rutschen, bis das Ende der Kette erreicht war. Dann konnte sie den Anker vorsichtig wieder zu sich heranziehen und die Prozedur wiederholen.

Doch abgesehen davon, dass das eine schmerzhafte, ermüdende und quälend uneffektive Art war, sich fortzubewegen, stellte sich auch die Frage, wohin sie überhaupt wollte. Sie versuchte, durch die Bäume hindurch das zu erkennen, was sie als Schatten wahrgenommen hatte, aber da war nichts zu machen, der Wald war zu dicht. Und wäre es nicht auch vernünftiger, genau hier zu bleiben? Abgesehen davon, dass nur bei dieser Variante der Schmerz einigermaßen erträglich war, musste der Fallensteller doch irgendwann zurückkehren, um nachzusehen, ob er Beute gemacht hatte. Nur wann? Am Abend? Am nächsten Morgen? In drei Tagen?

In der Nacht würde sie definitiv mit Tieren rechnen müssen, nicht nur mit Hasen und Rehen, die auf ihrem Weg schon gelegentlich durchs Dickicht gebrochen und Haken schlagend wieder dorthin geflüchtet waren. In der Gegend gab es rudelweise Wildschweine, und wenn sie sich vor deren unberechenbarer Angriffslust schon fürchtete, war das noch nichts gegen die Angst vor Wölfen. Sie war jedem Wildtier, gleich welcher Art, schutzlos ausgeliefert, noch dazu ohne ein wärmendes Feuer. Sie beschloss, auf den Schatten zuzukriechen. Es war viel besser, etwas zu tun, als bloß hier herumzusitzen und ihren Hilferufen dabei zuzuhören, wie sie in der Tiefe des Waldes verhallten.

Es ging furchtbar langsam. Ihr Bein schwoll an, und obwohl sie kein Blut sah, war sie überzeugt, dass die Haut mindestens aufgeschürft sein würde. Nach etwa einer Stunde – vielleicht mehr – war sie zumindest so weit vorangekommen, dass sie dem Schatten, den sie als Fluchtpunkt ihrer Hoffnung auserkoren hatte, einen Namen geben konnte. Zu ihrer Enttäuschung war es keine Hütte. Ein Sturm hatte eine mächtige Buche umgeworfen und dabei die Wurzel mitsamt einer großen tellerförmigen Erdscholle aus dem Boden gerissen. Auf diese Weise waren eine Mulde und ein Überhang entstanden, nicht ganz ein Dach, aber doch zumindest ein passabler Wind- und Wetterschutz.

Als sie dort ankam, war sie vollkommen erschöpft. Ihr Bein pochte brutal, und sie quälte der Gedanke, dass die Bügel die Blutzufuhr beeinträchtigen und ihren Fuß absterben lassen könnten. Anlehnen konnte sie sich nicht, da der Überhang zu schräg stand. Die Erde war feucht und bei genauerem Hinsehen voller Ameisen und Würmer. Dennoch legte sie sich hin und ruhte einen Moment aus. Dumpf wuchs in ihr die Ahnung, dass sie ihre Situation womöglich nicht verbessert, sondern verschlechtert hatte, denn hier war sie wesentlich schwerer zu finden – im unwahrscheinlichen Fall, dass überhaupt jemand nach ihr suchen würde. Doch wer sollte das tun? In Damians Camp rechnete niemand mit ihr, Eli hatte keinen Grund anzunehmen, dass sie ihr Ziel nicht erreichte. Und Golda? Sie war, wie es aussah, vor ihr weggelaufen.

Sie musste eingenickt sein. Ein Tausendfüßler kroch über ihre Hand; angewidert schüttelte sie ihn ab. Einmal wach, kehrte der Schmerz zurück, nicht nur in ihrem Fuß, sondern dank der klammen Kälte auch im Rücken, im Nacken, den Gelenken. Das Licht war matter geworden, so als würde es langsam und unaufhaltsam aus dem Tag gesogen und mit ihm auch das Leben in ihr. Sie brauchte Wärme. Ein Feuer, das würde sie retten, und wenn schon nicht retten, dann zumindest die Nacht überstehen lassen.

Sie wusste, wie das ging, selbst bei dieser Witterung. In

Norwegen, bei einem ihrer wenigen gemeinsamen Urlaube mit Damian und Golda, hatten sie mehrfach wild gecampt, und Damian hatte es als Teil der Erfahrung betrachtet, das Essen auf einer selbstgemachten Feuerstelle zu kochen, die ausschließlich mit gesammeltem Material und einem Feuerstein entzündet werden durfte. Sie konnte sich noch gut erinnern, wie es auch bei feuchter Witterung gelungen war, geeignetes Zündholz zu finden und daraus ein kleines Nest zu schnitzen, das den Zunder aus trockenem Laub, Flechten oder zerriebenen Holzfasern aufnahm.

Sie nahm den Rucksack ab und kramte darin nach dem großen Jagdmesser, das in der Scheide steckte. Der Knauf am Ende des Griffes bestand aus einem eingelassenen Feuerstein und ließ sich abschrauben, und vielleicht konnte sie es sogar fertigbringen, Funken daraus zu schlagen. Aber mit der Falle an ihrem Bein war es unmöglich, Brennmaterial zu sammeln.

Doch was blieb ihr anderes übrig, als es zu versuchen? Fieberhaft raffte sie alles Totholz in ihrem Radius zusammen, nur um festzustellen, dass es durchnässt und völlig unbrauchbar war. So schnell war ihre Hoffnung wieder dahin. Sie rief ein paarmal verzweifelt um Hilfe, so laut sie konnte. Dann saß sie ratlos und konnte nur zusehen, wie das Licht immer mehr schwand. Sie hatte von Füchsen gehört, die sich ihre eigene Pfote abbissen, um sich aus einer solchen Falle zu befreien. Sie sah auf das große Messer. Den Überlebenswillen, so etwas zu tun, besaß sie nicht. Sie musste ihn in all den Jahren verloren haben, in denen sie mehr und mehr in einer moderierten Welt lebte, mit immer anspruchsloseren Kulturtechniken, deren Ausführung einer künstlichen Intelligenz vorbehalten war und die hier in der freien Natur vollkommen wertlos waren. Sie mochte das jetzt bereuen, aber für Reue war es zu spät. Niemand konnte sich auf alle möglichen Situationen vorbereiten und alle jemals notwendigen Fähigkeiten erwerben. Niemand konnte das Leben vorhersehen, um sich ihm immer und überall gewachsen zu zeigen.

Selbst wenn sie gelernt hätte, im Wald zu überleben, indem sie versteckte Wasserläufe fand, eine Hütte baute und zum Essen einen Hasen ausnahm – sie könnte diese Fähigkeiten nicht anwenden, denn ihre Hände hatten irgendwann ihre Gefolgschaft eingestellt und sich als Erfüllungsgehilfen ihrer Bedürfnisse verabschiedet. Man konnte es Desertion nennen. Aber die Dinge irgendwie zu nennen änderte sie auch nicht. Also wirst du in diesem gottverlassenen Wald, der auf keiner relevanten Karte mehr verzeichnet ist, einsam zugrunde gehen, und es wird sein, als hättest du nie gelebt. Keine Handvoll Menschen wird sich an dich erinnern, und trauern wird keiner von ihnen – weil du sie verlassen hast, bevor sie dich verlassen konnten.

Früher, als man die Toten noch in Särgen bestattet und Grabsteine aufgestellt hatte, wären vielleicht noch Malus Lebensdaten hineingestanzt worden, als Beweis für die Dauer, die sie auf der Erde zugebracht hatte, auch wenn dieses Zubringen ohne Ziel und Zweck geblieben war. Heute gab es nicht einmal mehr das. Die Asche der Toten wurde zu einem kleinen Pseudoedelstein zusammengepresst und im Idealfall ein paar Jahre lang an irgendeinem Finger getragen, bis auch dieser Finger mitsamt dem ganzen Körper zu Asche und diese wiederum zu Stein wurde. Das war die zirkuläre Bestimmung der menschlichen Existenz – der Kreislauf des Lebens. Allerdings: sich das hier und jetzt klarzumachen, konnte Malu hinsichtlich ihres anstehenden Überlebenskampfs kaum als hilfreichen Gedanken bezeichnen. Da war es fast tröstlich, dass diese Gedanken dadurch beendet wurden, dass sich ein Bär näherte.

Noch war das nur eine Ahnung, denn Malu wusste nicht, ob das, was sie gehört hatte, wirklich ein Bär war, konnte es nicht wissen. Aber für ein Kleintier oder einen Fuchs war das Geräusch zu laut gewesen. Es klang wie langsame, schwere Schritte, die immer näher kamen.

Sie zog das Messer aus der Scheide und nahm einen der toten Äste, die sie zusammengeklaubt hatte. Im Rucksack waren außer einer Lampe und Verbandszeug – die Grundausstattung für alle Waldgänger – nur noch eine Flasche Wasser und zwei Äpfel. Sie schnitt mit dem Messer ein Stück Gurt von ihrem Rucksack und verband den Griff des Messers mit dem Ende des Stocks. Dann kerbte sie das Ende des Gurtes der Länge nach ein und zurrte alles mit den beiden entstandenen Stücken fest – zu ihrem Erstaunen sogar sehr fest. Zumindest ihre Finger schienen im Überlebensmodus angekommen zu sein.

Wieder hörte sie dieses schwere Rascheln im Gehölz, und ohne auf die Schmerzen zu achten, wuchtete sie sich hoch auf das unverletzte Bein. Sie verlor die Balance und stützte sich auf die Lanze, deren Messerspitze im Boden steckte. Der Knoten hielt, doch der Stock brach mitten entzwei.

Ihre einzige Hoffnung bestand jetzt nur noch darin, dass es vielleicht doch kein Bär war, der da auf sie zukam.

Sondern Golda.

Die Dunkelheit war niedergekommen wie ein Hang, dessen Erdmasse sich unaufhaltsam ins Tal ergossen hatte und nur in winzigen luftgefüllten Kavernen das Überleben ermöglichte. Golda und Malu hielten sich in den Grenzen einer solchen Kaverne: dem Schein des Feuers, das sie gemeinsam entzündet hatten.

Nicht nur Goldas Bemühen, ihre Mutter aus der Falle zu befreien, indem sie mit aller Gewalt den Federmechanismus auszuhebeln versuchte, waren gescheitert. Auch das Vorhaben, gemeinsam die Pferde zu erreichen, barg unüberwindliche Hindernisse: Zunächst wollte Golda Malu einfach bis dorthin stützen, was aber nicht nur durch das bereits bekannte Schwerkraftproblem, sondern auch die Tatsache vereitelt wurde, dass Golda viel zu schwach war, um außer ihrem eigenen Körper auch noch den ihrer Mutter durch die Gegend zu schleppen. Die Konstruktion einer behelfsmäßigen Trage, die Golda durch das dichte Unterholz hätte wuchten müssen, kam aus demselben Grund nicht infrage.

Schließlich hatte sich der Wald auch dem Plan verschlossen, eines der Pferde bis zu dem Wurzelunterstand zu führen: Beide Tiere wollten sich partout nicht auf unsicheren Boden und durch dichtes Gezweig treiben lassen und blieben wie festgewurzelt stehen, so sehr Golda sie auch zog und drängte. Ebenso gut hätte sie versuchen können, sie über den Rand einer Klippe springen zu lassen.

Eine letzte Möglichkeit auf Hilfe bestand darin, dass Golda den Weg zum Camp alleine zurücklegte, um Hilfe zu holen. Dafür hätte sie ihre Mutter im Wald zurück- und der Nacht überlassen müssen. Nach dem, wie Golda sich bislang verhalten hatte, war Malu sicher, dass ihre Tochter darin keinen Hinderungsgrund sah. Doch zu ihrer Überraschung wollte sie das nicht.

»Warum nicht? Du bist doch vor mir weggelaufen. Warum willst du dann jetzt nicht ohne mich gehen?« Sie versuchte, nicht vorwurfsvoll zu klingen.

»Ich bin nicht weggelaufen. Vor dir.«

»Nein? Und warum hast du dich dann im Wald versteckt?«, fragte Malu.

»Da waren Männer.«

»Was für Männer?«

»Ich weiß nicht. Männer.«

»Und was haben die gemacht?«

Sie zuckte die Schultern. »Ich bin weggelaufen.«

Sie hatten vielleicht noch eine Stunde bis zur absoluten Dunkelheit. In dieser Stunde gelang es ihnen, all die Fragen, die Malu stellen, und all die Antworten, die Golda verheimlichen wollte, in der Schwebe zu lassen, um hier, auf dem Boden der Tatsachen, ein Feuer vorzubereiten. Golda trug ein zu großes Männersakko, eine zerrissene Pumphose und Tanzschuhe, was alles für eine Übernachtung in der Wildnis ungeeigneter nicht sein konnte.

Sie hatte aus unerfindlichen Gründen weder vor Tieren noch der Dunkelheit Angst und viele Nächte im oder am Rande von Wäldern ohne Feuer verbracht. Was dazu getan werden musste, um eins zu entzünden, wusste sie nicht.

Malu beschrieb ihr genau, welche Art Holz sie suchen musste, und Golda hörte ihr konzentriert zu. Als sie etwa zwanzig Minuten später wiederkam, hatte sie einen Großteil von dem beschafft, was Malu ihr benannt hatte: Zweige von einem toten Baum, die sich knackend abbrechen und nicht biegen ließen und von Malu, als Golda sie vor ihr ablud, umgehend von ihrer feuchten Rinde befreit wurden. Ihre Finger stimmten dieser Arbeit nicht zu und brüllten vor Schmerz, kalt und nass, wie sie waren. Bei vielen Ästen musste Golda helfen. Die dickeren Äste, die Golda mit der Klappsäge abgetrennt hatte und schon portioniert herbeitrug, musste sie mit dem Messer spalten, das sie zu diesem Zweck am Stockende ansetzte und mit einem Stein darauf schlug.

Malu war Kopf, Golda die Hand dieser Vorbereitungen.

Inzwischen war es schon so finster, dass sie Golda für den schwierigsten Teil mit der Stirnlampe leuchten musste. Malu hatte Golda beschrieben, wie Birken aussahen, und sie nach der Rinde geschickt, von der sie wusste, dass sie wegen ihrer ätherischen Öle sogar in feuchtem Zustand brannte. Dann ließ sie Golda feine Späne von der Unterseite der Rinde schaben und platzierte sie in einer Mulde, die sie am Fuß des Überhangs zum Schutz vor Wind und Regen mit einem Stock gegraben hatte. Schon beim dritten Funken, den Golda mit der Messerklinge aus dem Feuerstein schlug, brannte der Zunder, und Malu spürte Goldas gespannte Aufregung vor dieser archaischen Prozedur. Sie verfolgte gebannt, ob das kleine Flämmchen sich würde behaupten können, und fütterte das Feuer nach Malus Anweisung erst mit der restlichen Rinde und dann mit den gespaltenen Stöcken, bis es heiß genug brannte, dass die beiden sich trauten, auch dickere, ungeschälte Holzstücke darauf zu legen, wenngleich der Qualm ihnen die Augen tränen ließ.

Dann war es vollständig dunkel um sie herum und der Feuerschein die einzige Lichtquelle. Malu teilte ihr Wasser mit Golda, die dann in einem nahegelegenen Wasserlauf, den sie entdeckt hatte, neues holte, und beide aßen ein karges Abendmahl – einen Apfel. Das Feuer ließen die beiden keine Sekunde aus den Augen. Golda schien von tiefer Befriedigung, sogar Stolz erfüllt zu sein, eigenhändig ein Feuer in der Wildnis entfacht zu haben.

Für Malu war es wie eine Lebensversicherung: Aller bedrohlichen Geräusche ungeachtet, die aus der Tiefe des Waldes an ihr Ohr dringen mochten, würde ihnen im Lichtkreis dieses Feuers nichts geschehen. Schnell bemerkte sie jedoch, dass sie bei Weitem nicht genug Holz hatten, um das Feuer die ganze Nacht hindurch am Brennen zu halten, was bedeutete, dass Golda mit ihrer Stirnlampe losziehen und neues beschaffen musste, die ganze Nacht hindurch im Takt der quälend langsam vergehenden Stunden. Wenn sie wiederkam und nachgelegt hatte, setzte sie sich mit ausgestreckten Händen und betrachtete mit nicht enden wollender Faszination die erstarkend hochzüngelnden Flammen. Malu las in ihrem Blick keine Spur von Beunruhigung und verlor so auch ihre, selbst als die Geräusche der Nacht – all das Trappeln und Rascheln, das Flattern und Heulen – zahlreicher wurde und näher kam. Sie leuchtete über die Grenzen ihrer Lichtsphäre hinaus in die Dunkelheit, doch sie sah nichts als Bäume. Sie hielt den Atem an, als sie ein Bellen hörte. Doch das war unzweifelhaft ein Haushund, und es drang vermutlich vom nicht allzu fernen Camp zu ihnen. Während ihr Herzschlag sich beruhigte, hörte sie wieder Geheul, aber diesmal bedeutend näher.

»Ist das ein Wolf?«, fragte Golda interessiert.

»Glaube schon.«

Golda bemerkte, was Malus Einsilbigkeit und gepresste Stimme bedeuten mussten. »Hast du Angst?«

»Kann man wohl sagen.«

»Wovor?«

»Davor, dass er herkommt. Uns angreift.«

»Uns angreift? Warum?«

»Was weiß ich? Vielleicht weil er denkt, wir haben was zu essen.«

Golda lächelte. »Zum Glück haben wir nichts.«

»Ja«, sagte sie und lächelte ebenfalls. »Zum Glück. Sagst du es ihm?«

Die Hitze des Feuers wärmte sie, doch der feuchte Waldboden war unangenehm kühl. Golda brachte ihr einen Haufen Tannenzweige, so wurde es etwas besser, aber eine Blasenentzündung würde sich kaum noch vermeiden lassen. Tatsächlich spürte sie ihre Blase schon länger, und das war in ihrer Lage ein echtes Problem. Denn schon ohne ihre Fessel war die Vorstellung, in der Dunkelheit zwischen unsichtbarem Getier zu hocken, das ihr möglicherweise in Schlüpfer oder Strumpfhose kriechen und sich später in der Nacht bemerkbar machen würde, unerträglich. Sie müsste sich schon gleich hier beim Feuer erleichtern, doch das kam ebenso wenig infrage. So stellte sie sich darauf ein, die Nacht unter dem größer werdenden Druck ihrer Blase zu verbringen.

»Willst du erzählen«, fragte sie nach einer Weile, »was du erlebt hast? In der Farm? Du warst so lange Zeit dort.«

Sie ging das Risiko dieser Frage ein, weil sie fast sicher war, dass Golda ihr jetzt antworten würde.

Aber Golda antwortete nicht sofort. »Warum willst du das wissen?«

»Weil du meine Tochter bist.«

Golda sagte nichts. Überlegte sie, ob das ein ausreichender Grund war? Die Unterhaltung mit ihr war wie das Wurzeldach, unter dem sie saßen. Über der Erde mochte es übersichtlich zugehen – ein Stamm, ein paar Äste –, doch im Boden verzweigte sich ein weit auslaufendes Durcheinander, das sich in der Erde festkrallte, wie es gerade wuchs, ganz gleich, ob sich die einzelnen Stränge umeinanderschlangen oder weit entfernt allein ihr Glück versuchten. »Wie ist es, ein Kind zu haben?«

Malu stutzte. Mit dieser Frage hatte sie nicht gerechnet, zumal sie nichts mit der zu tun hatte, die sie gestellt hatte. »Es ist … besonders.«

»Besonders wie?«

»Es ist, als sei man ausgewählt worden, auf etwas sehr Wertvolles aufzupassen. Und wenn man es zum ersten Mal sieht, liebt man es sofort. Und man ist bereit, alles zu tun, damit es ihm gut geht.«

»Alles?«

Malu spürte der Frage nach, wie um ihren verborgenen Hintersinn zu finden. Hatte sie einen? War schon die Frage eine Kritik? Oder war es bloß eine Frage? »Es fühlt sich so an, als würde man alles tun. Aber vielleicht tut man nicht alles.«

»Also ist es eine Lüge?«

Das Wort klang schwer und schneidend wie eine Klinge.

»Nein«, sagte sie. »Es ist wahr. Es ist der wahre Zweck des Lebens.«

Golda schüttelte unmerklich den Kopf. »Das ist der Zweck?«

Malu bemerkte, wie sich ihre Gesichtszüge veränderten.

»Was ist, Golda?« Sie wollte zu ihr gehen und den Arm um sie legen.

Golda hatte sich abgewandt. Ihre Schultern bebten. Malu spürte eine so intensive Verbindung zu ihr, dass die Ahnung, die sie die ganze Zeit über gehabt hatte, mit einem Mal zur Gewissheit wurde. »Wo ist es jetzt?«, fragte Malu unendlich vorsichtig. »Dein Kind. Ist es noch in der Farm?«

Ohne zu zögern schüttelte Golda den Kopf – als hätte sie nur darauf gewartet, dass Malu sie endlich von der Last befreite, es weiter zu verschweigen. Sie drehte sich langsam um. »Sie wachsen nicht dort auf.«

Ein Ast im Feuer knackte laut, Funken stoben auf. »Wo denn dann?«

Ein weiterer Wassereinschluss sprengte das Holz und verdampfte mit einem leisen Zischen. Golda zuckte zusammen. »Ich habe mich erschreckt.«

»Wo wachsen sie auf, Golda?«

»Woanders. Bei … Anderen.«

»Ihr gebt sie weg? Eure Kinder?«

Golda lächelte ein trauriges Lächeln, das weder falsch noch echt wirkte, und wischte sich mit beiden Händen die Tränen von der Wange. »Das verstehst du nicht.«

»Nein. Aber vielleicht kannst du es mir erklären.«

»Du würdest es nicht verstehen.«

»Versuch es.«

Golda stand auf. »Ich gehe Holz holen.«

Der Schlaf kam in dieser Nacht nicht mehr, aber dafür leerte das Zittern irgendwann ihren Kopf, die Gedanken wurden still und taub, und mit ihnen auch die Angst. Nach endlosen Stunden tauchte der Wald so langsam aus der Dunkelheit auf, dass sie es zunächst gar nicht wahrnahm. Immer wieder waren ihr die Augen zugefallen, ohne dass sie eingeschlafen wäre. Das Bein, ihr Kopf, der Nacken, nicht zu vergessen die Hände schmerzten je auf unterschiedliche Weise, so als hätten sie sich gegen sie dazu verschworen, ihr ein möglichst breites Spektrum der schlimmsten Qualen zu präsentieren. Und all das verblasste noch gegen den schrecklichen Druck ihrer Blase.

Doch als sie feststellte, dass der Himmel, wann immer sie den Blick hob, wieder um eine Nuance heller geworden war, bald sogar erste Konturen im aufkommenden Licht erkennbar wurden und schließlich ein heller Streifen zwischen den Baumwipfeln auftauchte, packte sie ein Hochgefühl, das die Schmerzen fast vergessen ließ. Sie streckte sich. Alles wirkte auf den ersten Blick genauso wie gestern bei Einbruch der Dunkelheit. Und was sollte sich auch verändert haben?

Golda öffnete die Augen, als hätte sie gar nicht geschlafen.

»Guten Morgen«, sagte Malu. »Ich muss zuerst ins Bad.«

Zu ihrer Überraschung verstand Golda sofort. Sie stand auf und half ihrer Mutter, sich hinter einen Busch zu bewegen, indem sie den schweren Anker vorsichtig neben ihr hertrug. Malu stützte sich an den eng stehenden Bäumen ab und fand schließlich unter Schmerzen die richtige Stelle.

»Danke, Liebes. Den Rest schaffe ich allein.«

»Ich kann dir helfen.«

»Nicht nötig.«

Golda schien zu wissen, dass es sehr wohl nötig war, doch sie nickte und ließ Malu allein.

Als sie sich unter größter Mühe mit ihrer freien Hand den Rock und die enge Strumpfhose über die Hüfte gezerrt hatte und sich hinhocken wollte, stoben neben ihr zwei Vögel aus dem Blattwerk und ergriffen laut flatternd die Flucht. Malu zuckte zusammen, starr vor Schreck, dann erleichtert, dass es nur Vögel gewesen waren – und abermals erschrocken, als plötzlich ein Mann neben ihr stand und eine Schrotflinte auf sie richtete.

23
Der Bunker

Im fahlen Licht der aufgehenden Sonne ritten Malu und Golda im Schritt an einem endlosen Maschendrahtzaun entlang, geführt von einem Mann mit Biberfellmütze. Er hatte Malu ihre Blase entleeren lassen, sie aus der Falle befreit und seitdem wenig gesprochen. Diese Befreiung hatte keine zehn Sekunden gedauert und so mühelos ausgesehen, als erfordere sie weder Sachkenntnis noch Geschick. Der Bibermann hatte nicht einmal Werkzeug dazu gebraucht.

Weder ihr Knöchel noch das Schienbein waren gebrochen, aber die absurde Schwellung verhinderte jegliche Bewegung des Fußes, und an Auftreten war nicht zu denken.

Sie gelangten an ein Gittertor, das von zwei Männern auf der Innenseite geöffnet wurde. Sie trugen Gewehre und grüßten den Bibermann wortlos, als er die Pferde in den Kasernenhof führte. Die Pforte wurde quietschend wieder geschlossen.

Aus der an vielen Stellen geborstenen Betondecke des Hofs schoss allerorten Unkraut empor. Die Freifläche war überdeckt von großen Tarnnetzen, die von Pfeilern und Leinen gehalten wurden und kaum Tageslicht durchließen. In oder vor Garagen und anderen niedrigen Bauten standen einige Autos, entweder fahrbereit oder fast schrottreif, alles Benziner längst vergangener Bauarten.

Vor einem mehrstöckigen fensterlosen Plattenbau blieben sie stehen. Früher mochten in dem Gebäude Verwaltungsbüros untergebracht gewesen sein, jetzt aber fehlten nicht nur die Fenster, auch die Front im Erdgeschoss war teilweise eingerissen und entfernt worden, wodurch ebenerdig eine Art offene Halle entstanden war. Darin standen mehrere große Fahrzeuge: ein Unimog, ein alter Kastenwagen, ein Siebeneinhalbtonner. Sie alle waren mit zahlreichen passend gemachten Teilen versehen worden, die Scheiben von außen vergittert, die Kotflügel zum Schutz der Reifen mit Stahlplatten verstärkt. Sie standen mit der Front nach vorne, so als müssten sie jederzeit einsatzbereit sein.

Das Gebäude war anscheinend entkernt und in den Zustand eines Rohbaus zurückversetzt, dann aber mit allerlei Zeug vollgestellt und absurd zweckentfremdet worden: Schubkarren voller Spaltholz, ein Haufen Winkelstücke für Abflussrohre und eine halb demontierte Drohne standen zwischen Werkbänken und ölverschmierten Autoteilen. Ein mit leeren Flaschen übersäter Billardtisch harrte neben einem alten Wohnwagen und dieser wiederum auf einer Hebebühne seiner Benutzung.

Sie führten die Pferde zu einer Brache hinter dem Gebäude, wo das Unkraut hüfthoch wuchs und eine gefüllte Regentonne in Reichweite stand. Golda nahm den Pferden, nachdem Malu sie darum gebeten hatte, etwas umständlich die Trensen und Sättel ab, dann gingen sie durch den Hintereingang in das Gebäude.

In einem ehemaligen Großraumbüro im Erdgeschoss hing ein Reh kopfüber an einem Gestell. Man hatte es ausbluten lassen, das Blut war in einer Plastikwanne aufgefangen worden. Eine junge Frau war damit beschäftigt, das Wild aufzubrechen. Malu war die letzte, die das zu beurteilen wusste, aber sogar für sie sah es nicht so aus, als hätte die Frau das zuvor schon oft getan. Tatsächlich kam eine zweite hinzu, nahm ihr das Messer ab und begann, kurze gezielte Schnitte an Hals und Brustkorb zu setzen. Einige Kinder standen daneben und feixten. Sie sahen aus wie Waldmenschen, die fernab jeder Zivilisation leben: Die Gesichter schmutzig und schrundig, die Hosen und Jacken zerrissen, darunter verwahrloste Genügsamkeit.

Ein Mann stellte sich ihnen in den Weg. Er war schmächtig und nicht sehr groß, die Haut grau, das Gesicht eingefallen und mit einem Ausdruck, als sei er sein Leben lang vom Schicksal geprügelt worden. Seine Erscheinung ließ Malu nicht in erster Linie an ein entbehrungsreiches Waldleben denken, sondern an eine Drogenlaufbahn, die in konzentrischen und immer enger werdenden Kreisen auf die Selbstzerstörung hinausgelaufen wäre, wenn nicht etwas – oder jemand – ihn aus dieser fatalen Umlaufbahn herausgeschleudert hätte. Er trug die dünnen grauen Haare offen, sodass sie wie Spinnweben seine hohe Stirn umwehten, und als er anfing zu sprechen, sah sie, dass ihm mehr Zähne fehlten, als geblieben waren.

»Wer sind die?«, fragte er ihren Begleiter mit Blick auf Malu und Golda.

»Hab ich im Wald gefunden. Sie sagen, sie gehören zu Damian.«

Der Schmächtige sah sie schweigend an, als laboriere er an einer Frage, ohne zu wissen, welcher.

»Ich bin seine Exfrau«, sagte Malu, um die Sache abzukürzen. »Das ist unsere Tochter Golda.«

Der Blick des Schmächtigen weitete sich. Er sah von Golda zu Malu und wieder zurück, es lag etwas wie unterwürfiger Respekt darin. Dann nickte er, als hätte er einen Befehl empfangen, drehte sich wortlos um und verschwand hinter einer Tür am Ende des Vorraums.

Ein paar Minuten blieben sie stehen, wo sie waren. Durch die fehlenden Fenster waren die Pferde beim Grasen zu sehen. Vorne bei der Halle machten sich einige Männer an den geparkten Fahrzeugen zu schaffen, schraubten hier und dort noch etwas an und verluden hinten Gepäck auf die

Ladefläche. Für Licht sorgte ein einzelner Halogenstrahler; geredet wurde kaum.

Die Frau, die die Anleitung übernommen hatte, zog den Schlund aus dem Hals des Rehs und entnahm das Herz. Ihre gleichmütig-koordinierte Ruhe zeugte gleichermaßen von Respekt vor dem toten Tier wie von der Beherrschung ihres Handwerks. Malus Knöchel pochte stark, sie musste sich auf den Boden setzen.

Schließlich kam der Schmächtige zurück. Er war nicht allein. Im ersten Moment erkannte Malu den Mann nicht, den er mitgebracht hatte. Er trug eine vollkommen absurde Aufmachung: Unter einem Bärenfell – war das echt? – lugte die Scheide eines japanischen Langschwerts hervor, auf dem Kopf trug er einen mit bunten Tüchern umwickelten Zylinder. Eine kleine getönte Brille bedeckte winzig wirkende Augen. Malu versuchte aufzustehen, aber erst als Golda ihr hochgeholfen und der Mann seine Brille abgenommen hatte, verstand sie, dass sie Damian gefunden hatten.

»Golda?«, fragte er fassungslos.

»Papa«, sagte Golda lächelnd und flog regelrecht in seine Arme, es wirkte, als würde sie von einem massigen Bären verschlungen.

»Golda, bist du es wirklich?« Damians Stimme klang belegt, ihre Umarmung nahm kein Ende. Schließlich lösten sie sich voneinander, und Damian sah seine Tochter fassungslos an. »Was tust du hier, verflucht noch mal?« Als Golda nicht antwortete, fiel sein Blick auf Malu. »Und du«, sagte er zu ihr als Begrüßung.

»Ich freue mich auch, dich zu sehen«, sagte Malu.

»Das ist nur wieder so ein Spruch von dir«, sagte Damian. »Was willst du hier? Hast du Golda hergebracht?«

Malus Vorstellung, wie sich diese erste Begegnung nach mehr als zwanzig Jahren gestalten würde, hatte sich im Nu derart bewahrheitet, dass sie bereits genug von ihrem

Wiedersehen hatte. Leider konnte sie sich nicht einfach auf dem Absatz umdrehen und in den Wald zurückkehren. »Wir haben eine ziemlich heftige Nacht hinter uns.«

Damian winkte ab und zog Golda mit sich. Dann wurde er auf die Frau bei dem Reh aufmerksam, die gerade mit gleichmäßigen Schnitten die Bauchdecke öffnete. »Was machst du da?« Damian ließ Golda stehen, zog sein Schwert und hatte mit wenigen Schritten den Raum durchmessen. Mit einem einzigen senkrechten Hieb schlitzte er den Bauchraum des Tieres bis hinunter zum Brustbein auf, sodass augenblicklich das graugrüne Gedärm herausquoll und auf den Boden klatschte und die Frau mit einem Satz zurückspringen musste, damit es nicht ihre Stiefel traf. Der Gestank des zerfetzten Pansens, der vermutlich unversehrt geblieben wäre, hätte man der Frau die Sache überlassen, verbreitete sich sofort, während Damian das Schwert am Kadaver abwischte und zufrieden zurück in die Scheide schob.

»So geht das«, sagte er zufrieden, indem er zu Golda zurückging, während die Blicke der beiden Frauen Malu bestätigten, dass niemand sonst das so sah.

Er führte sie ins Kellergeschoss. Dort passierten sie eine Art Schleuse, zwei halbmeterdicke Stahltüren, von denen aus sie in einen langen, über und über mit Tags beschmierten Tunnel gelangten. An den nackten Betonwänden verliefen Stromkabel und Rohrleitungen, alte Schreibtische und Unrat lagen herum, von den Leuchtstoffröhren brannte nur jede dritte. Es roch durchdringend nach feuchtem Keller und Diesel, und der Geruch wurde stärker, je näher sie dem Ende des Tunnels kamen. Malu musste sich notgedrungen von dem Schmächtigen stützen lassen, der durchdringend nach länger ungewaschener Kleidung roch.

»Wo sind wir hier?«, fragte Malu, die nur mühsam Schritt halten konnte.

»Im Führerbunker«, sagte Damian. »Was ist mit deinem Bein?«

»Sie ist in eine der Fallen getreten«, sagte der Schmächtige.

Damian lächelte ihn an. »Das geht auf dein Konto. Also kümmerst du dich darum!«

»Ich bin Fracke«, sagte der Mann zu ihr. Der Bunker, erklärte er, sei ein Relikt der DDR. Er sei als Kommandositz des Nationalen Verteidigungsrates im Falle einer atomaren Konfrontation mit dem Westen bestimmt gewesen. Honecker und das Politbüro hätten darin bei einem Erstschlag der NATO zwei Wochen überleben können, bevor sie nach Russland ausgeflogen worden wären.

»Und wie lange habt ihr überlebt?«, fragte Malu, während sie versuchte, ihren Schuh auszuziehen. Wäre der Schaft etwas höher gewesen, hätte die Fußangel nur diesen statt des Knöchels erwischt. So aber bereitete ihr schon das Ausziehen des Schuhs, und mehr noch der Socke, die heftigsten Schmerzen, und gleich darauf sah sie, dass der Knöchel geschwollen und bunt verfärbt war. Sie lehnte sich auf der Behandlungsliege zurück; Fracke suchte durch unmotiviertes Wackeln an ihrem Fuß den Anschein von Sachverstand oder zumindest Hilfsbereitschaft zu erwecken. Allerdings war Malu ohnehin überzeugt, dass nichts gebrochen, sondern zum Ausheilen nichts Anderes vonnöten sein würde als Ruhe und möglichst wenig Belastung.

»Kann ich mich irgendwo ausruhen?«, fragte sie.

»Wir suchen dir gleich was. Du wirst sehen, so übel ist es nicht. Unten gibt es richtige Zimmer. Je weiter man nach unten kommt, desto schöner wird es.« Er lächelte dazu ein dünnes Lächeln, so als erwarte er eine Bekräftigung.

»Schön. Wunderbar. Gibt es Eis? Das tut weh.«

»Es ist nicht kalt genug.« Er kramte in einer Kiste. »Aber ich habe Drogen.« Er holte eine abgegriffene Schachtel Ibuprofen heraus.

»Von wann sind die?«

Offenbar konnte er das Kleingedruckte nicht entziffern, obwohl er die zerfledderte Schachtel dicht vor die Augen hielt. Es dauerte.

»Schon gut«, sagte Malu. »Ich nehme eine. Danke.«

Nachdem er mit einem Pappbecher leicht rostfarbenen Wassers zurückgekommen war und sie die Tablette heruntergeschluckt hatte, schloss sie die Augen. Allein dass sie liegen und den Fuß entlasten konnte, war eine Wohltat, und so begann ihr Bewusstsein augenblicklich wegzudriften wie ein Boot, das gemächlich einen plätschernden Flusslauf hinuntertrieb.

Als sie die Augen wieder öffnete, war sie allein, und sie wusste, dass einige Zeit vergangen war, obwohl der Raum keine Fenster hatte, keine Uhr, nichts, das ihr Voranschreiten veranschaulicht oder bewiesen hätte.

Ihr Fuß pochte, aber dumpf und wie betäubt. Sie fühlte sich etwas besser, also wagte sie es, ihre Beine über den Rand der Liege zu schwingen und aufzustehen. Sie wartete den Schmerz ab, der durch die plötzliche Durchblutung entstand, konnte sich nach einem Moment aber, wenn sie sich irgendwo abstützte, schon humpelnd vorwärtsbewegen.

Der Raum, auch der Korridor, den sie entlangging, all das wirkte extrem unwirtlich, eben wie das, was es war: ein Bunker. Es roch nach Erde und feuchtem Mörtel. Anders als in einem Haus gab es nichts, woran man sich orientieren konnte. Sie wusste nicht einmal, wonach sie suchte, bis sie einen Raum fand, dessen Tür geöffnet war. Darin saß ein junger Mann vor zahlreichen Monitoren wie in einem Überwachungsraum. Vielleicht war es früher wirklich der Überwachungsraum gewesen.

Der Mann trug Kopfhörer, drehte sich aber um, als er Malus Spiegelbild im Monitor sah. Er nahm den Kopfhörer ab. »Du bist Malu«, sagte er zu ihr. »Ich bin Gordo. Damians Sohn. Wir sind verwandt!«

Malu war überrascht. Er wirkte nicht so jung, als dass er hier draußen, in den Gebieten, geboren sein konnte, deutlich älter als zwanzig. »Oh. Wie alt bist du? Genau?«

»Ich habe nicht so genau mitgezählt«, sagte Gordo. »28, so was in der Richtung.«

Malu stemmte die Hände in die Hüften und lächelte resigniert. Also war er geboren worden, als sie noch zusammen waren.

»Stimmt damit was nicht?«

»Ich habe nur gerade gedacht«, sagte Malu, bevor sie sich entschließen konnte, dieses Detail lieber für sich zu behalten, »dass das mit der Verwandtschaft anders funktioniert. Freut mich trotzdem.«

Gordo nickte unverbindlich, so als warte er noch auf die Pointe dieser Erklärung. »Okay. Du suchst bestimmt die anderen?«

»Ich suche vor allem Golda.«

»Ja, die. Die war vorhin oben. Kann sein, sie ist in der Küche.«

»Du kennst Golda?«

»Seit heute. Ich mache ihr gerade eine ID.«

»Wofür?« Sie sah auf den Monitor, dort war aber nichts als unverständlicher Code zu sehen.

»Eine Besucher-ID. Für die Stadt. Wir benutzen die, wenn wir nach Berlin oder Rostock müssen. Man kann sich damit ein paar Tage lang frei bewegen.«

Malu nickte, ohne genau zu verstehen, wovon er redete. »Ist das … legal?«

»Nicht direkt.« Er griff nach einem kleinen Gegenstand auf dem Schreibtisch und hielt ihn hoch. Er hatte die Form eines Fingers, der am zweiten Glied in einem Schlüsselring mit Karabiner auslief. Malu wollte schon danach greifen, da begriff sie, dass es tatsächlich ein Finger war. Sie stöhnte auf und prallte zurück.

»Was ist?«, fragte Gordo nicht ohne Schalk.

»Das kann doch nicht ...?«

»Halb so wild. Wir kriegen die aus der Gegend, wenn Leute sterben. Manche von denen haben noch ein Konto in der Stadt, auch wenn sie schon seit Jahren hier sind. Ich kann sie hacken. Man kann sich dann mit dem Fingerabdruck anmelden, Gesicht oder Stimme funktioniert bei Toten ja eh nicht mehr so gut. Wenn man einmal eingeloggt ist, kann man die Funktionen neu konfigurieren, und dann party on.«

»Du scheinst das schon ein paarmal gemacht zu haben. Party.«

»Was glaubst du denn? Ich leb in einem Bunker!«

Die Kantine, in die Gordo sie danach führte, bestand aus einem großen Raum, auch wenn Malu sich scheute, die gruftartigen und nach Schimmel stinkenden Gelasse dieses Bunkers mit irgendetwas gleichzusetzen, das an einen normalen Aufenthaltsort für Menschen erinnerte. Das gesamte Artefakt war entsetzlich, glich eher einzelnen Verliesen oder Grabkammern als Wohnräumen, und sie verfluchte Damian, auch wenn sie nicht wissen konnte, ob er allein es gewesen war, der den Leuten das Leben hier aufgezwungen hatte. Aber sicher war es so gewesen, das alles trug seine Handschrift. Er war ein großes Kind, das schon immer leben wollte wie ein Gesetzloser, auch wenn die Realität eklatant von seinen kruden Vorstellungen abwich. Ein Atomschutzbunker!

Die Küche zumindest sah einer normalen Großküche nicht unähnlich. Es gab viele Metalloberflächen und Abzugshauben, und die Decke in diesem Bereich war doppelt so hoch wie in den anderen Kammern. Drei Köche waren damit beschäftigt, Fleischstücke – wohl von dem zerlegten Reh – zu schneiden und in die angrenzende Kantine zu tragen, wo an mehreren Tischen die Bewohner dieser grotesken Räuberhöhle wie Piraten beisammensaßen, die bei einem letzten Gelage noch mal den Plan für ihren morgigen Raubzug durchgingen – was, wie Malu bald erfahren würde, exakt den Tatsachen entsprach.

Golda saß neben Damian, der mit großer Geste Reden schwang und unterwürfiges Gelächter erntete. Das Bärenfell hatte er abgelegt, dennoch war seine Erscheinung gewohnt raumgreifend.

Golda wirkte dabei unbeteiligt und beklommen, als wüsste sie nicht, was sie in dieser Runde anfangen sollte. Wenn die Männer aus voller Kehle lachten, zuckte sie leicht zusammen und blieb still, verzog nicht einmal den Mund zu einem Lächeln. Ihren Teller hatte sie kaum angerührt, während alle anderen ihr Essen bereits beendet hatten.

Malu blieb am Eingang stehen, da sie nirgendwo einen freien Platz entdeckte. Unvermittelt stand Golda auf und begann damit, die Teller zusammenzustellen und in die Küche zu tragen. Sie ging an Malu, die sie jetzt erst bemerkte, vorüber und versuchte, Wasser in das große Spülbecken laufen zu lassen, fand aber den Stopfen nicht. Malu ging zu ihr und betätigte einen Hebel, der den Abfluss verriegelte.

»Es gibt auch eine Spülmaschine«, sagte sie zu Golda.

»Schon gut«, sagte die. »Ich mache das.«

»Du willst deine Hände beschäftigen«, sagte Malu und lächelte. »Ich helfe dir.«

Nur auf wenigen Tellern waren Essensreste zurückgeblieben, meist Knochen, die Malu in eine Tonne kratzte, während Golda bedächtig einen Teller nach dem anderen in das Wasser tauchte und zum Trocknen auf die Ablage legte.

»Willst du zurück in die Stadt?«, fragte Malu beiläufig.

Golda sah sie kurz an, und ein ertapptes Lächeln huschte über ihr Gesicht. »Ja. Bald.«

»Hat das was mit deinem Kind zu tun?«

Golda konzentrierte sich aufs Abwaschen.

»Du willst nicht darüber reden. Ich respektiere das, aber … vielleicht kann ich dir helfen.«

Wieder warf ihr Golda einen kurzen, scheuen Blick zu und lächelte, fast entschuldigend, so als gäbe es für ihr Schweigen gute oder wenigstens für sie gute Gründe, die Malu eines Tages, vielleicht, verstehen würde.

»Ich habe dich noch nie abwaschen sehen«, sagte Malu.

Golda schien erleichtert über den Themenwechsel. »Wir hatten eine Spülmaschine.« Sie machte eine Pause, wie wenn sie versehentlich eine Losung ausgesprochen hätte, die eine verborgene Tür geöffnet hatte.

»Habe ich immer noch.«

Malu spürte, wie sich ihr Herz zusammenzog. Es war das erste Mal, dass Golda sie etwas gefragt, ihr früheres gemeinsames Leben erwähnt hatte. Es fühlte sich an, als würde sie damit erst jetzt bestätigen, wirklich ihre Tochter zu sein.

Malu nahm ein Handtuch und begann, die sich bereits stapelnden Teller abzutrocknen.

»Und was ist mit Konrad?«, fragte Golda.

Malu lächelte unverbindlich, ohne wirklich zu antworten. »Ich wollte mich noch bei dir bedanken«, sagte sie dann. »Für gestern Nacht. Du hast den Laden alleine geschmissen.«

Golda schien unsicher, wie sie diese Formulierung zu verstehen hatte.

»Ohne dich hätte ich die Nacht nicht durchgestanden.«

Golda nickte kaum merklich. Und dann sah Malu, dass sie verlegen lächelte.

Als Golda wenig später die Kantine mit Gordo verließ, um sich in ihre Scheinidentität einweisen zu lassen, löste sich Damian aus seiner Lagebesprechung. Malu hatte von der Küche aus erst mit halbem Ohr, dann aber immer interessierter zugehört, worüber sie sprachen. Es hatte mit einem Zug zu tun, der am nächsten Morgen in der Nähe vorbeifahren würde.

»Du stehst hier so alleine rum«, sagte er.

»Gut beobachtet. Ihr habt da gerade nicht über einen Raubüberfall gesprochen, oder?«

»Ach das ... So würde ich das nicht nennen.« Damian pulte sich mit einem Finger zwischen den Zähnen herum. »Es sind keine Passagiere an Bord. «

»Du überfällst Züge? Bist du noch bei Trost?«

»Ganz die Alte.«

»Was ist, wenn sie dich ...« Sie brach ab, die Frage führte sowieso nirgendwohin.

Damian lächelte, als bereite ihm ihre Empörung Vergnügen. »Golda«, sagte er, um das Thema zu wechseln.

Malu wandte sich ihm nun vollends zu, nicht ohne Neugier. »Ja?«

»Sie hat mir vorhin erzählt, was los ist.«

»Aha? Was ist denn los?«

Damian sah sie an, als schätze er ab, was Malu bereits wusste und was nicht. »Hat sie dir nichts erzählt?«

»Kommt drauf an, was du meinst. Sie hat mir eine ganze Menge erzählt.«

»Komm schon. Du weißt es gar nicht, oder?« Er lächelte herablassend.

»Was ist das für ein dämliches Spielchen?«

»Ihr Kind«, sagte Damian. »Dass sie ihr Kind zurückholen will? Nein?«

Drüben in der Räuberhöhle wurde unisono gelacht.

»Zurückholen?«

»Sie hat es dir also nicht erzählt.«

»Ist das ein Wettbewerb? Erzähl mir doch einfach, was du weißt, es ist doch egal, wem sie was erzählt hat.«

»Das ist überhaupt nicht egal, und das weißt du auch.«

»Müssen wir unbedingt da weitermachen, wo wir vor zwanzig Jahren aufgehört haben?« Malu atmete tief durch. »Was meinst du mit zurückholen?«

»Ganz einfach, sie hat Mist gebaut. Sie hat es weggegeben. Und jetzt will sie das geradebiegen.«

»Moment. Hat sie das gesagt? Dass sie Mist gebaut hat?«

»Ist doch egal. Sie braucht jedenfalls Hilfe.«

»Warte mal, ich muss das wissen. Hat sie gesagt, dass es ein Fehler ...«

»Verdammt noch mal, was reitest du jetzt darauf rum, ob sie einen Fehler zugibt oder nicht? Geht dir dabei einer ab?«

»Ich möchte nur wissen ...«

»Fühlst du dich dann besser? Die unfehlbare Malu?«

»Ich will doch nur wissen, ob ...«

»Wenn nur alle es so machen würden wie du, dann würde weniger Scheiße passieren auf der Welt, ja?«

Malu versuchte immer noch, ruhig zu bleiben, das war das beste Rezept. »Sie war in der Farm. Ich habe gehört, sie hat dort was zu sagen gehabt. Ich weiß aber nicht, ob das stimmt. Auf mich wirkt sie eher traumatisiert. Vielleicht hat man sie gezwungen. Wie bei einer Sekte. Sie hatten da ein, ein ... ich weiß nicht, wie ich das nennen soll.«

»Ich hänge an deinen Lippen.«

»Ein Überwachungssystem. Ein Unterdrückungssystem.«

»Klar. Drunter machst du's nicht.«

»Verdammt, Damian! Jetzt tu nicht so, als hättest du noch nie was von Slave City gehört.«

»Was willst du mir denn sagen?«

»Ich weiß nicht, was sie dort erlebt hat. Ich habe nur Berichte von anderen gehört. Widersprüchliches Zeug. Hat sie dir etwas darüber erzählt, warum sie die Kinder weggeben?«

»Sie hat nur über sich gesprochen, Malu. Sie hat *ihr* Kind weggegeben, verstehst du? Keine dunklen Mächte, die Kinder verschleppen.«

»Sie hat gesagt, dass die Kinder nicht bei ihren Eltern in der Farm aufwachsen. *Die* Kinder. Alle Kinder. Das hat sie selbst gesagt!«

»Wenn du meinst.«

»Hat sie erzählt, wohin das Kind gekommen ist?«

»In die Stadt. Zu Pflegeeltern. Oder Adoptiv? Keine Ahnung.«

Malu holte tief Luft. Sie hatte es ihm erzählt. Sie hatte eine zweiwöchige Reise unter größten Widrigkeiten auf sich genommen, um ihm das zu erzählen, aber Malus Wohnung hatte sie so schnell wie möglich verlassen, um ihrer Mutter nicht zu begegnen. »Kennt sie die Leute? Sind es Bekannte?«

»Hat sich nicht so angehört.«

»Mein Gott«, sagte Malu. »Dann ist es wahr.«

»Was soll wahr sein? Komm schon, Malu, mach's nicht so spannend.«

»Sie haben es ihr weggenommen. Sie haben ihr das Kind weggenommen. Verkauft, so wie sie alles von sich verkaufen. Ihre Lebenszeit, die Haare, die Knochen, nachdem sie gestorben sind. Sie verwerten alles! Sie haben eine Industrie aus sich gemacht!«

Damian lachte sarkastisch. »Fleißig.«

Malu überging die Provokation. »Hat sie dir irgendwas darüber erzählt? – Damian, hör zu, wir klären unser Zeug später, okay? Bald, demnächst, das spielt jetzt keine Rolle. Ich muss genau wissen, was sie gesagt hat.«

Er schüttelte ihren Arm ab. »Jetzt ist mal langsam gut! Ich habe keine Ahnung, was du dir da zusammenfantasierst, aber ganz dicht klingst du nicht! Wir haben nichts zu klären. Was soll ich mit dir zu klären haben? Wenn du irgendwas über sie wissen willst, frag sie selber.«

»Aber sie will darüber nicht reden.«

»Mit *dir* will sie nicht darüber reden!«

»Was soll das heißen? Sie hat mir immer alles erzählen können! Ich habe ihr immer zugehört.«

»Wenn es das war, was du hören wolltest.«

»Das muss ich mir nicht geben. Du kannst mich nicht pro …«

»In Wirklichkeit hast du dich einen Scheiß um sie gekümmert, auch wenn du getan hast, als wärst du das verdammte Kinderhilfswerk.«

»Ich habe mich gekümmert, die ganze Zeit habe ich mich um sie gekümmert!«

»Von Marokko aus? Oder den Philippinen? Oder meinst du aus deinem beschissenen Büro in Kreuzberg?«

»Ich habe sie praktisch alleine großgezogen!«

»Sie ständig irgendwohin zu vermitteln, zum Reiten, zum Sprachunterricht, zur Musikschule, das nennst du großziehen? Golda war dein Projekt! Gekümmert hast du dich doch nur um dein eigenes Zeug.«

Malu spürte, wie hilflose Wut in ihrem Kopf explodierte. »Das ist unglaublich. Du nimmst das sofort …«

Aber ihre Wut war bloß ein Funken im Vergleich zu seiner. »Du bist genau wie deine verlogenen Kollegen, diese Fahrradfahrer und Gemüsekistenbesteller! Mir kommt's hoch, wenn ich nur an die denke! Diese Leute mit ihrer beschissenen Mehrheitsmeinung, ihrer handelsüblichen Mittelinksüberzeugung, mit der sie kaschieren, dass sie sich einen Scheiß für die Menschen interessieren und nicht bloß für den eigenen Status. *Leave no one behind* – am Arsch! Steht schön groß auf die Fahne geschrieben, damit es alle sehen, aber kosten darf es natürlich nichts, denn davon müssen ja die Reitstunden und Geigenstunden und Tennisstunden bezahlt werden. Da hat Golda zwar nicht nach gefragt, gehört aber nun mal zu so einem properen Elitekind, genauso wie Fremdsprachenunterricht und diese ganze Gutmenschenscheiße, die du ihr eingetrichtert hast!«

Die Dichte der Fäkalwörter gab ihr zu verstehen, dass es bereits egal war, ob oder was sie darauf entgegnete. Seine Augen traten hervor, ebenso wie die Adern an seiner Stirn: Er geiferte. Er war knapp davor, komplett die Beherrschung zu verlieren.

»Kein Wunder, dass sie die Schnauze voll von dir hatte, dass sie nur noch weg wollte! Dass sie lieber in dieses beschissene Gefängnis gezogen ist, als weiter so zu tun, als würde sie deiner verlogenen Heuchelei nacheifern wollen, nur um gesellschaftlich *aufzusteigen*. Gott, wie ich diese Anzugträger gehasst habe, denen du in den Arsch gekrochen bist. Lassen sich von dir in deiner schicken Wohnung feist bekochen und reden mit New Yorker Akzent über die Weltverbesserung. Diese verlogenen Schleimscheißer! Halten sich für moralisch überlegen, weil sie verkrüppelte Gurken zu Wucherpreisen kaufen. Niemand ist so leicht zu verarschen wie diese aufgeblasenen Sesselfurzer, die sich für was Besseres halten, nur weil sie ihre Kohle in afrikanische Infrastruktur investieren.«

»Du brauchst dich nicht aufzuregen, Damian. Die Zeiten sind längst vorbei.«

Golda war mit Gordo in die Küche zurückgekehrt. Malu wollte verhindern, dass sie Damians Suada mit anhören musste, aber dafür war es viel zu spät. Auch Damian drehte sich zu ihr um.

Doch plötzlich schreckte Golda zurück, weil ein Mann aus der Kantine kam, den Malu bislang noch nicht gesehen hatte. Er war groß und stämmig und hatte einen Gesichtsausdruck, dass Malu ihm lieber nicht allein in der Dunkelheit hätte begegnen wollen. Der Mann schien Golda zu erkennen und folgte ihrem hilfesuchenden Blick zu Damian.

»Was ist los?«, fragte der, und als Golda nicht antwortete: »Ist er das? Der dich vom Pferd geholt hat?«

Golda nickte weder, noch schüttelte sie den Kopf.

»Was war das mit meiner Tochter, Wildbosch?«, fragte Damian den Mann in einem Ton, der keinerlei Ausflüchte zuließ.

Der Angesprochene – Wildbosch – versuchte es trotzdem. Er war einen halben Kopf größer als Damian, doch seiner Stimme war anzuhören, dass er Respekt vor ihm hatte. Vor ihm oder vor seiner Rage. »Nichts. Was soll gewesen sein?«

»Sie sagt, du hast sie vom Pferd geholt. Sie sagt, du wolltest ihr an die Wäsche!«

»So ein Quatsch.«

Damian war mit zwei großen Schritten bei ihm und schlug ihm ohne zu zögern die Faust ins Gesicht. Der Stämmige taumelte, verlor das Gleichgewicht und stolperte zu Boden. Sofort war Damian über ihm und schlug erneut zu, zweimal, dreimal, bis der Liegende seinen Kopf unter seinen Armen vergrub. »Scheiße! Ich hab nichts gemacht!«

»Dann lügt sie, oder was? Meine Tochter hat mich angelogen, ja? Ich prügel dich tot, du Stück Scheiße!« Damian hieb mit weit ausholenden Schwingern auf ihn ein, bis ein paar Leute dazukamen und ihn von dem Liegenden herunterzerrten.

Malu war geschockt. Golda stand etwas abseits und hatte die Szene ungerührt beobachtet.

Fracke kam heran und hielt Damian ebenfalls zurück. »Damian. Denk an morgen!«

Zwei andere halfen Wildbosch auf. Eine von ihnen war die Frau, die das Reh ausgeweidet hatte. Sie betrachtete sein blutiges Gesicht. So wie sie seinen Kopf hielt – voller Mitleid, geradezu zärtlich –, nahm Malu an, dass die beiden ein Paar waren. »Was stimmt nicht mit dir, Damian?«

»Halt dich da raus! Er hat meine Tochter begrapscht!«

»Das hab ich nicht, verdammt!«

»Gib es doch wenigstens zu!« Damian konnte sich nicht beruhigen. Da kam Gordo dazu, legte seinem Vater den

Arm um die Schultern und klopfte ihm vertraulich auf die Brust. Malu konnte nicht verstehen, was er ihm zuflüsterte, aber es schien überzeugend genug zu sein, um Damian verstummen zu lassen.

»Du bist völlig durchgedreht«, schimpfte nun Wildboschs Frau in Damians Richtung, während sie ihren Mann langsam hinausführte. »Willst bloß vor deiner Ex den Macker machen …!«

»Ma!« Auch das kam von Gordo. »Jetzt provozier ihn nicht auch noch! Wir beruhigen uns jetzt alle mal!«

Ma? In Malus Kopf wurde das Beziehungsgefüge durcheinandergewirbelt wie in einem Mixer und kam in ziemlich chaotischer Anordnung zum Stillstand. Offenbar hatte Damian mit Wildbosch noch eine Rechnung offen gehabt.

Auf keinen Fall werde ich hier unten schlafen, dachte Malu. Ein Schlangennest, noch dazu in einem unterirdischen Bunker! Die Enge der massiven Wände bedrückte sie seit dem Moment, da sie dieses Hypogäum betreten hatte, die ganze Zeit schon hatte sie das Gefühl, nur schwer atmen zu können. Sie würde sich nicht die Blöße geben, an Ort und Stelle zu kollabieren. Bloß raus hier.

24
Der Zug

Malu wurde von einem Wellblech geweckt, das im Wind klapperte. Es war noch dunkel, und die Reste eines verworrenen Traums hafteten an ihr, sodass sie nicht gleich begriff, wo sie war. Im selben Moment wurde in der Halle Licht gemacht. Männer riefen durcheinander, rollten mit Getöse einen Hubwagen durch die Halle, verursachten allen möglichen Krach. Sie öffnete die Augen und sah durch das trübe Fenster des Wohnwagens.

Noch gestern Abend, als Fracke ihr diese Notunterkunft zugewiesen hatte, war sie wenig begeistert gewesen, nach der Nacht am Feuer wiederum der Kälte ausgesetzt zu sein, allein, während alle anderen unter ihr in Sicherheit schliefen. Doch was war das für eine Sicherheit? Sie schauderte bei dem Gedanken, dort wie begraben zu liegen. Die Nacht hier draußen war kalt, aber ruhig und erholsam gewesen, sodass sie jetzt, trotz der frühen Stunde, völlig ausgeruht war. Auch ihrem Fuß ging es viel besser.

Offenbar hatte man eine Drohne abgeschossen. Wie ein großer gefangener Vogel lag sie unter einem Netz auf der Ladefläche eines Pick-ups, der im Schritttempo über den von der Halle her schwach beleuchteten Hof gefahren kam. Ein paar Männer zogen das Netz beiseite, hoben das Fluggerät herunter und trugen es in die Halle. Dann standen sie darum herum wie Neandertaler um ihr totgeschlagenes Wisent.

Damian, wieder leicht zu erkennen an seinem Fell, betrat

die Szene. Fracke war bei ihm und schien ohne Unterlass auf ihn einzureden, ohne dass Damian etwas erwiderte oder auch nur darauf zu achten schien. In einiger Entfernung folgte ihnen Golda, und das schließlich bewog Malu, sich vollends anzuziehen und den Wohnwagen zu verlassen.

Die Lastwagen wurden gestartet. Der Anlasser des Unimog keuchte allerdings minutenlang, ohne dass er ansprang. Malu erkannte den Fahrer, es war nicht schwer angesichts des Pflasters, das er über der Nase trug. Angesichts seiner erfolglosen Startversuche und der nachlassenden Batterie loderte der Streit vom Vorabend wieder auf, Damian beschuldigte ihn, die Aktion zu sabotieren. Kern seiner Argumentation war die Wendung »blöde Sau!«.

Malu ging zu ihrer Tochter, die eine Art Pilotenjacke und eine verschossene Wollmütze trug, beides wiederum eine Nummer zu groß, so als gäbe es keine passende Kleidung mehr für sie.

»Hast du gut geschlafen?«, fragte Malu und lächelte. Sie freute sich, Golda zu sehen, und darüber, dass es ein so deutliches und klares Gefühl war an diesem Ort, von dem sie eigentlich nur so schnell wie möglich wieder wegwollte.

Golda nickte, doch Malu sah ihr an, dass das vermutlich nicht stimmte. Sie wirkte bleich und wacklig und hatte tiefe Augenringe. Malu dachte, dass sie ihre Tochter weder in der Nacht am Feuer noch in der davor auch nur einen Moment lang schlafend erlebt hatte.

»Bist du nicht müde?«, fragte sie.

»Doch.«

»Also kannst du nicht schlafen?«

Golda wich ihrem Blick aus, ohne zu antworten. Malu folgte ihrem Impuls und umarmte sie, ließ sich auch nicht davon beirren, dass ihre Tochter die Umarmung nicht erwiderte. Sie verstärkte sie sogar, ohne von Golda dasselbe zu erwarten. »Es ist gut«, flüsterte sie.

Goldas Haltung blieb unverändert, doch sie versuchte auch nicht, sich aus der Umarmung zu lösen. Gerade, als Malu sie loslassen wollte, spürte sie, wie Goldas Muskeln sich entspannten und ihr ganzer Körper in ihren Armen weich und nachgiebig wurde.

»Golda! Kommst du?« Das war Damian. Er rief zum Aufbruch.

»Du willst doch da nicht mitfahren«, sagte Malu. Es klang nicht wie eine Frage, und es hatte auch keine werden sollen.

Jetzt löste Golda sich. »Ich habe versprochen, dass ich mitkomme.«

»Aber … das ist doch keine Kaffeefahrt!« Malu hatte den Satz leise und zu Golda gewandt begonnen und schrie das Ende beinahe in Damians Richtung. »Weißt du denn nicht«, dies wieder zu Golda, »was die vorhaben?«

»Er sagt, es ist nicht gefährlich.«

»Sie wollen einen fahrenden Zug beklauen! Natürlich ist das gefährlich. Golda!«

»Was?«

»Ich mache dir keine Vorschriften.« Sie verzichtete auf das aber und ließ den Satz lieber so stehen. Aber sie wollte auf keinen Fall, dass sie da einstieg!

»Hör nicht auf sie!«, rief Damian, schon bei dem Lieferwagen stehend.

»Du kannst dich kaum auf den Beinen halten. Lass uns hierbleiben, wir essen was, trinken einen Tee. Okay? Vielleicht reiten wir aus, wie früher. Was meinst du?«

Golda zögerte. »Ich habe es versprochen.«

»Warte hier.« Sie ging zu Damian, der die Tür, die er schon geöffnet hatte, demonstrativ aufgebracht wieder zuwarf.

Malu erhob nicht ihre Stimme. »Sie bleibt hier. Du brauchst sie nicht, sie hat nichts davon. Es ist einfach nur eine schlechte Idee. Denk mal einen Moment darüber nach, was sie durchgemacht hat, denk nur mal einen Moment zuerst an sie und dann an dich.«

»Ohne die Klugscheißerei am Ende hätte ich gesagt, du hast mich. Aber so …«

Malu drehte sich mitten im Satz um und ging zurück zu Golda. »Sie bleibt hier.«

Nachdem sie unten in der Küche Haferbrei mit Brombeeren gegessen hatten, gingen sie zu den Pferden. Golda hatte sie die Nacht über in einem angrenzenden Schuppen untergebracht, den sie freigeräumt hatte. Ihr Fell glänzte, als hätte Golda sie gestriegelt und gebürstet, und tatsächlich hatte sie nicht nur das getan, sondern auch die Hufe ausgekratzt und Hafer, den es hier zuhauf gab, in einem Eimer bereitgestellt.

»Du hast an alles gedacht«, sagte Malu.

»Habe ich nicht. Es gab kein Stroh.«

Sie sattelten die Pferde und brachen auf. Beim Aufsitzen machte ihr Knöchel noch auf sich aufmerksam, doch sobald sie die Füße im Steigbügel hatte, war der Schmerz auf wundersame Weise verschwunden. Allerdings wollten die beiden Männer am Tor sie nicht vom Gelände herunterlassen, solange noch lief, was sie »die Aktion« nannten.

»Was macht es für einen Unterschied, ob wir hier sind oder im Wald?«

Der eine war ein alter Bekannter, der mit der Bibermütze. Jetzt, bei Helligkeit, sah er für sie noch viel vierschrötiger aus als gestern. Er sagte aufs Geratewohl: »Hier seid ihr in Sicherheit.«

Golda sah Malu an. Immerhin hatte Malu sie mit dem Sicherheitsargument dazu gebracht, nicht mit Damian mitzufahren. Eigentlich müsste sie ihm beipflichten. »Damian hat es erlaubt«, sagte sie stattdessen. »Du kannst ihn fragen, wenn er wieder da ist. Oder willst du Ärger mit ihm bekommen?«

Das Tor öffnete sich, und sie ritten im Schritt nebeneinander her, zwanglos und ohne Ziel.

Nach einer Weile sagte Malu unvermittelt: »Du warst mit van Aa zusammen, oder?«

Golda fiel es nicht leicht, Blickkontakt zu halten, was jetzt, reitend, allerdings weniger auffiel. Dennoch spürte Malu deutlich, dass ihr die Frage widerstrebte.

»Wir waren zusammen in der Box.«

»Der Box? Was heißt das?«

»Wir hatten dort Belohnungszeit. Nicht viel. Man kann selber wählen, was man damit machen will. Wir haben Sex gehabt.«

Malu war überrascht über die Unverblümtheit, die sie allerdings bereits kannte. Was sie noch mehr befremdete, war etwas anderes. »Das hört sich an, als hättet ihr eure Freizeit zugeteilt bekommen. Von wem?«

»Von MUTTER.« Sie sagte das leichthin, so als sei es selbstverständlich.

»Und warst du damit einverstanden?«

»Womit?«

»Dass MUTTER bestimmt, wann du Freizeit hast und wann nicht?«

Golda machte eine Geste, als sei auch das selbstverständlich.

Malu nickte zum Zeichen, dass sie es nicht infrage stellen oder ein Problem daraus machen wollte. Sie hatte sich ermahnt, Golda unvoreingenommen zuzuhören. Mit vorschnellen Urteilen würde sie nur das Gegenteil dessen erreichen, was sie wollte: Licht in die Frage zu bringen, wie die Dinge in Biotopia geregelt waren. »Also ist van Aa der Vater?«

Golda blickte starr nach vorne. »Ich möchte nicht über ihn sprechen.«

Malu suchte nach einem Weg, wie sie Goldas Widerstand

umgehen konnte. Sie hatte so viele Fragen, und es wäre eine große Enttäuschung, schon wieder in einer Sackgasse zu landen. »In Ordnung. Wir müssen nicht über ihn reden. Mich interessiert nur, ob er der Vater ist, ja oder nein reicht mir. Das wäre ja nicht abwegig, wenn ihr …«

»Dieses Wort benutzt niemand.«

»Welches Wort? Vater? Warum nicht?«

»Weil es albern klingt. Prätentiös. Und unangemessen. Mutter, Vater. Eltern. So ist das alles nicht.«

»Ihr nennt euren Computer MUTTER.«

»Das ist nur ein Name.«

»Also gut. Wie ist es dann?«

Golda schüttelte den Kopf, als müsste sie das Wort nochmals und mit Nachdruck zurückweisen. Das Wort und das Konzept, das damit verbunden war. »Es klingt, als würde es nur um uns gehen.«

»Was wäre daran so falsch?«

»Wir sind so nicht.«

»*Ihr*? Wie dann?«

»Ich weiß, wie sich das für dich anhört. Es würde keinen Sinn ergeben. Wir haben gemacht, was MUTTER vorgeschlagen hat. Bei allem. So.«

»Okay. Na schön.« Sie tat so, als sei das ganz normal. »Siehst du, es ist nicht so, dass das für mich keinen Sinn ergibt. Ich frage mich bloß, wie dieser Computer so viel Einfluss auf euch bekommen hat.«

Jetzt wichen sie vom Hauptweg ab, indem sie in einen ansteigenden Sandweg einscherten, fast so, als führten nicht sie die Pferde, sondern die Pferde sie. Und sie ließen es geschehen.

»Am Anfang, ganz am Anfang wollten wir in der Allmende allen Menschen die Arbeit geben, die für sie passte. Nicht umgekehrt. Das war sehr wichtig.«

Malu nickte nur.

»Wir haben damit schon beim Bau angefangen. Jeder Mensch sollte die Fähigkeiten einsetzen können, die er mitgebracht hat. Wir haben das idealisiert. Wir haben viele Dinge idealisiert. Die Routine, die Eintönigkeit. Wir haben gedacht, dadurch hast du eine Aufgabe, und dadurch, dass du eine Aufgabe hast ...« Sie brach ab.

Dann sah sie ihre Mutter an, wie in einem richtigen Gespräch, in dem Malu eine Frage gestellt hatte und wirklich an der Antwort interessiert war. Vielleicht entdeckte Golda in diesem Moment, dass ihre feste Überzeugung, niemand würde ihre Geschichte jemals verstehen, ins Wanken geraten konnte.

»Da war diese Sehnsucht, in eine Art von Trance zu kommen. In der man sich gehört. Aber nicht durch Meditation oder so was, oder Yoga oder Qigong und wie das alles heißt. Es ging ja auch darum, von sich wegzukommen. Dem Ego. Wir haben gedacht, wenn wir in diesen Flow geraten, wenn wir einfach arbeiten, dann hat all das Schlimme keine Macht mehr über uns.«

»Das Schlimme?«

»Es war doch alles falsch, damals. Draußen. Berlin war im Arsch. Nichts hat funktioniert. Als ich mich zuletzt ummelden wollte, war niemand im Amt, also habe ich's am Ende nicht gemacht. Keiner hat sich mehr für irgendwas Mühe gegeben. Das färbte auf die Leute ab. Die haben das Chaos um sich herum nur als Rechtfertigung benutzt, sich nur noch um ihr Insta-Profil zu kümmern. Man wird faul und lethargisch oder politisch radikal.«

»Dich habe ich so nie erlebt.«

»Überall gab es Leute, die so nicht weitermachen wollten. Die irgendwas verbessern wollten.«

»Ja«, sagte Malu nur.

»Biotopia hatte dieses Image. Es war cool. Leute waren sauer wegen dem Feld, aber auch die wussten, dass es eigentlich cool war. Keine Ressourcen zu verbrauchen, so als würde man gar nicht existieren. Als wäre man ein Geist, der zwar lebt, aber dabei nichts mehr kaputt macht. Ich habe gedacht, ich war sogar überzeugt, dass man nur so leben kann. Und die meisten waren davon auch überzeugt.«

Von fern hörten sie das Signalhorn eines Zugs, jenseits der Anhöhe, die sie zu erklimmen im Begriff waren. Golda hatte gesagt, was sie sagen wollte. Jetzt blieb sie stumm.

»Ich verstehe, dass ihr überzeugt davon wart«, sagte Malu schließlich. »Aber warum habt ihr so viele Entscheidungen aus der Hand gegeben? An diese … Maschine? Ich habe gehört, dass sich Investoren eingemischt haben … Rüstungskonzerne. Ist das wahr?«

Golda schien das Reizwort zu ignorieren, aber gleichzeitig spürte Malu, dass sie den Einwand sehr wohl gehört hatte und entkräften, mehr noch: dass sie auch Malu vom Gegenteil überzeugen wollte.

»MUTTER war wichtig. Je größer wir wurden, desto wichtiger wurde sie. Ständig kamen neue Produzenten an. Der Kundenkreis wurde größer. Jemand musste den Überblick behalten. Da waren die afghanischen und syrischen Männer, da waren die aus Osteuropa, Spanien und Griechenland. Aus der Türkei. Jeder sollte alles machen können, mit fließenden Zuständigkeiten. Aber jemand musste die Aufgaben delegieren und erklären können. Es ist kein Spielplatz. Sondern ein professioneller Lieferant mit langfristigen Verträgen. Am Anfang noch nicht, aber wir wurden sehr schnell dazu. Wir haben riesige Fischtanks mit Tausenden Litern Wasser und Zehntausenden Fischen. Sobald es eine Störung gibt, Beispiel pH- oder Sauerstoffwerte, dann kommt das gefilterte Wasser für die Tomaten nicht durch die Pumpkontrolle, das stört sofort den Wachstumszyklus, und plötzlich hast du einen Dominoeffekt und musst den gesamten Zyklus neu planen. Also muss die Produktion, die Schichtleitung, wer auch immer, so schnell wie möglich die richtige Entscheidung treffen, damit die Tomaten am sauren Wasser nicht sofort eingehen oder die Fische ersticken. Wenn du schlecht ausgebildete Leute hast, die sich nicht verständigen können oder das Problem nicht mal mitbekommen, weil sie gerade Textnachrichten mit der Heimat austauschen – zu der Zeit ging das nämlich noch –, dann musst du die gesamte Produktion neu starten, die Lieferkette bricht zusammen, und die Kunden müssen ohne ihren Fisch und ihr Gemüse satt werden, und ihr Vertrauen ist weg.«

Golda hatte sich in ihre Rede vollkommen hineingesteigert, ganz mühelos, als würde sie bei diesem Thema nicht nur keinerlei Widerstände empfinden, sondern sogar Freude. Malu konnte nicht verhehlen, dass sie sich ein wenig mitgerissen fühlte.

»Und damit das nicht passiert, haben wir es MUTTER überlassen. MUTTER ist die Einzige, die zum exakt richtigen Zeitpunkt an der richtigen Stelle die richtigen Parameter bestimmen kann, damit das Problem sich in Luft auflöst, bevor es überhaupt existiert. Es existiert nicht, weil MUTTER es vorausgesehen und verhindert hat. Allen von uns wurde schnell klar, dass auf MUTTER Verlass war, weil nur sie den gesamten Ablauf kannte und die richtige Antwort auf ein Problem. Und je öfter sie richtig lag, desto mehr vertrauten wir ihr.«

»Hat sie sich mal geirrt?«

Golda schien in ihrer Begeisterung plötzlich etwas gebremst. Sie antwortete nicht. Vielleicht befürchtete sie, von Malu aufs Glatteis geführt zu werden, oder es gab tatsächlich Entscheidungen, mit denen sie nicht übereingestimmt hatte. Ganz sicher gab es die. Soweit Malu es mittlerweile beurteilen konnte, war eine besonders gravierende davon der Grund, warum Golda jetzt hier war.

»Warum hat MUTTER dann nicht gleich alles selber gesteuert? Vollautomatisch?«

Sofort fing Golda wieder Feuer. »Weil wir einen Ort für Menschen schaffen wollten.«

Es hörte sich so an, als sei Golda der Meinung, das sei auch gelungen. »Und da ist noch was: MUTTER kann zwar Asparagin- und Glutaminsäure messen, aber sie kann nicht sagen, wann eine Tomate umami ist.« Sie warf einen Seitenblick zu Malu, die infolge der Steigung etwas zurückgefallen war. Vielleicht, um sich zu vergewissern, dass Malu ihr noch folgte.

Dann sprach sie in einem vertraulicheren Ton weiter, den Malu als neu empfand. »Wenn man miteinander arbeitet, gibt es Befindlichkeiten. Überall. Man kann auf Menschen nicht verzichten, also wird man auch die Befindlichkeiten nicht los. Dennis kommt immer Latifa zu nahe, was können wir da machen?«

Plötzlich war sie in einer Art Rollenspiel: Ihre Lebendigkeit verblüffte Malu jetzt noch mehr als zuvor. »Dann diskutiert man: ist das respektlos, oder sexistisch, oder rassistisch? Jeder hat eine Meinung. Wie können wir verhindern, dass das wieder passiert? A hat einen Vorschlag, B hat einen, C hat noch einen. Dann kommt man drauf, dass es die Strukturen sind. Die Strukturen sind so, dass die beiden die Sache nicht untereinander klären können, egal, ob es um Dennis und Latifa geht oder um Europäer und die aus der Levante oder Subsahara.«

»Ihr wolltet strukturelle Ungleichheit von vornherein ausschließen.«

Golda nickte. Und wieder empfand Malu so große Freude darüber, ihrer Tochter eine Vorlage geliefert zu haben, die diese ohne zu zögern angenommen hatte.

»Wenn es immer weiße Europäer sind, deren Ideen umgesetzt werden, fragt man sich schon, woran das liegt. Sind die Ideen besser? Oder sind sie einfach nur weiß und europäisch?«

Golda trieb ihr Pferd an, den Rest des Anstieges hinaufzutraben.

»Am Ende machen die einen die Drecksarbeit, und die anderen sind immer noch mit Diskutieren beschäftigt. Wer macht die Regeln, und was machen die Regeln mit uns? Jeder will ein bisschen schlauer sein als die andere, und kultursensibler, und achtsamer. Und weil immer nur dieselben sich so gut verstehen, geht es über die Köpfe derjenigen hinweg, die es betrifft. Die interessiert es auch gar nicht. Die machen entweder ihre Arbeit, oder sie sind weg. Und es waren nicht wenige, die weggingen. Als es noch ging.«

Sie hatten nun die Anhöhe erreicht und ritten durch einen lichten Baumbestand, der schon den Blick auf das weite Tal möglich machte.

»Wir brauchten jemanden – eine Instanz –, die verdachtsfrei entscheiden konnte, wer damit dran war, die Latrinen sauberzumachen und das Fischfutter zu verteilen.«

»Aber gleich eine KI?«

»Es war genau die Zeit. Und wenn man wirklich darüber nachdenkt, merkt man, dass es die einzige Möglichkeit ist, die Befindlichkeiten loszuwerden. MUTTER ist für alle gleich erreichbar, immer, auch außerhalb der Arbeitszeiten. Man kann Fragen über die eigenen Gesundheitsdaten stellen, die Einsatzmöglichkeiten, man kann Deutschlektionen nehmen, ein Unterhaltungsprogramm zusammenstellen …«

»Aber wenn die Menschen ihre Probleme mit einer Maschine klären, statt miteinander – fühlen sie sich dann nicht einsam?«

Golda hatte auch auf diesen Einwand eine Antwort. »Es gibt eine Peer-to-Peer-Funktion, mit der kann man in seiner jeweiligen Landessprache miteinander reden, egal wo in der Allmende man ist. Alle mochten das.«

Der Blick auf die Talsohle war grandios. Von Ferne hörten sie das Tuten des Zugs. Ob der freie Ausblick dafür verantwortlich war, das Reiten oder aber die Tatsache, dass Golda erstmals seit langer Zeit frei redete und auf diese Weise wieder Zugriff auf sich und ihre Erlebnisse gewann – sie wirkte jetzt, in diesem Augenblick, zufrieden mit sich, geradezu im Reinen. Und Malu wollte sich gern überzeugen lassen. Sie hatte bloß die lästige Angewohnheit – vielleicht war es eine Art Berufskrankheit –, selbst ihre Überzeugungen infrage zu stellen. »Ich glaube, die Frage, die ich dir eigentlich stellen wollte, ist …«

Erneut hörten sie den Zug, und nun konnten sie ihn sogar sehen, wie er am Horizont auftauchte und eilig das flache Tal durchschnitt. Wie auf der Aktionsfläche eines Strategiespiels begleiteten ihn drei weitere Fahrzeuge, und auch wenn man es auf diese Entfernung nur mutmaßen konnte, waren es doch mit Sicherheit Damian und seine Leute. Malu konnte nicht erkennen, was konkret vor sich ging, aber falls es einen Versuch gab, den Zug zum Anhalten zu bringen, gelang er nicht: Dieser wurde zwar langsamer, stoppte aber nicht, es wirkte von ihrem Standpunkt aus, als widerstünde eine Herde Gnus mehr oder weniger gleichgültig dem Angriff dreier viel kleinerer Wildkatzen. Es vergingen noch einige Minuten, und als das Gespann fast die andere Seite der Talebene erreicht hatte, hörten sie ein lauter werdendes Brummen am Himmel, kein Insekt, sondern ein Hubschrauber, den sie bald deutlich erkennen konnten. Er umkreiste den Zug in geringer Höhe. Irgendetwas veranlasste die drei Fahrzeuge zur Flucht, und eine Windböe, die den Schall zu ihnen trug, verriet, dass es Feuergarben aus dem Hubschrauber waren. Der Unimog fiel zurück, der Hubschrauber folgte daraufhin den beiden Fahrzeugen an der Spitze. Die Salven waren erst mit zeitlichem Verzug zu hören. Der Unimog kam ganz zum Stehen, während der Zug inzwischen aus ihrem Sichtfeld verschwunden war.

Als Golda begriff, was dort unten vor sich ging, sah sie hilflos Malu an. »Papa ist da drin!«

»Wir müssen hier weg, bevor sie uns sehen«, sagte Malu und steuerte das Pferd zurück in das Waldstück.

Doch Golda blieb, wo sie war. »Wir müssen ihm helfen!«

Malu entriss Golda die Zügel und ritt mit beiden Pferden an die Waldgrenze, während ihre Tochter sich angstvoll nach dem Hubschrauber umsah, der mitsamt den beiden Wagen aus dem Blickfeld verschwand. Die Salven rissen indes nicht ab.

»Wir können nichts tun«, rief Malu über das immer noch laute Dröhnen hinweg. Sie hätte hinzufügen können, dass ihr Vater es schon schaffen würde, dass er bisher immer darum herumgekommen war, die Konsequenzen seiner Entscheidungen tragen zu müssen.

Sie achtete nicht auf Goldas Versuche, die Kontrolle über das Pferd zurückzuerlangen; sie waren aussichtslos, solange sie die Zügel hatte. Es gab nichts, was sie tun konnten – sie würden sich nur selbst in Gefahr bringen.

Erst als sie die rettende Deckung erreichten, hatte Malu das deutliche Gefühl, dass Damian es diesmal nicht schaffen würde. Sie hörten eine heftige Explosion, und Malu begriff, dass, wer immer dort in dem Hubschrauber saß, über den Willen und die Mittel verfügte, die Angreifer nicht nur zurückzuschlagen, sondern zu vernichten.

»Lass mich!«, schrie Golda wütend, als sie sich zwischen die Bäume geflüchtet hatten, denn offensichtlich begriff auch sie es. Tatsächlich schaffte sie es nun endlich, Malu die Zügel zu entreißen.

»Sei doch nicht dumm, was willst du denn tun?«

Aber Golda hatte ihr Pferd fast aus dem Stand in Galopp versetzt. Ohne nachzudenken und den Schmerz ignorierend gab Malu auch ihrem Pferd die Sporen und preschte hinter ihrer Tochter her. Der Waldweg war schmal, und immer wieder hingen Äste so tief, dass sie sich darunter hinwegducken musste. Damals war sie gerne Galopp geritten, jetzt aber, nach so vielen Jahren, fürchtete sie die gesamte Strecke über, den Halt zu verlieren und sich alle Knochen zu brechen.

Golda ritt in Richtung des Camps. Sie war schnell. Zwar konnte Malu sie noch sehen, aber ihr Vorsprung wurde größer. Sie sah sich zu beiden Seiten des Waldes um, aber noch konnte sie niemanden und nichts Verdächtiges entdecken.

Erst rund 300 Meter vor dem Tor des Camps hielt Golda abrupt an. Das Pferd vollführte eine kleine Drehung um sich selbst, und Golda suchte schnell Deckung hinter einer Böschung. Malu konnte noch nicht erkennen, was vor sich ging, aber sie wechselte erst in den Trab und dann in den Schritt, nicht ohne ihre etwas unpassende Freude darüber wahrzunehmen, wie willfährig das Pferd sich ihren Anweisungen fügte. Sie lobte es leise und erreichte schließlich Golda.

Vier Männer standen neben einem Auto und redeten mit den beiden Wachposten am Tor. Alle vier waren bewaffnet, hielten ihre Gewehre aber gesenkt. Es war nicht zu verstehen, was gesprochen wurde, ein netter Plausch unter Nachbarn war es wohl nicht. Als das Tor geschlossen blieb, stiegen die Männer wieder in ihren Wagen. Plötzlich fielen zwei Schüsse, und beide Wachposten brachen zusammen. Dann heulte der Motor des Wagens auf, und ohne auf ernstzunehmenden Widerstand zu stoßen, durchbrach er das Tor. Eine kleine Kolonne weiterer Autos fuhr auf den Vorhof, auf deren offenen Ladeflächen weitere Männer die Waffen im Anschlag hielten. Die Kolonne erreichte schließlich das große Gebäude, in dem sich auch der Bunkereingang befand. Es war zu weit entfernt, um etwas erkennen zu können, doch Damians Leute hatten sich wohl in den Bunker zurückgezogen. Alles schien ruhig.

»Vielleicht suchen sie den Eingang«, flüsterte Malu.

»Wenn sie überhaupt wissen, dass es einen gibt«, sagte Golda und stieg ab.

»Was hast du vor? Wir sollten schnellstens von hier verschwinden.«

Golda schien sie nicht zu hören. Sie vergewisserte sich, dass keine weiteren Angreifer in der Nähe waren, und ging zum Tor, um besser sehen zu können.

»Das ist zu gefährlich!«

»Es gibt noch einen anderen Eingang«, sagte Golda, und ihr fragender Blick bedeutete wohl: Kann ich auf deine Unterstützung zählen?

»Du willst da rein? Warum?«

»Um sie zu warnen.«

»Sie werden auch so wissen, dass sie angegriffen werden. Sie haben Kameras. Du kannst nichts tun. Die haben Gewehre.«

»Ich muss da rein.«

Malu band das Pferd fest und ging vorsichtig zu Golda. »Ich verstehe dich, aber du kannst nichts tun! Wir müssen sofort verschwinden!«

»Ich muss da rein«, beharrte Golda und bewegte sich langsam in Richtung der Stelle, an der sie den zweiten Eingang wusste. Malu war nichts davon bekannt; außerdem konnte sie sich nicht vorstellen, dass sie dort einfach nur anzuklopfen brauchten, um hineinzukommen. Vielmehr konnte es sich eigentlich nur um einen Notausgang handeln, und der würde gut versteckt und kaum für Besuche von außen ausgelegt sein.

Malu versuchte sanft, ihre Tochter zurückzuhalten, doch die riss sich los. »Lass mich!«

»Golda, das ist eine Schnapsidee, glaub mir.«

»Ich muss aber da rein!«, sagte sie nun zum dritten Mal, und es klang unüberhörbar verzweifelt. Tränen standen ihr in den Augen.

»Was ist da?«, fragte Malu, die begriff, dass es nicht nur um irgendeine Unterstützung für die Bunkergemeinschaft ging, die Golda selber als zwecklos einsehen musste, zumal sie nicht einmal bewaffnet war.

»Er hat einen Stick. Gordo. Ich brauche ihn.«

»Ein Stick? Was kann daran so wichtig sein?«

»Es ist wichtig!«

»Golda!« Jetzt hielt sie ihre Tochter so fest, dass sie sich nicht ohne Weiteres losreißen konnte. »Wenn ich dir helfen soll, würde ich gerne wissen, wofür wir beide unser Leben riskieren.«

»Auf dem Stick ist mein Alias. Ich muss wissen, wer ich bin!«

»Wir finden einen Weg, sobald du bei mir bist. Wir …«

»Nein! Ich brauche den Stick, damit ich …« Sie brach ab.

»Was?«

»Um herauszufinden, wo mein Kind ist. Ich will mein Kind!«, sagte Golda mit kalter Entschlossenheit, während die Tränen, die ihr schon in den Augen gestanden hatten, wieder verschwanden.

In diesem Augenblick erklang abermals ein Schuss, mehrere Schreie, eine Sekunde später brach die Hölle los. Automatische Gewehre schossen gleichzeitig, der Bunker wurde gestürmt. Sie konnten keine Sekunde länger bleiben.

Malu zog Golda mit großer Entschlossenheit zu den Pferden, sie ließ ihrer Tochter keine Chance, sich aus ihrem Griff zu befreien. »Es ist zu spät!«, rief sie über das Gewehrfeuer hinweg. Und als Golda sich in ihrer völlig aussichtslosen Besessenheit, in den Bunker zu gelangen, noch immer weigerte, schrie Malu: »Wenn du dein Kind wiedersehen willst, dann komm jetzt mit!«

Vierter Teil: Biotopia

25
Die Nähe

Gemessen an der Dramatik ihrer Flucht war die Rückkehr nach Berlin geradezu ereignislos verlaufen. Zu Pferd hatten sie das Auto erreicht, das noch immer am Rand des Waldes geparkt stand, wo Malu Rufus getroffen hatte. Die Pferde hatten sie über den Hauptweg zurückgeschickt; Malu hatte keine Zweifel, dass sie den Weg zurück zum Waldcampus alleine finden würden. Dann waren sie mit dem Wagen bis weit in die Stadt hineingefahren. In Pankow hatten sie ihn an einem Abbruchhaus stehen lassen und waren den Rest der Strecke mit einem Wagen von Watson gefahren.

»Wie war deine Reise nach Greifswald, Malu?«

Ihr war nicht nach plaudern zumute, sie drehte Watson leise. Golda war schon die ganze Reise über völlig verstummt. Malus Versuch, ihre Ungewissheit nachzuempfinden, die zwischen Sorge und Trauer schwankte, stieß an Grenzen. Sie hatte schon in den letzten Jahren nichts mehr für Damian empfunden, und daran hatte sich während ihres kurzen Aufenthalts in dem schrecklichen Bunker nichts geändert. Wenn sie überhaupt etwas fühlte, dann Ärger: Er hatte den Angriff selber provoziert, indem er alle seine Leute – und beinahe auch Golda – einem unnötigen und verantwortungslosen Risiko ausgesetzt hatte. Wenn er dabei zu Schaden gekommen war, dann hatte er allein das zu verantworten.

Malu fiel es noch immer schwer, ihre Tochter einzuschätzen. Die Unbeirrbarkeit, mit der sie gegen alle Widerstände den Weg zu ihrem Vater gefunden hatte, beeindruckte sie. Aber vielleicht hatte sie letztlich viel weniger mit ihrer Beziehung zu Damian zu tun gehabt als vielmehr damit, dass sie sich von ihm Unterstützung versprochen hatte, ihr Kind zu sich zurückzuholen. Es gegen das Gesetz zurückzuholen. Ihre Annahme, dass Damian dazu weitaus leichter zu gewinnen sein würde als Malu, verriet, dass ihre soziale Urteilskraft nach all den Jahren in Biotopia noch immer intakt war.

Vielleicht hatte Golda sich aber auch tatsächlich eine tiefe Verbundenheit zu ihrem Vater bewahren können. Und wenn das bei ihm möglich gewesen war, dann ja vielleicht auch bei ihr?

Golda betrat die Wohnung auf Stralau nicht wie eine lang Verreiste, die endlich in das Zuhause ihrer Kindheit und Jugend zurückkehrte, sondern wie eine Fremde. Kein Möbelstück, kein Bild oder sonstiger Gegenstand weckte ihr Interesse oder ließ Erinnerungen aufkommen, obwohl Malu die Wohnung nach Goldas endgültigem Auszug nicht umdekoriert, sondern im Gegenteil bewusst vermieden hatte, etwas zu verändern. Die Auswechslung einiger Stromleitungen nach einem Wasserschaden im ersten Stock hatte irgendwann eine Renovierung unumgänglich gemacht, aber es war nicht zu erkennen, ob Golda Notiz von diesen Veränderungen nahm.

So gut es ging, richtete Malu ihrer Tochter nun ihr altes Zimmer her. Erst war ein Gästezimmer daraus geworden, dann ein Fitness- und schließlich ein Abstellraum, aber es reichte dennoch aus, um Golda Ruhe zu verschaffen. Sie schlief ein, nachdem sie am Nachmittag angekommen waren, und wachte erst am nächsten Mittag auf. Es war bereits Nachmittag, als sich Golda nach einem langen Bad endlich im Bademantel ihrer Mutter zu ihr an den Frühstückstisch setzte.

»Geht es dir besser?«, fragte Malu.

Abwesend und schweigsam betrachtete sie die Butterdose. Sie war orangefarben und im Design eindeutig 1970er-Jahre.

»Die ist von Oma Katharina.«

Malu rief Golda den Reithof in Erinnerung, auf dem sie manches Wochenende verbracht hatten, drei Generationen Jacobsen, in einer kleinen Ortschaft in der Nähe des Flughafens Hannover, über die im Halbstundentakt die startenden und landenden Flugzeuge hinweggedonnert waren, wodurch sich Oma Katja niemals in ihrer akribischen Pferdepflege stören ließ, die ihr viel wichtiger war als der Ausritt. Allerdings schien sich bei Golda kaum eine Erinnerung zu regen, ihre Reaktion blieb matt und unverbindlich; es war, als habe die Vergangenheit für sie alle Substanz verloren.

Erst beim Anblick ihrer alten Kinderfotos, die Malu all die Jahre an ihrem Platz hatte hängen lassen, eingefasst in bunte Holzrahmen, huschte ein Lächeln über ihr Gesicht. Eines davon zeigte sie beide frierend auf einem der Hochsitze am menschenleeren Tempelhofer Feld, an einem dieser frühen Sonntagmorgenstunden im Januar, die mit einem kleinen Kind so unendlich lang werden konnten, dass die Zeit stillzustehen schien. Ein anderes vor dem antiken Theater von Taormina, wie Golda mit der Nachmittagssonne und ihren beiden Eltern um die Wette strahlte – ein kleines blondgelocktes Mädchen, das sein ganzes langes Leben noch vor sich hatte, links und rechts ihre Erzeuger, für die irgendwie das Gleiche galt. Da las Malu so etwas wie Wehmut im Gesicht ihrer Tochter.

Golda war es gewohnt, von morgens bis abends beschäftigt zu sein. Untätiges Herumsitzen war eine Qual für sie. Sie räumte allen Krempel, der sich in ihrem alten Zimmer angesammelt hatte, in Kartons und schleppte diese in den Keller. Darüber hinaus gab es wenig zu tun außer den paar

Handgriffen, die bislang Idi erledigt hatte und um die Malu nun froh war, denn auch ihr fiel es schwer, untätig zu sein. Mehr als alles andere wollte sie Goldas Anwesenheit spüren und irgendwie an sie herankommen, näher als nur bis zu dem Gast, der sie hier war. Sie wollte Kontakt zu der trauernden, verletzten Golda aufnehmen, die verwirrt war und nicht wusste, was sie tun, womit sie anfangen, an wen sie sich wenden sollte.

»Malu, dein Kommunikationsverhalten deutet darauf hin, dass du einen Gast hast. Möchtest du mir den Namen des Gastes mitteilen?«

»Nein.«

»Nach den jüngsten Missverständnissen in dieser Hinsicht liegt es im allgemeinen Interesse, dass sich keine weiteren Personen ohne gültigen Aufenthaltsstatus bei dir aufhalten.«

»Wessen *allgemeines Interesse* ist damit gemeint?«

»Damit ist im weitesten Sinne gemeint, dass Gesetze befolgt werden müssen, weil sie sonst ihre Allgemeingültigkeit verlieren könnten.«

»Danke für die Unterweisung in Staatsräson.«

»Du möchtest mir den Namen deines Gastes wirklich nicht mitteilen, Malu? Eine Anmeldung könnte sicherstellen, dass du und dein Gast die gemeinsame Zeit unbeschwert genießen könnt, ohne mit weiteren Identitätsprüfungen rechnen zu müssen.«

»Wie ich sehe, hast du in meiner Abwesenheit sogar Verhandlungstaktik studiert.«

Es musste ohnehin sein. Tatsächlich war es am vernünftigsten, die Anmeldung jetzt hinter sich zu bringen. Es gab keinerlei technische Hürden, Golda konnte sich gleich hier mit ihrem Fingerabdruck legitimieren, den Gordo mit dem Versicherungsaccount eines Verstorbenen verknüpft hatte. Nur mit welchem Verstorbenen, das hatte Golda nicht mehr herausfinden können. Sie wusste weder den Namen noch

Alter oder die letzten Aufenthalte dieser Person. Leicht konnte wegen irgendeines unbeachteten Details in Gordos fingiertem Personenregister die Täuschung auffliegen. Vielleicht war die Wirtsperson stumm gewesen, und Gordo hatte dieses Detail nicht geändert? Sollte Watson Zweifel haben und Fragen stellen, war es möglich, dass er die Identifizierung verweigerte. Dennoch führte kein Weg daran vorbei.

Sie gingen gemeinsam zum Schreibtisch mit dem Scanner. Golda wusste, was zu tun war. Sie hielt den Atem an und legte ihren Daumen auf das kleine Scanfeld.

»Guten Tag, Julian Altenburg«, sagte Watson.

Sofort wurde das Profil einsehbar. Tatsächlich hatte Gordo das Geschlecht nicht geändert, auch das Alter – 87 – traf nicht genau ins Schwarze.

»Soll ich für die Veranstaltung *Theos 80. Geb.* ein Fahrzeug reservieren, Julian?«

Golda suchte in den persönlichen Daten nach einem Hinweis, wo und wann dieser Geburtstag sein sollte, fand aber nichts.

»Nicht nötig, Watson«, sprang Malu ein. »Nett, dass du fragst. Wir gehen zu Fuß.«

»Der Weg zum Hotel am Großen Waisenhaus in Potsdam beträgt rund fünfzig Kilometer, Malu.«

»Danke, Watson.«

»Soll ich die aktuellen Gesundheitsdaten von Julian Altenburg abrufen?«

»Nein, das sollst du nicht. Hör zu, Watson, wir haben uns angemeldet, jetzt lass uns in Ruhe. Habe ich mich klar ausgedrückt?«

»Natürlich, Malu. Ich wünsche Julian Altenburg einen angenehmen Aufenthalt.«

Um sich unterhalten zu können, ohne dass Watson mithörte, mussten sie nach draußen gehen. Doch aufgrund der

Kameras und Außenmikrofone, den Satelliten oder den Geräten, die vorübergehende Passanten trugen, waren sie auch dort nicht vor ihm sicher. Daher bedeckten sie den Mund mit Atemschutzmasken, sprachen möglichst leise und gingen weite Wege bis tief in den Plänterwald, wo ihnen bald keine Spaziergänger mehr begegneten.

Golda hatte keinen Anhaltspunkt, wer die Pflegeeltern ihres Kindes waren, da in Biotopia das gesamte *parenting* von MUTTER koordiniert wurde – von der Empfängnis bis zur Weggabe des Kindes.

Malu konnte daran so vieles nicht glauben, dass sie gar nicht wusste, wo sie anfangen sollte. »Was ist mit dem Adoptionsrecht? Man kann doch Kinder nicht verkaufen wie ein Pfund Mehl. Bitte entschuldige.«

»Natürlich gibt es Standards«, sagte Golda. »Die Bewerber müssen Unterlagen einreichen und bestimmte Voraussetzungen erfüllen. MUTTER prüft alles. Am Ende trifft sie die beste Entscheidung.«

»Die beste … weiß der Senat davon?«

»Der Senat ist seit 2026 nicht mehr beteiligt.«

»Sie haben vielleicht die Subventionen eingestellt. Aber sie hatten doch immer noch die rechtliche Aufsicht!«

Golda machte ein paar Schritte, ohne gleich zu antworten. Sie schien es zu genießen, hier am Spreeufer entlangzugehen und auf das träge dahinfließende, fast stehende Wasser zu blicken. Es musste, für ihre Maßstäbe, ein überwältigender oder zumindest beruhigender Anblick sein. »Keine rechtliche Aufsicht. Sie haben vielleicht gewusst, was wir gemacht haben. Aber niemand, nicht der Senat und auch nicht Konterbauer, hat in der ganzen Zeit nachgefragt oder sich eingemischt. Wir haben 2031 angefangen mit dem Angebot.«

»Verstehe ich das also richtig, dass MUTTER die Einzige ist, die die Namen der Pflegeeltern kennt?«

»MUTTER trifft alle Entscheidungen autark. Wir können mit ihr verhandeln, besonders bei Grundsatzentscheidungen über die geschäftliche Ausrichtung von Biotopia. Aber es gibt kein Vetorecht, für niemanden. Für MUTTER ist allein das beste Argument verbindlich. Und welches das beste Argument ist, kann anhand ihrer weitreichenden Informationen und Parameter am besten MUTTER entscheiden.«

»Hast du versucht, hinter ihrem Rücken an die Daten zu kommen?«, fragte Malu.

»MUTTER hat keinen Rücken.« Das klang wie der Versuch eines platten Scherzes, aber eine Sekunde später begriff Malu, wie grundsätzlich das gemeint war.

»Also … hast du sie sabotiert? Um an die Daten zu kommen?«

Golda antwortete nicht gleich. Dann schüttelte sie den Kopf. »Ich weiß nicht, wer den Stromkreis unterbrochen hat. Es fing ganz plötzlich an. Nichts funktionierte mehr. Wie eine Naturkatastrophe. Selbst wenn ich in dem Moment über die Namen und Adresse nachgedacht hätte – die Server waren tot. Ich hätte nichts tun können. Außer das, was ich getan habe.«

»Du bist entkommen. Und jetzt willst du dahin zurück? Das kann nicht dein Ernst sein!«

»Es gibt keinen anderen Weg.«

»Aber wie willst du denn jetzt noch an die Daten kommen? Wie willst du überhaupt wieder unbemerkt hineingelangen?« Malu kam sich vor wie eine Auditorin, die widerständiges Personal dazu bewegen wollte, Einzelheiten über die Geschäftspraktiken ihres Unternehmens auszuplaudern. Sie wollte Golda nicht ausfragen oder unter Druck setzen. Sie war glücklich darüber, ihre Tochter wieder bei sich zu haben, ihr eine Tasse Tee hinstellen und sie abends vor dem Zubettgehen auf die Stirn küssen zu können. Sie wollte dieses längst verloren geglaubte Glück nicht durch ein Verhör belasten. Aber was war die Alternative? Mit Goldas Ideen und Plänen einfach einverstanden zu sein? *Du willst wieder in dieses Versuchslabor zurück? – Kein Problem, mein Engel, sag mir einfach, was ich tun soll!*

»Das klingt für mich wie ein Selbstmordkommando. Und was hast du dann überhaupt vor?« Diese Frage hatte sie eigentlich so lange wie möglich ungestellt lassen wollen. Du kannst es ihr nicht mehr ausreden, dachte sie. Du hast es ihr schon so gut wie versprochen. »Hör zu, Golda, ich habe dir gesagt, dass ich dich bei allem unterstützen werde, und das habe ich auch so gemeint – bei allem, was ich mir so vorstellen konnte. Bei allem, was legal ist, oder wenigstens halbwegs legal. Aber wir sprechen hier von einer Entführung.«

Golda blickte zu Boden. »Es gibt keine andere Möglichkeit.«

Malu musste nicht erst in Klausur gehen, um dieser Analyse zuzustimmen. Die Versuche, auf legalem Weg an das Sorgerecht zu kommen, würden sich aus vielen Gründen schnell als aussichtslos erweisen. Die Pflegeeltern hatten einen gültigen Anspruch auf das Kind erworben, auch wenn der Gerichtsstand irgendeine apokryphe US-Behörde war, die sich vermutlich nicht einmal einmischen würde. Aber Golda war insolvent, sobald sie ihre Tarnung als Julian Altenburg verlor. Sie konnte in Berlin kein Kind großziehen.

»Was ist, wenn du aussagst? Vielleicht wirst du rehabilitiert und bekommst einen Status. Dann könnten wir versuchen, ein Besuchsrecht …«

»Ich will kein Besuchsrecht«, sagte Golda.

Das war der Hauptgrund, warum Malu die Sache solches Bauchweh bereitete. Die Entführung war schon schlimm genug. Aber noch stärkere Skrupel befielen Malu, wenn sie darüber nachdachte, welche Art Mensch aus Golda geworden war in den vergangenen zwei Jahrzehnten. Sie hatte viele der Entscheidungen in Biotopia mit verantwortet, die dazu geführt hatten, dass Golda zu guter Letzt überhaupt keine eigene Verantwortung mehr tragen durfte. So etwas bereitet nicht gerade ideal auf die Mutterrolle vor. Im Gegenteil hatte es Goldas Fähigkeit, das Leben nach ihren eigenen Vorstellungen, Interessen und Werten zu gestalten, ja ihre gesamte Persönlichkeit, schwer in Mitleidenschaft gezogen, vielleicht für immer. Aber um ein Baby großzuziehen, braucht man doch seine Persönlichkeit, am besten so gesund wie möglich. Man muss zu jeder Zeit spüren, was das Kind braucht. Man muss Bedürfnisse erkennen, ohne dass jemand sie erklärt. Man muss seinem Kind all seine Liebe geben.

»Was habt ihr denn füreinander empfunden? Van Aa und du?«

Golda sah sie misstrauisch an, so als läge hinter dieser Frage eine Finte. Und vielleicht war es auch so. »Wir haben Torches gemacht. Für Kunden.«

Malu war sprachlos. Was sollte sie mit dieser Antwort anfangen? »Torches. Okay. Aber ihr habt es nicht aus freier Entscheidung getan. Sondern weil MUTTER es so entschieden hat. Oder?«

»Dieser Punkt ist dir wichtig«, sagte Golda ohne besondere Betonung.

Malu konnte sich irren, aber sie hatte den Eindruck, als ginge sie schneller, sodass sie immer ein kleines Stückchen Vorsprung hatte. Verstand sie wirklich nicht, worauf sie hinauswollte? »Ich würde wirklich gern verstehen, was das für eine Beziehung war zwischen dir und ihm.«

»Warum ist das so wichtig?«

»Es ist wichtig. Hattet ihr eine Affäre? Wart ihr verliebt? Oder war das Arbeit für euch, diese Torches zu machen?«

Golda sah sie von der Seite an, mit funkelnden Augen, halb ärgerlich, halb spöttisch – als wollte sie sagen, dass Malus Kriterien einer anderen Welt und einem anderen Zeitalter angehörten. *Diese beiden Möglichkeiten gibst du mir zur Auswahl?* Sie ging noch schneller, so als wollte sie weglaufen. Vor ihnen war nichts als Wald und Fluss. Das Schweigen dehnte sich lange.

»Ich verstehe nicht, warum du so ein Geheimnis daraus machst, Golda. Du verschweigst mir etwas, das ist in Ordnung. Aber es ist auch in Ordnung, dass ich es herausbekommen will.«

»Das sind deine Spielregeln.« Sie hatte Malu oft vorgeworfen, ihr zu nahe zu kommen. Sich in ihren Kopf hineinschrauben zu wollen wie eine Profilerin, wenn es darum ging, wo sie mit wem gewesen und was geschehen war. Mit wem hatte sie gesprochen, was gesagt, worüber gelacht? Dabei hatte sich Malu eigentlich nicht als übermäßig kontrollierend oder sogar übergriffig empfunden. Sie wollte die wichtigen Dinge wissen, die ihre Tochter betrafen. Das hatte nichts mit Übergriffigkeit zu tun, sondern mit Liebe.

»Wenn wir uns begegneten, waren unsere Hormonwerte erhöht. Dopamin, Noradrenalin, Oxytocin.«

Malu verkniff sich ein Lachen. »Wie romantisch. Wie steht's mit den Pheromonen?«

»Die hat MUTTER nicht gemessen.«

»Man kann also sagen, ihr seid gern zusammen gewesen. Aber ihr wart nicht oft zusammen. Weil ihr nicht durftet?«

»Alles, was du darin sehen willst, geht an der Realität vorbei, Ma ...« Sie unterbrach sich und setzte neu an. »Es ist nicht wie bei Romeo und Julia. Wir wollten es so.«

»Warum ist es so schwer für dich, Mama zu sagen?«

»Weil es albern klingt. Wie ich schon sagte.«

Malu blieb stehen. »Warum bist du weggegangen, Golda? Du hättest das nicht tun müssen.«

Das Gespräch hatte eine Wendung genommen, die sie nicht hatte kommen sehen und nicht gewollt hatte. Emotionale Themen lösten Stress bei Golda aus, das hatte Malu schon bemerkt. Und auch jetzt war das der Fall. Zwar schien sie zu lernen, damit umzugehen, aber die Worte, die sie fand, waren noch immer hölzern und kalt. Vielleicht war es eine Frage der Zeit und der Routine. Wenn Routine das war, was man zum Fühlen brauchte.

»Ich weiß nicht, welche Antwort du hören möchtest. Ich fühle mich nicht wohl, wenn du mir solche Fragen stellst.«

»Das ist nicht meine Absicht, Liebes. Es sind einfach Fragen.«

Golda hatte ihren Schritt nur verlangsamt, war aber nicht stehen geblieben. Sie entfernte sich. Es sah aus, als wollte sie sich davonschleichen.

»Diese Torches«, sagte Malu. »Du hast gesagt, ihr habt sie für Kunden gemacht.«

»Ich würde lieber über etwas anderes sprechen.«

»Ich möchte aber darüber sprechen. Wie ist das abgelaufen?« Sie hätte Golda gern ein Zugeständnis gemacht. Sie wollte sie nicht in die Mangel nehmen. Dass auch sie sich wieder in Bewegung setzte, musste allerdings für den Moment als Zugeständnis reichen.

»Die Kunden können sich anmelden und das Erlebnis teilen.«

»Okay.« Malu wählte ihre Worte sehr sorgsam. »Sie können es teilen, aber sie können nicht mitbestimmen. Richtig?«

»Das kommt auf den Tarif an.«

»Das meinst du doch nicht ernst!«

»Du wolltest davon anfangen!« Jetzt waren sie beide empört.

»Weißt du, wie … sich das anhört?« Wie krank, wollte sie sagen.

»Ich habe dir gesagt, dass du es nicht verstehen wirst.«

»Nein. Wie könnte man das auch verstehen? Ihr seid Menschen, aber ihr lasst euch wie Mastvieh behandeln. Du kannst mir doch nicht einreden, dass ihr das freiwillig gemacht habt. Ihr habt andere an den Reglern drehen lassen, statt eure Zeit miteinander zu genießen, Zeit, die nur euch gehört, sonst niemandem!«

»Das wäre Verschwendung.«

»Verschwendung?«, wiederholte Malu ungläubig.

Golda hatte das nicht ironisch oder herausfordernd gemeint, auch wenn ihr Gesichtsausdruck unter der Maske schwer zu erraten war. Es hörte sich an wie eine einfache Feststellung.

»Verschwendung?«, fragte Malu noch einmal.

»Freizeit zu haben und nichts daraus zu schöpfen.«

»Aber wer sagt denn, dass man nichts daraus schöpft, wenn man sich liebt?«

»Wir denken über dieses Thema nicht gleich.« Es klang, als wollte Golda das Gespräch damit beenden.

Malu wollte das nicht, aber hatte es Sinn, noch weiterzureden? Was konnte sie sich davon erwarten? Dass Golda ihren Weg am Ende als Irrweg einsehen würde? Natürlich würde es so nicht funktionieren. Weder Malu noch irgendwer sonst konnte irrationalem Fanatismus mit Argumenten begegnen. Aber wenn aus Golda tatsächlich eine Fanatikerin geworden sein sollte, wie konnte Malu ihr dann auf den Weg zurück in ein normales Leben helfen? Und was sollte das von Goldas Standpunkt aus überhaupt sein, ein normales Leben?

Allerdings gab es auch eine Kehrseite. Hatte nicht auch immer ein gewisser Fanatismus dazugehört, aus den Zwängen des vermeintlich Normalen auszubrechen und Möglichkeiten zu erforschen, das Leben radikal anders zu leben? In der Geschichte war das durch alle Zeiten hindurch geschehen. Daraus war wahnhafte und zerstörerische Brutalität entstanden, wie die Hexenprozesse der Inquisition, die Rassenlehre, religiöser Terror. Doch ohne die verbohrte Idealisierung eines einzigen absoluten Ziels hätte kein Gandhi, kein Martin Luther King und keine Emmeline Pankhurst genügend Willen und Charisma entwickelt, um Massen hinter sich zu versammeln und Gerechtigkeit zu erzwingen.

Aber ging es bei dem, was Golda ihr da erzählte, um Gerechtigkeit? Oder ging es nicht vielmehr um die irrationale Götzenanbetung des Rationalismus?

Sie kamen am alten Vergnügungspark vorbei. Er hatte schon vielen Wiederbelebungsversuchen widerstanden, zum Schluss waren nur noch Führungen durch die verrosteten Überbleibsel der Fahrgeschäfte möglich gewesen, und dann auch die nicht mehr. Inzwischen gab es so gut wie nichts mehr zu sehen, der Wald hatte sämtliche menschlichen Artefakte beinahe bis zur Unkenntlichkeit überwuchert, mit Ausnahme des Riesenrads, durch dessen Achsen eine Ulme hindurch- und an dem Kletterpflanzen emporgewachsen waren, als wollten sie das Ungetüm zu Boden zwingen.

»Magst du etwa Verschwendung?«, fragte Golda, als Malu schon ganz in ihre Trübsal versunken war. Sie hätte das Schweigen nicht brechen, das Thema nicht noch einmal aufgreifen müssen. Aber sie tat es.

Malu lächelte.

»Warum lächelst du?«

Gute Frage. Erst fiel ihr kein Grund ein, aber dann war er auf einmal ganz klar: »Weil du mir eine Frage gestellt hast.«

26
Das Versprechen

Malu spürte, dass sie das eigentliche Thema nur umkreist hatten wie den alten Vergnügungspark. Sie wollte wissen, ob van Aa der Vater des Kindes war. Daraus ergab sich ganz von alleine die Frage, wie es dazu gekommen war, dass sie ihr gemeinsames Kind weggegeben – oder zumindest dabei zugesehen hatten. Golda und van Aa waren nicht »zusammen« gewesen, so etwas wie eine Liebesbeziehung hatte es zwischen ihnen anscheinend gar nicht geben können: Die Regeln von Biotopia waren für die beiden verbindlicher gewesen als ihre gegenseitige Anziehungskraft. Wie Golda gesagt hatte: Es war nicht wie bei Romeo und Julia, die versucht hatten, die äußeren Widerstände zu überwinden, um ihre Liebe in Freiheit ausleben zu können. Im Gegenteil schien es, als hätten sie ihre Gefühle freiwillig verworfen.

Malu stellte sich nicht die Frage, ob die Grundlage für diesen Irrsinn Gehirnwäsche war – denn das war ziemlich offensichtlich –, sondern eher, wer wem das Gehirn gewaschen hatte. Wer hatte die Macht, die Menschen zugunsten einer Ideologie der maximalen Ressourcenverwertung zum Verzicht auf ihre Selbstbestimmung zu bringen – also zur freiwilligen Unterwerfung?

Mit Unterdrückung war Malu vertraut. Viele der Fabriken, die sie inspiziert hatte, ob in Osteuropa oder Südostasien, setzten ihre Ausbeutungspraxis ebenso mit Gehirnwäsche wie auch mit purem Zwang durch: Techniken der Entindividualisierung. Von der Überbelegung der Zimmer über das Ablegen des Geburts- zugunsten eines zugewiesenen Namens oder auch nur einer Nummer bis hin zur Sanktionierung geringster Übertretungen: Das System brachte dem Einzelnen bei, dass er keinerlei Wert hatte und nur durch Unterwerfung die Möglichkeit bekam, welchen zu erlangen. Aber dies alles waren die Methoden eines Unterdrückungssystems, dem sich Fabrikarbeiter aus blanker Existenznot unterwarfen. Sie mochten zermürbt und erschöpft genug sein, keine Gegenwehr zu leisten und alles über sich ergehen zu lassen – aber sie hielten ihre Unterdrückung nicht für Freiheit. Die Ideologie von Fanatikern hingegen war in der Lage, sich noch den vernünftigsten Gegenargumenten zu verschließen und blinde Gefolgschaft sicherzustellen, selbst gegen die eigenen Interessen, sogar bis zur absoluten Selbstaufgabe.

Wie passte das alles damit zusammen, dass Golda zum Führungskreis von Biotopia gehört haben sollte, wie Carla angedeutet hatte?

Diejenigen, die in Sekten die Regeln vorgaben, waren in aller Regel dieselben, die sich von deren Befolgung ausnahmen. Selbst wenn Golda nicht dazugehört hatte, so hätte doch zumindest van Aa als maßgeblicher Führer großen Einfluss gehabt. Er hätte sich anders entscheiden können, wenn er nur gewollt hätte: Für ihr gemeinsames Kind.

»Hast du das so bestimmt? Oder ihr? War es euer eigener Wunsch, euer Kind wegzugeben?«

»So war das nicht«, sagte Golda widerwillig. Sie fror, oder zumindest sah es so aus. Malu hatte den Eindruck, dass ihre Fragerei langsam Ärger bei Golda schürte, aber das konnte sie nicht ändern.

»Was war so nicht?«

»Alles. Unser Leben.«

Malu war klar, dass Goldas Wunden sich gerade erst zu schließen begannen. War es rücksichtlos, noch weiterzubohren? »Carla hat etwas gesagt, das ich gern aufklären möchte. Du kennst Carla, oder?«

»Ich kannte sie. Früher.«

»Ich muss wissen, ob es stimmt.«

Golda fragte nicht, was sie gesagt hatte, sondern: »Du musst?«

»Ich möchte es wissen.«

»Aus welchem Grund?«

Malu suchte lange nach einer anderen Antwort als der, die ihr spontan eingefallen war. Dann stellte sie fest, dass es keine bessere gab. »Weil du meine Tochter bist. Und weil ich manche der Dinge … schwer glauben kann.«

Die Art, wie Golda den Kopf senkte, sagte Malu, dass sie wusste, welche Dinge gemeint waren. »Wenn ich dir helfen soll bei dem, was du vorhast, dann verlange ich, dass du mir die Wahrheit sagst.« Ihre Stimme klang streng und unnachgiebig, sie klang nach Macht und Druck und allem, was Malu ihrer Tochter nicht signalisieren wollte. Was sie da tat, klang nicht nach bedingungsloser Unterstützung, und nach bedingungsloser Liebe schon gar nicht.

Hatte sie schon immer vermittelt, dass ihre Liebe an Bedingungen geknüpft war? Bei dem Gedanken musste sie nicht nur an Golda, sondern auch an Konrad denken, der mit einer Fußfessel in Alex' Wohnung festsaß, weil seine Mutter sich entschieden hatte, nicht bedingungslos zu ihm zu stehen. Und sie war auch vorher oft nicht damit einverstanden gewesen, wie er sich verhielt. Wenn er anderen Menschen gegenüber selbstbezogen, herablassend und empathielos gewesen war, hatte sie ihn nur unter der Bedingung weiter geliebt, dass er sich ändere. Aber nannte man das nicht einfach Erziehung?

Bei Golda war es vermutlich nicht anders gewesen, zumal Malu damals so jung gewesen war wie ihre Tochter bei ihrem Auszug. Genauso wie sie hatte sie dafür gebrannt, die Vision, die sie von ihrem Leben gehabt hatte, Wirklichkeit werden zu lassen. Vor Damian hatte sie ihre Reisen und ihren ständigen Stress damit gerechtfertigt, dass ihr die anderen Menschen nicht plötzlich egal geworden seien, nur weil sie jetzt Mutter war. Und das war durchaus ein Teil der Wahrheit. Der andere war, dass ausschließlich sie darüber entscheiden wollte, wann ihre Tochter an erster und wann sie an zweiter oder dritter Stelle kam. Mit anderen Worten: Auch sie war selbstbezogen, herablassend und empathielos gewesen. »Vergiss, was ich gesagt habe. Ich habe kein Recht dazu, dich zu erpressen.«

Golda sah sie neugierig an, neugierig, weil Malu noch nicht fertig war. »Ich möchte wirklich gerne wissen, was du erlebt hast. Aber ich werde davon nicht meine Zustimmung abhängig machen, dich zu unterstützen. Ich werde dich bei allem unterstützen, was nötig ist. Egal was. Und jetzt lass uns nach Hause gehen. Mir ist kalt.«

Sie gingen lange schweigend nebeneinander her, bis sie die Lichter von Stralau schon vom Ufer des Treptower Parks sehen konnten.

Da blieb Golda stehen, sah ihrer Mutter in die Augen und sagte ruhig: »Ich habe Angst davor, was du denkst. Über mich. Ich habe Dinge getan, die … die schrecklich sind. Glaube ich. Zumindest weiß ich, dass du sie schrecklich finden wirst. Aber mir kamen sie richtig vor. Ich habe fest geglaubt, dass sie richtig waren. Nicht nur ich. Auch er. Das war etwas zwischen uns.«

»Du meinst Ambrosius«, sagte Malu.

»Niemand nannte ihn so. Wir haben ihn Bro genannt.«

»Bruder.«

»Diese Dinge … es war nicht so, dass alles von Anfang an so war. Als hätte er diesen Plan gehabt, wie Biotopia werden sollte. So war das nicht. Es hat sich entwickelt. Alles. Eine Entscheidung hat zur nächsten geführt. Und zur nächsten. Und wieder zur nächsten.«

Malu dachte, dass Entscheidungen das so an sich hatten, hielt aber den Mund.

»Ich erzähle dir eine Sache. Es ist sehr intim. Aber dann wirst du verstehen, was das war. Beschwer dich hinterher nicht. Früher hätte ich dir das nie erzählt.«

Die Farmen waren noch im Bau gewesen. Golda hatte als Mädchen für alles – wie Malu das genannt hatte – fast ihre gesamte freie Zeit in der Anlage verbracht. Sie hatte sich spätabends in einem der Baucontainer aus ihrem verdreckten Overall geschält, als plötzlich Bro hereingekommen war. Es regnete in Strömen, sie hatten das Shooting gerade noch zu Ende bringen können, und sie wollte nur noch ins Bett. Da hatte er vor ihr gestanden, tropfnass, und gesagt: »There you are!« So, als hätte er sich nicht bloß unterstellen wollen, sondern nach ihr gesucht.

»Dabei kannten wir uns nicht. Wir hatten ein paarmal nebeneinandergestanden, kurze Worte gewechselt, mehr nicht.«

Sie stand da, nicht nackt, aber in ihrer Unterwäsche und dementsprechend frierend. Es war kalt in dem Wagen; gleichzeitig war ihr heiß geworden. Sie wusste nicht, wie lange er so dastand und sie ansah, die ganze Situation war ihr peinlich. Dann sagte er: »Du frierst ja!« Und bevor sie irgendwas sagen konnte, holte er ihren Hoodie aus dem Schrank und gab ihn ihr. Er sah sie an, als würde er in sie hineinsehen und etwas Schönes finden. Es war irgendwie vertraut und gleichzeitig beängstigend, weil sie immerhin allein hier waren.

»Aber ich hatte keine Angst, ich war nur … aufgeregt.«

Sie wollte irgendwas sagen, aber dann legte er ihr den Finger auf die Lippen und kam noch einen Schritt näher. Er roch nach Draußen und nach dem Regen, ein klarer und intensiver Geruch. Sie wollte nur ein- und weiter einatmen.

»Es war ein besonderer Moment. Ich weiß, dass ich so etwas noch nie zuvor gespürt hatte. Jetzt weiß ich nicht mehr genau, wie es sich anfühlte. Aber ich weiß, dass es schön war.«

Er küsste sie. Es kam überraschend. Aber ihr kam es vollkommen richtig vor.

Er drängte sie sanft gegen die Spinde und küsste sie immer inniger. Sie spürte seine Hände überall auf ihrem Körper. Ihr war schwindelig. Sie spürte seine Lippen und seine Zunge, und in ihrem Gehirn herrschte gleichzeitig totale Stille und ein bombastisches Feuerwerk.

»Er drängte sich gegen mich und hatte eine Erektion. Ich fand das interessant.«

»Interessant fandest du das«, sagte Malu, um die erotische Spannung aus dieser Schilderung zu nehmen, die ihr unangenehm war. Sie lachte.

Golda ließ sich nicht ablenken. Sie hätte in diesem Moment alles getan, was er von ihr verlangt hätte. Sie wollte, dass er weitermachte mit dem, was er vorhatte, ganz gleich, was es war. Er hatte seine Hand in ihren Slip geschoben und streichelte sie zwischen den Beinen. Es war gleichzeitig viel zu viel und nicht genug. Es hatte sich angefühlt, als sei sie mit Helium gefüllt und würde ganz hoch in den Himmel schweben, an die Grenze des Alls.

»Ich weiß, dass das keinen Sinn ergibt«, sagte sie zu Malu.

»Es ergibt Sinn, keine Sorge.«

Aber dann war es ganz plötzlich zu Ende. Er hatte einfach aufgehört. Sie hatte gerade angefangen, seine Hose aufzuknöpfen. Aber der Knopf hakte, und als er jetzt von ihr abließ, dachte sie, es sei deswegen. Sie schämte sich.

Aber dann sagte er leise: »Das sind nicht wir.« Er trat einen Schritt zurück und setzte sich auf einen Stuhl. Und lächelte, voller Zuneigung und Freundlichkeit.

»Ich war so verwirrt. Ich stand immer noch ohne Hose

vor ihm. Ich war sehr erregt, deswegen war ein nasser Fleck auf meinem …«

»Ich glaube, so genau brauche ich das nicht zu wissen«, sagte Malu.

Er sagte: »Es war schön, wie wir uns geküsst haben. Und all das andere war auch schön. Das Streicheln.«

Sie hatte genickt. Langsam begann sie sich unwohl zu fühlen, denn er wirkte plötzlich wie ausgewechselt. Unberechenbar und irgendwie fremdartig.

»Aber … dann …« Sie war ratlos.

»Ich bin nicht zu dir gekommen, um einen kurzen Moment der Ekstase zu erleben. Das kurze Aufglühen heftiger Empfindungen.«

»Warum dann?«

»Er sagte, all das, was wir gerade getan hätten, sei letzten Endes der Grund, weswegen die meisten Menschen unglücklich sind und keinen Sinn in ihrem Leben finden könnten. Weil sie den Momenten der Ekstase hinterherjagen, dem kleinen Glück. Dabei ist es nur Chemie. Serotonin und Dopamin machen die Menschen abhängig von dem Gefühl, anerkannt und begehrt zu werden, und sie begreifen nicht – oder weigern sich einzusehen –, dass das alles nur eine Falle ist. Sie lassen sich auf ein Hamsterrad locken, immer auf der Suche nach dem nächsten Kick.«

Van Aa dagegen wollte sein Glück nicht abhängig machen von einem anderen Menschen, den das nur überfordern konnte. Er liebte alle Menschen, und er wollte einen Beitrag für sie leisten, ganz gleich, ob sie im Gegenzug sein Bedürfnis nach Anerkennung befriedigten oder nicht.

»Er sagte, dass er ein anderes Leben will, und dass er sehen kann, dass das auch bei mir so ist. Er sagte, wenn wir es jetzt schaffen, uns diesem Betrug zu verweigern, dann wartet auf uns die Chance auf ein wirklich bedeutungsvolles Leben.«

Auf Malu wirkte Goldas Bericht, als gehe es dabei nur um die Ereignisse, weniger um ihre Beteiligung daran. Aber für den Moment war das mehr, als sie noch vor einer Stunde hatte erhoffen können. Goldas Schamgefühl, das sie die ganze Zeit über daran gehindert hatte, sich ihrer Mutter anzuvertrauen, schien durch diese kleine Akzentverschiebung aufgehoben zu sein, jetzt, da sie sich einmal dazu entschieden hatte, die Dinge auszusprechen. Malu ertappte sich bei dem Gedanken: Jetzt, da das einen Zweck für sie hatte. Und je länger Malu ihrer Erzählung zuhörte, desto mehr begriff sie, dass diese Zweckorientierung den Kern all dessen ausmachte, was in Biotopia geschehen war, und mehr noch: wofür Biotopia existierte.

Es fing schon bei van Aa an. »Bro« – die Anrede suggerierte unkomplizierte, zweckfreie Kumpelhaftigkeit – umgab sich nur mit Menschen, die sich und ihre Bedürfnisse nicht in den Vordergrund stellten, sondern denen es ausschließlich um die Farm und den Dienst an ihr ging. Man könnte auch sagen: um den Dienst an ihm. Diese Menschen übertrafen sich geradezu gegenseitig darin, den Raum für Befindlichkeiten innerhalb von Biotopia so eng wie möglich zu machen. Der engste Kreis seiner Anhänger war entschlossen genug, dafür auf jeglichen Komfort zu verzichten und als Lohn für diesen Verzicht nichts als Aufgaben und Pflichten zu erhalten. Dabei verkaufte »Bro« den Verzicht nicht als Ideologie, sondern als Pragmatismus – als ob schon der Verzicht als solcher der Schlüssel zur Befreiung sei.

Dabei klang für Malu ganz deutlich heraus, wie sehr van Aa bei aller Entbehrung ein Privilegierter geblieben war. Auch wenn er dieselben Arbeiten verrichtete wie alle anderen, sich MUTTER beugte wie alle anderen und auf Ruhm und Reisen verzichtet hatte – es war und blieb seine eigene Vision, die er mit der Hilfe seiner Gefolgschaft verwirklichte. Er war am Ziel dessen angekommen, was er vom

Leben erwartet hatte, an einem Punkt geistiger Erlösung, während viele andere – und zu ihnen gehörte auch Golda – von dem Leben, das sie bislang gelebt hatten, Abschied nehmen mussten.

Da Biotopia ein Ort der Befreiung und kein Gefängnis sein sollte, durfte dieser Abschied nicht erzwungen werden. Doch als Sulaco entschied, Nexus 7 – die *Mütze* – einzuführen, verschob sich diese Grenze. Aus Goldas Erzählung wurde Malu nicht klar, ob van Aa dafür verantwortlich war, oder ob er sich dieser Entscheidung letztlich beugen musste. Golda sagte dazu: »Er hat entschieden, was das Beste für Biotopia ist.«

Diese Entscheidung hatte gravierende Folgen und lenkte den Geist des Projekts in eine ganz neue Richtung. Viele Tätigkeiten, die den Dienst vorher noch aufgelockert hatten, waren nun plötzlich nicht mehr möglich. MUTTER war nicht länger eine helfende, sondern *führte* die Hand. Während vor Einführung der *Mütze* täglich unzählige kleine Ablenkungen möglich gewesen waren – ein kleines Schwätzchen zwischen zwei Einsatzorten, ein selbstgebrauter Schnaps nach Feierabend, Kiffen, Musikhören und lautes Lachen –, änderte sich binnen Tagen die Parameter des Zusammenlebens fundamental. Die harmlosen Abweichungen und Übertretungen, die den Arbeitsalltag aufgebrochen und mit kleinen Glanzpunkten versehen hatten, die sowohl sozialer Kitt wie auch Puffer gegen Konflikte gewesen waren, brach plötzlich weg. Dabei war nicht einmal ein Verbot ausgesprochen worden. Nur taktete MUTTER den Tag nun noch effizienter als zuvor, algorithmisch festgelegt vom Diktat der zu erledigenden Aufgaben. Das hochkomplexe Gefüge aus Produktion, Lieferung und Selbstreproduktion der Anlagen, die optimale Koordination aller menschlichen Ressourcen musste absolut störungsfrei funktionieren. Durch diese oberste Prämisse wurden die Rückzugsräume kleiner und verschwanden schließlich ganz. Es war mehr als nur ein Grundsatz, sondern ein Dogma.

Die Treuesten akzeptierten es als ein unhintergehbares Gelöbnis, dass das Laufen dieser komplexen Maschine nicht weniger war als der Sinn des Lebens. Und sie erwarteten auch von allen Anderen, dass sie es befolgten, denn sonst konnte Biotopia nicht funktionieren. Malu hatte das Bild eines Zugs vor Augen, der Geschwindigkeit aufgenommen hatte. Ihn abzubremsen, um etwas von der Landschaft sehen und dem Material eine kurze Verschnaufpause zu gönnen, war nicht vorgesehen, obwohl offensichtlich war, dass viele Produzenten sich nicht mehr mitgenommen fühlten. Niemand hätte so etwas wohl laut ausgesprochen, nicht zuletzt deswegen, weil es dazu kaum noch Gelegenheit gab. MUTTER ermöglichte noch immer die Kommunikation untereinander, aber das Arbeitspensum forderte den Produzenten all ihre Aufmerksamkeit ab. Die Zahlungen des Senats fielen weg und mussten irgendwie ausgeglichen werden. Immer wieder forderte der Dauerbetrieb der Solaranlagen und Wärmepumpen seinen Tribut, sodass MUTTER für die Reparatur Produzenten abziehen und anleiten musste. Neue Bewerber mussten rekrutiert und eingegliedert werden, um diese Fehlstellen zu besetzen, und obwohl MUTTER sich durch Erbauungstexte, Musik und immer höhere Dosen des Sedativums bemühte, den immensen Druck als Herausforderung und Antrieb umzudeuten, ermüdeten die Produzenten. Immer wieder fielen Menschen aus, weil MUTTERS Dauerpräsenz sie überforderte.

Malu fragte sich, wie diese »Ausfälle« ausgesehen hatten, ob damit lediglich Nervenzusammenbrüche oder vielleicht sogar Schlimmeres gemeint war, aber sie hatte keine Gelegenheit zu fragen, denn auch Goldas Bericht hatte Fahrt aufgenommen, und sie wollte keinesfalls den Anschluss verpassen.

Dass van Aa trotzdem an der Mütze festhielt, verstand anfangs auch Golda nicht. Doch sie war keine Dissidentin. Sie wollte Teil von Bros Team sein – das war ihre Prämisse. Deswegen verteidigte auch sie den rigorosen Kurs als überlebenswichtig für die Farm, und obwohl sie sah, dass die Unterstützung, die sie von Sulaco (und diese wiederum aus obskuren Quellen) bekamen, keineswegs selbstlos war, ja dass sie sogar völlig anderen Zwecken diente als der maximal ertragreichen Produktion von Nahrung, tat sie etwas, das Malu aus vergleichbaren Loyalitätskonflikten kannte: Sie übertönte ihre Zweifel durch noch lauteres Trommeln für die Sache.

Sulaco führte inzwischen einen teuren Rechtsstreit mit Ping. Für die Firma stand viel auf dem Spiel, und man konnte es sich nicht leisten, eine Chance auf Expansion in neue Geschäftsbereiche abzulehnen. Der Nexus 8 war mit Milliarden Dollar entwickelt worden und musste schnell zur Marktreife gebracht werden, um die Technologie gewinnbringend nutzen zu können. Was noch fehlte, war der Beweis der Praxistauglichkeit unter realen Produktionsbedingungen.

Van Aa musste klar gewesen sein, dass mit einem neuronalen Implantat eine weitere Grenze überschritten und aus dem, was er als Geist der Kooperation ansehen wollte, totale Unterwerfung werden würde. Auch wenn die Akzeptanz – vielleicht musste man es eher Gefolgschaft nennen – gegenüber der Mütze sehr hoch war und kaum jemand es wagte, sich ihr zu entziehen, so wäre dies wenigstens theoretisch noch möglich gewesen. Einige hatten sogar davon Gebrauch gemacht und Biotopia verlassen.

Aber MUTTER hatte bereits unter Beweis gestellt, dass sie die Willensbildung massiv beeinflussen konnte, notfalls mit manipulativen Mitteln wie Traumsanktionen und hoher Gabe von Sedativa. Nexus 8 würde die Möglichkeit, sich

MUTTERS Dominanz zu entziehen, nicht mehr bieten. Alle Produzenten würden ihr endgültig – und nur ihr allein – ausgeliefert sein.

Und auch diese Grenze hatte Golda gemeinsam mit van Aa überschritten. Denn Begriffe wie Unterwerfung und Entmenschlichung hatten mit den Jahren in Biotopia aufgehört zu existieren. Die Fortschritte, die MUTTERS Steuerung möglich machte, waren real und prägten jeden Tag, jede einzelne Tätigkeit innerhalb der Farm. Sie war ohnehin bereits allgegenwärtig. Ein Hirnstamm-Implantat stellte keine widernatürliche Obszönität mehr dar, sondern eine Festigung eines Zustands der Natürlichkeit, der von der Materialität der Mütze allenfalls noch gestört worden war.

Je näher sie der Siedlung kamen, desto langsamer gingen sie, weil ihnen klar war, dass sie die Unterhaltung, einmal in der Wohnung angekommen, nicht würden fortsetzen können. Deswegen trotzten sie der Kälte und dem schneidenden Wind. Ein letztes Puzzleteil fehlte Malu noch: Goldas Beziehung zu van Aa.

Bereits durch ihre erste Begegnung war ihr klar gewesen, wie van Aa zum Konzept der Liebe stand, speziell der körperlichen. Daran hatte sich bei ihm wenig geändert, doch obwohl Golda ihm in allem folgte, war ihr doch klar geworden, dass sie ein anderer Mensch war und ihre Bedürfnisse nicht einfach wegdiskutieren konnte. Sie fühlte sich in Biotopia erfüllt, aber zugleich einsam. Ihr Wunsch, van Aa nah sein zu wollen, verließ sie nicht. Immer wieder überkamen sie in den unpassendsten Augenblicken Anwandlungen von Begierde oder der sehnliche Wunsch, von ihm berührt zu werden. Und sie ahnte, dass eine solche Anziehung möglicherweise viele Produzenten in Biotopia untereinander empfanden. Sollten diese Gefühle für immer ungeteilt bleiben?

Zugleich war ihr klar, dass sie ihren Vorschlag, einen Rückzugsort einzurichten, den diese Paare nach Ableistung ihres Arbeitssolls für sich nutzen konnten, bei van Aa gar nicht erst vorzubringen brauchte, weil sie wusste, dass er es ablehnen würde. Denn durch diesen Riss in der Oberfläche hätte die gesamte Tiefenstruktur seiner Überzeugungen Schaden genommen. Die Einsprengsel individualistischer Bedürfnisse hätten sich dort eingenistet und das gesamte Konstrukt seiner Idee bedroht, der er letztlich auch sein eigenes Leben untergeordnet hatte. Sie wusste es, denn sie kannte seine Befürchtungen so gut wie ihre eigenen.

Und deswegen hatte sich Golda mehr oder weniger gezwungen gesehen, ihn mit einem Plan zu überlisten, dem er innerhalb seiner eigenen Ansprüche nicht widersprechen konnte. Wenn sie einen Weg finden konnte, dem individuellen Freiraum seine Bedrohlichkeit zu nehmen, indem sie ihn den Prinzipien Biotopias unterordnete, dann gab es kraft des besseren Arguments kaum eine Möglichkeit für van Aa, sich dem in den Weg zu stellen – erst recht nicht, wenn es ihr gelingen würde, MUTTER für ihr Vorhaben zu gewinnen.

Von Anfang an war es Biotopia um die Befriedigung der menschlichen Grundbedürfnisse gegangen. Auch Zärtlichkeit und Sexualität gehörten zu diesen Grundbedürfnissen, und sie waren bislang im Produktportfolio Biotopias nicht berücksichtigt worden. In einer Zeit, in der die sozialen Beziehungen der Menschen historisch immer komplexer und brüchiger geworden waren und sich durch Watsons Personalisierungsangebote immer mehr entsolidarisierten, bestand ein großer Markt dafür, Beziehungen nicht mehr höchst gefahrvoll selber führen zu müssen, sondern ganz nach jeweiligem Befinden daran teilhaben zu können – oder eben nicht. Mit Nexus 8 und der SQUID-Technologie gab es die technische Infrastruktur dafür.

Manche Gedanken waren in ihrer Perfidität so verblüffend naheliegend, dass es schwerfiel zu glauben, sie seien noch niemals zuvor gedacht worden. Golda konnte MUTTER ohne Mühe von ihrer Schlussfolgerung überzeugen. Doch zugleich war MUTTER in der Lage, die Dinge in einer Konsequenz zu Ende zu denken, vor denen der menschliche Verstand aufgrund seiner sozialen Beschränkungen zurückschreckte.

MUTTER argumentierte, dass die Menschen nicht nur ein großes Bedürfnis nach Nähe und Hingabe hatten, sondern in einer Zeit, in der über 30 Prozent aller Paarbildungen gleichgeschlechtlich waren, auch nach Kindern. Dieser Bedarf wurde bislang über Samenspenden oder Einfuhren aus den Gebieten gedeckt. Doch die Kinder, die dort unter unkontrollierten und oft schlechten äußeren Bedingungen gezeugt wurden, waren oft krank oder hatten mindere genetische Voraussetzungen. Eine Farm, die sich als ganzheitlicher Zulieferer dessen verstand, was die Menschen grundlegend benötigten, konnte hier – ausgehend von Goldas Idee – ein wichtiger Dienstleister werden.

Die Sonne war schon lange verschwunden, und die Temperaturen waren noch weiter unter den Gefrierpunkt gefallen. Es hatte angefangen zu schneien, und der Schnee hatte sich auf Goldas Kopf und Schultern geschichtet, ebenso, wie sie jetzt bemerkte, auf ihren eigenen. Golda zitterte, und auch wenn es naheliegend war, die Kälte dafür verantwortlich zu machen, schrieb Malu es auch ihrer Erzählung zu, die für sie einer Beichte gleichkam.

Die Lichter Stralaus spiegelten sich in der Rummelsbucht. Die Hausboote, die hier noch bis Anfang der 1930er-Jahre gelegen hatten, waren längst geräumt und abgeschleppt worden. Ihre Idee lebte irgendwo in den Gebieten fort, wie alles, was als Subkultur gegolten hatte, bevor sie aus dieser Welt verschwunden war.

Die Wahrheit hatte die paradoxe Eigenschaft, dass man ihr mit derselben Besessenheit hinterherjagte, wie man sie anschließend wieder vergessen wollte. Was Golda ihr da erzählt hatte, war nicht das gewesen, worauf Malu gehofft hatte. Worauf hatte sie gehofft?

Sie sah Golda an – ihre Tochter, die, um sich ein bisschen Menschlichkeit zu bewahren, deren totale Abschaffung besiegelt hatte.

Sie schauderte.

27
Die Verhaftung

Sie zogen ihre schneebedeckten Jacken aus und machten es sich mit einem Tee bequem, während das Schneetreiben draußen dichter wurde. Es war der erste Advent, wie Malu erst erfuhr, als sie Watson um einen Musikvorschlag bat.

Früher hatte sie mit Golda an den Adventssonntagen Weihnachtsplätzchen gebacken – seltener, als sie es sich nun gewünscht hätte. Sie wollte es ihr jetzt vorschlagen, immerhin war das eine Gelegenheit, etwas miteinander zu unternehmen, bei dem sie nicht reden mussten und sich trotzdem nahe sein konnten.

Aber als Malu aus dem Bad kam, stellte sie fest, dass Golda sich bereits daran gemacht hatte zu kochen. Sie hatte die Lieferung aus Biotopia in der Vorratskammer entdeckt und verschiedene Produkte herausgenommen: Zwiebeln, Paprika und Tomaten, die in beinahe jedem Paket enthalten waren, dazu ein Pfund Hack aus Fleischkulturen, Lasagneblätter aus Lupinen, pflanzliche Milch.

Golda führte das Messer, als sei es eine natürliche Verlängerung ihrer Hand, und die Zutaten behandelte sie mit einer Achtung, die wohl von ihrem Wissen herrührte, wie sie erzeugt worden waren. Obwohl sie das Bedürfnis hatte, mit Golda über Idi zu sprechen, wagte Malu es nicht, ihre fast meditative Hingabe an das Rühren der Soße zu stören. Die beiden waren nicht direkt befreundet gewesen, doch sie hatten sich eine Zeit lang regelmäßig gesehen. Malu hatte den Eindruck, dass Golda seine Abwesenheit gar nicht aufgefallen war, wollte ihn aber auch nicht zum Thema machen. Der Grund war ihr nicht ganz klar, schließlich konnte sie ihm jetzt nicht mehr schaden. Aber vielleicht fürchtete sie, Watson würde die Unterhaltung über ihn auf irgendeine Idee bringen, die Golda schaden könnte.

Nachdem sie das Essen beendet hatten, schrieb Malu auf eine Serviette: »Watson hat Idi verraten. Er wurde ausgewiesen. Konterbauer steckt dahinter.«

Golda las die Nachricht und behielt die Serviette in der Hand. »Hat dir das Essen geschmeckt?«, fragte sie. Und dann wischte sie sich damit den Mund ab.

Später lag Malu schlaflos im Bett und dachte über diese Geste nach. Etwas ging von Golda aus, das ihr taub und gleichgültig vorkam, so als würden die Menschen um sie herum in Wirklichkeit ebenso wenig existieren wie sie, und als hätte diese Tatsache nicht die geringste Bedeutung.

Das allein war schon beklemmend genug. Aber was Malu wach hielt, war die Tatsache, dass Golda plante, in diese Existenz ein Kind aufzunehmen.

Als sie aufstand, saß Golda bereits in der Küche. Sie hatte das schmutzige Geschirr von gestern abgewaschen und weggeräumt, und nun saß sie frisch geduscht und äußerlich ruhig am Tresen und aß eine Schüssel Müsli. Doch ihre Nervosität war mit Händen zu greifen.

Sie hatten bereits darüber gesprochen, wie es ablaufen würde. Golda hatte ihr von dem langen Verbindungstunnel erzählt, der unterhalb der Hangars durch die Unterkellerung der ehemaligen Verwaltungsgebäude verlief und in die öffentliche Kanalisation mündete, der sie durch einen Kanaldeckel in der Oderstraße entstiegen war. In der kommenden Nacht wollte sie den umgekehrten Weg in die Anlage nehmen, um sich unerkannt zu den Servern der

Arche durchzuschlagen und an einem Wartungsterminal die Adoptionslisten herunterzuladen. Sollte dieser Plan gelingen und sie die Adresse der Familie extrahieren können, dann war es an Malu, gemeinsam mit Golda das Kind zu entführen.

Sie suchte nach einem anderen Wort: das Kind zu *befreien.* Das Kind *heimzuholen.* Das Kind zu *retten.* Aber all das klang falsch. Was Golda vorhatte, war eine Entführung – und sie war im Begriff, ihr Beihilfe zu leisten.

Unter dem Vorwand, den Schnee vom Gehweg zu schaufeln, und gegen Goldas Drängen, ihr dabei zu helfen oder die Arbeit gleich ganz für sie zu übernehmen, ging Malu zu den Duchamps hinüber. Frisch gefallener Schnee knirschte unter ihren Füßen. Langsam wurde es hell. Sie klopfte vergeblich bei Ophélie und klingelte dann am Haupthaus.

Vivien, die gebürtig aus Ungarn stammte und Stéphane, einen französischen Diplomaten, geheiratet hatte, öffnete die Tür. »Was für eine schöne Überraschung!« Stéphane sagte es so, als seien sie alte Freunde und er meine es wirklich so. »Möchtest du eine Tasse Kaffee?«

Malu setzte sich zu ihm und Vivien, wo die beiden gerade frühstückten. Sie beobachtete Ophélie, die sie bediente, ihren Blick dabei allerdings mied. Zu erzählen, was Idi widerfahren war, erübrigte sich – Malu spürte, dass es ohnehin das einzige Thema im Raum war.

»Ich ... ich wollte mich erkundigen, wie es dir geht«, sagte Malu in Ophélies Richtung. Sowohl Ophélie als auch Vivien und Stéphane war ihre Direktheit offenkundig unangenehm.

»Sie ist traurig«, sagte Vivien und sah Ophélie dabei an. »Genau wie die Kleine.«

Malu zuckte bei ihrer Erwähnung des Kindes ein wenig zusammen, so als sei sie für ihre Trauer verantwortlich. Und war sie das nicht auch?

»Habt ihr ... ich meine ...« Malu wusste nicht, wie sie es

ansprechen sollte. Auch hier hörte Watson genau zu, wenngleich das nicht der einzige Grund für ihre Verdruckstheit war.

»Habt ihr Angst?«, fragte sie schließlich. Sofort kam es ihr seltsam vor, ihre Fragen, die Ophélie betrafen, nicht an sie, sondern an die Duchamps zu richten, als würden nur sie eine Redeerlaubnis erteilen. Sie schämte sich für dieses neokoloniale Gebaren. Doch andererseits machte Ophélie, weshalb auch immer, nicht den Eindruck, als wolle sie mit ihr reden.

»Angst wovor?« Vivian warf einen Seitenblick zu Stéphane. Die recht intime Frage war eigentlich nicht durch ein besonders vertrauliches Nachbarschaftsverhältnis abgedeckt.

»Nun … dass euch Ähnliches passieren könnte.«

Verständnislosigkeit paarte sich in den beiden Mienen nun mit Misstrauen.

»Ich dachte … es ist nur so …« Malu ließ die Schultern sinken. »Ich fühle mich schrecklich, seit das passiert ist. Und ich wollte euch sagen … jemand, der mir sehr nahesteht, ist in einer ähnlichen Situation. Leider kann ich nichts Genaueres sagen, weil …« Sie versuchte, mit ihrem Blick die unsichtbare Bedrohung anzudeuten, die sie umgab. »Ich möchte verhindern, dass so etwas … wie mit Idi … noch einmal geschieht. Ich werde sie bald an einen Ort begleiten. Die Person. An einen sicheren Ort. Und ich hatte gedacht … wenn es hier aus irgendwelchen Gründen zu gefährlich werden würde … also, ich könnte noch jemanden mitnehmen.«

Eine peinliche Stille breitete sich nach diesem kryptischen Gestottere aus, Ophélie klapperte weitab vom Tisch mit Geschirr, das pensionierte Diplomatenehepaar sah in die Kaffeetassen und ließ verlegen die Neige kreisen.

Schließlich brach Stéphane das Schweigen. »Du scheinst zu glauben, dass jemand illegal hier lebt«, sagte er mit einer Art herablassender Würde. »Das trifft nicht zu. Ophélie und

Cécile sind solvente Bürgerinnen. Es ist alles in Ordnung. Cécile ist gerade in der Schule.«

Malu wollte im Boden versinken. Sie hatten offenbar einen Weg gefunden, Ophélie zu legalisieren. Vielleicht hatte Stéphane sich als Vater des Kindes ausgegeben. Jemand mit seinen Beziehungen konnte das ohne größere Hindernisse bewerkstelligen. Es musste nicht einmal mit seinen Beziehungen zusammenhängen: Wahrscheinlich reichte schon der Wille, wenn man ihn hatte.

Beschämt kehrte sie zurück. Hatte sie wirklich vorgehabt, an Idis hinterbliebener Familie einen Akt der selbstlosen Güte zu verrichten? Als wäre das allein nicht schon der durchschaubare Versuch einer Selbstabsolution, ging es möglicherweise noch nicht einmal um Ophélie, sondern darum, Golda mit ihrem Kind nicht allein in den Waldcampus gehen zu lassen? Jedenfalls war ihre Hilfe nicht vonnöten, und außerdem kam sie zu spät. Für Idi jedenfalls kam sie zu spät.

»Der Schnee liegt immer noch da«, sagte Golda mit Blick aus dem Fenster.

»Ich bin aufgehalten worden.«

Sofort zog Golda sich Mütze und Handschuhe an, glücklich darüber, etwas zu tun zu bekommen. »Ich mache das.«

Weil sie buchstäblich abtauchen wollte, ließ sich Malu ein Bad ein. Das Wasser strömte aus dem Hahn in die Wanne und wurde warm, bald begann es zu dampfen. Malu verschloss den Ablauf und gab Badesalz auf die sich schließende Wasserfläche, die sich sofort rosa verfärbte. Die Bläschen vermehrten sich exponenziell, eine kleine Schaumkrone entstand. Als Malu sich aus- und den Bademantel übergezogen hatte, war bereits die gesamte Wasseroberfläche damit bedeckt. Sie setzte sich auf den Wannenrand, durchmischte das Wasser mit der Hand und stellte fest, dass es viel zu heiß war.

Watson meldete sich. »Malu, Konrad hat gegen seine Arrestauflagen verstoßen. Er wurde um 4 Uhr 47 festgenommen. Gegenwärtig wird er der Haftrichterin vorgeführt. Möchtest du die Anhörung als Zuschauerin verfolgen? Die Freigabe wird dein Konto mit fünf Punkten belasten.«

»Was sagst du? Auf den Schirm!«

Auf den lumineszierenden Fliesen am Fußende der Wanne erschien das Kamerabild eines Gerichtssaals. Hinter der leeren Richterbank ragten zwei monumentale, noch dunkle Bildschirme hoch auf wie zwei schwarze Monolithen. Die rechte Seite des Saals war von großen Glaskästen mit Anklagebänken gesäumt, die an Hochsicherheitsgefängnisse und russische Schauprozesse erinnerten. Mehrere Gefangene saßen darin in Handschellen, einer von ihnen war Konrad, den sie allerdings wegen der Spiegelung auf dem Glas kaum sehen konnte.

»Bitte beachte, dass dir keinerlei Wortmeldungen möglich sind, Malu.«

»Was ist mit einem Anwalt? Hat Konrad einen Rechtsbeistand?«

»Ein Rechtsbeistand ist nicht erforderlich.«

»Natürlich ist einer erforderlich, in was für einem Land leben wir denn?«

»Das Strafmaß für Verstöße gegen Hausarrest ist in der reformierten Strafprozessordnung festgelegt und wird deshalb nicht verhandelt, sondern lediglich verkündet. Die Verkündung ist automatisch rechtswirksam.«

»Aber … was bedeutet Verstoß? Was soll er denn getan haben?«

Watson antwortete nicht. Stattdessen erschien auf dem linken Bildschirm der Avatar einer Bundesrichterin mit violettem Jabot und Barett. Ihr Gesicht, das vermutlich keinerlei Bezug zu einer lebenden Person hatte, wirkte trotz der weißen Haare gut gealtert und aristokratisch, ihre

Physiognomie war vom Algorithmus mit offenem Blick und einem milden Zug um den Mund ausgestattet worden, um Weisheit zu vermitteln. Die Richterin sprach mit sanfter und zugleich strenger Stimme einige einführende Worte, dann wurde die Chefanklägerin zugeschaltet, ebenfalls weiblich, mit schwarzer Robe und einer unbarmherzigen Ausstrahlung. Die Richterin wandte sich in alphabetischer Reihenfolge an die Verhafteten, allesamt junge Männer, indem sie ihr Vergehen sowie Art und Dauer der Strafe verlas. Die Delikte waren unterschiedlicher Natur, meist handelte es sich um Verstöße gegen die Versicherungspflicht, Identitätsdiebstahl oder Insolvenz.

Als Konrad an die Reihe kam, sagte die Richterin: »Fall Nummer C47824. Gegen den Verhafteten wird seit dem 21. November wegen eines Sexualdelikts ermittelt. Die Beweisaufnahme läuft, wegen Verdunklungs- und Fluchtgefahr wurde Hausarrest beauflagt. Am 4. Dezember hat der Angeklagte sich dem Arrest widerrechtlich entzogen. Er wurde gegen drei Uhr früh bei der Ausweiskontrolle im Amüsierbetrieb Tornado aufgegriffen und unverzüglich in Untersuchungshaft verbracht.«

Malu versuchte, so gut es ging, Konrad zu beobachten, der allerdings fast vollständig von den nun stehenden Gefangenen verdeckt wurde und nur still und scheinbar teilnahmslos dasaß, bewacht von mehreren volluniformierten und maskierten Konterbauer-Leuten. Konrad machte keinerlei Anstalten, Einspruch zu erheben, so wie andere das vor ihm getan hatten – obwohl es nutzlos war, da die Kästen schalldicht und ohne erkennbare Audioverbindung zur Richterin waren, sodass die Proteste der Gefangenen pantomimische Äußerungen blieben.

»Dem Haftantrag gegen den Angeklagten wegen des Verstoßes gegen seine Arrestauflagen wird stattgegeben. Das Gericht verfügt eine Ordnungshaft im Umfang von einem

Jahr und drei Monaten, zu verbüßen in einer gesondert zu benennenden Hafteinrichtung. Die Haft soll als strukturierender und resozialisierender Arbeitseinsatz ausgestaltet werden, die Staatsanwaltschaft hat dem Gericht hierzu binnen einer Woche geeignete Vorschläge zu unterbreiten. Nächster Fall.«

Die Klägerin nickte, ohne aufzusehen. Der traditionelle Hammerschlag blieb aus, stattdessen markierte das Soundlogo von Ping – ein polyphones »Ping« – das Ende dieser und den Beginn einer neuen Urteilsverkündung.

Der Bildausschnitt auf die Gefangenen wurde etwas vergrößert, sodass am unteren Bildrand ein weiterer Glaskasten zum Vorschein kam. In ihm befand sich nur eine Person, als einzige von allen Gefangenen eine Frau. Obwohl vom Prozessrecht in keiner Weise gedeckt war, dass in dieser Sammelverhandlung kleinkrimineller Delikte eine Staatsaffäre abgehandelt wurde, und weil ihre Anwesenheit deswegen eigentlich unvorstellbar war, erkannte Malu die Frau nicht auf den ersten Blick wieder: Es war Elena.

Sie bot einen erbarmungswürdigen Anblick. Anders als die vorangegangenen jungen Männer, die zwar teils ärmlich, aber doch in Zivil gekleidet waren, trug sie hellblaue Gefangenenkleidung und war an Händen und Füßen gefesselt. Ihr Kopf war kahlgeschoren, ihr Gesicht bleich und von Schlafmangel und Schwäche gezeichnet.

»Fall K15/07, Elena Sander. Die Anklage lautet auf Amtsmissbrauch, Verletzung der Fürsorgepflicht gegenüber Schutzbedürftigen, Vertragsbruch, Vorteilsnahme und Meineid. Die Angeklagte trug während ihrer Amtszeit als Angehörige des Berliner Senats eine große verwaltungs- wie auch sozialpolitische Verantwortung in der Beaufsichtigung von Biotopia. Die besondere Schwere der Schuld wurde bereits festgestellt. Sie ist voll geständig und hat in einem gesonderten Antragsverfahren ihrer Demission zugestimmt.

Die Staatsanwaltschaft hat hierzu bis Ende der Woche einen Termin einzubringen, die Angeklagte verbleibt wegen Flucht- und Verdunklungsgefahr in Schutzhaft. Nächster Fall.«

Aber es gab keinen nächsten Fall, nach diesem wurde die Übertragung von Watson beendet. Malu war wie betäubt. Gut eine halbe Stunde saß sie auf dem Rand der Wanne und starrte auf die Fliesen, wo die Übertragung zu sehen gewesen war. Das Wasser war nurmehr lauwarm.

»Ist das alles ein Witz?«, fragte jemand – offenbar sie selbst – mit belegter Stimme.

»Könntest du die Frage präziser formulieren, Malu?«

Sie zog den Stöpsel der Wanne und sah zu, wie das Wasser, einen rechtsdrehenden Strudel erzeugend, im Ablauf verschwand. Es war ein gleichmäßiger Sog, der ruhig und unaufhaltsam in die Vergessenheit führte, so voll die Wanne auch gewesen sein mochte.

Sie zog sich wieder an. Als sie aus dem Bad trat, sagte sie: »Watson, ich möchte mit Konrad sprechen!«

»Es tut mir leid, Malu, aber das ist leider nicht möglich. Allerdings hat Konrad eine Videobotschaft hinterlassen. Soll ich sie für dich abspielen?«

»Wann wolltest du mich darüber informieren?«

»Soll ich sie jetzt für dich abspielen, Malu?«

Konrad saß in einer Zelle, die offenbar eigens der Aufnahme solcher Mitteilungen diente. Außer ihm war niemand darin, und sie bot außer dem Stuhl, auf dem er saß, keinerlei Einrichtung. Konrad trug die Kleidung, die er auch bei seiner Festnahme getragen haben musste – eine gelb-glänzende, zweiteilige Lackmontur. Zumindest die Jacke war ihr bei der Anhörung nicht aufgefallen, überhaupt hatte sie ihn noch nie so etwas tragen sehen. Er wirkte darin wie ein Fremder auf sie. Sein Anblick war schrecklich: Die Augen rot unterlaufen, das Gesicht grau vor Müdigkeit und Angst und dem Rest der Substanzen, die er genommen haben musste, war er mit hängenden Schultern in den Lichtkegel einer Lampe und vor das Objektiv einer Kamera gezerrt worden.

»Okay, also … sie haben gesagt, ich darf ein paar Abschiedsworte sprechen. So haben sie das gesagt. Ich werde nicht hierbleiben. Ich werde irgendwo hingebracht. Ich weiß nicht, wohin.« Seine Aussprache war schleppend und undeutlich. Er wischte die Handflächen an den Hosenbeinen ab. Malu war, als könnte sie die glatte, kühle Lackoberfläche mit ihren eigenen Händen spüren; die Tatsache, dass dieser Stoff keinerlei Feuchtigkeit aufnehmen konnte und Konrad mit seinen schwitzigen Händen sich selbst überließ. Er winkte in die Kamera. »Weißt du noch, wie wir das früher dauernd gemacht haben zum Abschied? Wie lange das immer dauerte?« Konrad klang weinerlich, und wer konnte es ihm verdenken? Tatsächlich erinnerte sie sich an das Ritual, das ihr, je länger sie es beibehielten, irgendwann lästig geworden war wie ein Fluch. Wenn sie Konrad zur Schule gebracht hatte – er mochte sechs, sieben Jahre alt gewesen sein –, hatte sie sich, nachdem sie ihn verabschiedet hatte, immer wieder umgedreht, während Konrad, an der Ecke stehend, nicht dahinter verschwand, sondern das Umdrehen und Winken seiner Mutter länger und länger erzwang, so lange, bis sie sich aus den Augen verloren hatten. Oft hatte sie dann ein schlechtes Gewissen überkommen, weil sie fürchtete, Konrad könnte enttäuscht sein, wenn sie endgültig ging, und dann war sie umgekehrt und hatte gesehen, dass Konrad noch unverändert an der Ecke stand, als hätte er *gewusst*, dass sie zurückkehren würde. Dieses Ritual hatte sich auch auf andere Situationen ausgedehnt, selbst auf Telefonate, in denen sie schließlich eine regelrechte Phobie davor entwickelt hatte, als Erste aufzulegen und damit Konrad das Opfer ihrer Zeit zu verweigern, den Liebesbeweis.

»Irgendwann haben wir damit aufgehört«, sagte Konrad, und er klang, als würde er es bedauern. »Du hast damit aufgehört.«

Sie hätte ihm gern erwidert: Ich habe aufgehört, weil ich mich manipuliert gefühlt habe. Ich wollte mich diesen Regeln nicht länger unterwerfen.

»Ich glaube, ich verstehe jetzt, warum du nicht mehr mitgemacht hast. Du konntest es nicht haben, dass ich immer der Bestimmer sein wollte. Du hast gedacht, ich hätte Spaß daran, andere zu terrorisieren.«

Und so war es auch, dachte Malu. Du wolltest nicht nur der Bestimmer sein – du musstest. Du konntest es nicht gut ertragen, dich den Wünschen oder Bedürfnissen anderer anzupassen. Ich habe dabei mitgemacht, so lange ich konnte. Aber irgendwann dachte ich, wenn ich weiter mitspiele, vermittle ich dir ein fatal falsches Bild von der Welt, in der du lebst.

»Du hast gedacht, ich bin ein verwöhnter kleiner Scheißer, der irgendwann lernen muss, dass sich auf der Welt nicht alles immer nur um ihn dreht.«

Ich habe dich nie einen verwöhnten kleinen Scheißer genannt, nicht einmal gedacht habe ich das. Aber ja: Ich dachte, du musst das lernen.

»Und ich verstehe das. Ich kann mir nicht vorstellen, wie es ist, Kinder zu haben. Ich werd's wahrscheinlich auch nie herausfinden. Bestimmt hast du das Richtige getan. Es war bloß hart für mich. Ich meine, nachdem du mir immer so lange gewinkt hast, dachte ich, das ist unser Ding. Unser Zeichen dafür, dass wir uns lieben. Da war es schwer für mich zu akzeptieren, dass du es plötzlich nicht mehr wolltest.«

Aber ich habe dir den Grund gesagt!

»Ich konnte es nicht verstehen. Ich dachte, ich hätte irgendwas falsch gemacht, und deswegen hab ich immer versucht, es wieder gerade zu biegen. Damit's wieder so wird wie früher. Ich habe nicht begriffen … jetzt blinkt hier irgendwas … ich habe erst jetzt begriffen, dass du mir etwas beibringen wolltest … über das Leben. Weil du schon wusstest, dass ich eines Tages alleine dastehen würde. Ich wusste es nicht. Ich habe mich bloß verstoßen gefühlt.«

Das wollte ich nicht. Das wollte ich …

Die Aufnahme war beendet. Malus Mund und Hals waren so trocken, dass sie husten musste, sie hatte mit offenem Mund zugehört und das Schlucken vergessen. Jetzt fühlte es sich an, als risse etwas in ihrem Rachen.

»Soll ich die Aufnahme erneut abspielen?«

Sie antwortete nicht. Mit wackligen Knien stand sie auf und konnte sich nicht überwinden, in ein anderes Zimmer zu gehen. Golda würde sehen, dass sie weinte, und sie würde Fragen stellen, die Malu nicht beantworten wollte.

Wann hatte sie sich jemals so scheußlich gefühlt?

»Malu, ich habe mit der Richterin gesprochen. Konrads Strafe könnte reduziert werden, wenn bestimmte Rahmenbedingungen dazu erfüllt werden.«

»Du bist die Richterin, Watson«, antwortete sie matt.

In diesem Moment kam Golda durch die Tür herein, gerötete Wangen, ein zufriedenes Lächeln im Gesicht. Malu wischte sich schnell die Augen ab und sah aus dem Fenster. Golda hatte nicht nur den Gehweg vor dem Haus vom Schnee befreit, sondern alle Wege – zumindest alle, die sie vom Fenster aus sehen konnte.

»Das ist so nicht ganz zutreffend. Die Urteilsbildung erfolgt nach vollkommen anderen Parametern als die Moderation.«

»Ich will nicht mehr mit dir reden. Du bist der Teufel.«

Aus den Augenwinkeln nahm sie wahr, dass Golda ihrem Wortwechsel verwirrt folgte – verwirrt und vielleicht auch verängstigt von dem paralysierten Anblick, den Malu bieten musste.

»Meiner Einschätzung nach hält deine problemfokussierte Sicht auf die Situation dich davon ab, dich an der konstruktiven Suche nach einer Lösung zu beteiligen.«

Malu sagte nichts.

»Eine Lösung könnte zum Beispiel darin bestehen, den Abschlussreport deines Audits zu veröffentlicht. Du könntest Konrads Situation verbessern, indem du in diesem Bericht konkrete Gründe für die Betriebsstörung in Biotopia nennst.«

»Aber ich kenne die Gründe nicht.«

»Als zufriedenstellende Erklärung für die Betriebsstörung würde die Tat einer Einzelperson angesehen werden, die die Betriebssteuerung sabotiert hat und auf diese Weise eine Rebellion herbeiführen wollte, die hunderttausende Menschen in Berlin in eine schwere Ernährungskrise gestürzt hätte. Deine Verdienste um die Aufklärung könnten Konrads Aussicht auf Resozialisierung in den Augen der Gerichtsbarkeit maßgeblich steigern. Ein günstiges Urteil im Hauptsacheverfahren wäre die Folge. Der Hausarrest müsste rückwirkend aufgehoben werden.«

Malu sah Golda an, deren Lächeln erstarb. Ihr lange vermisster Geruch stieg unter der klaren Winterkälte auf, die sie mit hereingebracht hatte.

»Bei der Anfertigung des Berichts biete ich gern meine Unterstützung an. Für den Fall, dass der Bericht nicht Golda Piontek als Alleinverantwortliche für die Betriebsstörung nennt, müsste ich allerdings für morgen zehn Uhr einen Termin bei einer Demissionsberatung für dich buchen.«

28
Die Beratung

Ich bin die Julia«, sagte Julia und bat Malu herein.

Da es keine Vorzimmerperson gab, war die Beraterin selbst zur Tür gekommen. Während sie Malu in ihr Sprechzimmer führte, zupfte sie im Vorbeigehen ein Kleenex aus der Box auf dem Tisch des Wartezimmers und hielt es mit routinierter, aber nicht herzloser Geste einer dort wartenden Klientin hin.

Julia war noch keine dreißig. Sie trug eine Strickjacke aus grober Wolle und einen Seidenschal mit Blumenmuster. Sie lächelte praktisch unentwegt, was nicht einschüchternd gemeint sein mochte, durch ihre vorstehenden Augen aber eine eher beunruhigende Wirkung hatte. Das Lächeln zeugte davon, dass Julia ihre Tätigkeit gleichermaßen als Passion und Berufung ansah. Ihre penetrante Ungezwungenheit wurde noch verstärkt durch einen unterdrückten, aber immer noch derben Berliner Einschlag – einem selbstbewusst vor sich hergetragenen Distinktionsmerkmal einer solventen Geschichte.

Auf dem Display des Wartezimmers plätscherte ein Gebirgsbach zwischen saftigem grünem Gras vor verschneitem Hintergrundgebirge. An den Wänden hingen, in willkürlicher Folge, religiöse Heilssymbole christlicher, muslimischer, buddhistischer oder jüdischer Prägung. Malu fühlte sich wie im Warteraum einer Ärztin, nur dass es hier nicht um Heilung ging. Es roch nach alten Menschen und Selbstaufgabe. Alle Wartenden hatten ihr 60. Lebensjahr lange hinter sich.

Eine der wartenden Frauen trug einen Rock und Stützstrümpfe. Ihre Beine waren geschwollen, es sah aus, als würde ihr schon das Sitzen Schmerzen bereiten. Der Mann links von ihr atmete asthmatisch.

Der Bildschirm informierte über verschiedene Möglichkeiten der Demission, beispielsweise eine mehrstufige Vorab-Anästhesie, die sich auch mit einem entspannenden Floatingbad und stimmungsaufhellender Lichttherapie kombinieren ließ. Als kostengünstigste Variante des Altersmanagements, so las Malu, war die Maßnahme in den letzten Jahren entscheidend weiterentwickelt und verbessert worden. Für all jene, die sich bislang noch nicht mit den Vorteilen beschäftigt hatten, gab es kurze animierte Videos: Man sah rüstige, offenkundig glückliche Senioren, die ihre Habseligkeiten veräußerten und mit dem verbliebenen Kapital ihre Kinder und Enkel beglückten. Dabei wurde nicht die finanzielle Notlage betont, in der die meisten hierherkamen, sondern vielmehr der Aspekt der selbstlosen Populationshygiene. Nicht anders als beim Verzicht auf Milch und Fleisch, auf Reisen und generell auf fossile Energie erschien der Verzicht auf den Lebensabend als ein großherziger Dienst an der Gattung.

»Ich weiß, warum ich hier bin«, sagte Malu zu Julia. »Ich bin hier, damit ich zugebe, dass zwei plus zwei fünf ist.«

»Zunächst mal, Malu – es ist doch okay, wenn ich Malu zu dir sage, oder? –, zunächst mal ist es ja Watson, der die Empfehlungen gibt. Auf Grundlage breitgefächerter Daten«, fügte sie hinzu und starrte dabei auf einen Bildschirm mit Malus medizinischen Werten. Aus einer Tasse vor ihr dampfte heißer Inhalt. In der Vase auf dem Fensterbrett stand ein Strauß selbstregenerierender Schnittblumen, Hyazinthen und Lilien, die einen genoptimierten Geruch nach Sauberkeit und Frische verströmten. Der Grad des Zynismus, von dem Malu umgeben war, wirkte heute noch unzumutbarer als gestern und vorgestern. Allerdings hatte Malu das vorgestern auch schon gedacht. War sie also voreilig gewesen? Und wie konnte sie sicher sein, ob sie es nicht auch jetzt war?

»Anämie und Bluthochdruck, das ist mal eine ulkige Kombi! Stress?«

»Entschuldigung?«

»Ich meinte nur«, sagte Julia, zog die Ärmel ihrer Strickjacke über ihre Handgelenke und verfiel in eine Art auswendig gelerntes Referat, »dass eine Beratung nie schaden kann. Es ist ja ganz normal, dass man im Alter nicht mehr gebraucht wird und Platz machen muss für die Nachkommen. Selbst für die ist ja nicht mehr genug zu tun, seit wir keine aufgeblähte Konsumindustrie mehr haben, die sinnlos drauflos produziert, um Millionen Arbeitskräfte künstlich in Beschäftigung zu halten. Wir müssen uns also früher oder später eingestehen, dass wir im Grunde entbehrlich sind – der eine mehr, die andere weniger.« Sie sagte das mit einem feinen Lächeln, so als sei klar, wer damit gemeint war. »Außerdem hat sich deine private Situation in den letzten Wochen deutlich verschlechtert, nicht wahr? Ich muss gestehen, ich mache mir ein bisschen Sorgen um dich, Malu.«

Malu faltete, so gut es ging – und tatsächlich ging es gut, ausgesprochen gut –, ihre Hände in ihrem Schoß. Sie sagte nichts. Sie hatte sich entschieden, all die freundlichen Apparatschiks in diesem Getriebe, zu denen auch »Ich-bin-die-Julia« gehörte, dazu zu zwingen, die Abartigkeiten, denen sie zuarbeiteten, zumindest selbst zu benennen – vielleicht würde ihnen die Perversität dadurch von sich aus bewusst werden. Oder war diese Hoffnung naiv? Doch, und sogar verlogen. Denn Malu wusste nur zu gut, dass Mitmachen die beste Methode war, um nicht durchzudrehen.

Julia schmollte, weil Malu ihr die Sache nicht mit einer schonungslosen Selbstanalyse leichter machte. Oder ihr die

Arbeit gleich ganz abnahm, indem sie aus dem Fenster sprang. »Also mir liegen Informationen vor, dass, warte mal, es hat ja diesen Landfriedensbruch bei Konterbauer gegeben, außerdem Diebstahl von Firmeneigentum Schrägstrich Industriespionage. Und dann ist da noch die Unterbringung einer illegalen Person. Also Malu, du scheinst ja ganz schön was auf dem Kerbholz zu haben.«

»Diese Kerben«, sagte Malu ruhig, »sind fabrizierte Unterstellungen. Watson versucht, mich fertigzumachen.«

Julia lächelte und nickte, als hätte Malu ihre gute Beratungsarbeit gelobt, statt dem Leitmedium ihrer aller Realitätswahrnehmung vorzuwerfen, eine Generalverschwörung gegen sie zu führen.

»Aber du stimmst schon zu, dass dein Konto ziemlich belastet ist, oder? Ich meine, ich sehe hier nur orange und rot und sogar ein bisschen tiefrot!«

Malus Beine waren übereinandergeschlagen zum Zeichen ihrer ruhigen Beratungsbereitschaft. Sie lächelte, wenngleich ihr in diesem Moment auffiel, dass sie zum Beweis ihrer Beratungsbereitschaft durchaus ihren Mantel hätte ausziehen können. Allerdings gab es nirgends Garderobenhaken.

»Dann haben wir hier noch, ich schau mal schnell, ob ich das richtig sehe ... ah ja, also, dein Sohn ist ja im Arbeitslager.«

»Er verbüßt einen Arrest. Das letzte Wort darüber ist noch nicht gesprochen. Er wird bald rehabilitiert sein.«

»Das ist aber schön. Wann wird er denn freigesprochen?«

Malu wusste, dass aus Watsons umfassendem Versicherungsdossier, das »Ich-bin-die-Julia« im Grunde nur abzulesen die Aufgabe hatte, unmissverständlich hervorging, dass seine Strafe auf ein Jahr und drei Monate festgesetzt worden war.

»Julia, wir können das abkürzen. Ich bin an Sterbehilfe nicht interessiert.«

Julia zwinkerte Malu verschwörerisch zu, als sei durch diese Klartextpassage ihr professioneller Beraterinnenehrgeiz erst richtig geweckt worden. »Demission, ja?«, korrigierte sie, führte dann mit beiden Händen die Tasse vor den Mund und lehnte sich in ihrem Polsterstuhl zurück. »Wir haben hier natürlich oft Leute wie dich sitzen, die in ihrer Haltung zur Demission noch ein bisschen konservativ sind. Ich verstehe das. Aber nur mal für den Fall, dass du wegen all dieser Punkte – und vielleicht noch weiterer? – zu einer Konventionalstrafe verurteilt wirst: Dann kommen ja Kosten in unkalkulierbarer Höhe auf dich zu, richtig?« Sie lächelte und legte ihren leicht geneigten Kopf von der linken auf die rechte Seite.

Malu imitierte ihre Kopfhaltung und sagte: »Ich habe leider überhaupt keine Ahnung, wovon Sie sprechen.«

Julia schaute sie ostentativ verwundert an. »Na, dein Sohn hat doch jetzt Klage gegen dich eingereicht.«

Malu korrigierte minimal ihre Sitzhaltung. Sie wollte sich ihre Angefasstheit auf keinen Fall anmerken lassen.

Julia beugte sich vor und wischte auf ihrem Display herum. »Also, die Anklage lautet auf Erziehungsversagen. Moralische Verwahrlosung, unterlassene Verselbstständigung, Förderung narzisstischer Grandiosität und fehleinschätzenden Denkens. Das muss ja ein schlauer Anwalt sein, nicht schlecht!«

Er hatte es also getan. »Danke für die Einschätzung.«

»Ja. Hmmm.«

»Sonst noch was?«

»Hast du denn jetzt wenigstens wieder einen Partner, der dich im Zweifelsfall unterstützen könnte?«

»Im Fall welchen Zweifels wobei unterstützen?«

»Verzeihung?«

»Ich würde dann gern gehen.«

»Meine Liste ist aber noch nicht ganz durch.«

»Ich bin an Sterbehilfe nicht interessiert.«

»Es heißt Demission!«

»Ich glaube wirklich, wir haben nichts mehr zu bereden.« Zur Bekräftigung stand sie auf.

»Frau Jacobsen, nu bleiben Se aber mal sitzen, bitte! Det is doch auch für mich jedetmal ein schwieriget Prozedere!«

Malu setzte sich wieder, verblüfft, aber auch interessiert nach diesem kleinen Gefühlsausbruch.

»Malu«, sagte Julia, jetzt wieder mit ihrer Beraterinnenstimme, wenn auch leiser. Sie stellte die Tasse ab, rutschte auf ihrem Stuhl nach vorne und faltete die Hände auf dem Tisch. »Kannst du dich noch erinnern, was du früher, als junge Frau, vom Leben erwartet hast?«

Malu musste unwillkürlich auflachen. »Was kommt denn jetzt?«

»Im Ernst.« Julia verzog keine Miene. »Das ist Teil der Beratung. Kannst du?« Julia zeigte jetzt keine Spur von Unsicherheit. Sie sah aus wie die beste Version ihrer selbst. Ihr Atem roch nach Eukalyptus, ihre Hände nach Ethanol. Es waren schöne Hände, solche, wie Malu sie nie gehabt hatte, auch früher nicht. Gleichmäßig gerade Finger, wohlproportioniert, gepflegte Nagelbetten. Hatte Julia sich vorgestellt, dass sie einmal das hier machen würde, damals, als sie ihr Studium der Sterbewissenschaften begonnen hatte? Vielleicht war es für sie nur eine Station auf dem Weg woandershin, welche Position auch immer für die heutigen jungen Menschen noch Traumziel ihrer Ambitionen sein mochte. Vielleicht hatte sie vier Fremdsprachen gelernt und war nun enttäuscht, nur noch ihre eigene zu brauchen, und eigentlich nicht einmal mehr die. Die Frage, was man heutzutage noch davon hatte, intelligent und gut ausgebildet zu sein, war der Elefant in jedem Raum.

Malu brauchte einen Moment, um zu erkennen, dass sie tatsächlich und ganz gegen ihren Willen über Julias Frage nachdachte. Sie war lange Zeit wie selbstverständlich davon ausgegangen, dass sich ihr Möglichkeitsraum kontinuierlich vergrößern würde, so wie es auch für die Lenker der gescheiterten Ökonomien lange unverrückbar festgestanden hatte, dass ihre Wirtschaft immer weiter wachsen würde.

Sie hatte weniger eine Vorstellung davon gehabt, welchen Posten sie einmal bekleiden würde, als vielmehr davon, welche Art Mensch sie sein wollte: Einer, der die Dinge nicht zu ernst nahm, sich trotzdem oder gerade deswegen immer für die richtige Seite entschied, unnötigem Ärger aus dem Weg ging und schwerwiegende moralische Entscheidungen allein deswegen nie würde treffen müssen, weil ihr ethisch verantwortungsvolles, mit dem Gerechtigkeitsempfinden aller anderen verantwortungsvollen Menschen übereinstimmendes Leben immer schon von alleine für den richtigen Fortgang sorgte. Sie hatte sich privilegiert gefühlt in ihrem Glauben, niemand würde sie je zwingen können, bei irgendeiner Schweinerei mitzumachen, beim seelenlosen Konsumieren, Kuschen, Feiern, Posen. Sie hatte sich frei gefühlt, und die Zukunft, obwohl sie noch keine Konturen hatte, versprach ihrerseits, in Freiheit auszuhärten.

»Selbstverwirklichung«, sagte sie im vollen Bewusstsein, etwas Abgegriffenes, vielleicht sogar Lächerliches zu sagen.

»Ah ja, interessant. Und würdest du sagen, dass sich diese Vorstellung für dich erfüllt hat? Hast du dich selbst verwirklicht?«

»Das klingt nach einer Fangfrage.«

»Siehst du, Malu, das ist das Problem zwischen uns beiden. Du betrachtest mich als Gegenspielerin. Als ob ich dich zu etwas zwingen wollte. Dabei will ich dir nur helfen, eine gute Entscheidung zu treffen. Die bestmögliche.«

»Ah ja. Das hatte ich vergessen. Danke, Julia.«

»Nein, Malu, denk mal wirklich für einen Moment über meine Frage nach. Hast du erreicht, was du im Leben erreichen wolltest? Viele Menschen haben Angst, sich diese Frage zu stellen, weißt du? Alles im Leben hat seine Zeit. Die Kindheit zum Beispiel. Wer sie verpasst und verspätet nachholen will, gibt meistens eine traurige Figur ab. Oder die Jugend. Die Adoleszenz, die Reife: das ist die Zeit, in der man zu der Person werden sollte, die man sein will, und wenn man es nicht geschafft hat, ist es dafür im Alter zu spät. Alles hat seine Zeit.«

Sie ließ ihren Worten Raum, sich zu entfalten, und Malu musste anerkennen, dass sie nicht so dumm waren, wie sie es sich gewünscht hätte. Julia schien jetzt ganz in ihrem Element, las nicht länger vorgefertigte Informationen von einem Bildschirm ab, sondern warf echtes Talent in die Waagschale. »Früher war auch das Alter eine wertvolle Zeit. Die Alten konnten ihre Erfahrungen, die sie in einem ereignisreichen Leben gesammelt hatten, an die Jungen weitergeben. Aber nicht, wenn man gar nicht die Person ist, die man werden wollte. Außerdem haben wir für so etwas jetzt Watson.«

Malu schwieg.

»Was ich damit sagen will, Malu …«

»Ich glaube, mir ist schon recht klar geworden, was Sie …«

»Neinnein, Malu, ich weiß, du denkst jetzt, das betrifft mich alles nicht, ich bin ja noch gar nicht alt, gerade 59, meine Güte, das ist beim heutigen Stand der Longevity eine verlängerte Jugend. Man ist ja immer so alt, wie man sich fühlt, nicht wahr?«

Das war es nicht, was Malu glaubte. In ihren Augen war das Leben eher eine Gezeit, die unaufhörlich Muschelschalen zu Sand zerrieb. Sie empfand die Dinge, die sie früher geliebt hatte, weit weniger stark – vielleicht, weil sie sich mit dem Gedanken abzufinden begann, dass sie genauso vergänglich waren wie sie. Das wahre Glück lag nicht in den großen Verheißungen, sondern in flüchtigen Momenten:

Aus einem Albtraum zu erwachen und zu merken, dass nichts davon wirklich war. Oder die Schmetterlingsbrosche, die ihr Golda zum 35. Geburtstag geschenkt hatte und die sie für unwiederbringlich verloren gehalten hatte, beim Saugen zwischen den Sofapolstern wiederzufinden. Oder nach einem langen Winterspaziergang gerade rechtzeitig vor dem Wolkenbruch ins gewärmte Haus zurückzukehren und mit einer heißen Tasse Tee schweigend das Unwetter zu betrachten, dem man knapp entkommen ist. Oder die eigene Angst überwunden, den ersten Schritt gemacht und dadurch bemerkt zu haben, dass auch das Gegenüber sich schon längst hatte annähern wollen.

»Aber die Zeit, in der du der Gesellschaft etwas zurückgeben kannst, neigt sich dem Ende. Dein zweites Kind ist erwachsen, ein weiteres wirst du nicht mehr bekommen. Deine Arbeit, sicher, das war eine gute Arbeit, aber sie ist vorbei. Dein Kapital wird sich nicht mehr vermehren. Und bedenke, dass dein Kind – Konrad, richtig? –, dass Konrad erben wird, was von deinem Kapital übrig bleibt. Je eher du gehst, desto mehr wird für ihn übrig sein.«

Malu schwieg.

»Wir müssen das ganz realistisch betrachten, Malu. Entweder – und vieles spricht im Augenblick dafür – du wirst zu einer Konventionalstrafe verurteilt. Dann wärst du natürlich verpflichtet, für die Kosten deiner Unterbringung und Verpflegung selbst aufzukommen, und da das – in Ansehung deiner Ausstände – nicht möglich sein dürfte, wäre eine Demission die einzige Möglichkeit. Dein verbleibendes Kapital, natürlich auch deine Eigentumswohnung, würden für deinen Sohn eine wichtige Ressource darstellen, wenn er aus der Haft entlassen wird. Eigentlich ist das ein Paradefall: Genau dafür ist die Demission gedacht.« Sie schien zu erwarten, dass Malu sich angesichts dieser glücklichen Fügung mit ihr freute.

»Und wenn ich nicht verurteilt werde?«

»Wie gesagt, danach sieht es im Moment nicht aus. Aber ich will mal so sagen: Auch dann würde sich deine Demission lohnen. Deine ganzen Lebenshaltungskosten würden ja dann entfallen und wiederum Konrad zugutekommen.« Sie lehnte sich wieder zurück und trank ihre Tasse aus. Sie wirkte, als sei sie ganz zufrieden mit ihrer Performance. »Wir haben viele attraktive Angebote, Malu. Es gibt da zum Beispiel diese total schönen Übergangsrituale. Die sind wirklich der Renner in dieser Saison. Also man kann ... Warte mal, ich hab das hier irgendwo ... Da ist es ja. Zum Beispiel dieses Schamanenpaket, wo man in eine Ayahuasca-Trance versetzt wird und dann zum Schluss noch mal richtig mit seinen höheren Gottheiten in Verbindung treten kann. Wäre das nicht was für dich?«

Malu dachte über die Formulierung »höhere Gottheiten« nach und fand nichts, worunter sie sich etwas hätte vorstellen können.

Sie würde nicht demissionieren. Sie hatte sich entschieden: Es war besser zu tun, was jetzt zu tun noch möglich war.

Golda hatte zu ihr gesagt: »Ich habe nur noch eine einzige Chance auf ein Leben.«

»Ich habe eine andere Idee«, sagte sie zu Julia.

»Ja? Da bin ich aber gespannt, Malu! Raus damit.«

29
Der Komplize

Sie hatten den Weg nach Charlottenburg zu Fuß zurückgelegt und eingedenk Watsons Omnipräsenz wieder Atemschutzmasken angelegt.

Malu hatte Golda auf die Begegnung vorbereitet – sofern es dazu kommen würde. Es war Dienstagmorgen, die Kanzlei würde aller Wahrscheinlichkeit nach besetzt sein. Doch ob Shivani Ghosh zu erreichen sein würde, war ungewiss. Sie mussten es riskieren: Es gab keine Möglichkeit, anders Kontakt aufzunehmen als durch ihr Medium Nathan.

»Natürlich wird sie etwas dafür verlangen, dass sie uns hilft. Das heißt: wenn sie uns helfen kann. Aber ich bin überzeugt, dass sie an die Daten kommt. Immerhin wusste sie auch von dir.«

»Was verlangen?« Ein Bus fuhr vorbei, eigentlich fast geräuschlos, doch der Regen hatte überall Pfützen entstehen lassen, deren Spritzern Golda nun mit einem kleinen Sprung auswich, als hätte sie das Nahen des Busses hinter sich gespürt.

»Wahrscheinlich will sie dich als Kronzeugin. Sie wird von dir hören wollen, dass Konterbauer den Computer sabotiert hat.«

»Das ist ja auch die Wahrheit«, sagte Golda.

»Umso besser.«

Als sie vor dem Gründerzeithaus ankamen, antwortete niemand auf ihr Klingeln. Es rächte sich nun, dass sie sich nicht telefonisch hatten ankündigen können. Vielleicht hatten sie den fast zweistündigen Fußmarsch vergeblich unternommen.

Malu versuchte es ein letztes Mal und drückte gegen die schwere Eingangstür; überraschenderweise war sie nicht verriegelt.

Sie traten in den dunklen Durchgang und dann in das linke der Treppenhäuser, in dem automatisch das Licht aufleuchtete. Ein Aufzug mit schmiedeeisernem Gitter stand bereit. Klappernd fuhren sie in den dritten Stock hinauf und gingen über den grobgewebten Bastläufer, dessen Patina von mindestens einem Jahrhundert zeugte, zu der hohen Doppeltür aus massiver Eiche. Sie war offen.

Dennoch klingelte Malu zunächst. Als abermals niemand den Summer betätigte oder gar zur Tür kam, ging sie vorsichtig hinein.

»Hallo?«

Die Wohnung lag im Dämmerlicht, keine Lampe war eingeschaltet.

»Ist jemand da?«

Sie gingen langsam voran. Der Parkettboden knarzte, aber statt zu versuchen, die Geräusche zu vermeiden, gab Malu noch mehr Gewicht auf ihre Füße, um sich bemerkbar zu machen. Nach einem breiten Korridor erreichten sie den Empfangsraum, den sie bereits kannte. Zu ihrer Linken ein Tresen mit einem Büroplatz, zur Rechten die Besprechungszimmer. Doch alles wirkte verlassen, die Luft infolge länger verschlossener Fenster abgestanden und leicht muffig, allerdings mit einer soliden Basis von Reinigungs- und Desinfektionsmitteln. Die Sonne ging unter; schon in zehn Minuten würde man hier drinnen keine fünf Schritte weit mehr sehen können.

»Licht!«, versuchte Malu, doch es blieb dunkel. Einen Schalter suchte sie vergeblich. Allerdings wurde in diesem Moment das Licht in einem Ballettstudio auf der anderen

Straßenseite eingeschaltet. Eine Reihe von Tänzerinnen defilierte hinein und begann damit, sich mit Dehnübungen aufzuwärmen. Sie streckten ihre bestulpten Beine in die Höhe, während sie sich rücklings an der Ballettstange festhielten, und vollführten lauter eindrückliche Bewegungen. Durch den Abglanz des erleuchteten Raums verwandelte sich hier das Dreiviertel- zumindest in ein Halbdunkel.

Ebenso lautlos erschien völlig unvermittelt die Lichtsäule eines Hologramms genau vor ihr und manifestierte eine kleine, blondgelockte Frau in einem kanariengelben Kleid, an der die knallrot lackierten Fingernägel das hervorstechendste Erscheinungsmerkmal waren. Sie schien Malu direkt anzusehen. »Ich bin Miranda. Was kann ich für Sie tun?« Sie hielt einen kleinen Bildschirm in der linken Hand und ließ die rechte frei am Körper herabhängen, als sei sie jederzeit bereit, die Ankömmlinge mit einem Handschlag zu begrüßen.

»Ich bin Malu Jacobsen«, sagte Malu versuchsweise.

Miranda lächelte unverändert und sprang mit einer kaum merklichen zackigen Bewegung wieder in die Position zurück, die sie einige Sekunden zuvor eingenommen hatte. »Ich bin Miranda. Was kann ich für Sie tun?« Offensichtlich steckte das Programm in einem Loop.

Malu ging weiter in den Gang vor und trat, sich zu beiden Seiten umsehend, durch das sich stetig wiederholende Hologramm.

Golda, sichtlich beklommen, blieb in der Nähe der Tür.

»Ich bin Miranda. Was kann ich …« Das Hologramm erstarb und verschwand so unvermittelt, wie es erschienen war.

Kein Geräusch war zu hören. Drüben vollführten die Balletteusen inzwischen simultane Tanzbewegungen.

»Wir sollten wieder gehen«, sagte Malu leise.

In diesem Moment trat eine Person durch die noch offene Eingangstür. Hinter ihr folgten zwei weitere, unverkennbar große und breit gebaute Männer. Die Person kam ein wenig näher; das Halblicht reichte aus, um zu erkennen, wer es war.

Jules hatte sich verändert. Sie wirkte maskuliner: die Haare kürzer, der Ansatz eines Bartschattens auf den fein geschwungenen Wangen. Auch die Kleidung war ganz anders: Statt der Uniform trug sie – er – einen grob gestrickten Norwegerpulli, eine Greenjeans und hellbraune Budapester, dazu Lederhandschuhe in identischem Farbton.

»Jules«, sagte Malu entgeistert.

»Wer ist das?«, fragte Golda. Entweder erkannte sie Jules nicht, oder sie hatte ihn noch nie gesehen. War es möglich, dass sie in all den Jahren nie direkten Kontakt gehabt hatten? Oder war Jules ein Neuling bei Konterbauer?

»Deine Mutter und ich, wir sind alte Freunde«, sagte Jules mit jenem jovialen Überschwang, den sie so sehr an ihm verachtete.

»Was tun Sie hier?« Malu versuchte, fordernd und unerschrocken zu klingen, obwohl alles an seiner Anwesenheit zutiefst verstörend war: Nicht nur sein gespielt vertraulicher Tonfall, sondern vor allem die Tatsache, dass er Golda kannte und die beiden hier erwartet hatte. Aus welchem Grund sollte Malu nicht annehmen, dass er darüber hinaus auch jeden weiteren ihrer Schritte kannte?

»Shivani Ghosh ist heute leider nicht abkömmlich«, sagte Jules. »Genau genommen ist sie verhaftet worden. Ich habe deswegen mit Golda zu reden. Aber nicht hier.«

Auf das Stichwort traten die beiden Männer links und rechts neben Golda und verschränkten die Hände vor dem Bauch zum Zeichen dafür, dass sie Gewalt nur in wenigen Ausnahmefällen anwenden mussten.

»Wohin sollte sie mit dir fahren?«, fragte Malu. »Wer sind diese Leute?«

»Die Fahrer«, sagte Jules freundlich.

Malu erwiderte seinen Blick mit kaltem Unglauben.

»Also gut, es sind nicht die Fahrer.«

»Ich lasse Golda nicht alleine gehen.«

»Aber das hast du leider nicht zu entscheiden, Malu.« Jules wandte sich um und ging hinaus.

Golda wandte sich hilfesuchend zu Malu um. Auch Malu sah sich um. Was konnte sie tun?

Die beiden Männer drängten Golda ins Treppenhaus und nach unten. Malu ging hinter ihnen her. Am Straßenrand parkte ein Transporter. Einer der Männer öffnete den Fond und bedeutete Golda einzusteigen. Als sie zögerte, schubste er sie hinein und setzte sich neben sie. Auch der andere Mann stieg ein und schloss die Tür, während Jules vorne Platz nahm. Kurzentschlossen ging Malu zur anderen Seite und kletterte in dem Moment auf den Beifahrersitz, als der Wagen anfuhr.

»Stopp«, sagte Jules, und der Wagen bremste abrupt.

»Ich fahre mit«, sagte Malu.

»Hugo?«, sagte Jules, statt etwas zu entgegnen.

Einer der Männer stieg aus, riss die Beifahrertür auf und zerrte an Malu, doch die krallte sich an Jules Sitz – und ihm selbst – fest. »Hilfe!«, schrie sie, so laut sie konnte. »Entführung!«

Da sie mitten auf der Straße standen, warteten hinter ihnen andere Wagen. Ein Passant wurde auf die Szene aufmerksam. Eines der Autos hupte. An Malu wurde noch immer mit großer Kraft gezerrt, lange würde sie sich nicht mehr halten können. Der Passant holte sein Mobilgerät heraus und begann, die Szene zu filmen.

»Hugo, lass gut sein. Steig wieder ein.«

Der Mann ließ augenblicklich von Malu ab und setzte sich wieder neben Golda.

Sie fuhren.

Jules lächelte süffisant. »Weißt du, im Grunde erspart mir das sogar Arbeit«, sagte er.

»Wohin fahren wir?«, fragte Malu.

Jules tat so, als werde er von einer Antwort durch ein ankommendes Gespräch auf seinem Headset abgehalten.

»Das ist ja so lieb, dass du dich meldest! Nein, ich schaffe es heute wirklich nicht, ich bin noch auf der Arbeit. Du weißt ja.« Jules zwinkerte Malu mit lässiger Miene zu. »Mal sehen. Vielleicht, wenn ich das hier weggearbeitet habe, aber es ist diesmal ein ziemlicher Brocken, kann sein, dass ich damit bis spät in die Nacht beschäftigt sein werde. Ja, mach's mal gut, und feiert nicht zu feste!« Er tat so, als konzentriere er sich wieder auf den Weg, obgleich Watson den Wagen steuerte.

Nieselregen setzte ein; in den Tropfen auf der Windschutzscheibe brachen sich die Lichter der Laden- und Reklameschilder, die links und rechts der Bismarckstraße an ihnen vorüberglitten.

»Glaubst du wirklich, Jules, du kannst uns mit diesem Theater einschüchtern?«

Jules reagierte nicht.

»Wer ist das?«, fragte Golda von hinten. Sie wirkte nicht direkt verängstigt, eher abwartend.

»Das ist niemand«, sagte sie zu Golda. »Bloß irgendein Abwischer von Konterbauer.«

Sofort spürte Malu, wie sich Golda anspannte. »Konterbauer?«

»Keine Sorge. Er ist nur der Laufbursche.«

Jules sagte, ohne sie anzusehen: »Ich bin anwesend, Malu!«

»Ich möchte wissen, wo wir hinfahren«, entgegnete die. »Dir ist klar, dass das eine Entführung ist, ja?«

Jules tippte an sein Headset und begann, rhythmische Kopfbewegungen zu machen, als hörte er Musik.

»Schwachmat!«

Sie fuhren weiter stadtauswärts, die Lichter wurden seltener, schließlich war es draußen nur noch dunkel. Wie sich zeigte, als sie anhielten, war die Dunkelheit kein Effekt der Nacht, sondern des Waldes, durch den sie gefahren waren. Der leere Parkplatz, auf dem sie ausstiegen, war hingegen vom Mondlicht matt erleuchtet. In der Ferne waren die Lichter der Stadt zu erkennen. Malu wusste, wo sie waren: Zur anderen Seite, hügelaufwärts, erhoben sich mehrere Gebäude, gekrönt von den ikonischen Radarkuppeln des Teufelsbergs. »Was in Gottes …?«

»Spotte nicht leichtfertig den Namen des Herrn«, sagte Jules, indem er ausstieg und sich einen farblosen Poncho aus Plastik überzog, als habe Regen eingesetzt oder sei zu erwarten. Aber der Himmel war jetzt klar, nur ein paar Wolken trieben wie Schatten über eine schwarze Wand.

Der Teufelsberg war eine künstliche Erhebung im Berliner Ortsteil Grunewald, die nach dem Zweiten Weltkrieg aus Trümmerschutt entstanden war. Es hieß, dass der Hügel etwa ein Drittel aller Berliner Wohnhäuser barg, die während der alliierten Bombenangriffe zerstört worden waren. Über zwanzig Jahre lang hatten bis zu 800 Lastzüge täglich Tausende Kubikmeter Schutt auf dem unablässig wachsenden Hügel abgeladen, bis er zur höchsten Geländeerhebung im damaligen West-Berlin geworden war.

Aufgrund der exponierten und zugleich stadtfernen Lage baute der US-amerikanische Auslandsgeheimdienst NSA ab 1963 eine Flugsicherungs- und Abhöranlage auf dem Gelände, die ein wichtiger Teil des globalen ECHOLON-Spionagenetzes war. Insbesondere wegen der vier weißen und weithin sichtbaren Radarkuppeln, die den Bündnisraum des Warschauer Paktes genauso überwachten wie die privaten Telefonate der West-Berliner, wurde die *Field Station Berlin* zum Markenzeichen des Teufelsbergs.

Seit 1999 standen die Gebäude leer. Sie wurden unter Denkmalschutz gestellt und für die Öffentlichkeit, die sich weiterhin sommers wie winters auf den Downhill-Trails und Rodelhängen des Berges vergnügte, gesperrt. Lediglich Untergangstouristen und Graffitikünstler frequentierten die verfallende Anlage weiterhin, bis sie in Vergessenheit geriet, weil der Untergang infolge seiner ständigen Verfügbarkeit an Attraktivität eingebüßt hatte.

»Ich wollte ungestört mit Golda plaudern«, sagte Jules. »Aber da du unbedingt mitkommen wolltest, Malu, hängst du jetzt mit drin. Für mich macht es ehrlich gesagt keinen Unterschied. Bitte hier entlang.« Er wies vorbei an dem vorderen Gebäude und bedeutete den beiden, ihm zu folgen. Die beiden Männer hinter ihnen stellten sicher, dass sie das auch taten.

Angesichts dieses abgeschiedenen, menschenleeren und obendrein ziemlich gespenstischen Ortes hatte sie nun doch Angst. Sie musste Jules, Laufbursche hin oder her, alles zutrauen. Vielleicht hatte er die ganze Zeit über eine Rolle gespielt und entpuppte sich nun als kalt berechnender Auftragsmörder. Sie wehrte sich gegen ihre aufkommende Angst.

»Unser Gespräch muss vertraulich bleiben«, sagte Jules. »Ich meine, wirklich, wirklich vertraulich. Falls ihr also irgendwelche Geräte bei euch haben solltet, ist es in eurem eigenen Interesse, sie bei meinen beiden Assistenten abzugeben.«

»Ich gehe keinen Schritt weiter, bis du uns gesagt hast, warum wir mitkommen sollen.« Tatsächlich blieb Malu stehen, während Jules weiter voranschritt, als hätte er nichts gehört. Hugo schubste sie vorwärts, sodass sie fast gestürzt wäre. Golda reagierte sofort und hielt sie fest. Malu sah ihr an, dass auch sie den Ernst ihrer Lage erkannte. Gezwungenermaßen gingen sie weiter; die Option eines Fluchtversuchs kam zumindest für Malu nicht infrage.

»Lauf weg«, flüsterte sie Golda zu. »Ich lenke sie ab.«

Doch Golda hatte nicht verstanden, und lauter konnte Malu nicht werden, ohne von den beiden hinter ihnen gehört zu werden.

Da blieb Jules am Fuß einer Treppe plötzlich stehen und drehte sich um.

»Wir gehen da rauf«, sagte Jules. »Ihr beide«, dies zu den Männern, »wartet hier unten.«

Malus Gedanken waren wie zwei Züge, die auf demselben Gleis aneinander vorbeifahren wollten. All das konnte wohl nur bedeuten, dass er sie dort oben in Ruhe abknallen wollte. Auch wenn sie bislang keine Waffen gesehen hatte, die beiden Männer hatten mit Sicherheit welche, und so auch Jules. Schon war sie auf der Treppe, jetzt gab es kein Zurück mehr. Auch Golda war inzwischen wohl klargeworden, dass sie sich in einer ausweglosen Lage befanden. Ihrem Schweigen entnahm Malu, dass sie sich, anders als sie, damit abgefunden hatte.

»Damit kommst du nicht durch«, sagte sie in Jules' Richtung, weil ihr nichts Besseres einfiel.

Sie traten auf das Dach. Sofort zerrte kalter Wind an ihnen. Die riesigen, kugelförmigen Kuppeln waren mit weißer Plane bedeckt, deren Fetzen im Wind flatterten und den Blick in den hohlen Innenraum freigaben, aus dem die Antennen längst entfernt worden waren. Sprayer hatten sich vor langer Zeit hier verewigt.

Jules legte den Zeigefinger an die Lippen und deutete noch oben, wo außer dem dunklen Himmel nichts zu sein schien, auch wenn Malu wusste, dass der Eindruck täuschte. Jules wandte ihnen den Rücken zu, duckte sich unter den Fetzen der Plane hindurch und ging in das Innere der Kuppel.

Dies war der letzte Moment, in dem das Umkehren noch möglich war, schoss es Malu durch den Kopf. Aber umkehren wohin?

»Was bedeutet das?«, fragte Golda.

Malu wusste nichts zu antworten. Jules stand kurz hinter dem Eingang der Kuppel und zog nun mit einer langsamen Bewegung eine Waffe unter seinem Poncho hervor. Die andere Hand hielt er hoch, wie um zu signalisieren, dass er nicht vorhabe zu schießen. Tatsächlich legte er die Waffe langsam am Boden ab und verschwand ganz im Dunkel.

Malu und Golda sahen sich an. Beide waren ratlos, was hier vorging, aber beide zogen eine Sekunde später denselben Schluss daraus.

Drinnen war es etwas weniger kalt. Das Brausen des Windes verschwand zugunsten einer sonderbar hallgesättigten Akustik, in der das lautstarke Flattern der Plane perkussive Akzente setzte.

»Was soll das alles?«, fragte Malu.

»Wir haben nicht viel Zeit«, sagte Jules. »Ich muss sichergehen, dass Watson nicht zuhört.«

»Wir haben nichts dabei, womit er uns belauschen könnte«, sagte Malu. »Das wäre auch nicht in unserem Interesse.«

Jules nickte, als hätte er das bereits gewusst. »Die beiden da unten warten darauf, dass ihr vom Dach fallt und ich wieder runterkomme. Auftrag erledigt. Stattdessen werde ich, wenn wir hier fertig sind, ein paarmal in die Luft schießen. Ihr wartet dann mindestens eine Stunde hier, bevor ihr in die Stadt zurückkehrt, und vermeidet so weit wie möglich den Kontakt zu Watson. Wir haben keine Zeit für Fragen. Ich rede. Heute Morgen um sechs Uhr dreißig hat Regina Voight-Kampff den Vorstand von Konterbauer abgesetzt. Das ist ein totales Ausnahmeereignis. Ein Putsch. Sie hat jetzt die alleinige Kontrolle über Konterbauer, und sie bekommt Rückendeckung von Ping, weil sie ihnen hilft, MUTTER zurückzuholen.«

»Zurück?«

»Zurück zu Ping. Es geht um Nexus, die gesamte Technologie. Aber das ist nicht alles.«

Malu wollte sich weigern, irgendetwas von dem zu glauben, was Jules erzählte. Aber warum sollte er es unter diesen Umständen tun, wenn es nicht die Wahrheit war?

»Regina ist vor knapp drei Monaten gestorben. Ihr Körper. Sie war sehr krank.«

Malu war auf das alles nicht vorbereitet, ihr Kopf schien überhaupt nicht zu funktionieren. Sie sah Golda an, die im Gegenteil hochkonzentriert zuhörte und keine Schwierigkeiten damit zu haben schien, alles zu verarbeiten.

»Amyotrophe Lateralsklerose, wenn euch das etwas sagt. In den letzten Jahren war sie nur noch als Avatar unterwegs. Kurz vor ihrem Tod hat Everlife den Upload abschließen können. Regina wohnt jetzt ein Stockwerk unter MUTTER in der Arche auf ein paar ausgedienten Servern.«

Malu wusste, dass der Upload der heilige Gral der Superreichen war: Überwindung des Todes, das ewige Leben. Trump war mit der ersten Generation noch im neuronalen Limbus gelandet, aber schon Elon Musk hatte mehr Erfolg gehabt. Ein Server mit der gerenderten Repräsentation seiner neuronalen Aktivitätsmuster steckte in einer Space-X-Jupitersonde und flog durch die kalte Leere der Galaxis, um als Erster die Unendlichkeit zu erreichen. Eine Kopie war aus Sicherheitsgründen in Hawthorne, Kalifornien, verblieben und hatte zwischendurch vergeblich versucht, Watson zu infiltrieren, um auch drunten auf Mutter Erde die Weltherrschaft zu übernehmen – auch wenn unklar blieb, was sein Rest-Ich sich darunter vorstellen mochte. Allerdings hatte Watson sich einen Immunisierungsalgorithmus antrainiert, der solche Angriffe mühelos zurückschlagen konnte, und so verbrachte auch Musk den Rest seines endlosen Lebens damit, sich gegen die Wände seiner digitalen Gummizelle zu schmeißen. Es war danach stiller geworden um Everlife, aber vielleicht mochte das nur daran liegen, dass die Erfolgreichen ihre Unsterblichkeit nicht an die große Glocke hängen wollten.

»Ich kenne Regina schon lange. Und glaubt mir, ich kenne sie gut. Sie ist hochintelligent, einnehmend, durchtrieben, narzisstisch und absolut skrupellos. Sie hat sich diese Eigenschaft auch als Programmcode erhalten. Aber sie will mehr, als nur ihr eigener Avatar sein. Sie will das Blut an ihren Händen riechen und schmecken können – solch ein Mensch ist sie. Und sie will es bleiben.«

Jules hatte es geschafft, Malus gebannte Aufmerksamkeit zu gewinnen, und sie sah, dass das auch für Golda galt. Das Gefühl der Bedrohung war verflogen. An seine Stelle war die Frage getreten, warum Jules ihnen das alles erzählte.

»Sie hat eine Agenda, von der Ping nichts weiß. Die wollen Nexus, um allen Bürgern dieses Ding einzupflanzen. Dann muss Watson nicht mehr den Umweg über Desinformation gehen, um uns alle fernzusteuern. Aber Regina interessiert etwas anderes. Sie will raus aus ihrem digitalen Käfig. Sie will wieder menschlich werden.«

»Sie hat versucht, MUTTER zu infiltrieren«, sagte Golda, als könnte sie das wissen. »Das hat die Störung verursacht.«

»Fast«, sagte Jules anerkennend. »Nexus verbindet die virtuelle mit der physischen Welt. Aber Regina hat nicht nur *versucht*, Nexus zu infiltrieren: sie kontrolliert MUTTER bereits. Seit dem großen Blackout ist sie vorsichtiger geworden, aber sie ist dabei, ihre Kontrolle auszubauen. Tatsächlich genießt sie gerade das Leben in vollen Zügen, wenn man das so sagen kann. Wie gesagt, ich kenne sie gut.«

»Das kann nicht sein«, flüsterte Golda.

»Ich habe lange gebraucht, um zu erkennen, dass Regina kein besonders guter Mensch war. Von dem wenigen Guten, das sie hatte, ist jetzt gar nichts mehr übrig. Alles, was sie interessiert, ist ihr eigener Vorteil. Und der besteht darin, die absolute Macht über die Produzenten auszuleben. Zu sehen, was sie sehen, zu spüren, was sie spüren. Sie benutzt sie wie ein Parasit, der ein beliebiges Bewusstsein kapert, um den Körper des Wirts ihrem Willen zu unterwerfen. Das geschieht seit Wochen, in jedem Augenblick, auch jetzt im Moment. Sie springt von einem zum nächsten. Wen sie nicht mehr braucht, den wirft sie weg. So ist es auch van Aa ergangen.«

»Was meinst du damit?«, fragte Golda.

»Sie hat ihn vom Dach der Arche springen lassen.«

Entweder wusste Jules nicht, welchen Schlag Golda diese Nachricht versetzte, oder er wollte – konnte – sich damit nicht aufhalten.

»Das ist nicht wahr!«, sagte Golda dennoch. Sie wirkte ruhig, aber Malu konnte sehen, dass sie das nicht war.

»Ich fürchte, doch«, sagte Jules.

»Aber … warum?«, fragte Malu.

»Weil sie es kann. Und es passiert weiter, ständig, auch jetzt, wo wir darüber sprechen. Es läuft noch nicht alles rund, sie testet ohne Unterlass. Dauernd gibt es Störungen im Betriebsablauf. Noch mehr Menschen werden sterben, lobotomiert, geschreddert, von anderen Produzenten zu Reginas Ergötzen ermordet. Und ich will mir nicht ausmalen, was passiert, wenn sie mithilfe von Ping aus dem Labor heraus in die echte Welt gelangt.«

Eine kleine Pause entstand. Jules schien etwas gehört zu haben, jedenfalls machte er einen Schritt auf den Eingang zu.

»Ist alles in Ordnung?«, rief einer der Männer von der Treppe her.

Jules postierte sich so unter der Kuppel, dass er von dort aus nur im Halbschatten zu sehen war. Schnell hob er die Pistole auf.

»Brauchst du Hilfe?«

»Was habe ich denn gesagt?«, rief Jules. »Ihr sollt unten auf mich warten!«

Offenbar verschwanden die beiden wieder, denn Jules wandte sich wieder um. »Die werden langsam ungeduldig, wir müssen uns beeilen. Ich werde gleich ein paarmal schießen. Du«, er wandte sich an Malu, »solltest schreien, und es sollte echt klingen. Dann schieße ich noch mal, und dann verstummt ihr für immer. Verstanden?«

Sowohl Golda als auch Malu hatten das verstanden.

Jules nickte zufrieden. »Ich will Regina ausschalten. Was mich dazu bewegt, ist eine lange Geschichte, zu lang. Aber es muss passieren. Es gibt eine Möglichkeit, für die ich Hilfe von außen brauche. Wenn es mir gelingt, die Stromversorgung der Server zu unterbrechen, dann kann ich die Speicher formatieren, bevor sie sich rebooten. Sie überschreiben.«

»Sie umbringen«, korrigierte Malu.

»Wir können das Moralphilosophische später diskutieren. Sie muss unschädlich gemacht werden. Ich brauche dazu Goldas Hilfe. Sie muss sich unerkannt in die Farm schleichen und die Trafostation sabotieren, während ich mich um das Programm kümmere. Die Sache ist tückisch, denn wenn MUTTER eine Bedrohung wittert, wird sie die Produzenten auf sie ansetzen. Aber wenn es jemand schaffen kann, dann du.«

Malu erinnerte sich an die Videoaufzeichnungen, auf denen eine Straßenschlacht entstanden war, nachdem einige Produzenten – oder wer immer es war – in die Arche eingedrungen waren. Es war ein brutaler Kampf ausgebrochen: Eine Art Immunreaktion MUTTERS.

»Du wolltest ohnehin in die Farm zurückkehren, Golda.« Er achtete nicht auf Goldas ungläubiges Gesicht. »Ich weiß, wo dein Kind ist. Du kannst es holen und in Sicherheit bringen. Und dann: Quid pro quo. Du gehst rein und erledigst Regina.«

»Einfach so?«, fragte Malu argwöhnisch.

»Wenn ihr wüsstet, wer Regina war – und wer sie jetzt ist –, bräuchtet ihr keine Erklärung. Aber wir haben keine Zeit mehr.« Jules lud die Pistole durch. »Wir müssen uns gegenseitig vertrauen. Ich kann beweisen, dass ich es ernst meine. Ich weiß, wo dein Kind ist, Golda. Und übrigens weiß ich auch« – hier sah er Malu an –, »dass Konrad in Biotopia ist.«

30
Die Vergangenheit

Die Adresse war ein Townhouse aus den 2020er-Jahren, ein schlichtes, schmales Gebäude mit drei Stockwerken, das an die Stadthäuser des Amsterdamer Grachtengürtels erinnerte, auch wenn die aufwändigen Glockengiebel fehlten. So wie der Geschmack aus den Tomaten verschwunden war, so auch die Ornamente aus der Architektur.

Malu drückte die Klingel und schaute freundlich in die Kamera. Golda hielt sich halb hinter ihr. Sie hatten ihr Auftreten geprobt, sogar vor dem Spiegel, dennoch war sie nervös. Sie schien sich in dem alten, aber immer noch eleganten Hosenanzug aus dem Fundus ihrer Mutter nicht unwohl zu fühlen; das Problem war ihre Haltung. Sie stand mit vorgebeugten Schultern und rundem Rücken halb hinter Malu, als wolle sie sich unter der Kameralinse wegducken. So war sie den gebildeten Menschen, um die es sich bei den Pflegeeltern mit Sicherheit handelte, kaum glaubhaft als die Adoptionsinspekteurin zu verkaufen, die Malu angekündigt hatte.

Es waren beides Frauen, eine in ihren Vierzigern, die andere deutlich jünger. Schon dass sie gemeinsam an die Tür kamen, verriet Malu, dass sie den Termin ernst nahmen. In ihrem Lächeln entdeckte sie keinerlei Misstrauen oder Sorge. Schon beim Vorgespräch hatten sie ihre angenehme Überraschung bekundet, dass der Senat die Ressourcen aufbringe, eine Nachsorge anzubieten. Sie hatten, so wurde Malu versichert, die Geschehnisse in Biotopia verfolgt und seien aufrichtig bekümmert darüber, dass ihr rechtmäßig adoptiertes Kind möglicherweise in unklare humanitäre und menschenrechtliche Bedingungen hineingeboren worden war. Daher hatten sie ihre unbedingte Offenheit signalisiert, sich mit dieser »schwierigen Herkunftsgeschichte«, wie sie es nannten, kritisch auseinanderzusetzen.

Sie wirkten auf Malu nicht, als befürchteten sie, ihre Pflegschaft könnte aufgrund dieser schwierigen Geschichte annulliert werden, denn dazu waren sie rechtlich – und auch das signalisierte ihre unbeschwerte Begrüßung – zu sicher aufgestellt. Die Lebenswelt, die sie dem Kind bieten konnten, sprach so klar und deutlich für sie, dass sie die ethischen Widrigkeiten, die dem gesamten Arrangement innewohnen mochten, unbesorgt einsehen, verurteilen und im Anschluss daran vergessen konnten. Niemand wusste schließlich etwas Genaues über Slave City, und wenn diese beiden Frauen nun doch Fragwürdiges darüber zu berichten hätten, so war es doch zum Zeitpunkt des Vertragsabschlusses noch nicht bekannt gewesen.

Die beiden baten Malu und Golda herein – »die Schuhe können Sie anlassen!« – und führten sie in einen großen, hellen Wohnraum mit Bücherregalen, einem Kamin und einer Fensterfront zum Garten, in dem eine Schaukel und ein abgedeckter Sandkasten zu sehen waren.

»Oder möchten Sie zuerst Lorette …?«, fragte die jüngere der beiden, eine geradezu ätherische Person, die zugleich Geschmeidigkeit und unbedingte Korrektheit ausstrahlte und bei Goldas Anblick nun doch leicht verunsichert wirkte: Denn Golda wirkte angespannt und übertrug diese Anspannung unweigerlich auf alle, die feinsinnig genug waren, sie wahrzunehmen.

»Die Kleine schläft«, ergänzte die Ältere und deutete dabei auf den großen Monitor an der Wand, auf dem Watson geräuschlos die Atem- und Herzfrequenzen des Kindes anzeigte, »aber wenn Sie einen Blick in ihr Zimmer werfen möchten …« Sie wies bereits den Weg zurück in den Flur; hinter einer der beiden Türen, an denen sie vorübergegangen waren, musste also das Kinderzimmer liegen. Golda wollte dem Vorschlag sofort folgen, aber Malu hielt sie an der Schulter zurück. »Nicht nötig!«, sagte sie schnell, bedeutete ihrer Tochter, auf der Sitzgarnitur Platz zu nehmen und sich im Übrigen unauffällig zu verhalten.

»Sehr nett von Ihnen, dass Sie es so schnell möglich gemacht haben«, sagte Malu geschäftsmäßig. Getränke und Bananenchips wurden auf den Tisch gestellt, man setzte sich, lächelte, nickte sich verlegen zu. Malu wiederholte, dass ihr Besuch ganz im Zeichen des Kindeswohls und der gelingenden Pflegschaft stehe, aber es klang viel zu förmlich und auswendig gelernt, um der Situation die Schwere zu nehmen.

»Von welcher Behörde sind Sie noch mal genau?«, fragte die Ältere, die sich als Gesine vorgestellt hatte. Die andere, Kira, nickte zustimmend zum Zeichen, dass sie diese Frage auch längst hatte stellen wollen.

»Ich bin eigentlich vom Senat beauftragt«, begann Malu und biss sich auf die Lippe. »Eigentlich« signalisierte Unsicherheit und Intransparenz, beides ließ aufhorchen. Sie sollte nun sofort den Namen einer Organisation und deren Geschäftsführung nennen, hochrangige Autoritäten, die Vertrauen begründen könnten. Aber die inzwischen abgekanzelte Elena konnte sie dazu schwerlich anführen. Deswegen sagte sie allgemein: »Ich war mit der Untersuchung der Zustände dort beauftragt.«

»Sie waren in Biotopia?«, fragte Gesine unter dem höflichen Entgegenkommen, sich mit Malus Ablenkungsmanöver vorläufig zufriedenzugeben.

Golda zuckte regelrecht zusammen, ihr Kopfschütteln wirkte wie ein übertrieben energisches Dementi und damit wie die Verleugnung, die es war.

»Genau«, sagte Malu schnell, »ich war tatsächlich dort.«

»Ja, ich glaube, dass ich sie vor Kurzem sogar in einem Bericht gesehen habe«, sagte Gesine zu ihrer Partnerin. »Ich …« Sie brach ab. Ein Bericht, so war in ihren Augen zu lesen, in dem Malu nicht bloß erwähnt, sondern ihre Absetzung enthüllt worden war, ihre Absetzung infolge eines Korruptionsverdachts.

»Hören Sie«, sagte Malu. »Ich bin ein wenig … zwischen die Fronten geraten. Die Sicherheitsfirma Konterbauer versucht, den Senat und Sulaco zu diskreditieren. Es geht da um Lizenzen, um Einfluss, letztlich geht es wie immer ums Geld. Man kämpft mit harten Bandagen, aber damit haben ich und meine To-, meine Kollegin nichts zu tun. Ich habe mein ganzes Berufsleben als Auditorin und Arbeitsrechtlerin verbracht, ich habe mich, wenn Sie so wollen, immer für die Bedürftigen eingesetzt, für die, die keine Lobby haben. Und das tue ich auch jetzt.«

Ein bisschen viel »ich« für die paar Sätze. Sie rechtfertigte sich. Wäre das eine Liste, die sie abarbeitete mit dem Ziel, jegliches Vertrauen in ihre Person zu zerstören, dann konnte sie hinter die wichtigsten Punkte schon jetzt ein Häkchen setzen.

»Lorette hat schon eine Lobby«, sagte Kira eine Spur zu ernst. »Wir sind ihre Lobby!«

»Natürlich«, wiegelte Malu ab. »Ich versuche Ihnen nur zu erklären, dass man den Senat, und damit auch uns als Pflegschaftsdienst, hinauszudrängen versucht hat. Aber wir sind immer noch da. Wir haben noch immer dasselbe Interesse: Dass die Rechte der Kinder geschützt werden.«

»Ich habe noch nicht genau verstanden, was das mit *unserem* Kind zu tun hat.« Gesine wirkte in ihrer Skepsis noch immer vollendet höflich und interessiert, goss Tee in die Tassen und faltete die Hände im Schoß, nachdem sie sich wieder gesetzt hatte.

»Nun«, sagte Malu und zögerte demonstrativ, »es gibt wohl keinen schonenden Weg, das zu sagen. Wir haben Grund zu der Annahme, dass in Biotopia Babys gegen den Willen ihrer Eltern zur Adoption freigegeben wurden.«

»Wie? Aber das ist ja schrecklich!« Gesine und Kira hatten sich angesehen und sprachen zwar nicht den gleichen Satz, aber doch im gleichen Tonfall. Sie wirkten aufrichtig erschüttert, auch wenn Malu nicht glauben konnte, dass sie es wirklich waren.

Golda hob ihre Teetasse an und verschüttete den heißen Inhalt über die Polstergarnitur sowie ihre Hose. Sie sprang auf. »Oh, sorry! Darf ich schnell mal ins Bad?«

Malu beobachtete nervös die Reaktion der beiden Frauen. Kira stand sofort auf, zeigte Golda hilfsbereit den Weg ins Bad und kehrte wieder zurück.

»Sind Sie deswegen hier?«, fragte sie, kaum dass sie sich wieder gesetzt hatte. »Weil Sie glauben, Lorette sei … entführt worden?«

»Biotopia hat ja eine Reihe von Spitznamen, einer von ihnen lautet Slave City. Schon mal gehört? Oder Babyfabrik? Was glauben Sie, wie es möglich ist, dass man dort auf Wunsch ein Kind bestellen kann?«

Die beiden wechselten einen befremdeten Blick über Malus plötzlich strengen, fast anklagenden Tonfall.

»Ich habe an künstliche Befruchtung gedacht«, räumte Gesine ein. »An Leihmutterschaft. Man weiß ja nicht viel, aber man hört, dass die Menschen in den Farmen es als Teil ihres … Berufs sehen …«

»Ethos«, korrigierte Kira. »Sagen wir lieber Ethos, ja?«

»Natürlich, Ethos, sehr gut. Also, dass sie es als Teil ihres Ethos betrachten, Nachfragen zu bedienen. Alle möglichen Nachfragen.«

»Sie haben also gewusst, dass die Kinder dort mehr oder weniger in Serie hergestellt werden?«

»Wie Sie das sagen, klingt es etwas herzlos, aber … Ja, wir dachten, dort werden Kinder gezeugt und ausgetragen mit dem Ziel, sie an kinderlose Paare zu vermitteln. Alles in gegenseitigem Einvernehmen natürlich.«

Malu versagte sich einen weiteren Kommentar. Ihre persönliche Empörung, die die Betroffenheit der beiden unbedingt der Scheinheiligkeit überführen wollte, störte ihren offiziellen Auftritt. Und die Mission, die Golda soeben eingeleitet hatte.

»Kennt man denn die leiblichen Eltern?«, fragte Kira beinahe ängstlich.

Malu machte ein sorgenvolles Gesicht, teils um die Aufmerksamkeit der beiden weiter zu fesseln, teils aber auch, weil es nun mal ein abstoßendes Geschäftsmodell war und sie die Mutter tatsächlich kannte.

»Nach allem, was ich weiß, werden die Menschen in Biotopia ihrer Persönlichkeit beraubt, ihrer Geschichte, ihrer gesamten Identität. Wir kennen ihre Namen nicht, weil sie nirgendwo aufgezeichnet oder hinterlegt werden. Die Zeugung der Kinder ist anscheinend Teil eines Belohnungsrituals für besondere Arbeitsleistungen. Es scheint, dass zwischen den Ausgewählten sexuelle Begegnungen arrangiert werden, die wiederum neuronal aufgezeichnet und an zahlendes Publikum vertrieben werden. Alles wird verwertet.«

Vielleicht hatten die Frauen von diesen Praktiken tatsächlich noch nie etwas gehört, das war möglich, schließlich hatte auch Malu es über Jahre geschafft, sich ihre selige Unwissenheit zu bewahren. Es gehörte eine gewisse ignorante Energie dazu, vor den Mutmaßungen und Gerüchten beide Ohren zu verschließen, aber es war möglich. Die beiden stellten ihre Ahnungslosigkeit auch durchaus glaubwürdig dar. Sie wechselten angewiderte Blicke, dann sagte Kira ungläubig: »Woher haben Sie das?«

»Wie gesagt: Ich war dort.« In diesem Kontext war es eine Lüge, funktionierte für ihren Zweck aber gut genug als Wahrheit.

Watson piepte und gab die akustische Leitung ins Kinderzimmer frei. Malus Herz setzte einen Schlag aus. Sie stellte sich vor, wie Golda die Tür lautlos geöffnet hatte und sich nun in dem abgedunkelten Raum orientierte. Wie sie das Bettchen entdeckte und das Kind darin fand, das ihr Kind war, wie sie es in seinem Schlaf betrachtete, den ruhigen kurzen Zügen seines Atems lauschte. Wie das Kind erwachte.

Doch die Leitung blieb still, Watson schaltete sich wieder ab. Die routinierten Blicke der Eltern auf den Bildschirm versicherten sich binnen einer Sekunde, dass alles in Ordnung war.

»Und Ihre Kollegin?«, fragte Kira.

»Was ist mit ihr?«

»War sie auch dort?«

Malu lächelte unverbindlich. Sie hoffte, dass Golda sich beeilte. »Ob das alles wirklich in gegenseitigem Einvernehmen geschieht – um Ihre Formulierung noch mal aufzugreifen –, das wissen wir nicht«, fuhr sie fort. »Die Frauen werden gezielt erst dann freigestellt, wenn sie ihren Eisprung haben, was durch die lückenlose medizinische Überwachung sehr präzise erkannt werden kann. Auch die Qualität der männlichen Spermien wird überwacht. Alles wird überwacht. Den beteiligten Menschen dürfte klar sein, dass ihre Kinder nicht dortbleiben. Es ist ja offenkundig, dass es in Biotopia keine Familien gibt. Mit Ausnahme der Entbindungsstationen existieren auch keinerlei pädiatrische Einrichtungen, keine Krabbelgruppe, keine Krippe, keine Kinderbetreuung und erst recht keine Schule. Alle wissen, wie es läuft, aber ob sie freiwillig mitmachen …«

Wieder meldete sich Watson, jetzt war nach dem Piepton sofort ein leises Wimmern zu hören, außerdem ein kleines

Glöckchen, das vielleicht an der Decke befestigt war und immer Laut gab, wenn das Kind darunter sich bewegte – oder bewegt wurde.

»Ich gehe besser mal nachsehen«, sagte Kira und wollte bereits aufstehen, aber Malu insistierte: »Die Mütter treten bei all dem jedenfalls nicht als Menschen in Erscheinung, sondern nur als Gebärmaschinen.«

Kira blieb unschlüssig stehen; Watson schloss abermals die Leitung. Malu konnte nicht anders, als mit angehaltenem Atem auf die Anzeige zu starren, doch die Berge und Täler der Frequenzbänder blieben unverändert. Sie konnte Golda vielleicht noch dreißig Sekunden verschaffen, um sich aus dem Zimmer zurückzuziehen, die Haustür zu öffnen und so schnell wie möglich zu verschwinden.

»Warum erzählen Sie uns das?«, fragte Gesine nun mit einer Kälte in ihrer Stimme, die Malu bislang zwar entgangen war, sie aber auch nicht überraschte.

»Nun, Sie sollten wissen, unter welchen Bedingungen Ihr Kind den Weg ins Leben genommen hat, meinen Sie nicht?«

Wieder wechselten die beiden einen Blick, dann sagte Kira, indem sie erneut und diesmal mit größtem Nachdruck aufstand: »Sie können sich gern davon überzeugen, dass es unserem Kind an nichts mangelt. Danke für die Einblicke, die Sie uns gewährt haben, aber unser Kind bekommt hier all die Fürsorge und Liebe, die es für eine gesunde Entwicklung braucht.« Sie hätte noch mehr zu sagen gehabt, Malu konnte das gut sehen, doch sie beließ es dabei und machte Anstalten, sich den Weg an Gesine vorbei zur Tür zu bahnen.

»Warten Sie«, sagte Malu, ohne recht zu wissen, was folgen sollte. »Vielleicht …«

Die beiden verharrten und sahen sie an, nun schon mit unmissverständlichem Argwohn.

»Ich dachte nur gerade, dass ich vielleicht vorher nach meiner Begleiterin sehen sollte, schließlich, nicht wahr …

Wir arbeiten ja zusammen!« Sie lachte verlegen und ging, den beiden zuvorkommend, zur Tür, ohne ihre Absicht, ihnen den zu Weg zu verstellen, verbergen zu können. Sie drückte die Klinke herunter, um Golda, die womöglich genau in diesem Augenblick auf Zehenspitzen zur Haustür schlich, die absolute Dringlichkeit zu signalisieren, jetzt sofort zu verschwinden.

Malu dachte nicht daran, wie es mit ihr selbst weitergehen würde, wenn die sorgenden Eltern das Bettchen leer vorfänden. Kira würde im ersten Moment auf die Straße laufen, um nach dem Baby Ausschau zu halten, vielleicht würde sie sogar in Verzweiflung losrennen, während Gesine Malu ihrerseits den Fluchtweg versperren und gleichzeitig Watson den Auftrag geben würde, unverzüglich eine Polizeistreife zu entsenden. Malus und Goldas Aktion würde als ein organisiertes Komplott aufgedeckt werden mit dem einzigen Ziel der Entführung eines rechtmäßig adoptierten Kindes, mit anderen Worten: eines Kapitalverbrechens. Anhand der Kameras im Viertel würde Goldas Weg verfolgt werden können – allerdings nicht auf den Neben- und Schleichwegen durch Toreinfahrten, Spielplätze und Hinterhöfe, die sie im Vorfeld ausgekundschaftet hatten. Auch die persönlichen Daten Goldas, die Watson beim Eintritt in das Townhouse gespeichert hatte, würden bei der Suche nach ihr nicht weiterhelfen, denn Julian Altenburg würde sich an keinem Ort dieser Stadt jemals wieder anmelden. Und wenn schließlich das Auto gefunden würde, mit dem Golda die Stadt in Richtung der Gebiete verlassen hatte, dann hätte sich längst jede Spur von ihr und dem Kind, dessen Mutter sie war, verloren.

Was mit ihr selbst geschehen würde, interessierte Malu nicht. Sie erwartete eine Reihe unangenehmer Verhöre und protokollarischer Veranstaltungen, die sie dazu bringen wollen würden, den Aufenthaltsort ihrer Tochter und des

Kindes preiszugeben. Sie würde gar nicht erst versuchen, ihre Mittäterschaft zu leugnen. Der Termin ihrer Demission würde sich vorverlegen. Doch das alles würde nichts mehr an ihrer Überzeugung ändern, das Richtige getan zu haben.

»Ich würde jetzt gerne zu meinem Kind«, sagte Kira.

»Aber natürlich.« Malu gab die Tür frei, und sofort drängte Kira sich an ihr vorbei, riss sie auf und trat in den Flur.

Golda stand dort. Sie hielt nicht das Kind auf ihrem Arm. Dennoch wirkte sie ertappt und verlegen.

»Was ist?«, fragte Kira mit vor Sorge zitternder Stimme, wandte sich aber schon zum Kinderzimmer und ging hinein.

Die Kleine lag nach wie vor in ihrem Bettchen. Sie schlief nicht mehr. Die Augen waren weit geöffnet, als sei sie schon eine Weile wach, selig und selbstzufrieden.

Das Zimmer war ganz anders eingerichtet als in Malus Vorstellung. Die übertriebenen Insignien elterlicher Fürsorge und überschäumender Liebe, die oft etwas vom Statusgehabe Neureicher hatten, fehlten völlig. Dies war ein geräumiges, für den aktuellen Bedarf ausreichend eingerichtetes Zimmer mit einem fallsicheren Bettchen, sanfter Beleuchtung, einem niedlichen Mobile und einer Krabbeldecke, auf der ein paar bunte Greifspielzeuge aus Holz lagen. All die Spielzeuge und Kuscheltiere und pädagogisch wertvollen Bilderbücher, die das Kind in seinem Aufwachsen begleiten würden, waren dem Zimmer zwar der Möglichkeit nach bereits eingeschrieben, aber ungeduldig angeschafft worden waren sie noch nicht. Diese Eltern ließen sich Zeit. Offensichtlich wollten sie herausfinden, mit welchem Menschen sie es zu tun hatten, und auf seine Bedürfnisse reagieren, wenn diese zutage traten – nicht vorher.

Kira beugte sich über das Kind und streichelte es sanft über den Kopf. Schließlich wandte sie sich um. Malu konnte sehen, dass sie nach einer Formel suchte, wie sie die seltsamen

Gäste schnellstmöglich hinausexpedieren konnte, dann aber verharrte ihr Blick auf Golda. Diese sah das Kind mit einer Zärtlichkeit an, die nicht länger mit dem Märchen offizieller Nachsorge in Einklang zu bringen war. Goldas gesamte Körperhaltung sprengte diese Erzählung ebenso wie der Schmerz, der deutlich in ihrem Gesicht zu lesen war, die Sehnsucht nach einem Kind, das niemals ihres sein würde, die Wehmut über all das unerlebte Glück, auf das sie niemals eine Chance haben würde.

Kira, die wohl längst durchschaut haben musste, dass diese beiden Frauen irgendeine Art von Schwindel im Schilde führten, schien nun zu erkennen, um wen es sich bei Golda handeln musste, und diese Erkenntnis lähmte sie.

Golda weinte. Was auch immer geschehen war: Der Plan war gestorben.

Zu sich, so schien es, nur zu sich selbst sagte sie leise: »Ich habe gedacht, Liebe ist selbstlos und gütig. Aber das ist sie nicht. Sie ist eifersüchtig und egoistisch.« Dann drehte sie sich um und verließ, ohne zurückzublicken, das Haus.

»Was …«, begann Kira, aber Malu war bereits bei der Tür, zwischen wirren Impulsen zerrissen, die ihr eingaben, entweder das Kind zu ergreifen und davonzulaufen, oder ihre Beweggründe wortreich und im Gestus eines Geständnisses offenzulegen. Anders als Golda drehte sie sich noch einmal um, »Entschuldigen Sie die Umstände«, war die einzige, wenn auch erbärmliche Floskel, die ihr zu der peinlichen Situation noch einfiel.

In dem kleinen, von Pflanzenbeeten umstandenen Patio der Siedlung holte sie Golda ein. Sie ging schnell. Malu war zu sehr außer Atem, als dass sie hätte fragen können, was da drinnen vor sich gegangen war.

»Ich konnte nicht«, sagte Golda nach einer Weile mit starrem, auf den Boden gerichteten Blick von sich aus.

»Schon gut«, sagte Malu und mühte sich, Schritt zu halten.

Sie verließen die Siedlung und gingen ziellos die Straße entlang. Selbst wenn die Richtung gestimmt hätte, es war viel zu weit bis nach Stralau. Sie würden sich einen Wagen nehmen müssen. »Wo willst du hin?«

Aber Golda setzte ihren Weg ohne zu antworten fort.

»Bleib doch mal stehen!«

Sie ging weiter, als könne sie so den Gefühlen entkommen, die zu akzeptieren unerträglich war, jetzt und vielleicht für immer. Malu konnte einen Teil davon nachempfinden; auch sie war bei aller heimlichen Erleichterung, die sie nicht leugnen konnte, enttäuscht, als hätte Golda ihren Liebesbeweis, als den sie ihre Komplizenschaft ansah, zurückgewiesen.

»Jetzt bleib doch mal stehen!« Malu überholte sie und stellte sich ihr in den Weg. Golda versuchte trotzig an ihr vorbeizukommen, aber Malu war entschlossen, das zu verhindern. »Ich rede mit dir!«

Endlich gab Golda auf, aber noch immer hob sie ihren Blick nicht – der letzte Widerstand, der ihr noch möglich war.

»Es ist okay, hörst du? Ich will keine, ich meine, du musst mir nichts erklären, aber ich würde gern wissen, was dich bewogen hat …«

Golda hob den Kopf und sah sich um. Ihr Blick war der eines gefangenen Tiers, wie in dem Moment, als Malu sie nach all den Jahren auf der Krankenstation des Waldcampus wiedergesehen hatte. Sie konnte nichts erklären. Und gleichzeitig lag in ihrem Blick die Antwort. »Ich konnte es einfach nicht«, wiederholte sie.

Ein Bus kam heran. Malu versuchte zu erkennen, ob es einer war, der zumindest in ihre Richtung fuhr. Die Haltestelle, so stellte sie fest, war nur etwa hundert Meter entfernt. Als sie sich wieder umdrehte, war der Bus fast auf ihrer Höhe. Völlig unvermittelt, wie in Gedanken, trat Golda auf die Straße.

»Pass …«

All die Sensoren und Sicherheitssysteme des Busses konnten nichts an der Trägheit seiner Masse ändern, eines der wenigen ehernen Gesetze, die für immer Bestand haben würden. Zum Ausweichen oder Bremsen war es zu spät. Malu streckte den Arm nach Golda aus und rief ihren Namen, alles schien gleichzeitig zu geschehen. Der Bus erfasste Goldas Körper und ließ ihn noch im selben Augenblick unter sich verschwinden, als würde ein Monster sie verschlingen.

Erst vierzig Meter weiter kam der Bus zum Stehen.

Golda lag reglos auf der Straße. Ihre Arme waren verdreht und standen in unnatürlichem Winkel vom Körper ab. Ihr Kopf war blutüberströmt. Sie war tot.

31
Die Gegenwart

Als Malu das Paket aufgerissen hatte, das ein unbekannter Dienst ihr zugestellt hatte, hielt sie zunächst die originalversiegelte Kartonverpackung für einen Mixer in Händen. Darin befand sich allerdings kein Küchengerät, sondern ein Aluminiumkoffer, und in diesem, als sie ihn aufgeklappt auf das Sofa gelegt hatte, fand sie einen Bildschirm, einen zusammengefalteten gebrauchten Biotopia-Overall in dunkelgrün, eine Reihe elektronischer Geräte sowie eine kleine Metalldose mit einem Biohub der neuesten Generation – wie Nathan ihn verwendet hatte.

»Der Hub wird zwischen den beiden Nackenmuskeln platziert«, sagte Jules. »Sobald er mit der Unterseite Hautkontakt hat, dringen mikroskopisch dünne Drähte aus einem Nanomaterial durch die Haut und stellen selbsttätig eine Verbindung zur Medulla oblongata her. Du wirst keinen Schmerz spüren, aber sobald die Verbindung steht, wird deine gesamte Wahrnehmung sich verändern.«

Bei den Geräten handelte es sich um Induktoren, die dazu bestimmt waren, die Spannungswandlung in der Trafostationen zu überlasten und so einen Stromausfall in einer oder mehreren Etagen der Arche herbeizuführen, wodurch Reginas Server kollabieren würden. Jules würde beim Neustart ein Update installieren, das alle Everlife-Partitionen überschreiben würde. Mit anderen Worten: Malu öffnete die Tür zu Reginas neuem Zuhause, damit Jules eine Bombe hineinwerfen konnte.

Schon lange diente der Tunnel nicht mehr der Abwasserentsorgung, dennoch tropfte Sicker- und Kondenswasser von der gebogenen Decke. Es roch nach Fäulnis; wo der Lichtkegel ihrer Lampe die Mauer traf, sah sie schleimige Ablagerungen verrotteten Mooses oder Schimmel. Spinnweben erstreckten sich teils von einer zur anderen Seite des Tunnels. Die Einsamkeit und unbestimmte Furcht, die sie empfand, war überwältigend. Sie war noch keine zweihundert Meter gegangen, da drohte sie bereits in Panik zu geraten. Ihre Angst wurde demokratisch regiert: von der Dunkelheit, den Kellerasseln, den Ratten, letztlich aber von der Irrwitzigkeit ihrer bevorstehenden Aufgabe. Alles an dieser Angst war mit allem anderen verbunden. Sie war überzeugt, dass ihr Plan scheitern würde, und damit alles, was ihr jemals etwas bedeutet hatte.

In der Nacht zuvor hatte sie diesen wiederkehrenden Traum vom Fliegen gehabt, der eigentlich ein Traum vom Fallen war. Manchmal fiel sie in diesem Traum schon ihr Leben lang, manchmal saß sie in einem Flugzeug und traf bewusst die Entscheidung, hinauszuspringen, ohne darauf zu achten, ob sie einen Fallschirm trug. Meistens trug sie keinen. Und sie sagte sich: Lass dich einfach fallen, bemüh dich nicht mehr. Lass los. Im ersten Moment war es eine Erleichterung. Sie schloss die Augen und genoss die Kapriolen ihres Innenohrs, die jeglichen Sinn für oben und unten verschwinden ließen. Sie war jetzt nichts als ein Spielball des Windes und der Gravitation, sie ließ diese großen Kräfte ihr Werk an ihr verrichten und hörte auf, sich dagegen zu wehren. Sie fiel, noch ein kleines Weilchen, und bald würde es zu Ende sein. Es würde nicht weh tun. Es würde schnell gehen. Doch dann öffnete sie in ihrem Traum die Augen und gewahrte atemlos die unendliche Weite der Landschaft, all die Häuser und Autos, das Leben, das sich in jedem davon abspielte. Eine Welt voller Möglichkeiten. Der Wind riss an ihren Kleidern, an ihren Haaren, sogar an ihrem Gesicht, als wollte er sagen: Du lebst! Verstehst du nicht, dass du lebst? Endorphine und Adrenalin taten ihr Werk, und tatsächlich, sie lebte, sie spürte es. Ihr Herz trommelte, ihr Atem ging schneller, und sie geriet in eine Ekstase, die ihr unbekannt war. Sie konnte fliegen, und alles war möglich. Eine solche Lust auf das Leben durchflutete sie, dass sie tausend neue Dinge beginnen wollte, in einer Jazzcombo spielen, Neuseeland entdecken, eine Farm für verlassene Tiere und Menschen gründen. Aber sie wurde immer schneller, und so kam auch der Boden immer näher. Und da es zu Beginn nur darum gegangen war, sich endlich fallen zu lassen und dieses kümmerliche Leben, das ihr so viel versprochen und nichts davon gehalten hatte, endlich hinter sich zu lassen, nichts mehr zu tun, nichts mehr zu wollen: nicht mehr zu sein – da es zu Beginn also nicht um das Leben, sondern um den Tod gegangen war, trug sie keinen Fallschirm. Die Erkenntnis traf sie wie ein Schock. Sie wollte nichts anderes, als ihr Leben so zu spüren wie den Wind in ihren Haaren, und sie geriet in Panik, weil sie begriff, dass ihre Entscheidung unumkehrbar war und sie sterben und dieses Leben, das sie im letzten Moment so glücklich gemacht hatte, endgültig verlieren würde. Das war der Moment, in dem sie aufwachte.

Aber nicht diesmal. Sie fiel und sah den Boden unaufhaltsam näherkommen. Er wirkte nun auch nicht mehr so erhaben wie weiter oben, es war einfach nur das normale, gegenständliche Leben, das einem nicht sagte, warum es da war und worum es ging. Die Panik darüber, weiter zu fallen, nichts festhalten und sich auch selber an nichts festhalten zu können, setzte sich fort, zusammen mit einem Gefühl unendlichen Verlusts, so groß, dass man nur die Wahl hatte, wahnsinnig zu werden oder seine Gefühle endlich und für immer taub zu stellen.

Sie war nie dort gewesen, wo das Leben spielte, sondern nur da, wo es noch nicht war. Sie hatte die Vormittage in ihrem Büro verbracht und die Nachmittage mit der Frage, wie sie *das Unrecht der Welt verringern* konnte.

Über diese Frage nachzudenken hieß, für die Schublade zu arbeiten, eine Schublade, in der man alle grandiosen Ideen auf ihre Umsetzung warten ließ. Aber selbst wenn man die Schublade offen ließ, konnte man sich bald nur noch vage an diese Ideen erinnern. Neue kamen hinzu, die man ebenfalls hineinlegte, und irgendwann schloss man die Schublade, um eine neue zu beginnen. Und das soll dein Leben gewesen sein?

Jetzt war es für alles zu spät. Sie würde nichts mehr rückgängig, nichts mehr wiedergutmachen können. Sie wollte nur Stille in ihrem Kopf. Aber erstens war daran nicht zu denken, weil ihr Kopf die Stille niederbrüllte, die in diesem Tunnel herrschte. Und zweitens: Hätte er es nicht getan, hätte die Stille sie erstickt.

Als sie schließlich das Licht der Halle sah und wusste, dass sie ihr erstes Ziel bald erreicht haben würde, war sie erschöpft und sehnte sich nach nichts anderem als nach einem Bett und einem Schlaf, aus dem sie, wenn alles gnädig vonstatten ginge, möglichst lange nicht aufwachen würde. Aber sie wusste, hier wartete kein Bett. Wenn sie sich dumm anstellte und den Tunnel zu früh verließ – über die regelmäßig nach oben führenden Leitern wäre das möglich gewesen –, würde sie womöglich vom Sicherheitsdienst entdeckt und festgenommen werden. Dazu hatte sie diese Strapazen nicht auf sich genommen.

Sie musste dem Tunnel bis zu seinem unterirdischen Ende folgen. Jules hatte sie instruiert, den Hub erst dann zu aktivieren, wenn sie drohte, entdeckt zu werden, nicht vorher. Es war gefährlich. Wenn sie die Kopplung mit MUTTER wagte, bevor diese in Reichweite wäre, würde sie möglicherweise die Orientierung verlieren oder sogar bewusstlos werden. Aktivierte sie ihn aber zu spät, würden die Produzenten sofort erkennen, dass sie nicht verbunden war, und MUTTER würde sie darauf ansetzen, die potenzielle Bedrohung unschädlich zu machen. MUTTER – oder Regina.

»Der Hub ist ein Klon von Goldas. Das bedeutet, du wirst ihren Platz einnehmen. MUTTER wird ihre Rückkehr nach ihrer Abwesenheit sofort anerkennen und dir eine Aufgabe zuweisen. Als Golda wirst du zu einer vollwertigen Produzentin werden. Deine Aufgaben werden dir keinen Raum mehr lassen für Gedanken an dein eigentliches Ziel. So ist das, wenn man in Biotopia ist.«

Ihre einzige Chance würde darin bestehen, auf eine Unterbrechung von MUTTERS Leitsignalen zu warten. Regina führte solche Störungen immer wieder herbei, indem sie mehr oder weniger willkürlich einzelne Produzenten okkupierte und irgendwas mit ihnen anstellte, das in Malus Vorstellung am ehesten kranke Fantasie genannt werden musste.

Auch Jules konnte nicht sagen, wie viel Zeit bis dahin vergehen würde und ob sie, wenn der Moment kam, die Geistesgegenwart aufbringen würde, um sich des Hubs zu entledigen. Auch war offen, was dann geschehen würde, denn sie wäre in diesem Augenblick für die Produzenten wieder als Eindringling erkennbar. Mit etwas Glück dauerte die Störung lange genug, damit Malu die Arche erreichen und ihre Mission würde erfüllen können.

Das Auffälligste waren die Tanks. In Reihen reichten sie von einem Ende der Halle zum anderen, dicht an dicht zu Dutzenden, doppelt so hoch, wie ein Mensch groß war, mit einem Durchmesser von mindestens zehn Metern. Von jedem Becken führten zahlreiche Rohre und Schläuche zur Decke, dicke und dünne, Licht spendeten endlos viele magentafarbene LEDs, die scheinbar freischwebend über den Zuchtbecken hingen. An jedem der Becken führte eine Metalltreppe hinauf bis zum Rand. Auf den umlaufenden Plattformen stand hier und dort ein Produzent in einem ähnlichen Overall wie dem, den Malu trug.

Sie alle drehten sich in dem Moment zu Malu, als sie aus dem Dunkel trat. Sie wusste sofort, dass sie entdeckt war. Reflexartig zog sie sich wieder weit in den Schatten des Tunnels zurück, bis sie den Eingang nicht mehr sehen konnte. Sie hielt den Atem an. Ihr Herz raste, und sie rechnete damit, dass die, die sie entdeckt hatten, von den Tanks hinabstiegen und nach ihr suchten. Aber auch nach drei, vier und dann fünf Minuten war das nicht geschehen. Oder vielleicht war es geschehen, und sie hatten die Suche bereits wieder aufgegeben.

Sie nahm mit zitternden Fingern den Hub aus ihrer Tasche. Jetzt, wo es so kurz bevorstand, empfand sie die Wirkung, die ihr zuvor noch irgendwie abstrakt und unwahrscheinlich erschienen war, als vollkommen konkret und bedrohlich, wie wenn sie im Begriff war, eine gefährliche Droge auszuprobieren, deren Wirkung sie nicht abschätzen konnte und die vielleicht tödlich sein würde. Aber es gab keine andere Möglichkeit, um unerkannt zu bleiben.

Sie zog die Folie ab und setzte die kleine Kapsel vorsichtig auf die weiche Mulde unterhalb des Schädelknochens, wo sich das Gerät sofort festzukrallen schien. Sie spürte eine leichte Hitze, die von ihren Fingerspitzen in den Körper strahlte, die Arme entlang, die sich seltsam schwerelos anzufühlen begannen, hinein in den Unterleib und Magen, der sich auszudehnen versuchte wie ein Ballon, und hinauf in den Kopf, der sich vor Schwindel drehte, bis sie das Gleichgewicht verlor und stürzte.

Als sie erwachte, schmerzte ihr Kopf, aber so, als wäre er weit weg. Der Schwindel war fort. Stattdessen hörte sie ein

Summen zwischen ihren Ohren wie von tausend winzigen Energiequellen, verspürte dazu eine flirrende Nervosität, den stolpernden Puls. Sie drehte den Kopf, und er fühlte sich an, als sei er auf defekte Scharniere montiert, die jede Bewegung ruckelig und grob geraten ließen. Es war stockdunkel. Als sie einen Schritt nach vorne machte, spürte sie ihre Beine nicht, aber wie durch ein Wunder stürzte sie nicht erneut, denn ihr Fuß war da aufgesetzt, wo er effizient die Balance herstellen konnte. Noch immer schützte sie der Schatten des Tunnels, aber sie war dem Ausgang nun schon ganz nah. Etliche Minuten stand sie da und lehnte an der Tunnelwand, nicht erschöpft, sondern gegen den Impuls, sich in Bewegung zu setzen. Die Beine wollten los, bloß wusste sie nicht, wohin. Außerdem schien es hier auf dumpfe Weise sicherer zu sein.

Das Summen verschwand nicht, aber etwas anderes kam hinzu, etwas, für das sie keine Wörter fand. Es fühlte sich an, als würden ihre Gedanken sich auf einen gemeinsamen Fluchtpunkt ausrichten wie Eisenspäne in einem Magnetfeld. Sie stand nun in einem Winkel dieser riesenhaften unterirdischen Halle, die von zahlreichen Säulen abgestützt und zugleich gegliedert wurde.

Sie spürte, wie der Bann dieses Anblicks sich löste und sie sich wie automatisch in Bewegung setzte. Sie ging an der Seitenlinie der Halle hin zu einem bestimmten Ort, den sie dort wusste, aber nicht benennen konnte. Ein Besen und ein Kehrblech mit einem kleinen Kasten am Ende der Kehrfläche und einem langen Stiel fielen ihr ins Auge. Als hätte sie danach gesucht, nahm sie es an sich und fokussierte ihren Blick sofort auf den Boden. Sie nahm immer dort einen Krümel oder sonstigen Abfall auf, wo er ihr unterkam, und fegte ihn hinter die Klappe des Kehrblechs, wo er bleiben würde, bis sie einen Ort fände, der ihr dafür als geeignet vorkommen würde. Dann hatte sie das Ende der Halle erreicht, und eine Treppe neben drei großen Lastenaufzügen führte sie nach oben. Sie stand inmitten eines ehemaligen Hangars, ebenfalls riesenhaft in den Abmessungen, hier aber von Weißlicht erhellt und gekennzeichnet durch eine Vielzahl von scheinbar unabhängigen Bewegungen, die bei genauerer Erforschung – und Malu schien es, als hätte sie diese Erforschung im Zeitraum weniger Sekunden abgeschlossen – alle miteinander zusammenhingen, insofern als aus zahlreichen Richtungen, nämlich von unten wie auch von der feldwärts gelegenen Seite, kleine Gabelstapler, Hub- oder elektrische Zugwagen mit Mehrfachanhängern zielstrebig zu einem der vielzähligen Packtische fuhren, von wo die angelieferten Produkte in kleinen Bambus- oder Reisigkästen, die in Stapeln neben den Packtischen bereitstanden, mit Handwagen in einen anderen, für sie uneinsichtigen Teil des Hangars transportiert wurden, unzweifelhaft mit dem Zweck, sie dort entweder auf Drohnen oder Lieferroboter zu verladen oder für die Selbstabholung vorzubereiten. Jeder der Produzenten, den sie sah – und sie war eine von ihnen –, spielte in dieser vielgestaltigen Choreografie eine genau definierte Rolle, und auch Malu fand sich vor diesem sublim überwältigenden Anblick – waren das noch ihre Gedanken? – nicht gelähmt wie noch unten, sondern nahm die multiplen Abläufe hin, leerte den Abfallbehälter des Kehrblechs, den sie unterwegs unablässig weiter befüllt hatte, in eine der großen Tonnen, die in Sichtweite aufgestellt waren, wobei sie anderen Produzenten begegnete, die der gleichen Aufgabe nachgegangen waren wie sie, und ging dann zielstrebig zu einem der Packtische in genau dem Moment, als die dort eben ihren Dienst beendende Person ihn verließ. Die beiden sahen sich für den Bruchteil eines Moments an, ohne die Gesichtszüge in grüßender noch sonstiger Regung zu verändern, und ohne dass sie jemals an einem solchen Tisch gestanden und gewusst hätte, was daran zu tun sei, nahm Malu all die Produkte, die ihr in den unterschiedlichsten Konstellationen fließbandartig zugeliefert wurden, und packte sie nach einem bestimmten Muster, das sie nicht kannte, aber intuitiv als richtig empfand, in Verpackungen verschiedenster Größe. Der Zulieferer, der in der Zwischenzeit andere Tische aufgesucht hatte, um dort ebenfalls Produkte abzugeben, kam schließlich wieder, nahm die versandfertigen Verpackungen entgegen und brachte sie, nachdem er auch von anderen Tischen Verpackungen abgeholt und in den Handwagen geladen hatte, in die Versandhalle. Malu empfand dieses ameisenhafte Prozedere am Rande ihres Bewusstseins als ebenso wundersam wie angenehm. Weder waren die einzelnen Produkte irgendwie gekennzeichnet, noch waren es die Kisten. Woher jeder einzelne Produzent wusste, welches Produkt wo abzugeben oder einzusammeln sein, blieb unergründlich. Aber diese Unergründlichkeit hinderte Malu nicht daran, Kiste um Kiste mit Gemüse, Fleisch, Fisch – die sich jeweils in Kühltüten aus wiederverwertbarem Kunststoff befanden – medizinischen Cremes, Medikamenten in Pulverform sowie Eiweißpräparaten zu verpacken, dies alles innerhalb einer Zeit, bei der es sich vermutlich um Stunden handelte, wenngleich Malu nicht hätte sagen können, wie viele. Ab einem bestimmten Moment – das Tageslicht war nur diffus in die Halle gedrungen und inzwischen verschwunden – empfand sie den Druck ihrer Blase und zugleich ein Hungergefühl, doch diese körperlichen Signale beeinträchtigten nicht ihre Arbeit. Erst als der Druck und auch der Hunger langsam ein unangenehmes Ausmaß erreicht hatten, wurde sie von einer anderen Produzentin abgelöst, die wie aus dem Nichts herankam und wortlos ihren Posten übernahm, während Malu, ohne den kurzen Blickwechsel mit ihr überraschend oder peinlich zu finden, sich in den rückwärtigen Teil der Hangars begab, dort die Toilette aufsuchte, urinierte – die

Toilette funktionierte ohne Wasserspülung –, vergeblich etwas zum Abwischen suchte, darüber aber von einem Gefühl, das alles für vollkommen normal erklärte, beruhigt wurde, und schließlich die Hangars verließ. Die Farmen erhoben sich zu beiden Seiten verschiedener Straßenschluchten in den dunklen Himmel, ihr Licht wirkte beruhigend auf Malu. Sie setzte sich auf ein Fahrrad, das mit vielen anderen an dafür vorgesehenen Bügeln lehnte, und fuhr zu einem Gebäude, an dem sie das Fahrrad wiederum an einem dafür einzig richtig aussehenden Bügel abstellte. Im ersten Stock standen einige Produzenten – nicht viele – an einem Ausgabeschalter an, und als Malu an der Reihe war, bekam sie, ohne etwas bestellt zu haben, ein Tablett mit einem Teller, zwei Schüsseln und einem Glas Wasser. Sie setzte sich an einen Tisch und begann sofort, die Nahrungsmittel zu sich zu nehmen, ohne dabei Kontakt zu anderen Anwesenden zu suchen. Auf dem Teller lagen zwei Fischfilets mit einem nicht allzu aromatischen, aber scharf gewürzten Fenchelgemüse, dazu eine Beilage, die an Reiskörner erinnerte und nach kaum etwas schmeckte. In der einen Schüssel befand sich ein Blattsalat, in der anderen Tomatensuppe. Als sie das Wasser getrunken hatte, spürte sie, wie ihre Unruhe – denn jetzt erkannte sie, dass sie unruhig gewesen war – nachließ. Nachdem sie gegessen und das Tablett am Abgabeschalter zurückgelassen hatte, fühlte sie sich ruhig und müde, und es erfasste sie eine kleine, gleichmütige Verunsicherung darüber, wie es nun weitergehen sollte. Sie versuchte, irgendwo in sich einen Plan dazu zu finden, doch sie hatte keinen. Sie setzte einen Fuß vor den anderen, die Treppe hinunter und hinaus ins Freie, ohne zu wissen, wohin sie ging, und versuchte zu erforschen, was es zu diesem Umstand möglicherweise noch zu empfinden gab. Da war aber nichts. Sie dachte an ein Bett – kein bestimmtes, sondern eher an die Idee eines Bettes – und versuchte, sich irgendwie mit dieser Idee in

Beziehung zu bringen, weil sie sich an das Gefühl der Müdigkeit, das sie beim Essen gespürt hatte und das inzwischen fast verschwunden war, noch verschwommen erinnern konnte, und sie dachte das Wort »schlafen«, um sich irgendwie dazu zu veranlassen, zu einem solchen Bett zu finden und den Schlaf dort zu erleben. Doch sosehr sie sich auch bemühte, einen Weg dorthin einzuschlagen, sie fand keinen und fühlte sich dagegen machtlos. Sie war aber nicht nur macht-, sondern auch sorglos, der Weg ihrer Gedanken, die allein ihre Situation hätten problematisieren können, war wie blockiert, sodass sie einfach vorwärtsging und darauf vertraute, dass am Ende ihres Weges schon das richtige Ziel auf sie warten würde. Und Vertrauen war nicht einmal das richtige Wort für ihren Zustand, es kam eher einer umfassenden Gleichgültigkeit nahe, als seien alle Leidenschaften entweder verschwunden oder in einem so vollkommenen Gleichgewicht, dass sie sich gegenseitig neutralisierten und einen Körper zurückließen, der folgsam den auch nur kleinsten Impuls, der ihm eingeben wurde, aufgriff. Und so schaute Malu – Malu, wirklich? War das ihr Name? War das sie? – sich dabei zu, wie sie zielstrebig eine der Farmen betrat, auch hier den Aufzug mied und zu Fuß in den sechsten Stock stieg und, als sei sie dort erwartet worden, eine Art Taschenmesser mit einer Schere und einem Ventilschlüssel erhielt, ohne wiederum auf ihr Gegenüber achtzugeben. Sie beobachtete, was ihr Körper tat, als säße ihr Gehirn wie eine Pilotin in einer Kommandokapsel, aus der heraus sie eine unbekannte und interessante Umwelt erforschte, aber sie war nicht die Pilotin, denn das Schiff navigierte per Autopilot. Malu hatte zwar manchmal den Eindruck, als drücke sie auf Knöpfe oder zöge an Hebeln, aber dadurch bewirkte sie keinerlei Veränderung am Kurs des Schiffes, auch wenn der Kurs des Schiffes sich zum gleichen Zeitpunkt tatsächlich änderte wie in determinierter Harmonie, ohne dass die mentale Welt Einfluss auf die materielle ausgeübt hätte. Aber Malu stellte sich nichts vor, sondern ließ die Dinge einfach geschehen wie in einer vollendeten Form des Vipassana, in der sie Zeugin ihrer eigenen Handlung wurde und nichts davon mehr bewerten musste, nicht das Abtrennen von Pflanzenteilen, die sie zwar diffus einordnen, aber nicht benennen konnte, noch das Einfüllen neuen Saatguts, während sie die Pflanzen wiederum hinter sich auf einer Art vertikalem Förderband ablegte.

Eine Tätigkeit geht in die andere über, als hätte alles seine Bestimmung, als hätte eine langerprobte Routine sie dazu befähigt, ohne Zögern und Bedenken zu leben, und gerade als sie denkt, es könnte für immer so weitergehen, erkennt sie den Moment, in dem es Zeit für sie ist zu gehen. Sie geht mit derselben Fraglosigkeit und Ruhe den langen Weg hinunter zum Ausgang der Farm und spürt nun deutlich ihre Müdigkeit. Wieder nimmt sie ein Fahrrad, fährt zum Wohnviertel, erklimmt zielstrebig die Treppen bis zu einem höher gelegenen Container und betritt ihn in demselben Moment, als eine andere Produzentin ihn verlässt. Eine Liege mit weicher, schmutzabweisender Oberfläche steht dort in der Ecke. Sie zieht den Overall aus, nimmt die gesäuberte Decke aus dem Reinigungsfach und legt den Kopf auf die Nackenstütze. Sie weiß, dies ist die Position, in der sie schlafen wird, und sie schließt die Augen und schläft auf dem Rücken ein. Sie erwacht aus dieser Phase des dunklen Nichts, öffnet die Augen und weiß, dass nun der zweite Zyklus beginnt, und auch in diesem wird sie so gut wie ohne Unterlass in Bewegung sein, und diesem zweiten wird ein dritter Zyklus folgen, ganz gleich, ob es dunkel ist oder hell, er wird immer genau zur richtigen Zeit beginnen und enden, und er wird, was immer er ihr zu tun aufgibt, immer die richtige Aufgabe für sie bereithalten, die einzige, die sie zu genau diesem Zeitpunkt mit Behagen und ohne ein Gefühl der Überforderung ausführen kann, ganz so, als befände sie sich im Einklang mit einem natürlichen, in Wirklichkeit aber übernatürlichen Plan, der Probleme oder gar Abscheu eliminiert hat.

Einmal, sogar mehrere Male, fällt die Stasis in sich zusammen, nur kurz, für ein paar Sekunden. Dann ist es, als wirst du aus dem Schlaf gerissen. Die Welt ist plötzlich leer und ziellos, du hast keine Ahnung, was als nächstes von dir erwartet wird. Du bist hilflos. Du brauchst Zeit, dich in dieser plötzlich fremden Umgebung zurechtzufinden. Plötzlich bist du ohne Aufgabe und Orientierung, wie hineingeworfen in eine große Sinnlosigkeit, unfähig, deinen Platz zu erkennen. Ein verworfener, ein hoffnungsloser Mensch bist du.

Einmal passiert es im Schlaf, da wacht sie auf und weiß buchstäblich nicht, wer und wo sie ist. Es wird kalt, Angst ist die Folge, einen endlos scheinenden Moment lang, bevor das Gesetz der Dinge wieder greift und sie die Augen wieder schließen lässt. Noch schlimmer ist es während des tätigen Zyklus. Dann ist es wie eine plötzliche Epidemie, die vor niemandem haltmacht außer ein paar Konterbauern, die in ihren schwarzen Uniformen die Straße entlangmarschieren. Alles steht still, die Produzenten verhalten sich nutzlos und ohne Programm, manchmal verhalten sie sich gar nicht. Das Chaos. Und mitten im Chaos überkommt sie der Anflug einer Ahnung, dass sie eine Aufgabe hat. Einen Auftrag. Sie ist verwirrt und verstört, denn das, was sie noch bis vor einigen Sekunden getan hat – das war doch ihr Auftrag. Sie hat den Zweck bis eben sehen können, greifbar und klar. Jetzt ist er weg. Was war es? Und was bedeutet es, nun hier zu stehen mit Handschuhen und diesem unbegreiflichen Werkzeug in der Hand?

Malu schloss die Augen und öffnete sie wieder. Eine seltsame, unheimliche Veränderung vollzog sich in ihrem Gesichtsfeld. Als kehrte Farbe und Tiefe in die Welt zurück. Schwindel packte sie, und sie wartete darauf, dass alles sich einrenkte und sie MUTTERS Gegenwart wieder spürte. Aber nichts geschah. Immer deutlicher formte sich ein Gefühl, als sei sie aus einem Tagtraum erwacht, aus dem Sekundenschlaf oder einer Trance beim Hypnotherapeuten. Es war kein ganz deutlicher Eindruck, eher die Idee, dass es langsam Zeit wurde, sich wieder einmal beim eigenen Vornamen anzureden, ein Bewusstwerden der eigenen Präsenz, so neu und anders und unerwartet, als hätte sie in einen Spiegel gesehen. Aber es gibt keine Spiegel in Biotopia, Malu. Selbst das Fensterglas der Farmen reflektierte ihr Spiegelbild nicht. Es war etwas anderes, das sie gesehen hatte.

Ihre Gedanken waren plötzlich wie entfesselt, alles überschlug sich. Allmählich erkannte sie, dass sie an einem Tisch oder einer Bahre stand. Was hatte es zu bedeuten, diesen nackten Körper vor sich liegen zu haben? Die Haare waren geschoren und lagen in einem Korb. Der Korb stand auf einem Tisch neben dem Körper. Auf dem Tisch stand noch ein weiterer, kleinerer Korb. Er enthielt Zähne. Malu sah das alles ganz klar: Sie musste es schon die ganze Zeit gesehen haben, aber jetzt kam es ihr vor wie das erste Mal.

Der Mann starrte mit offenem Mund und offenen Augen nach oben wie bei einer Zahnbehandlung. Aber er blinzelte nicht. Außerdem war er nackt. Hast du nicht bemerkt, Malu, dass er nackt ist? Sie sah an ihren Armen herunter. Sie trug Handschuhe. In der Hand hielt sie ein Gerät, das sie nicht kannte. Aber sie musste es noch eben benutzt haben, ihre Handschuhe und Ärmel waren voller Blut. Sie hatte dieses Gerät verwendet, um Zähne aus dem Mund des Mannes zu entfernen. Offenbar hatte sie gewusst, wie sie es bedienen musste; jetzt wusste sie es plötzlich nicht mehr. Sie ließ das Gerät fallen, als sei es brandheiß. Dann trat sie einen Schritt von der Bahre zurück, schlug die Hand vor den Mund und schrie.

32
Die Zukunft

Sie sah sich um. Eine andere Frau war dabei gewesen, ihre Bahre in Richtung der runden Luken des Fermenters zu schieben. Darauf lag ebenfalls ein Mensch, nackt und tot. Jetzt stand sie unschlüssig da und sah sich genauso desorientiert um wie Malu. Sie tat nichts. Sie schien zu warten, bis es wieder weiterging – was immer »es« sein mochte.

Der gesamte Raum war gekachelt. Wagen mit verdorbenem Gemüse, Blättern und Pflanzenstengeln standen in mehreren Reihen in der Nähe einer Rampe. Alles erschien ihr zugleich unglaublich präsent und abstoßend. Malu – das war doch ihr Name? – hörte die Rotation einer riesigen Trommel. Darin wurde Material gehäckselt und vergoren. Die Worte – waren es Worte – hallten in ihrem Kopf wider.

Malu schluckte trocken. Sie hatte entsetzlichen Durst. Der Geschmack in ihrem Mund glich dem Geruch um sie herum, schal und säuerlich und ekelerregend.

»Wenn die Verbindung zu MUTTER abreißt, wirst du dich in einer Art Schockzustand befinden. Man nennt das cerebrale Ataxie. Dein Nervensystem war mit MUTTERS neuronalem Resonanzmuster synchronisiert und ist verwirrt, weil es plötzlich nicht mehr da ist. Es dauert, bis du dich davon erholst, manchmal Tage. Leider wirst du diese Zeit nicht haben. Die Störungen halten manchmal zehn, nie länger als zwanzig Minuten an. Wenn es so weit ist, musst du dich in Bewegung setzen. Sofort.«

Malu schloss die Augen. Schlimmer Schwindel packte sie. Dunkel, aber mit großer Gewalt brachen die schrecklichen Gefühle über sie herein, die zuletzt überwunden schienen: Goldas Tod. Ihre Mutlosigkeit angesichts einer gewaltigen Aufgabe. Und eine einzige Perspektive: Konrad.

Was ist mit Konrad?, dachte sie.

Aus irgendeinem Grund war sie plötzlich überzeugt, dass Konrad hier war. Und dass es darauf ankam, ihn so schnell wie möglich zu finden. Ihn zu … *retten*?

Sie dachte angestrengt nach. Das Video. Jules.

»Junge Menschen sind perfekt für die Farm geeignet: sie sind leicht zu assimilieren und von ihren Produktionswerten her sehr leistungsfähig. Sie sind ein begehrter Rohstoff. Wenn du ihn befreien willst, bist du auf dich allein gestellt. Ich weiß, dass er dort ist, aber leider nicht, wo. Und um überhaupt eine Chance zu haben, musst du zuerst MUTTER erledigen.«

Malu fühlte sich desorientiert und zugleich getrieben, als sei sie in einem brennenden Haus erwacht. Sie musste ihre Verwirrung irgendwie überwinden. Die Induktoren. Langsam strömte die Erinnerung in die Leere zurück, die sie erfüllte. Sie hatte sich diesem großen Strom des permanenten Handelns hingegeben. Ein warmer, angenehmer Strom war das gewesen, in dem sie sich keine Fragen gestellt und nichts bezweifelt hatte. Aber dazu war sie nicht hier.

An ihren Handschuhen klebte getrocknetes Blut. Das Geräusch, als sie sie auszog, erinnerte sie an ihren ersten Tag in Biotopia. Ihre Hände sahen jetzt glatt und sauber aus, von gerader, geradezu geschmeidiger Form. Mühelos öffnete und schloss sie die Finger. Als hätte man ihr in ihrer Abwesenheit neue Hände gemacht. Wann war sie zuletzt so beschwerdefrei gewesen?

Sie ging ein paar ungelenke Schritte und trat an die Rampe, um hinauszusehen. Es regnete und war dunkel. Dessen ungeachtet standen oder saßen Produzenten umher und warteten darauf, wieder in Betrieb genommen zu werden. Ihre Tochter hatte all das hier mitgeschaffen. All das: Slave City. Sie erinnerte sich dunkel, dass in dieser Tatsache ein Skandal lag, den sie einmal tief empfunden hatte.

Die Tasche mit den Induktoren, mit denen sie die Trafostation sabotieren sollte (sollte, Malu? In wessen Auftrag? Oder bist du es, die das will?), musste immer noch in dem Tunnel sein, durch den sie hereingekommen war. Doch Malu hatte keine Ahnung, wo sie sich jetzt befand. Sie konnte nicht einmal ihr endgültiges Ziel, den hoch aufragenden Turm der Arche, sehen – die Farmen zu beiden Seiten bildeten eine unüberschaubare Barrikade aus Licht.

Ihr Blick fiel auf die abgestellten Fahrräder. Sie setzte sich auf eines und fuhr los. Früher oder später würde sie einen Orientierungspunkt finden, von dem aus sie die Hangars finden würde.

Niemand außer ihr fuhr Fahrrad. Beinahe alle Bewegungen in Biotopia waren zum Stillstand gekommen. Die meisten der Produzenten um sie herum warteten einfach und versuchten, diese Unterbrechung, die sie inzwischen schon einige Male erlebt hatten, einfach auszusitzen. Eine Fahrradfahrerin wie sie zog zwar ihre Aufmerksamkeit auf sich, vermochte sie aber nicht aus ihrer Starre zu reißen. Man beobachtete sie unbeteiligt und mit leeren Augen.

Anders war es mit den Konterbauern. Sie passierte zwei von ihnen, die einen Produzenten in ihrer Mitte abführten. Einer von ihnen rief: »He, du auf dem Fahrrad!«

Malu verlangsamte instinktiv ihre Fahrt, besann sich dann aber und trat desto schneller in die Pedale. Sie bog um eine Ecke, um ihrem Blickfeld zu entkommen, und gelangte auf eine Allee, an deren Ende sie die Hangars ausmachen konnte: Sie brauchte nur geradeaus zu fahren.

Eine Drohne flog, aus der Stadt kommend, über das mächtige Hauptgebäude hinweg und verlor dabei mehr und mehr an Höhe. Sie überflog Malu in wenigen Metern Höhe und sank weiter. Als Malu zurückschaute, trafen ihre Rotoren eine Frau, die dem abstürzenden Fluggerät nicht ausgewichen war. Sie schrie auf. Schnell wandte Malu den Blick ab. Niemand würde der Frau helfen. Sie fuhr weiter.

Auch in der Versandebene stand alles still. Auch hier warteten die Produzenten, statt gegen die Störung aufzubegehren. Und wie hätten sie das auch tun können, fragte Malu sich. Tat sie es denn?

Nun: eigentlich schon. Sie spürte angesichts ihrer Aufgabe eine undeutliche Dringlichkeit, die zunahm, je weiter sie sich der Tasche näherte.

Sie hatte das Fahrrad abgestellt. Im Aufzug befand sich ein Produzent mit einem Handwagen. In abgeschlossenen, halbtransparenten Plastikkästen wimmelten Hunderte oder sogar Tausende von Heuschrecken auf engstem Raum. Sie waren offenbar als Lebendfutter für die Fische bestimmt. Auch untereinander schienen sie sich als Lebendfutter zu betrachten. Der Produzent trug einen braunen Overall und war noch sehr jung. Er sah durch Malu hindurch, als sie den Aufzug betrat. Sie fuhren hinunter, und Malu nahm den Wagen für den Fall, dass unvermittelt die Verbindung wieder aktiviert werden und sie einen Vorwand brauchen würde, der zur Tarnung taugte. So schnell sie konnte ging sie denselben Weg entlang, den sie schon einmal zurückgelegt hatte. Der Produzent blieb im Aufzug zurück, und die Tür schloss sich automatisch.

Alle Produzenten waren noch nicht wieder in die Welt von MUTTER zurückgekehrt. Malu rannte fast. Völlig außer Atem, schwitzend und mit schmerzenden Gelenken erreichte sie schließlich den Tunnel. Er war dunkel, und erst jetzt fiel ihr auf, dass sie, anders als bei ihrer Ankunft, keinerlei Licht zur Hand hatte. Es blieb ihr nichts anderes übrig, als sich an den glatten, feucht-schleimigen Mauern entlangzutasten, bis sie bald von der schwarzen Dunkelheit vollständig umhüllt war.

Die Tasche war nirgends zu finden. Malu wechselte zur gegenüberliegenden Mauer und ging denselben Weg wieder zurück, ebenfalls ohne Ergebnis. Noch einmal ging sie hinein, diesmal in der Mitte des Weges. Auch hier verließ sie nach einer Weile die Zuversicht, noch etwas zu finden. Sie wollte umkehren. Da aber stolperte sie über ein Hindernis, taumelte und stürzte.

Ein paar Sekunden blieb sie wie benommen liegen. Ihr gesamter Körper schien zu summen wie ein elektrischer Draht. Sie versuchte aufzustehen und spürte entsetzlichen Schwindel wie in einer Achterbahn. Das kam nicht vom Sturz.

MUTTER ging wieder online.

Reflexartig griff sie in ihren Nacken und riss sich den Hub herunter. Sie ignorierte den Schmerz. Dann sammelte sie alle Kraft, griff nach der Tasche und tastete sich, so schnell sie konnte, wieder zum Tunneleingang. Der Handwagen stand unverändert dort. Sie bemühte sich um eine normale, unauffällige Geschwindigkeit, ohne zu wissen, nach welchen Kriterien sie ihre Unverbundenheit eigentlich verriet. Machte Malu sich durch ein bestimmtes Verhalten verdächtig, oder bekamen die Produzenten von MUTTER das Signal, dass sie eine unbefugte Person war? Vielleicht konnte MUTTER es durch die Augen und Ohren der Produzenten wahrnehmen, wenn dort, wo eigentlich keine sein sollte, eine Bewegung stattfand?

Sie hatte schon die Hälfte des Weges zum Aufzug geschafft, als es anfing. Die Produzenten mussten noch immer damit beschäftigt sein, sich wieder mit MUTTER zu synchronisieren. Jetzt aber konnte Malu sehen, dass einige sie beobachteten und von ihren Podesten herunterstiegen. Hinter ihr hatten sich schon welche auf den Weg gemacht, sie einzuholen. Niemand von ihnen sprach. Die Produzenten bewegten sich ganz normal, sie gingen schnell, ohne aber zu laufen. Malu hatte nicht das Gefühl, dass sie aggressiv oder gewalttätig werden könnten, vielmehr wirkten sie gleichgültig. Aber sie würden nicht die Urheber ihrer Handlungen sein. Viele trugen Gegenstände bei sich, die sie als Waffen verwenden konnten. Und selbst wenn nicht: Mit ihrer zahlenmäßigen Überlegenheit konnten sie sie leicht einkreisen und so lange festhalten, bis Konterbauer sie abholen käme.

Sie beschleunigte ihren Schritt. Immer mehr Produzenten fokussierten sie jetzt, und als sie den Aufzug fast erreicht hatte, stellte sich ihr ein Produzent in den Weg. Ihre Schritte noch beschleunigend, rammte sie ihn mit dem Wagen und traf ihn in die Weichteile, was ihn vor Schmerz aufschreien ließ. Er ging in die Knie; Malu umkurvte ihn und erreichte den noch immer wartenden Aufzug. Sie schob den Wagen hinein und bemerkte erst jetzt, dass der Produzent, der ursprünglich für den Heuschreckenwagen zuständig gewesen war, unverändert hier stand. Seine Verbindung mit MUTTER schien sich nicht recht aufbauen zu wollen; diesmal sah er sie zwar direkt an, zeigte als einzige Reaktion aber nur ein geistloses Lächeln. Sie packte ihn und schubste ihn den Anstürmenden in den Weg, die so um den entscheidenden Sekundenbruchteil zurückgeworfen wurden, bis sich die Aufzugtür schloss.

Der Fahrstuhl setzte sich automatisch in Bewegung. Oben würde sie erwartet werden. Schon öffnete sich die Tür wieder, und gemäß dem nun schon erprobten Muster schoss sie, den Wagen als Rammbock nutzend, vorwärts.

Neun Kästen befanden sich darauf. Sie stieß die obersten drei herunter, wobei sich der Deckel öffnete und hunderte –

tausende – Heuschrecken in einer dichten Wolke herausflatterten. Sie verfingen sich in ihrem Haar und ihrer Kapuze, doch sie nutzte die Ablenkung, um den Wagen an den Produzenten vorbei weiter durch den Hangar zu schieben und, als der Effekt des ersten Manövers sich zu verlieren begann, die zweite Etage der Kästen ebenfalls umzustoßen. Die Tölpelhaftigkeit, mit der die Produzenten darin versagten, sie festzuhalten oder sogar zu Boden zu ringen, konnte sie sich nur damit erklären, dass sie, gerade erst wieder verbunden, zwischen eigener Initiative und fehlender Instruktion wie gelähmt waren. Schon ein paar Heuschrecken, mit denen sie nicht gerechnet hatten, vermochten sie außer Gefecht zu setzen. Allerdings hatte auch Malu mit den Viechern zu kämpfen, die in dichter Wolke den Weg vor ihr verdunkelten und teilweise in ihrem Kragen oder dem Ausschnitt landeten, was sich extrem ekelhaft anfühlte. Doch sie hatte keine Zeit, sich damit aufzuhalten.

Als die unterste Reihe dran war, hatte sie bereits den Ausgang des Hangars erreicht, setzte sich auf ein Fahrrad, wich weiteren Produzenten aus, die wenig zielsicher nach ihr griffen, und fuhr, so schnell sie konnte, Richtung Arche. Lange war sie nicht mehr in diesem Tempo Fahrrad gefahren. Sie spürte, wie der kühle Wind an ihrem Overall riss, unter dem eine letzte verirrte Heuschrecke hervorflatterte, wie der Regen ihr ins Gesicht peitschte und ihre Haare durchnässte. Ihre Lungen brannten vor Anstrengung. Sie war jetzt hellwach und fokussiert auf das, was sie als Nächstes tun wollte: in die Arche gelangen. Es war nicht die Zeit, ihr Vorhaben einer kritischen Prüfung zu unterziehen. Ihr Ziel war absolut, und sie kannte jetzt nichts mehr außer den schieren Willen, es zu erreichen: Adrenalin hatte die Kontrolle übernommen.

Sie wich immer wieder Produzenten aus, die auf sie zu- oder hinter ihr hergerannt kamen, um sie vom Fahrrad zu reißen. Ein paarmal hatten sie sie schon berührt, wie beim Fangenspiel auf dem Schulhof, aber hier zählte die Berührung alleine nichts. Hier musste man sie schon vom Fahrrad holen und überwältigen, um sie von ihrem Ziel abzuhalten. Aber sie wollte sich nicht überwältigen lassen. Sie wollte alles tun, damit das nicht geschah. In wildem, halsbrecherischem Slalom umkurvte sie die Hindernisse und war, je öfter es gelang, immer überzeugter, nicht zu stürzen, obwohl das längst hätte passieren müssen.

Sie hatte zu wissen geglaubt, was zu tun sei, sobald sie die Arche erreichte. Jetzt konnte sie bereits den Eingang sehen und entdeckte, dass es ein Hindernis gab, das sie nicht bedacht hatte: Die Tür wurde bewacht. Die Arche war das Hauptgebäude von Biotopia. Hier befand sich der zentrale Server, also die Kronjuwelen der gesamten Anlage. Warum in aller Welt war sie davon ausgegangen, sie könne hier einfach hereinspazieren und in aller Ruhe ihrer Sabotage nachgehen?

Die Tür wurde von einem ganzen Bataillon an Konterbauer-Kräften gesichert. Niemals würde sie es schaffen, an denen vorbeizukommen, und mochte sie sich noch so kämpferisch fühlen. Noch bemerkten sie sie nicht, wie sie auf dem Fahrrad angeradelt kam, aber sie konnte nicht anhalten und sich einen Plan B überlegen, weil …

… in diesem Moment etwas Orangefarbenes – ein Produzent in neuem Overall – sie von der Seite her mit sich und vom Fahrrad riss. Sie hatte ihn viel zu spät kommen sehen.

Sie landete hart und verdrehte sich den Fuß, denselben, der auch schon in der Bärenfalle gesteckt hatte. Regen prasselte auf ihre Kapuze und tropfte, mit Blut vermischt, auf ihre Hand, mit der sie nach der Wunde an ihrer Stirn griff. Der Produzent hatte sie gerammt wie ein Rugbyspieler, eine Sportart, die Konrad eine Weile betrieben hatte.

Ihr Sohn Konrad.

Der, wenn es stimmte, was Jules gesagt hatte, hier war.

»Konrad?«

Der junge Mann rappelte sich auf und schob sich die Kapuze vom Gesicht. Auch er hatte sich verletzt, schlimmer als sie: Seine Nase schien gebrochen, Blut schoss in einer wahren Fontäne daraus hervor. Außerdem war seine Wange dicht unter dem Auge aufgeplatzt, auch diese Wunde blutete. Malu erschien das Gesicht durch all das Blut fremd und fast schon entstellt, doch sie erkannte unzweifelhaft, wem es gehörte.

Konrad lächelte, aber etwas an diesem Lächeln stieß sie sofort ab, weil sie sofort wusste: nicht ihr Sohn war es, der lächelte. Konrad machte ohne zu zögern große Schritte auf sie zu, schon war er bei ihr, und dann spürte sie, wie ein Fausthieb sie mitten im Gesicht traf und zu Boden streckte.

»Sieh mal, wen ich dir mitgebracht habe«, sagte Konrad mit einer modulationslosen Stimme, furchterregend, weil es nicht seine eigene war. »So ein kräftiger junger Körper.« Schon war er wieder über ihr, drehte sie auf den Rücken und holte erneut zum Schlag aus. Doch sie drehte sich blitzschnell wieder zur Seite, und seine Faust schlug nicht nur ins Leere, sondern ließ ihn taumeln. So schnell wie seit ihrer Jugend nicht mehr war Malu wieder auf den Beinen und schleuderte Konrad mit aller Kraft das Fahrrad in den Weg. Er stöhnte auf, als ihn der Lenker hart am Auge traf. Malu versicherte sich, dass die Tasche unversehrt war, und rannte um ihr Leben. Ihr war völlig klar, was hier geschah: Regina verteidigte sich gegen ihren Angriff, und sie würde nicht von Malu ablassen, ehe sie tot war.

Es gab keine andere Möglichkeit, als seitlich am Nebengebäude der Arche vorbeizulaufen und sich so dem Blick der Konterbauer-Leute zu entziehen. Wenn es ihr gelänge, unentdeckt um das Gebäude herumzulaufen, konnte sie unter Umständen die Rückseite der Arche erreichen. Wenn sie Glück hatte – unwahrscheinliches, märchenhaftes Glück, auf das man in diesem Leben eigentlich nicht mehr hoffen durfte –, dann würde es dort einen Hintereingang geben. Regina hatte sie entdeckt, aber das bedeutete nicht, dass sie ihren Plan kannte.

Von der Ecke aus konnte sie nun die Rückseite der Arche sehen. Kein Uniformierter war dort auszumachen. Allerdings waren die Farmen voll besetzt mit Produzenten, und in dem Licht stand Malu wie auf einer erleuchteten Bühne.

Atemlos lief sie hinüber zum Hintereingang. Ihre Beine zitterten, sie fürchtete mit jedem Schritt, zu stürzen. Sie war am Ende ihrer Kräfte.

Tatsächlich gab es eine Hintertür, aber die Hintertür war verschlossen. Und auf dem gleichen Weg, den sie genommen hatte, kam jetzt auch Konrad hinter ihr her. Und zwar viel schneller als sie.

In der Verzweiflung, absolut keine andere Option zu haben, nahm sie den Hub aus ihrer Tasche und hielt ihn an das Schloss. Sie war so überzeugt, dass es nicht funktionieren konnte, dass sie einen Moment brauchte, bis sie begriff, dass die Tür summte. Konrad kam immer näher.

»Nein!«, schrie er.

Sie zog die Tür auf und schlüpfte hindurch. Innen ging das Licht an. Als sie versuchte, sie hinter sich zu schließen, verlangsamte der automatische Türschließer die Bewegung zu einer Art Zeitlupe. Konrad hatte sie fast erreicht. Nur noch ein Spalt war übrig, schon war sie fast in Sicherheit, da schoss Konrads Arm durch den Spalt und verhinderte, dass sie sie vollends zuziehen konnte. Beide zogen daran, er von außen, sie von innen. Seine Hand suchte nach irgendeinem Halt und bekam ihren Overall zu fassen.

»Du wirst bereuen, dass du dich gegen mich gestellt hast«, sagte Konrad mechanisch.

Fieberhaft tastete Malu nach der Taschenlampe. Schließlich bekam sie sie zu fassen und drosch wie von Sinnen auf die Hand ein, die aber unbeirrt festhielt.

»Denk dran, Malu: was du kaputtmachst, bleibt vielleicht für immer kaputt.«

In Panik schlug sie zu und hörte, wie einer der Fingerknochen brach. Noch immer zog sich die Hand nicht zurück. Es mochte Konrads Schmerz sein, doch Regina fühlte ihn nicht.

Malu hatte keine andere Wahl. Es ist nicht Konrad, dachte sie. Wenn du dich jetzt nicht durchsetzt, werdet ihr beide sterben.

Unvermittelt ließ sie die Tür los, sodass Konrad durch den plötzlichen Schwung auf der anderen Seite das Gleichgewicht verlor. Sie öffnete die Tür gerade weit genug, um ihm mit aller Kraft die Taschenlampe über den Schädel zu ziehen, und zog sich, bevor sie noch einen zweiten Blick auf das Resultat ihrer Aktion werfen konnte, wieder zurück. Mit aller Kraft zog sie an der Tür, und mit unendlicher Erleichterung hörte sie schließlich, wie sie ins Schloss fiel.

Sie sackte zusammen und lehnte sich mit geschlossenen Augen dagegen. Aber sofort durchzuckte sie der Gedanke, dass es, wenn sie hierblieb, sofort weitergehen würde, denn natürlich konnte Konrad die Tür ebenfalls entriegeln. Sie sprang auf, rannte die Treppen hinunter, öffnete eine weitere Tür und lief einen Flur entlang, bis sie am Schaltraum angekommen war, hinter dessen Tür es summte und brummte. Sie bildete sich ein, Geräusche vom Eingang her zu hören; vielleicht war es die Tür am Anfang, die nun hinter ihr zugefallen war, vielleicht aber war sie auch bereits wieder geöffnet worden.

Die Tür des Schaltraums hatte kein Schloss, nur eine Klinke. Sie war wie alle anderen aus Stahl, hatte aber auf Augenhöhe ein kleines Sichtfenster. Malu musste die Klinke so schnell wie möglich mit irgendetwas blockieren, damit sie ungestört die Induktoren an den Transformatoren anbringen konnte. Sie sah sich um.

Direkt neben der Tür stand ein Feuerlöscher in einem fahrbaren Handwagen aus rot gestrichenem Stahlrohr. Er hatte nicht ganz die Höhe der Türklinke, aber wenn sie einen kleinen Gegenstand darunter legte, würde er die Klinke vollkommen blockieren, sodass es unmöglich wäre, die Tür zu öffnen.

Der einzige Gegenstand, der sich dafür eignete, war einer der Induktoren, die etwa die Größe einer Cremedose hatten. Nachdem sie die Tür verbarrikadiert hatte, machte Malu sich an die Arbeit.

»Wenn du die Schränke öffnest, findest du ganz unten einen Kondensator. Zylinderförmig. Oben kommen Kabel raus. Du ziehst die Kabel ab und steckst den Induktor drauf. Dann hältst du diesen Knopf hier für drei Sekunden gedrückt.«

Sie mühte sich noch mit dem ersten Kabel ab, da hörte sie ein Rütteln. Offenbar hatte Konrad die Tür erreicht und versuchte, zum Glück vergeblich, die Klinke herunterzudrücken.

Das Kabel steckte im Kondensator fest, sie bekam es nicht heraus.

Konrad warf sich ein paarmal mit seinem ganzen Gewicht gegen die Tür, sodass Malu befürchtete, dass er sich dabei jeden einzelnen Knochen in seinem Körper brach.

Da war eine Schelle an dem Kabel. Was wohl geschah, wenn sie daran drehte …?

Die ganze Zeit, die sie hier gewesen war – zwei Wochen! –, hatte sie jede nur erdenkliche Arbeit mit diesen Fingern ausführen konnte, aber jetzt schien es, als hätte sie jegliche Gewalt darüber verloren.

Konrads Gesicht erschien in dem Sichtfenster der Tür. Dann verschwand es; hinter der Tür wurde es still.

Malu atmete durch und konzentrierte sich darauf, ihre Hand zu lockern, ein Widerspruch in sich, erst recht unter diesen Umständen. Es musste einfach funktionieren.

Langsam gelang es ihr mit Daumen und Mittelfinger, die Schelle abzudrehen. Dann entfernte sie das Kabel und steckte den Induktor auf. Sie machte sich schon an den zweiten Schaltkasten, da hörte sie plötzlich ein tosendes Krachen an der Tür. Konrad schlug mit einem schweren Gegenstand, vermutlich einem weiteren Feuerlöscher, auf das Glas ein, in dem sofort Sprünge entstanden. Aber das Sicherheitsglas hielt den Schlägen stand.

Auch den zweiten Kondensator hatte sie vermint, schon war sie beim dritten. Ihre Finger hatten sich nun an den Wechsel der einzelnen Handgriffe gewöhnt, inklusive des Teils, der Fingerspitzengefühl erforderte.

Wieder und wieder krachte der Feuerlöscher gegen das Glas, und mit jedem Schlag spürte Malu den gesamten Raum erbeben. Das Verbundglas splitterte; einzelne Stücke rieselten auf ihrer Seite der Tür herunter. Sie sah hinauf und bemerkte, dass es nicht länger der Feuerlöscher war, der gegen die Scheibe geknallt wurde. Es war Konrads Kopf. Wieder und wieder schlug er ihn mit aller Gewalt vor die Scheibe, die bereits blutverschmiert war.

Und wieder diese grässliche seelenlose Stimme. »Mach auf, du Miststück, oder ich bringe ihn um!«

Die gesamte Scheibe war nun in sich derart zersplittert, dass nichts mehr durch sie zu erkennen war. Sie erbebte mit jedem Schlag in ihrem Rahmen, und plötzlich fiel sie in einem Stück heraus.

Konrads blutüberströmtes Gesicht erschien in der Öffnung. Er schien zu grinsen und sagte etwas. Die Aussprache war nur undeutlich, Konrads Lippen schienen aufgeplatzt und Zähne herausgebrochen zu sein.

Sie war beim fünften Kasten angelangt. Jetzt benötigte sie

den Induktor, der die Klinke blockierte. Konrad griff unterdessen durch die Scheibe und versuchte von innen an die Klinke zu gelangen.

Kurzentschlossen riss Malu die Plombe von dem Feuerlöscher, entrollte den Schlauch, richtete ihn auf die Türöffnung und drückte den Hebel. Dichter weißer Schaum schoss mit großem Druck heraus. Konrad stieß einen erstickten Laut aus und zog sich zurück. Sofort ergriff Malu den Induktor und steckte ihn auf das bereits vorbereitete Kabel. Dann wartete sie, aber nichts passierte.

Die Schalter, fiel es ihr ein. Sie musste doch noch einen nach dem anderen aktivieren!

Sie drückte den Schalter des ersten, wartete drei Sekunden, dann den zweiten. Einundzwanzig, zweiund –

Die Tür wurde aufgestoßen und prallte gegen den Handwagen, der umstürzte und sich verkantete.

Der dritte Schalter.

Das Licht im gesamten Untergeschoss ging aus. Absolute Dunkelheit. Sie fummelte wieder nach der Taschenlampe und schaffte es, den vierten Inkubator zu aktivieren. Das Summen, das den Raum die ganze Zeit über erfüllt hatte, erstarb.

Sie leuchtete auf die Tür. In diesem Moment stieß Konrad sie auf, doch als er einen Schritt nach vorne machte, stürzte er über den Handwagen.

Malu hielt den Schalter des fünften Inkubatoren gedrückt und richtete die Lampe auf Konrad.

Einzelne Flocken des Löschschaums tanzten durch den Lichtkegel, während er sich schwankend aufrappelte. Als das Licht ihn blendete, schützte er die Augen mit seinem Arm und wischte sich mit dem Ärmel Schaum und Blut aus den Augen.

»Konrad?«

Er sah verwirrt von Malu auf seinen blutverschmierten

Ärmel und wieder zurück. Dann schüttelte er benommen den Kopf.

»Konrad?«, fragte sie noch einmal.

Auch Konrad sah Malu an. Erneut wischte er sich über die Augen.

»Mama?«, fragte er.

Über den Autor

Sascha Reh, geboren 1974 in Duisburg, studierte Geschichte, Philosophie und Germanistik in Bochum und Wien. Für seine Romane wurde er vielfach ausgezeichnet, u. a. war er zuletzt 2017 Stipendiat der Deutschen Akademie Rom in der Casa Baldi, 2018 Inselschreiber auf Sylt und wurde für den Wilhelm-Raabe-Literaturpreis nominiert. 2024 wird er Writer in Residence im Rahmen eines Max-Kade-Stipendiums in den USA. Bereits in seinem spannenden Roman *Gegen die Zeit* setzte er sich literarisch mit dem Einfluss digitaler Entwicklungen auf Gesellschaft, Politik und den Einzelnen auseinander. Wie die meisten seiner Romane balanciert auch *Biotopia* an der Bruchkante zwischen familiären Bindungen und gesellschaftlichen Verwerfungen.